VICTORIA RESCO

REINO DE PAPEL

‣ **Dirección editorial:** Marcela Aguilar
‣ **Edición:** Melisa Corbetto
‣ **Coordinación de arte y diseño:**
  Valeria Brudny y Leticia Lepera
‣ **Diseño de interior**: Silvana López
‣ **Arte de tapa:** Ana Monticelli

un sello de
V&R Editoras

© **2022 Victoria Resco**
© **2022 V&R Editoras**
www.vreditoras.com

ARGENTINA:
Florida 833, piso 2, of. 203
(C1005AAQ) - Buenos Aires
Tel.: (54-11) 5352-9444
e-mail: editorial@vreditoras.com

MÉXICO:
Dakota 274, colonia Nápoles - C. P. 03810
Alcaldía Benito Juárez, Ciudad de México
Tel.: 55 5220-6620 · 800-543-4995
e-mail: editoras@vreditoras.com.mx

ISBN: 978-987-747-798-6

Resco, Victoria
  Reino de papel / Victoria Resco. - 1a ed. - Ciudad Autónoma
de Buenos Aires : V&R, 2022.
  480 p. ; 21 x 15 cm.

  ISBN 978-987-747-798-6

  1. Narrativa Argentina. 2. Narrativa Juvenil. 3. Novelas Realis-
tas. I. Título.
  CDD A863.9283

VICTORIA RESCO

REINO DE PAPEL

A Cori e Irda,
que un día me regalaron un libro
sin saber que me estaban cambiando
la vida.

PREFACIO

—**M**e dijiste que eras una persona terrible —me dijo de la nada, como si hubiera estado toda la vida conteniendo ese pensamiento y ya no pudiera hacerlo un segundo más.

Le di un sorbo a mi bebida, intentando aparentar una tranquilidad que no estaba ni cerca de sentir.

—¿Y? —Tenía el corazón en la boca, palpitando agitadamente y temía que, de decir algo más, fuera a caérseme y a quedar latiendo, expuesto como un mórbido centro de mesa.

—Yo creo que una mala persona nunca hubiera hecho lo que hiciste.

—¿Pisar el acelerador antes de que pudieras invitarme a salir?

—Espera, ¿sabías que iba a invitarte a salir?

—No es el punto. —Palabras tan secas que podrían haber hecho creer a cualquiera que el desierto del Sahara era un paraíso tropical—. Además, ya te dije: esto es una salida de amigos. —Él sonrió, a pesar de mi clara negativa. Me detesté por la forma en la que apuré las palabras; nunca había sonado menos convincente.

Podría haber dejado pasar mi desliz, pero no me sorprendió que no lo hiciera: su actividad favorita parecía ser descolocarme, y era más que excelente en ello.

—Ya olvidé el punto.

—Recuérdalo.

—Ah, ¡eso! —Lanzó una carcajada, pero luego se puso serio. O todo lo serio que podía ponerse; una única vez lo había visto sin sonreír. Me pregunté si le dolería la cara—. No eres una persona terrible, aunque tenías razón con lo de ser amargada.

Esta vez, me tocó a mí sonreír, pero nunca estuve tan en

desacuerdo con algo como con su declaración. Me intrigaba. Odiaba admitir lo mucho que me intrigaba su sonrisa.

–¿Por qué?

Destelló en sus ojos ese brillo relajado, pero una vez más vi en ellos el vestigio sombrío de una tristeza que parecía no tener fondo. Como si lo hubiera imaginado, las esquinas de sus labios se curvaron y su luz iluminó nuestro cubículo.

–Todo lo que hiciste. –Sabía perfectamente lo que abarcaba ese "todo", y eso solo me hizo sentir más culpable–. Eso es algo que ninguna mala persona hubiera hecho.

Y así fue como finalmente me reí. De verdad. Sin importarme perder la apuesta. Me reí porque él parecía tan convencido que cualquiera le hubiera creído. Me reí porque de todas formas ya había perdido y, sobre todo, porque nunca había tenido tantas ganas de llorar.

CAPÍTULO ①

llorar en público era, probablemente, lo que más odiaba en la faz de la Tierra. Llorar, en líneas generales, era casi igualmente odioso, pero exponerlo ante todos, que te miraran con esas expresiones de pena e intriga, como si ellos fueran a entender algo, como si ellos pudieran, con sus palabras empalagosas, hacer una diferencia... eso lo hacía peor.

Así que no lloré. Contuve las lágrimas que me escocían los ojos como si mi vida dependiera de ello.

No recordaba la última vez que las emociones me habían sobrepasado de esa manera, como una estampida desenfrenada, pisoteando mi cuerpo sin piedad. Sentimientos vertiginosos que me retorcían las entrañas con tanta violencia que no llegaba a convertirlos en furia. La furia era un sentimiento sencillo, había aprendido eso hacía mucho tiempo. También aprendí que todo —miedo, desagrado, inseguridad, dolor— podía traducirse al lenguaje de la ira, y la ira era increíblemente similar a la indiferencia.

Saber eso hacía más frustrante no poder rearmarme. Tantos años deformando sentimientos y esculpiendo furia, y sin embargo sentía que había sido la más estúpida de las pequeñeces la que me había dejado hecha un lío.

Era pequeño, o lo había sido al principio, como todas las cosas que duelen y todas las cosas que toman desprevenidas a las personas: una inundación empieza con una gota, un terremoto con un temblor, una muerte con una exhalación y, por supuesto, un sentimiento con un error. En mi caso, hubo muchos errores y de golpe había también muchos sentimientos, demasiados.

Demasiados sentimientos. Demasiado altos. Demasiado caóticos. Demasiado aterradores.

Las preocupaciones que me nublaban la vista serían poco más que recuerdos distantes en seis meses. Ese momento de mi vida era tan solo un medio para un fin; con la universidad a la vuelta de la esquina, tenía cosas que merecían mucha más atención que los hechos que me habían llevado al bullicioso parque en el que me encontraba.

Y a pesar de que me repetía eso una y otra y otra vez, la frustración, la ansiedad y la culpa me hacían jirones el estómago, y yo me lo envolvía con los brazos, como si fuera poco más que un malestar pasajero.

Tanto empeño en distraerme de mi interior puse, que mi desconexión con el exterior —el ruidoso parque de juegos, con niños correteando y madres que los seguían, algún que otro corredor o ciclista cuyo trayecto zumbaba a mis espaldas, el cielo despejado y brillante de las cuatro de la tarde, el incómodo banco de piedra sobre el que me había desmoronado— me tomó por sorpresa. Tenía los ojos fuertemente cerrados, sin ser consciente del dolor de cabeza que esto empezaba a provocarme, cuando el desliz de un sujeto peludo contra mi tobillo me sobresaltó. Sin embargo, mi único movimiento fue un rápido parpadeo, que me reveló a un gato gordo y de pelaje atigrado en marrones y negros. Lo más llamativo era el collar que llevaba, del cual colgaba una correa con el extremo roído. Mi cuerpo se paralizó completamente. El cabello se me había caído como una cortina a los lados de la cara, pero no me animé a moverme ni para correrlo. Sin importar cuantas veces me hubieran hablado de gatos y perros y el cariño nato de los animales domésticos, mi cerebro no tenía lugar para razonamientos lógicos en ese momento. Nunca había estado frente a uno, menos todavía con uno así, que parecía magnetizado alrededor de mis botas.

Entonces una segunda voz, casi tan suave como el pelaje del animal, se coló entre la de mis pensamientos.

—¡Kai! —Tres letras cargadas de alivio me acariciaron mientras su dueño se acercaba a donde el gato y yo nos encontrábamos. Unas manos varoniles, con dedos largos manchados con infinidad de colores, irrumpieron en mi campo de visión para hacerse con la bestia, pero parecía totalmente negada. Solté un chillido cuando se escurrió entre mis tobillos, impulsándose con un solo salto hacia mi regazo. Instintivamente, el desconocido se alejó un par de pasos, sus manos desaparecieron de mi vista, como si las hubiera alzado en señal de rendición–. Le agradas –soltó, y estaba segura de que sonreía, pero mis ojos estaban clavados en el animal, temiendo que me atacara ante el más mínimo despiste–. A Kai no le agradan muchas personas –continuó con su explicación–, como habrás notado.

Yo, que había estado al borde del llanto tan solo unos segundos antes de esto, a duras penas podía procesar sus palabras. Cuando alcé la vista para encontrarme con la del desconocido, con el único objetivo de que se llevara a su gato de mierda y a su palabrerío incesante, el nudo en mi garganta se asentó.

Primero caí en la cuenta de que tenía unos ojos preciosos, de color avellana, rodeados por un halo de pestañas densas que los hacían infinitamente profundos. Luego, en que tenía unos rasgos trazados delicadamente, con una nariz perfilada y unos pómulos remarcados, bronceados por lo que parecían horas al sol. Tanto estos, como sus manos y la mata de desprolijos rizos castaños que le caían sobre la frente, estaban salpicados con pintura amarilla y naranja. Por último, vi una sonrisita despreocupada que tembló un poco, desdibujándose en una mueca de incertidumbre al ver mi rostro.

Podía imaginarlo perfectamente. Toda la vida había tenido el mismo evidente problema que se sumaba al del llanto. A diferencia de muchos afortunados, cuando la congoja se hacía demasiado fuerte y me empeñaba en esconderla, manchas rojas tomaban mi rostro y resaltaban mi palidez. Rodeaban principalmente mis ojos irritados y mi nariz, pero no era mucho mejor sobre las mejillas o la barbilla. Mamá me dijo una vez que hacía que mis ojos se vieran tétricos, casi translúcidos.

Pero, como lo último en lo que quería pensar era en mi madre y sus terribles consejos para la triste niña de seis años que fui una vez, parpadeé rápidamente para alejar las lágrimas, logrando una imagen más clara –y no por ello menos atractiva– del chico frente a mí.

—Si esto es por Kai, juro que es un santo. No te asustes. –Noté que tenía el otro extremo de la correa del gato enredada entre los dedos y su voz había adquirido un tono que iba entre el consuelo y la gracia pero que, tal vez porque estaba demasiado conmocionada como para admitir más sentimientos en mi sistema, no me molestó tanto como debería. De hecho, tenía una voz casi relajante–. Simplemente odia la correa.

—¿Un gato con correa? –No era exactamente lo que tenía planeado decir, pero me conformé con que mi voz no temblara. En mi garganta parecía haberse atorado una montaña de rocas filosas: una por cada lágrima que me negaba a soltar.

Él se encogió de hombros y, como si mis palabras hubieran sido una invitación, tomó asiento a mi lado. El gato emitió un rugido patético que, si bien no surtió efecto en el invasor, tensionó todos los músculos de mi espalda.

—Si fuera por él –explicó el desconocido girándose hacia mí con una sonrisita carismática–, solo se levantaría para comer. Así que cuando empezó a engordar, llegamos a la conclusión de que había que hacer algo al respecto. Ya ves, a Kai no le pareció la mejor opción –dijo, cabeceando hacia la mitad de la correa rosa que sostenía–; es la segunda que rompe.

No parecía en absoluto avergonzado de estar paseando un gato gordo y malhumorado con una correa como si este tuviera complejo de perro, así que no se lo hice notar. Además, comenzaba a relajarme en la compañía del felino. Casi lo suficiente como para olvidar la causa de mi conmoción.

Casi. Pues en el fondo de mi cabeza revoloteaba vívidamente el recuerdo de la chica asustada en el suelo. Ella, a diferencia de mí, no había tenido la fuerza para bloquear el llanto, y se le había escapado a sacudidas del cuerpo. En un momento llegué a pensar que iba a partirse en dos si seguía llorando así, forcejando contra las manos que tiraban de ella.

—No puedo creer que se esté dejando acariciar —la voz del desconocido me obligó a girar, volviendo a encontrar sus ojos, que parecían más sorprendidos de lo que yo estaba al verme deslizar los dedos índice y anular por la cabecita del gato—. Creí que odiaba a todo el mundo. Ahora empiezo a creer que solo me odia a mí.

Me fue imposible no esbozar una sonrisa, por más débil que esta fuera, ante la forma en la que se reía de sí mismo. Me hubiera gustado tener ese poder.

Sus espesas cejas se alzaron con indignación fingida.

—¿Te divierte? —Estaba sentado en el extremo opuesto del banco, lo suficientemente lejos como para ser respetuoso y a su vez poder hablar en un tono moderado.

—¿Que tu propio gato te odie?

—Puesto así es un poco patético, ¿no?

—Un poco.

—Al menos mi gato y su odio a mí te distrajeron.

Pero por más verdad que hubiera en esas palabras, el recuerdo me volvió a sorprender, y mi concentración volvió al felino. Estaba totalmente derretido en mi regazo. Me sorprendió el consuelo que esa bola peluda podía traerme. Tal vez era porque teníamos el mismo humor nefasto y el mismo deseo de escapar.

El chico soltó un "maldición" por lo bajo, como si le avergonzara aplicar ese vocabulario, y enseguida se disculpó.

—Lo siento, tal vez lo mejor hubiera sido no mencionarlo. No estoy acostumbrado a consolar chicas en parques.

—No me digas. Se te da de lujo.

Sus ojos se iluminaron.

—¿De verdad?

—No —mentí, disfrutando del bufido irritado que dejó salir al apoyar sus antebrazos en las rodillas—. Pero no es que yo necesitara consuelo.

—¿Entonces llorabas por *hobby*? —se mofó.

—No lloraba.

Excelente respuesta, Aspen. Simplemente excelente.

—Ah, ya veo —contestó con evidente burla—. ¿Se puede saber por qué no llorabas, entonces?

Y aunque pretendió ser un chiste, me costó Dios y ayuda no romperme completamente cuando abrí la boca para contestar y se me escapó un ruidito tan penoso como el intento de rugido del gato en mis piernas.

Me pegó con fuerzas renovadas la visión de mis amigas, esas que hacía no tanto parecían lo mejor de lo mejor, derramando como agua insultos sobre la chica pelirroja. Si bien Fallon y el resto del grupo habían mostrado comportamientos similares otras veces, nunca habían llegado a ser más que un par de empujones y breves insultos, y aunque nunca me regodeé en ellos o participé, tampoco intervine, quedándome a un lado con una sonrisita de suficiencia ligera pero notoria como para que no me criticaran por amarga.

Pero, antes de hoy, no habíamos sabido con quién engañaba a Fallon su novio. Al descubrirse que era nada más y nada menos que con la pelirroja un curso por debajo de nosotras, a nadie se le ocurrió que Fallon debería cortar con Darren Wes. Eso sería una locura.

Lo que había que hacer era mucho más obvio y sencillo. Hablaron de ello como cuando íbamos de compras: con sonrisas de diversión y chillidos excitados, y cuando tocó el timbre de la última hora, sorprendimos a la pelirroja. Me alegré de no haber prestado atención mientras planeaban todo, porque no estaba segura de haber podido pararme a un lado mientras Maggie y Ashleigh la empujaban, tomándola una de cada brazo, dejando paso libre al puño de Fallon.

Un estremecimiento me rebanó la columna.

—Ey, ¿qué pasa?

Me molestaba. Me molestaba de una manera retorcida que un extraño pareciera más preocupado por mí de lo que nadie lo había estado nunca antes, y me molestaba que no pudiera contenerme y mostrarme erguida y aguda como siempre. Estaba hecha un completo desastre. Y lo que más me pesaba de todo eso, era que ni siquiera tenía las fuerzas para enojarme con él o mentir. De todas formas, ¿qué tanto más bajo podía caer?

—Soy una persona terrible —solté, sin animarme a desviar mi vista del animal y aprovechándome de la privacidad que ofrecía mi pelo al caerme alrededor del rostro en mi encorvada postura. De verme así cualquier compañero de clases, mi reputación moriría. Pero ahora mismo, había pocas cosas que me importaran menos.

—Estoy seguro de que todos nos sentimos así en algún momento. —Su serenidad era contagiosa, peligrosamente adictiva. Por supuesto, él no lo entendía. Era el tipo de chico que se paraba a animar a una fracasada solitaria en un parque lleno de niñitos. Dudaba que supiera lo que se sentía ser mala persona.

Pero me callé esos pensamientos limitándome a negar con la cabeza. Me violentaba la mera idea de compartir la horrible causa de mi estado con él. A pesar de ser un desconocido, era fácil ver en él la calidez del trato que emanan quienes viven de actos amables, y aunque por dentro supiera lo estúpido que era, no quería que él confirmara la verdad de mi afirmación. Solo quería que dijera algo, aunque fuera alguna tontería sobre el gato que ahora estaba profundamente dormido sobre mi falda de estampado escocés.

Lo miré —siendo sincera, no podría explicar por qué lo hice— y, por una fracción de segundo, creí ver en su mirada algo más que la comprensiva pena de un buen chico. Algo que esperaba, debajo de la pintura que le salpicaba las mejillas, de forma inquietante. Quería decirle algo más, pero temía que al hacerlo se desatara mi garganta y colapsara el débil dique que contenía mis lágrimas.

Para mí suerte o desgracia, no llegué a definir su abatimiento ni a abrir la boca, porque el irritante chirrido de su celular nos sobresaltó a ambos.

Él levantó la cadera en un movimiento un tanto forzado para poder sacarlo del bolsillo delantero de sus jeans. Me sorprendió el contraste del dispositivo moderno con sus prendas: una sudadera grande y de apariencia suave por años de uso, jeans desgastados y, como si fuera poco, unas Vans que parecían haber sido atacadas por un ejército arcoíris que apenas permitía distinguir su color negro original.

Con un rápido toque y evidente apuro, lo silenció. Noté con esa acción que sus manos también estaban manchadas con pintura celeste.

Sus ojos volvieron a mí y casi me creí que realmente lo lamentaba cuando habló.

—Alarma —explicó, como si me mereciera saber el motivo de la interrupción—. Aunque me encantaría dejarte el gato, hay chances de que en casa me maten si lo hago. —Me dio un giro inesperado el corazón al verlo deslizarse hacia mí sobre el banco—. Así que disculpas adelantadas por el posible alboroto. —No entendía de qué hablaba y estuve a punto de sacar el gas pimienta de mi bolso cuando sus manos atacaron al gato, despertándolo de su pasivo sueño con un maullido furioso digno de un león.

El gato, paranoica, lo único que quería era tomar su gato. Mi propio reproche por poco me hace bufar, tanto de alivio como frustración. No era tan irracional mi instinto. A todos nos enseñaban desde chicos a desconfiar de los desconocidos.

Volví a mirarlo y acepté la ridiculez de mi pensamiento al verlo sostener al gato, que repartía arañazos a diestra y siniestra, lo más lejos posible de su rostro mientras lo retaba como si se tratara de un niño revoltoso. "No. Malo. Kai, malo. ¿Conque así van a ser las cosas? No pienso darte más atún, chancho maleducado". Sus muñecas y brazos no se salvaron de los arañazos, y me sonreí irónica al ver cicatrices y cascaritas de heridas de guerras similares. Algunas eran más gruesas y largas y otras tan finas sobre la bronceada piel que casi no se percibirían de no prestar atención. Y yo estaba prestando atención, reconocí, apartando violentamente mis pensamientos de la forma fuerte de sus brazos que se adivinaba bajo las mangas del abrigo. Agradecí a Dios —aunque se lo debía a Kai— que él estuviera demasiado ocupado apaciguando a la fiera como para notar el calor que me invadió el rostro.

Pasaron tal vez dos minutos de esta entretenida situación, hasta que me animé a arriesgarme a recibir un par de heridas yo misma. Acerqué una mano temblorosa a la cabeza del animal, y traté con todas mis fuerzas de ignorar el calor del muslo de mi compañero de banco al chocar con mi rodilla. El gato pareció dejar caer todas sus defensas en el momento en el que asenté mis caricias detrás de su oreja, reemplazándolas por una inclinación notoria de su cabeza hacia mí.

Incluso con el miedo de incentivar un nuevo ataque felino, alejé mi mano en cuanto pude, y esta fue reemplazada por la de su dueño. Me molestó cuánto le costó a mi cerebro aceptar el descaro que hubiera significado mantenerme así de cerca, pero me limité a entenderlo y a separarme del chico hasta volver a nuestra distancia inicial. Mi rodilla sintió el frío más punzante que antes al perder el contacto con su pierna.

Una vez más, el desconocido me halagó con un gesto de incredulidad, mientras bajaba al animal a sus propias piernas.

—Considérame indignado —acotó de forma acusatoria, yendo con los ojos de su gato hacia mí—. Casi dos años trabajando con animales y nunca conseguí que este fuera tan manso, mucho menos con tan poco esfuerzo.

La absurda naturaleza de la situación —una chica como un tomate irritado, un chico que era más pintura que humano y un gato furioso— me robó una risa breve y arenosa, levemente agria pero igualmente sincera, seguida de un gesto de indiferencia.

—Los amargados nos llevamos bien entre nosotros.

Kai, desde su cómodo lugar, soltó un maullido que, de no ser por su claro estado de dormitación, habría jurado era una afirmación, y el chico a mi lado se puso de pie un segundo después, ocultándome su expresión.

Al encararme, con el gato sostenido como si fuera un bebé despatarrado, su sonrisa me mostró por primera vez –o tal vez era la primera vez que yo le prestaba atención a esta y al metro ochenta del sujeto– un set impecable de dientes blancos. No la miré más de un segundo, pero fue suficiente para notar la punta de uno de los caninos apenas partida y el hoyuelo de la barbilla.

–Trata de no ser una amargada...

–Aspen.

Me miró de arriba abajo, como analizando que el nombre fuera aplicado, y luego sonrió aún más. No pareció notar la ola de calor que me golpeó el pecho.

–Aspen –repitió–, espero verte pronto y bien, pero a menos que corra ya mismo, estaré más que tarde.

Y no me dio tiempo a responder, razonar, o preguntar su nombre, antes de salir disparado por donde había venido, con su gato malhumorado y una pequeña porción de mis preocupaciones.

No llegué a decirle que yo esperaba no verlo nunca más.

Cuando llegué a casa, no me sorprendió que el griterío continuara. Las voces de mamá y papá se superponían entre sí, ninguno escuchaba al otro y las ideas, tanto las lógicas como los insultos incoherentes, se perdían sin ser escuchadas. Esa era la casa Vann. Supuestamente los ucranianos eran conocidos por su carácter severo pero controlado, era una pena que mis padres hubieran heredado solamente la primera mitad de esa suposición. Tenían menos control que simios hambrientos en jungla sin bananas, y así se vivía en mi casa, con el coro de sus quejas como música de fondo.

No notaron mi llegada –de la misma forma en la que no lo habían hecho cuando llegué a casa más temprano ese mismo día, a eso de las tres y media de la tarde–, o si lo hicieron, no les pareció merecedora de una pausa a su disputa, así que me escabullí lo más rápido que pude hacia mi habitación, cerrando la puerta a mis espaldas. El intento por sofocar sus voces fue totalmente en vano.

Las paredes blancas y desnudas del cuarto me invitaron a caer sobre el colchón y las mullidas almohadas. No lloré ni siquiera en ese momento, pues había pasado más que suficiente tiempo lamentándome en el parque. Si no lo hice allí, no lo haría ahora. No podía seguir perdiendo valioso tiempo con tonterías.

Lo que sucedió con la pelirroja a la salida de clases me había distraído lo suficiente. Lo que le pasara a esa chica no era mi problema, y por ende no merecía un segundo de mis preocupaciones. Había sobrevivido toda la secundaria con una única idea clara en mente: cada uno por su cuenta. Si me dedicaba a ir por la vida haciendo de defensora de todos los que alguna vez habían sufrido de las pullas de Fallon, terminaría siendo uno de ellos, y no era algo que me interesara. Lo importante ahora mismo era pegarme a Fallon, Ashleigh, Maggie y Claire. Con ellas a mi lado, me aseguraba tranquilidad el resto del año, que era todo lo que podía pedir.

Además, era importante recordarle al resto del mundo cuál era su lugar. No podíamos dejarlos actuar como lo hacíamos nosotras, porque entonces pensarían que éramos iguales, y dejarían de respetarnos. Eran cosas simplemente necesarias.

Por primera vez, ese pensamiento no me reconfortó.

Volviéndome sobre mi espalda, encontré en la pared opuesta el único adorno de toda la habitación: un corcho con un almanaque, *post-its* organizados por colores y prioridad, y un enjambre de notitas de impecable caligrafía con recordatorios. En medio de todo ello, se erguía el cartel que miraba tan seguido en busca de motivación. Este, en letras anchas y decoradas en verdes y lilas claros, leía:

6 meses

Seis meses para poner fin a la secundaria que todos tanto temían dejar, seis meses para al fin ser libre y embarcarse a la universidad más lejana que me aceptara.

Estaba tan ansiosa como temerosa por cambiar el cartel por el de "5 Meses", que ya tenía listo y bien guardado en la cajonera del escritorio. Porque, a pesar de tener ya planeada la lejanía y los detalles de la vida que gozaría en un par de años, eran las grandes decisiones las que aún no había tomado. No tenía ni la más pálida idea de lo que quería estudiar y solo pensarlo me generaba un ahogo sofocante.

En parte, eso había sumado a mi estrés de esa tarde, junto con el haber llegado a casa para encontrarme a mis padres en guerra.

Después de que en la escuela hubieran anunciado la proximidad de las fechas de envío de solicitudes a las universidades, el mundo se paralizó a mi alrededor. Fue como un balde de agua fría cayéndome encima. Creía tener todo el tiempo del mundo para tomar una decisión, pero de la nada eso no era más que otra mentira. Estaba entre la espada y la pared.

Y esa colisión de sentimientos me llevó a una huida más patética que épica. No estaba segura de cuánto tiempo estuve en el parque, solo que hubo un claro antes y después. El antes, más sofocante, que me tenía con las manos temblorosas y las ideas difusas, al que se le puso fin con la llegada del gato de ojos amarillos, y el después, al retirarse este en brazos de su dueño, más calmo y reflexivo. Pensándolo bien, tal vez hubiera habido un durante, entre el antes y el después. En este, con la compañía del chico de colores, por poco olvidé el antes y todos los errores que habían desatado el caos en mi interior.

"Espero verte pronto y bien", había dicho él, con esa sonrisita radiante. Solté un bufido al recordarlo. Lo último que quería era volver a encontrarme con alguien que me había visto en ese estado lamentable, alguien que se había acercado tan peligrosamente a los destrozados pedacitos de mi persona en su mayor momento de debilidad.

La ilusión de tener alguien que se preocupara por mis problemas había sido agradable los minutos que duró, pero sabía que terminaría, de la misma forma en la que se termina un paquete de galletas o el calor del verano. Tal vez lo más molesto no era que lo hiciera, sino que al verlo doblar la esquina y desaparecer de mi vista, había esperado que se diera vuelta, aunque fuera una vez.

Desilusión, pensé con rechazo, *que sentimiento tan absurdo*.

Ni siquiera con los auriculares a todo volumen pude ahogar el bullicio que venía de la cocina y casi di un grito de alivio cuando este desapareció abruptamente. Lo único que me retuvo fue el miedo a advertirles de mi presencia. Sin embargo, todas las precauciones fueron pocas y, dos horas más tarde, asomó una mata revuelta de pelo gris, especialmente arreglada para ocultar la incipiente calvicie de papá.

Me sonrió, esa sonrisa triste que tan mal disimulaba su miseria, como si con eso pudiera borrar de mi memoria los gritos que habían machacado mis oídos toda la tarde.

—Penny, no sabíamos que estabas en casa. ¿Vas a cenar? —No me dejó responder—. Bueno pídete lo que quieras, hay efectivo en el jarrón. Mamá se fue a otra cena de trabajo y yo ya comí. —Tampoco esperó respuesta en esta ocasión, cerró rápidamente la puerta como si apenas tolerara verme.

Avancé al baño, dejando mis carpetas cuidadosamente cerradas en una esquina del escritorio y marcando con tics las tareas que me había sacado de encima. Estaba agotada, y lo único que quería hacer era eliminar todo rastro de maquillaje de mi cara antes de ir derecho a la cama, pero me distraje con mi reflejo.

Al remover los restos de corrector bajo mis ojos, me impresionó ver que tenía unas ojeras pronunciadas, y lo labios, bajo los brillos que llevaban, se encontraban pálidos y resecos. Mis dedos se deslizaron por mi mejilla, como para asegurarse de que fuera real. Entonces mis ojos me devolvieron la mirada y di un paso atrás al ver la pesadumbre que cargaban. El corazón se me convirtió en piedra del susto. Al enjuagarme la cara se me había derramado la máscara sobre los pómulos y ahora serpenteaba entre las pecas, dándole a mis ojos un contraste que los hacía de un gris más pálido que nunca. Los mechones húmedos se me pegaban al rostro, enmarcándolo con un rubio casi blanco.

No pude recordar la última vez que me había visto tan mal. En momentos así, veía en mí la sombra de mi padre más fuerte que nunca, con sus rasgos afilados –aunque la nariz pequeña era de mamá–, pero también con esa tristeza que le inundaba la mirada, incluso tras esbozar la sonrisa más bonita.

Parecerme a mis padres, ¿en qué momento no lo había querido evitar? Y sin embargo aquí estaba, mi rostro siendo el calco de ambos. Quien quisiera, podría ver en mí la vivaz arrogancia de mamá, y quien me desarmara, el derrumbado espíritu de mi padre, oculto tras la misma adicción al trabajo. Tragué fuerte al pensar en que esto último –si bien disfrazado bajo maquillaje y la poca dignidad que me quedaba– era lo que había visto el chico del parque.

Ese pensamiento intrusivo me sacó de mi trance, y me empeñé en terminar lo que había empezado para escapar lo antes posible de la chica del reflejo.

Me acosté tras replantearme la oferta de papá. No podía ni con la idea de comer una lechuga. Todo en ese día me había revuelto el estómago. El anuncio de las universidades, la pelirroja, el griterío de mi propia casa, el gato y su dueño, la debilidad que mostré en ese momento, mi reflejo fantasmagórico...

Apagué la lampara, buscando consuelo en la oscuridad, y me decidí a dejar de ignorar a mis amigas, abriendo el chat.

Los primeros mensajes eran sobre una tal Avery, que no tardé en enterarme, era la pelirroja, y los salteé con la sensación de que se me había encogido el pecho, fiel a mi decisión de no hacerme cargo de las penas de otros.

Lo que seguía me sorprendió. "El merecido descanso tras el regreso a clases", había escrito Fallon. ¿Descanso? No llevábamos ni una semana de clases tras el receso de Navidad y ya estaban planeando ir a otra fiesta.

Y, sin embargo, en contra de toda cordura mía, pausé y releí. Vi la excitación de todas y pensé que podría guardarme las excusas por esta única vez. Fallon tenía razón. Estaba cansada de verdad. Cansada de las responsabilidades, de pensar, de sentir y del inmenso vacío que se negaba a dejarme. Así que cuando preguntaron quienes se anotaban, respondí con una sola palabra:

YO.

CAPÍTULO 2

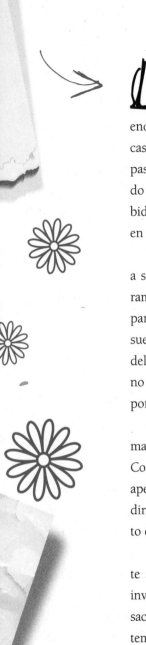

La casa de Fallon era ridículamente inmensa. No tenía mejor forma de describirla. Tenía un campo de fútbol por patio, en el que había una piscina enorme y climatizada, sobre la cual se derramaba una cascada majestuosa de piedras modernas. Nos habíamos pasado todo el verano en las reposeras de al lado, tomando sol y dándonos chapuzones cortos, con vasos de bebidas que ningún padre aprobaría que sus hijas tuvieran en manos.

Había, en el rincón opuesto, un bosquecito, que venía a ser un rejunte de árboles pelados por el invierno con ramas retorcidas que le daban un aire de ensueño. Era la parte más bonita de la casa. Mejor que el cine en el subsuelo, el jacuzzi o el sauna, incluso mejor que el balcón del cuarto piso en el que me encontraba. Pero a Fallon no le gustaba porque había poca luz para broncearse, y porque decía que los bichos eran insoportables.

—¡Es tu turno! —Ashleigh llamó a mis espaldas, asomando por el ventanal corredizo que hacía de puerta. Con ella se elevaron las voces que solían ser un murmullo apenas perceptible entre el silencio de la noche. Apenas le dirigí una mirada sobre el hombro y un corto asentimiento de cabeza.

Afuera estaba frío, un frío que te calaba los huesos y te ajaba las mejillas, anunciando que la peor parte del invierno estaba justo sobre nosotros. Me gustaba la sensación del viento abrazándome por más que me hiciera temblar, y lo último que quería era interrumpir ese momento para unirme al griterío que provenía del cuarto de Fallon. Pero, siendo viernes por la noche, y viendo que yo solita me había metido en esto, no tenía más opción que alejarme del barandal y abandonarme en manos de mis amigas.

Cuando me dejé caer en la silla frente al espejo del tocador de Fallon, un chillido comunitario las poseyó a todas. En el colegio habían estado insoportables, con miles de ideas sobre qué hacer con nuestro pelo, maquillaje, ropas, como si fuéramos a los Óscars y no a otra fiesta en la que pocos –por no decir nadie– notarían en verdad nada de eso en la oscuridad.

Asheligh tenía el pelo negro y lacio característico de las chicas asiáticas, y siempre me había parecido la más bonita del grupo. Tenía los ojos rasgados, que había heredado de su madre, y una sonrisa inocente que habría engañado a cualquiera que no la conociera. Yo sabía perfectamente que, aunque ahora me mirara emocionada, más de una vez había hablado mal de mí a mis espaldas. Nunca le di demasiada importancia. Después de todo, no necesitaba su amistad. Mientras Fallon me quisiera, o al menos me viera útil, sería bienvenida allí y pasaría de lo más cómoda por este último año de la secundaria, como había hecho desde tercero.

La dueña de la casa ya se estaba agarrando el peine y la rizadora. Aunque creí que eran para ella, que insistía en arreglarse última para que le durara más el maquillaje, los dirigió a mi melena. Sus ojos azules encontraron los míos en el espejo.

–Hoy, vas a ser una diva –me afirmó, sonriente. Tenía un rostro en forma de corazón y labios finos, siempre pintados con brillos. La piel dorada tras horas y horas al sol iba a juego con su cabello castaño claro, y yo era una convencida de que se desvivía para alcanzar esa perfección inmaculada.

–No sé si la rizadora es necesaria –respondí, un tanto desconfiada de tener a Fallon con un aparato hirviente tan cerca de mí.

A decir verdad, siempre habíamos sido un grupo bastante peculiar. Ashleigh con sus sonrisitas y sus calificaciones perfectas, Claire con sus novios de turno; Maggie, la deportista estrella, capitana del equipo de fútbol femenino, Fallon con su encanto y superioridad, y yo, con mi sencillo silencio. Ninguna confiaba demasiado en la otra, pero nos necesitábamos. Para no estar solas, para ser admiradas y, en algunos casos, porque conocer a la competencia era la mejor forma de destruirla. ¿No?

Ashleigh y Fallon habían competido en todo desde que tenía memoria, y estaba segura de que, el bizarro respeto que existía entre ellas, provenía de las veces en las que se habían hecho sufrir la una a la otra. Robándose chicos, echando a perder tareas, tomando el lugar como presidente de la clase, dirigiendo el comité para algún que otro baile. Mentiría si dijera que no era de lo más divertido observarlas arrancarse los pelos mutuamente, pero a veces podía llegar ser tedioso. En especial cuando montaban espectáculos a los gritos en la cafetería y todos se quedaban observando nuestra mesa. Les encantaba hacer eso, y mientras lo hacían, yo comía en silencio, con mi calma habitual, haciendo como si nada cuando quería tomarlas a una por cada oreja y gritarles que maduraran. Al día siguiente, o en el peor de los casos, una semana después, entrarían tomadas del brazo como si nunca hubiera pasado.

Claire, con su cabello anaranjado y su lado seductor, vivía de la atención del sexo opuesto. Los novios le duraban un mes, y en el medio estaba con una infinidad de chicos más. No me gustaba la forma que tenía de hacerlos sentir especiales. La había visto en incontables ocasiones romperles el corazón tras semanas diciéndoles que eran los únicos. Por suerte, Maggie concordaba conmigo y siempre se lo reprochaba, lo que me ahorraba el trabajo y la culpa de no hacerlo yo. Eran mejores amigas, tal vez las únicas dos que realmente se querían en nuestro rejunte. Habían sido como carne y uña desde la primaria, y a veces sentía que eran parte de un pequeño grupo aparte, con sus miradas silenciosas y sus chistes internos. Más que molestarme, lo envidiaba. En mi vida había tenido una conexión así con alguien, un amigo de verdad que supiera todo de mí.

En el fondo éramos un rejunte de chicas bonitas: dos castañas, una con pelo de zanahoria, otra pelinegra y una rubia. Cualquiera que tuviera dos neuronas y un buen par de ojos notaría que el único secreto tras mi presencia allí había sido un poco de suerte, mezclado con la rareza de los genes ucranianos y –escondida, bajo pisos y pisos de mentiras– mi desesperada necesidad de protegerme de quienes me rodeaban. ¿Qué mejor manera de hacerlo que siendo quien todos temían?

–No digas tonterías, vas a quedar preciosa. –Y, aunque me hubiera gustado protestar, estaba demasiado cansada para hacerlo.

La noche anterior tampoco había dormido, como tantas otras, enfrascada en el estudio y cualquier otra cosa que me permitiera no pensar en la situación de ayer, en Avery y sus ojos vidriosos mirándome como si fuera su única esperanza. No me gustaba sentirme culpable. Ella había besado a Darren y buscado la ira de Fallon, yo no había hecho nada. De la misma forma en la que no hice nada para ayudarla cuando Fallon le dio vuelta el rostro de un manotazo. Y luego otro. Y otro más, con el puño cerrado, directo en la nariz. Todos sus anillos quedaron impresos en el rostro de Avery como una secuencia de tatuajes rojos.

El recuerdo me tironeó del esternón.

–¿No tienes nada un poco más escotado para prestarme, Fallon? –aventuró Claire acomodándose los pechos de la manera menos delicada que podía existir. Ashleigh se rio, pero la vi darse vuelta y rodar los ojos cuando creyó que nadie miraba.

–No –intervino Maggie recogiéndose el pelo castaño oscuro, casi negro, en una cola alta y lacia. Por el rabillo del ojo, la vi intercambiar una mirada con su mejor amiga, de esas que para mí podrían significar tanto "¿Está bueno el jamón?" como "Necesito una ducha", pero para ellas parecían tener un significado tan preciso como palabras pronunciadas en voz alta–. Eso es más que suficiente escote. –Y tenía razón. El top que llevaba se hundía hasta mostrar tanta piel que era imposible no mirar.

–Quieta –exigió Fallon volviendo a orientar mi cabeza al espejo con un tirón no tan suave de uno de los mechones que se enroscaba entre los dedos. Me sentía ridícula, con la mitad de la cabeza voluminosa y llena de vida y la otra lisa como una tabla, igual que siempre.

Sabía que bajo la máscara de maquillaje que me había colocado antes de salir de casa, seguían las mismas ojeras que me habían aterrado la noche anterior, pero me gustaba fingir que no estaban allí. Ahora, con esas chicas, era Aspen Vann, la silenciosa, seria y sarcástica chica de vida perfecta, cuya familia era dueña de una de las marcas de zapatería más lujosas del país. Que ridículo. Para colmo, en mi vida había calzado uno de esos zapatos salvo por un par de galas de la misma empresa y lo único que podía decir era que había tenido suerte de no romperme un tobillo con semejante tacón de aguja.

Odiaba a esa empresa. La odiaba con la concentración de todos esos otros sentimientos que había reprimido a lo largo de mi vida. El poco tiempo que papá tenía para mí tras sus incontables peleas con mamá, se lo dedicaba a Dios sabrá qué cosa en su estudio. Antes le gustaba hacer sus propios diseños, pero hacía años no lo veía hacerlos. Ahora era solo la cara frente a la empresa, y la mente al mando. La creatividad había quedado en manos de terceros. En cambio, mamá, que había estado a cargo de la parte de finanzas desde el inicio de los tiempos, siempre encontraba los fines de semana un pequeño espacio para hacer algo conmigo. Ir de compras, tomar un batido en Dino's. Al menos estaba allí.

Pero, reitero, mis amigas no veían nada de eso. Solo los zapatos, el apellido que seguía a mi nombre y mi capacidad para lucir bonita sin representar una amenaza para ninguna de ellas.

Excepto, tal vez, por Ashleigh; ella sí veía en mí más de un problema, porque le seguía en promedio y en la lista de "Mejores Amigas" que Fallon había hecho cuando estábamos en tercero de secundaria. Era una chica rencorosa, pero tampoco me preocupaba. Ashleigh tenía un problema con todos.

En un momento pensé que nos parecíamos, que teníamos eso en común, pero la ilusión duró poco. Mi amiga quería ser la mejor, sin importar el precio o consecuencia, sin importar a quién hubiera que derribar por el camino. Odiaba a todos, porque todos destacaban sobre ella en algo, como un recordatorio de la perfección que nunca alcanzaría. Yo solo quería ser. Ser yo, lejos, muy muy lejos de esta ciudad y su gente. Borrón y cuenta nueva. Y yo no odiaba a todos. Yo odiaba los problemas, los errores que me llevaban a ellos y sus consecuencias. Odiaba los sentimientos que complicaban todo y me odiaba a mí misma por ser el recipiente que los contenía.

Para cuando mi peinado estuvo listo, me alegré tanto porque Fallon no me hubiera quemado en un "descuido", que apenas me importó lo raro que se veía mi pelo –que normalmente me llegaba a la cintura– enrulado al punto que apenas llegaba al final de mis omóplatos. No era que se viera mal, pensé, mirándome al espejo. Solo que no estaba bien tampoco, en la forma en la que caía y se amontonaba alrededor de mi rostro. Claire exclamó algo sobre que se veía "salvaje". A mí me parecía incómodo. Pero sonreí y asentí con fingida alegría antes de ser arrinconada por ella y un montón de pinceles y paletas de colores.

Para cuando llegamos a la puerta de la fiesta, ya estaba más que arrepentida. No era solamente lo ridícula que me sentía con los párpados pintados de naranja mandarina lo que me hizo querer huir. Se sumaba a esto algo mucho más simple: el patio delantero de la casa de Fraternidad, infestado de parejas en estados demasiado comprometedores y minado de botellas y latas de cerveza vacías. Me pareció divisar a alguien vomitando detrás de un arbusto.

Si quería desconectarme de los problemas podría haber visto una peli o tomado un batido de chocolate en Dino's con un libro en mano. ¿Por qué terminé cediendo a ese mismo impulso adolescente que nunca había llegado a comprender? Las fiestas no eran el único entretenimiento que existía.

Nunca habían sido un entretenimiento, en mi caso. No entendía qué se suponía que debía hacer. Porque quedarse callado no era una opción pero la música estaba demasiado alta para hablar, porque no debías quedarte quieto pero no sabía bailar, porque debería emborracharme pero de hacerlo no podría estudiar al día siguiente... Y sin embargo había caído, en mi desesperante intento por perder el peso que venía arrastrando hacía meses, en ese falso concepto. Todos se divertían en fiestas así: chicos de universidad, alcohol, música alta y ningún adulto gritando en el fondo. ¿Por qué no era suficiente para mí?

Mi único consuelo había sido, mientras nos deslizábamos entre la apretada multitud de la pista en dirección a la barra, que todas habían prometido que sería una noche de chicas: no estaría ni Darren ni ningún *nuevito*, como les llamábamos a los novios de Claire, ni nadie. Solo nosotras bailando y divirtiéndonos. Y tenía esperanzas de que así fuera, porque podía no parecerlo, pero por más que hubiera malos momentos y rivalidades, también había días en los que realmente nos divertíamos.

Como esa vez que fuimos a Dino's y reímos horas y horas de cosas que, en perspectiva, no ameritaban ni la mitad de esas risas. Tal vez había sido porque Fallon tanto como Claire y Ashleigh estaban totalmente borrachas, o porque salíamos de una fiesta que había sido un completo fracaso, pero ese recuerdo era el que quería llevarme de ellas a la universidad.

Me limité a caminar, sintiendo el temblor de la música incluso a través de las paredes, metiéndoseme entre los huesos como un terremoto con cada golpe del bajo. Me permití pensar que tal vez esta no había sido tan mala idea, que lo pasaríamos bien allí dentro, o, aún mejor, sería un completo fracaso y terminaríamos una vez más en Dino's.

Que gracioso, casi al punto de ser admirable, era que pudiera mentirme a mí misma de esa manera.

A pesar de todas las promesas que hicimos, nos llevó tan solo media hora dispersarnos y terminé sola, con una lata de cerveza intacta en mis manos y el culo pegado a uno de los sillones que había en una salita al lado de la pista de baile.

El único motivo por el cual había decidido tomar ese asiento era que era el lugar menos ruidoso de toda la casa y con menos personas gimiendo. Había luz suficiente para ver más que contornos y flashes multicolores. Lo que no había eran amigas. De a poco se habían ido encontrando con universitarios bonitos y huecos como sacados de una película y desaparecido con ellos. Excepto por Maggie, que se había negado a dejar el bar, desde el cual sospeché que podría mirar y cuidar de Claire. No le sentó bien mi chiste sobre que al final nuestra amiga no había necesitado más escote y me miró con ojos casi asesinos, así que me encogí de hombros y me fui.

Para mi desgracia, el chico a mi lado, cuyo nombre había perdido en medio de su incesante palabrerío, interpretó mi caída en el sillón –justo a su lado– como una señal de inequívoca atracción, así que me excusé a los diez minutos mirando mi celular como si me hubiera llegado un mensaje y diciendo que mi novio había llegado a buscarme. Con esa mentirita piadosa y pasos furiosos, comencé a abrirme paso entre la gente.

Había venido a despejarme y divertirme y terminé más aburrida que la mierda en un rincón, repitiendo escenas del día anterior –Avery y sus lloriqueos petrificantes, las peleas entre mis padres, la apabullante velocidad con la que se acercaba el futuro– sin parar en mi cabeza y con un jugador de *lacrosse* hablándome de su último campeonato como si fuera lo más importante del mundo. Casi sigo de largo hasta la puerta, preparada para plantar a todas mis amigas y llevarme mi auto directo a casa, cuando la visión de un rostro conocido, tirado en el suelo, con la camisa abierta y el pecho delgado y frágil descubierto, me frenó como si me hubieran puesto una pared en frente.

Entrecerré los ojos, sin poder creer lo que me mostraban. Podía estar confundida. Tenía que estarlo. Pero era un rostro difícil de olvidar, e incluso estando en la otra punta del pasillo, podía ver las negras pestañas curvándose sobre sus pómulos.

Era Kai. O bueno, su dueño. El chico del gato, con el mismo hoyuelo en la barbilla, aunque con un extravagante pantalón de cuero con el que jamás lo hubiera imaginado y una camisa estampada con un millón de palmeras psicodélicas, era imposible de confundir.

No me di ni cuenta, pero para cuando mi cerebro salió de su estado de conmoción, ya marchaba en su dirección.

Estaba tirado, con un brazo sobre el baúl antiguo a su lado, y el otro con una lata de bebida a la mitad. Se había quedado dormido tomándola, me di cuenta asqueada, al ver la mitad del contenido desparramado a su alrededor. Apestaba a hierba, sudor y una decena de cosas igual de terribles e indescifrables. Pero eso era lo menos preocupante; lo que realmente aterraba era el sudor frío que le recorría el rostro y la temperatura fúnebre que congeló mi mano cuando la posé en su frente, acuclillándome a su lado.

Miré con preocupación alrededor. La única iluminación del pasillo era un tubo que emitía una luz ultravioleta y le daba un tono casi translúcido a la piel del chico, exponiendo telarañas de venas bajo su piel. Había un grupo de gente cerca, que nos miraba de reojo y reían. Les respondí sin palabras, segura por la forma en la que se dieron vuelta de forma inmediata, de que había conseguido transmitir todo el odio que sentía, irrefrenable y ardiente. Eran sus amigos, pensé incrédula. Pensé en mis propias amigas, en como siempre se reían a mi alrededor y en como Fallon había jugado a la peluquería. Yo nunca había estado en una situación como la de Kai, pero de hacerlo, ¿me ayudarían o me mirarían entre risas? ¿Me dejarían tirada o me levantarían para llevarme a casa?

Me sacudió un temor horrible; de que así vieran otros mi vida, de que el chico frente a mi estuviera tan solo a pasos de un coma, de que a nadie en este mundo pareciera preocuparle el chico de los gatos y su respiración entrecortada.

Mi corazón latía como si estuviera por salirse de mi pecho.

Aguanta, aguanta, aguanta, repetí una y otra vez en mi cabeza, pasando ambas manos por mi pelo. Los dedos se atascaron en los estúpidos rizos y los arranqué de allí sintiendo la frustración como aceite hirviendo por mis venas. *Aguanta, aguanta, aguanta.*

No debería importarme, me dije, no debería estar tanteando los bolsillos del chico desesperada, ni haber soltado una exhalación aliviada cuando tanteé los bordes de un celular en el bolsillo trasero de los ajustados pantalones.

Pero no podía ignorarlo. A alguien que, con su estúpido gato, sus inútiles comentarios y sonrisas resplandecientes, me había sostenido el corazón cuando se me caía a pedazos. Se lo debía.

Mientras tiraba del dispositivo, me importó poco y nada estar casi tirada sobre el sujeto. Solo podía pensar en sacarlo de allí. Y tal vez un poco en el asco de que las medias que llevaba se me empaparan de lo que esperaba fuera cerveza y no vómitos o algo peor.

Estaba drogado. Drogado de verdad. Se olía en él y se sentía en todo lo que lo rodeaba como una peste contagiosa. Supe en ese momento que fuera cual fuera el motivo tras ese consumo obsesivo, había venido de algo más que del deseo de pertenecer. Tras verlo el otro día, no podría convencerme ni Dios de que ese chico se hundiría de aquella manera porque sí. No con esos ojos luminosos y esa alegría que salía de él a borbotones.

¿Había estado tan delgado la primera vez que nos vimos? ¿Y de dónde habían salido esas ojeras? Eran tan profundas como las mías, tal vez más, y estaba segura de que no habían estado allí el día anterior. Habría notado las manchas violáceas oscureciendo su mirada. ¿O no? ¿Había sido yo lo suficientemente egoísta como para no reparar en ellas? ¿Dónde estaba el muchacho risueño que me había hecho reír con su gato gruñón? Y pensar que había creído que él no conocía la oscuridad de los errores que marcan y las penas que agobian hasta cerrarte los pulmones. ¿Cómo había escondido todo eso de su mirada?

Entonces, mientras yo me partía la cabeza con preguntas e intentos fallidos de contraseñas para desbloquear el maldito celular, se despertó.

Un movimiento de cabeza, un débil parpadeo para ajustarse a la luz, a la atronadora música que nos reventaba los oídos y a la chica que tenía arrodillada al lado. Me miró como si estuviera soñando, y me dedicó una sonrisa bobalicona de quien no puede siquiera recordar en qué planeta está.

–Hola –su sonrisa se ensanchó, esta vez mostrando todos sus dientes, como si hubiera dicho algo comiquísimo, y echó la cabeza hacia atrás para soltar una carcajada.

Mi primera reacción fue destensarme, no había notado el agarrotamiento de los músculos y lo doloroso que se había vuelto hasta aquel momento. Lo prefería drogado e inútil que en coma. La segunda reacción, casi instantánea, fue fruncir el ceño. Había algo diferente en su sonrisa, en los impecables dientes tanto como en la forma en la que se arrugaban las comisuras de sus labios al mostrarlos, como si alguien se hubiera dedicado a reorganizar la secuencia de hoyuelos. Pero no era el momento de analizar sonrisas o apariencias. Tenía que mantenerlo despierto y sacarlo de allí.

–¿Te puedes levantar? –pregunté.

No hubo respuesta. Sus ojos se estaban cerrando otra vez.

–Ah no, ni lo pienses. –Sacando el lado de mí que necesitaba, le di un par de cachetazos lo suficientemente fuertes para despertar sin lastimar. Soltó un quejido, pero volvió a mirarme y con eso me bastó. No pude evitar notar en sus ojos de pesadilla, hinchados y enrojecidos como si hubiera bebido sangre, una oscuridad impenetrable. Hice a un lado la parálisis del momento, colocándome a su lado, pasando un brazo por debajo de sus axilas y acomodando el suyo sobre mis hombros–. Arriba.

Fue casi milagroso lograrlo, sentí que me hundía en el suelo bajo su peso y sus pasos débiles y agónicos, pero de alguna manera –y con alguna manera me refiero a empujones y patadas entre la multitud–, nos abrimos camino a la salida.

Casi se me cayó de cara al piso cuando descendimos por el porche. Alguien se rio e hizo un comentario, pero no tuve tiempo de responderle: el celular del chico, que había guardado en el bolsillo de mi falda, comenzó a vibrar. Me ardía el brazo derecho de sostener a Kai, y tuve que hacer un centenar de maniobras para sacarlo, entorpecida por el apuro para evitar que se cortara.

De nuevo me reproché estar tan preocupada, pero cada vez que lo miraba, colgando débilmente de mí, con la cabeza gacha y los hombros caídos, no podía evitar recordar a la pelirroja. No pude hacer nada por ella, pero podía ayudar a Kai. Como si llevarlo sano y salvo a su casa pudiera borrar las mil veces en las que me hice a un lado de los problemas de otros sin que se me moviera un pelo.

Nunca estuve tan agradecida de haber conseguido estacionar en la entrada. Dimos un par de pasos más y recosté al chico contra la puerta de acompañante, dándole otro par de cachetadas no muy sutiles para mantenerlo despierto mientras miraba la pantalla del celular. El nombre "Aaron" la iluminaba. Debajo, en rojo, anunciaba doce llamadas perdidas del número. Atendí, esperando a algún amigo o a alguien, quien fuera, que pudiera decirme qué hacer con él para que estuviera a salvo.

—Christof —la voz del otro lado de la línea agitó algo en mi cerebro, una advertencia, pero fue ahogada por el eco del nombre, que se repetía en mi cabeza. Miré al chico. *Christof.* Aunque no fueran las mejores circunstancias, era agradable saber su nombre al fin. Definitivamente mejor que seguir llamándolo por el nombre de su gato. Sacudí la cabeza, reprochándome y volviendo a enfocarme en la voz distante del extraño—... lo mismo siempre. Dime ya mismo dónde estás, no te muevas y no cortes la llamada. Pido un Uber y voy por ti...

—Aguarda —lo interrumpí, tratando de bajarle un par de decibeles. Podía palpar el pánico en su voz. El chico parecía estar en la desenfrenada histeria previa a un paro cardíaco—. Aguarda. Soy...

—No eres mi hermano.

Di otra secuencia de golpecitos a Kai. *Christof.* A Christof, para mantenerlo despierto.

—De eso estoy enterada —solté tras un bufido—. ¿Ahora vas a escucharme o vas a seguir diciendo obviedades hasta que me duerma? —Quería ayudar, pero la gente en general parecía tener un talento especial para sacarme de quicio incluso en mis mejores momentos.

Hubo un momento de silencio del otro lado de la línea. Por un instante temí que realmente se le hubiera parado el corazón. No quería pensar en tener dos muertos en una noche.

—Está bien, perdón —dijo al fin.

—No pidas un Uber. Eso va a llevar mucho tiempo —respondí, ignorando totalmente su disculpa—, yo lo llevo. Dime la dirección.

—¿Quieres que le de mi dirección a una desconocida?

El comentario me irritó a extremos casi imposibles. Estaba intentando ayudar, ¿no? Entonces, ¿por qué era tan complicado no hacer las cosas más difíciles de lo que ya eran? Me pasé la mano por el pelo, de nuevo atascándola en los rizos, intentando contener la sarta de barbaridades que se me vino a la cabeza; principalmente porque ese tal Aaron tenía razón.

—Si tu hermano es el chico que está drogado hasta las nubes, vestido con una camisa de seda y botas de cargo con cordones amarillos fluorescentes que encontré tirado en el pasillo, sí. Te lo recomendaría.

Lo que había dicho parecía un chiste en comparación con la realidad. Christof no dejaba de sudar y sus manos temblaban a los lados de su cuerpo como pescados fuera del agua, sin mencionar que a duras penas podía mantener los ojos abiertos. De todas formas, no pude decir eso, ni usar *esa* palabra que acechaba mis pensamientos desde el momento en el que lo vi. *Drogadicto*. Me negaba a llamarlo así. Llamarlo drogadicto se sentía incorrecto. Así como las palabras "bueno" o "malo", no eran estados constantes, la condición actual de Christof tampoco lo era. Un drogadicto era quien se había abandonado para siempre en el adormecimiento químico, alguien sin cura, sin vuelta atrás. Él era tan solo un chico drogado: en esta situación, en este momento. Era algo circunstancial. Tenía que serlo.

Noté que el chico del otro lado de la línea se alejaba el teléfono para decir una palabrota y me descolocó de la más extraña manera y totalmente en contra de mi voluntad pensar que, incluso en semejante situación, se preocupaba por su vocabulario.

—Está bien —dijo, su voz de nuevo fuerte—. ¿Tienes dónde anotar?

Miré a Christof, a quién sostenía con una mano en el pecho contra el lateral del auto para que no perdiera totalmente el equilibrio. Bajo mi palma, sentí el bombeo desbocado de su corazón, como si estuviera girando en círculos furiosos dentro de su jaula. Ya no eran solo sus manos las que temblaban, su rostro se contraía erráticamente, como si estuviera soñando despierto. Me aterró ver que estaba aún más pálido bajo la luz de las farolas.

—Sí —mentí y, acto seguido, solté una dirección y corté.

Viendo que Christof comenzaba a cabecear, le di una nueva seguidilla de palmadas la mejilla. Gruñó y logró enfocar sus ojos el tiempo suficiente para dirigirme una mirada asesina. Si todo lo demás no hubiera terminado de convencerme de que era el chico del parque, ese destello de sus ojos avellana, incluso cuando se encontraba rodeado de venas rojas y vidriosas, hubiera sido todo lo que necesitaba para aceptarlo. Pero se me removía algo adentro de solo ver el vacío que lo teñía ahora.

No me dio mucho tiempo de seguir analizándolo porque, como si alguien hubiera presionado el interruptor de apagado, su cuerpo se desplomó. Maldije y lo atrapé. Christof, así delgado como lo veía, seguía midiendo una barbaridad, y casi me derribó. Su pecho quedó pegado al mío y su cabeza colgando sobre mi hombro. Lo único que me indicó que no sostenía un cadáver, fueron los murmullos incomprensibles que soltaba contra mi cuello. Me recorrió un escalofrío ante esa cercanía indeseada y casi lo dejo caer deliberadamente, desesperada por alejarlo de mí.

Solo Dios sabe cómo me las arreglé para empujarlo de vuelta contra el auto, abrir la puerta y guiarlo, en su estado de seminconsciencia, dentro.

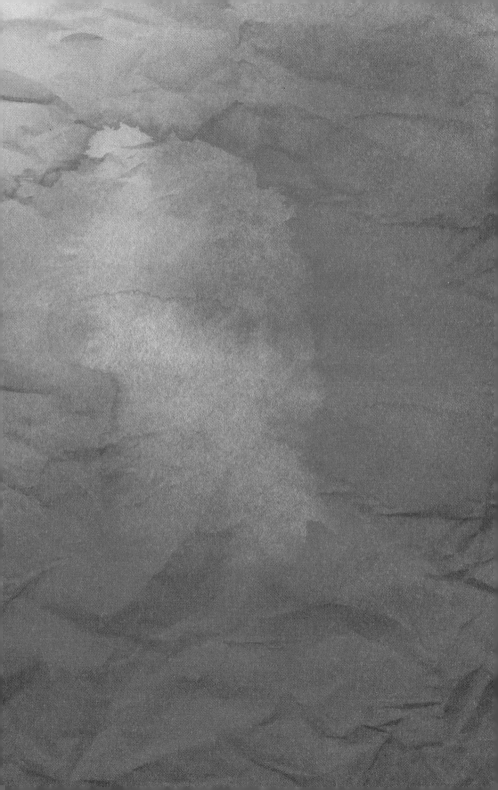

CAPÍTULO ③

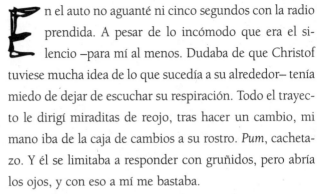

En el auto no aguanté ni cinco segundos con la radio prendida. A pesar de lo incómodo que era el silencio –para mí al menos. Dudaba de que Christof tuviese mucha idea de lo que sucedía a su alrededor– tenía miedo de dejar de escuchar su respiración. Todo el trayecto le dirigí miraditas de reojo, tras hacer un cambio, mi mano iba de la caja de cambios a su rostro. *Pum*, cachetazo. Y él se limitaba a responder con gruñidos, pero abría los ojos, y con eso a mí me bastaba.

Las calles se encontraban desiertas, y por un momento me extrañó. Hasta que recordé que era pasada la una de la mañana, que la "noche de chicas" había resultado en un rotundo fracaso y que ni había avisado que me había ido con el auto. Pero como al chequear mi celular no encontré ningún mensaje en el chat grupal ni en los privados, me limité a tirarlo al asiento de atrás con un sentimiento desconocido acaparándome.

Era como un manto oscuro, como sombras turbias que se me enredaban en el cuerpo, un aire pútrido que se colaba por mi nariz, orejas y boca. No podía respirar. *Cada uno por su cuenta*; era algo que había sabido por tanto tiempo que no recordaba haberlo aprendido. Había nacido con ese pequeño pedacito de sabiduría enredado en mis genes, ¿no? Creía que sí. No, sabía que sí. Pero, entonces, ¿por qué me sentía así?

Retuve el impulso de pegar un frenazo y salir corriendo. Lejos del auto, de Christof y su olor a hierba, de la ciudad, de mis supuestas amigas, del país, del mundo entero. Me frené y no corrí, porque sabía que por más lejos que estuviera, mi sombra me acompañaría.

Me di cuenta de que la dirección que el hermano de Christof me había dado quedaba a tan solo diez cuadras de mi casa y a cinco del parque en el que mi acompañante y yo nos habíamos conocido. Tras media hora de viaje desde la casa de la fraternidad, ya había dejado de tratar de encontrar explicaciones para el millón y medio de cambios que había parecido sufrir Christof en poco más de veinticuatro horas. Había dejado de pensar en que era más lindo con la cara manchada de pintura y su gato loco y sus sonrisas espontáneas. Ya no pensaba en nada de eso, ni en cómo sus brazos que antes habían parecido sólidos y fuertes eran ahora poco más que escarbadientes unidos a sus hombros por engranajes protuberantes.

Sacudí la cabeza. Solo faltaban un par de cuadras.

Llegar, dejarlo bajo el cuidado de Señor Sobreprotector e irme. Nunca más volver a verlo. Le di una mirada de reojo, procurando tampoco pensar en que parecía tener el pelo graso y bastante más largo. Ni en lo suave que se había visto el día anterior.

Cachetazo. Gruñido. Un insulto a mi persona por lo bajo. Ojos abiertos.

Ya era casi automático, no intercambiamos palabras en ningún momento. Atribuí a eso el nerviosismo que me generó hablar, junto con la leve duda que tiñó mi afirmación.

—Despierta, ¿sí? En un minuto llegamos.

No estaba acostumbrada a tratar con gente en ese estado, y temía que si le gritaba o hablaba muy fuerte fuera a entrar en estado de shock, a ponerse violento o algo por el estilo. Nunca estuve tan arrepentida de no haber prestado atención a las clases de prevención y preparación que teníamos una vez al año. Lo único que podía recordar era que no debía dejar que se durmiera y que debía hidratarlo. Pero como no tenía agua, Christof iba a tener que conformarse con mis cachetadas.

Para cuando frené el vehículo, estaba tan aliviada como preocupada.

A mi derecha había una casa beige claro de estilo victoriano, con los marcos de las puertas y ventanas, al igual que los pilares que sostenían el tejado sobre el porche, blancos. Había solo cuatro casas en esa cuadra, todas igual de inmensas en sus parques y edificaciones, y elevadas sobre una pequeña colina. Al igual que en las otras tres, había que subir escaleras para llegar a la entrada y otras más para alcanzar el porche. A decir verdad, era una casa preciosa, elegante pero no ostentosa, y yo hubiera estado encantada admirándola de no ser porque esos escalones parecían ser la mayor desgracia de la vida en aquel momento.

Me desabroché el cinturón, ya sufriendo la idea de cargar con el peso de Christof hasta arriba de todo y salí con un portazo. El helado viento invernal me atravesó la finísima camisa como una navaja, y ni hablar de las piernas desnudas. Farfullando sobre lo arrepentida que estaba de todo esto y de como nunca volvería a hacerme cargo de desconocidos desesperados que encontrara, di la vuelta por delante del auto y abrí la puerta del acompañante.

No me sorprendió que Christof ya estuviera dormitando otra vez, pero sí volvió a acelerarme el pulso.

Y si... No. No en mi auto, pensé.

—Christof —decir su nombre era extraño. Se sentía como una violación a su intimidad. Él no me lo había dicho el día anterior. Tal vez no quería que lo supiera—. Christof, despierta —insistí, tomando su rostro entre mis dos manos y sacudiéndolo de un lado a otro. Solo paré cuando soltó un quejido casi doloroso—. Estás en casa. Necesito que te bajes.

Dijo algo, tan por lo bajo que por poco creí que lo había imaginado.

—¿Qué? —pregunté.

—Que te... que calles la... puta boca...

El comentario me hizo arder el rostro de furia. ¿Cómo se le ocurría hablarme así después de todo lo que había hecho por ayudarlo? ¿Dónde estaba el chico amable y despreocupado del parque?

Inhalé profundamente, conteniéndome con la poca decencia que me impedía darle un tortazo con toda la furia a un chico medio inconsciente, y me incliné sobre él para sacarle el cinturón de seguridad. Entre su falta de colaboración, el aroma nauseabundo que desprendía y mi frustración, tuve que concentrarme haciendo uso hasta de la última de mis neuronas funcionales. Y como si fuera poco, la tela sedosa de su camisa se había atascado entre la hebilla y el seguro, impidiéndome desabrocharlo.

—¿Puedo ayudar?

Casi escupo el corazón.

Solté un grito. Me erguí de golpe, dándome la cabeza contra el techo del auto. Un estallido de dolor se abrió paso por mi cráneo como grietas en la tierra.

Estaba preparada para caer directo al suelo de la manera más patética posible, cuando un tacto cálido encontró el hueco entre mis omóplatos, estabilizándome.

Por un momento, olvidé completamente dónde estaba. Solo podía sentir el desenfrenado eco en mi tórax, como si me hubieran vaciado completamente. Esa extraña sensación de haberse olvidado el alma tras un movimiento brusco, y como si esta respondiera con retraso, me encontró con un golpe que me aflojó las rodillas.

Cuando el desconocido se acercó, con aires de salvador, le propiné un empujón. Sí, me caí. Sí, por poco me termino de romper la cabeza contra la esquina de la puerta. Pero prefería eso a dejar que el extraño siguiera acercándose.

—¡Ey! —se quejó retrocediendo—. ¿Qué haces?

—Busco el gas pimienta para alejarte, maldito raro —exclamé, mientras revolvía el bolso—. ¡Mierda! —Me lo había olvidado en lo de Fallon—. Te lo advierto —continué mientras intentaba pararme y fracasaba, demasiado mareada por los golpes. El lado posterior del cráneo, justo sobre el parietal, me latía como si fuera un cascarón y un pollito estuviera luchando por salir—, si das un paso hacia adelante, te pateo.

Supuse que sonaba bastante patética, intentando amenazar a alguien y sin siquiera poder pararme o abrir los ojos sin estremecerme. No fue que se riera lo que me tomó por sorpresa, si no la forma. De nuevo, esa sensación de aleteo en el fondo de mi cabeza. No ayudaba en absoluto con el dolor.

—Déjame ayudar. —Abrí los ojos y me encontré una mano firme y callosa extendida en mi dirección.

Y, a pesar de que me negué y volví a intentar hacerlo sola, el fracaso fue inevitable. Resignada y cayendo en la cuenta de que lo único que el desconocido había hecho desde su llegada había sido ofrecer ayuda y evitar la primera de mis caídas, la tomé.

Noté en ese momento que tenía una infinidad de arañazos cicatrizados en sus manos y brazos.

Mi mirada se desvió a Christof. Sorprendentemente no se había vuelto a dormir, sino que nos miraba casi con atención a través de sus párpados pesados, con una sonrisita socarrona en el rostro. Dientes perfectos. Bajé los ojos a sus brazos. Ni un rasguño. Como si Kai nunca lo hubiera tocado.

Entonces me volví con el rostro desfigurado del impacto al ya-no-tan-desconocido.

Ojos avellana luminosos y bien abiertos, rodeados de pestañas largas como patas de araña, una mancha de pintura celeste en la mejilla, otra con un poco de rosa en la oreja y el pelo arremolinado a su alrededor. Ese pelo, denso y oscuro, rasgos marcados, imposiblemente similares y a su vez diferentes de los de Christof, hombros anchos, brazos fuertes. Incluso las manos tenían un tinte azulado, como si se hubiera pasado un trapo apresuradamente para limpiarlas.

No necesité ver las zapatillas arcoíris. No había necesitado nada de ese rastreo de su cuerpo en general. Me había bastado con los ojos, su peculiar manera de captar la luz, tanto como el obvio reconocimiento que mostraban, pero no había podido evitarlo.

—¿Aspen? —preguntó, casi tan incrédulo como yo.

Y digo "casi", porque yo tenía un doble de él en mi auto. Claro, un doble venido abajo y en las nubes de porro, pero, aun así, casi idéntico.

—¿Kai?

Soltó una carcajada tirando la cabeza hacia atrás. Su nuez de Adán subió y bajó y yo la seguí, embobada. Era demasiado para procesar. El diente partido se burló de mí. ¿Cómo no había notado todas esas diferencias antes?

—Kai en realidad es el gato. —Sentí mi rostro enrojecer, pero esta vez no tenía nada que ver con la furia—. Aaron —se presentó—. Pero claro, tú ya lo sabes.

—Ahora lo sé.

Nos quedamos unos segundos en silencio, mirándonos, y solo entonces me di cuenta de que todavía seguíamos tomados de la mano. La retiré casi con violencia, y él dejó caer la suya rápidamente. De repente, volvía a invadirme la necesidad de huir. Él se frotó las palmas contra el jean.

Pensé en el parque, en como me había visto con la cara brotada y los ojos hinchados y vidriosos. Pensé en las cosas que le dije, en como me olvidé, incluso por el más ínfimo de los instantes, de todo excepto su sonrisa y su gato.

—Tu hermano está drogado —fue lo primero que se me ocurrió decir.

Como si lo hubiera olvidado completamente, su cabeza rebotó en dirección a Christof y la mía lo imitó, aliviada de al menos tener una excusa para dejar sus ojos.

Esta vez, mi compañero de viaje se había vuelto a abandonar al sueño. De nuevo se dispararon las alarmas al verlo tan pálido e inmóvil. Aunque vinieron acompañadas de un recién descubierto sentimiento de irritación. Había hecho todo eso para devolver un favor, pero ahora todas esas buenas intenciones parecían vacías y mal dirigidas.

—Voy a llevarlo adentro —declaró Aaron, doblándose sobre su hermano como yo lo había hecho solo minutos antes. Oí una tela rasgándose sonoramente y luego el ¡clik! del cinturón aflojando—. Espera un segundo, por favor. —Acto seguido, alzó a su hermano como si fuera una princesa hecha de plumas, rodeó el auto y subió las escaleras al trote.

No, pensé en ese momento, recordando el pánico en su voz a través del teléfono, *a pesar de no haber sido Aaron, todo lo que hice esta noche lo ayudó.*

Le había devuelto el favor. Una mano por otra mano. Estaba libre de deudas y culpas. Él y su hermano intoxicado ya no eran mi problema. De hecho, nunca lo habían sido. Ya podía irme.

Pero no me fui. Ni siquiera di un paso, como si de mis pies hubieran florecido raíces inmensas y se hubieran extendido hasta el núcleo de la tierra. Me di cuenta en ese mismísimo momento de que no *quería* irme. Por mucho que me irritara recordar las únicas palabras que me había dirigido en toda la noche, por más peste que me hubiera dejado en el auto, tenía que estar segura de que Christof estaba bien.

Mientras veía a Aaron regresar, descendiendo por las escaleras casi al trote, me decidí hacer lo necesario para dejar el dilema atrás: preguntar por el hermano, subirme al auto e irme enseguida. Simple y efectivo.

—¿Y? ¿Está bien? —soné tan despreocupada que hasta yo podía creérmelo. Él se encogió de hombros.

—Aunque no lo parezca, ha tenido peores momentos.

—Tampoco es tan difícil de creer.

Me dedicó una mirada que me hizo dudar si había sido demasiado dura, pero no parecía herido, solo curioso, con las cejas elevadas y una pequeña arruga entre ellas.

—Entonces... —continué, un poco descolocada por su silencio—. ¿Es un sí?

Aaron, que parecía haberse perdido en sus pensamientos, sonrió. Tenía ese tipo de sonrisa; amplia, luminosa, como si reflejara todo el brillo de las estrellas.

La comisura de mi boca tironeó, tentada a responder, pero la forcé de regreso a su lugar. No estaba allí para hacer amigos.

—Es un "está todo lo bien que puede estar". La resaca le durará unas buenas horas, pero se lo merece —lo dijo sin rencor alguno, con humor, me animaba a pensar.

—¿No estás enojado? —la pregunta me había trepado por la garganta y saltado al espacio entre nosotros, sin darme oportunidad de frenarla. Se me abrieron los ojos de la sorpresa y se me enredaron todos los pensamientos en un caótico griterío—. No importa —me apresuré a decir—. No me importa. Adiós.

Giré sobre mis talones y cerré con un golpazo la puerta de acompañante, dispuesta a meterme tras el volante y pisar el acelerador a fondo.

—Aspen.

Fue una sola palabra, pero la sentí engancharse entre mis costillas y tirar. Su fuerza casi me hace retroceder. No volteé, pero mantuve el rostro inexpresivo, pensando que de alguna manera él podría verme.

Esperé en silencio. En parte, porque no sabía qué decir, el chico solo había dicho mi nombre y, en parte, porque quería que lo dijera otra vez. Lo que era una estupidez.

—¿Qué?

Fue casi un ladrido, como si su sonrisa me hubiera insultado. Segura ante mi recuperada fortaleza, le solté una mirada sobre el hombro. Gran error.

Me miraba de nuevo con ese gesto de confusión, con la cabeza ladeada, como si fuera un cachorro abandonado, y la exposición de la blanca dentadura. El hoyuelo en su barbilla se profundizó cuando habló.

—¿Estás bien?

Parpadeé. Una. Dos. Tres veces.

¿Que si *yo* estaba bien?

Aaron tenía que ser la persona más desconcertante que había conocido nunca. Tenía un hermano medio comatoso en algún lugar de la casa, y me preguntaba a mí si estaba bien.

Ahí mismo lo decidí. Aaron no me gustaba en absoluto. Tenía esa sonrisa constantemente estampada en el rostro, como un brillante tatuaje blanco, y una facilidad casi sospechosa para tirar de mis emociones de un lado para otro en microsegundos.

Me imaginé, por la forma en la que menguó su sonrisa, que mi máscara de piedra se había caído, dejando expuestos cada uno de mis pensamientos, y eso me hizo retroceder un paso. Él amagó a avanzar otro, pero se lo pensó un segundo y devolvió el peso de su cuerpo a donde estaba.

Quise armarme de falso valor, ponerme de nuevo la máscara y mentir con las mismas mentiras ensayadas que tenía para mis padres. Quise decir que sí y sonreír irónicamente. (El humor distraía a la gente de los problemas). Pero desde el día anterior me había atropellado una mezcla hiperquinética de sentimientos tan grande que no pude hacer el esfuerzo.

Volví el rostro hacia adelante y rodeé el auto, sintiendo el peso de su mirada en mí. Cuando abrí la puerta, sus ojos encontraron los míos. O tal vez, los míos encontraron los de él. Tal vez nos encontramos a medio camino, como sabiendo que algo estaba mal en la idea de que ese fuera el final.

Tampoco tuve fuerza para sostener esa mirada, porque descubrí en ese momento, que cuando Aaron no sonreía, parecía la persona más triste del mundo.

El agotamiento de todas esas noches de estudio y las últimas cuarenta y ocho horas me estaban pasando factura. Necesitaba irme. Y así se pusieron de acuerdo por primera vez mi cuerpo y cerebro, permitiéndome entrar en el vehículo.

Mientras me abrochaba el cinturón, escuché el apagado "Adiós" de Aaron. Para cuando terminé de alisarme la falda y alcé la vista, él estaba a mitad de los escalones dándome la espalda, pero no subía. Noté que arrastraba las manos de arriba abajo sobre los jeans.

Entonces se dio vuelta. Había regresado a su rostro esa resplandeciente sonrisa que por poco me hizo olvidar las sombras que la habían atrapado minutos antes.

No me quedé analizando la forma en la que la que esa determinación vibrante que se desprendió de él me golpeó casi en olas, o la inocencia que le daban a su rostro las manchas de pintura. De hecho, pisé el acelerador con tal desenfreno, que de no ser por lo hermoso que me había parecido en ese momento, no hubiera recordado ni su nombre.

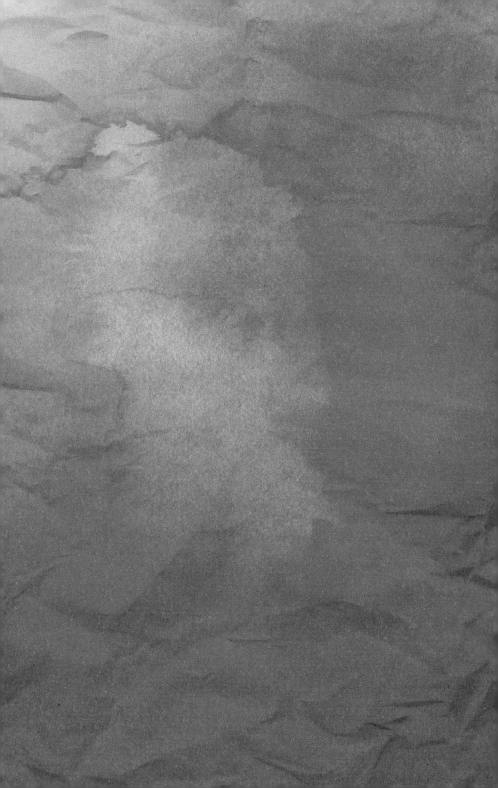

CAPÍTULO 4

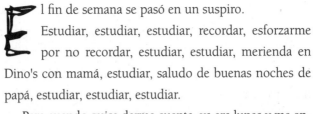

E l fin de semana se pasó en un suspiro.

Estudiar, estudiar, estudiar, recordar, esforzarme por no recordar, estudiar, estudiar, merienda en Dino's con mamá, estudiar, saludo de buenas noches de papá, estudiar, estudiar, estudiar.

Para cuando quise darme cuenta, ya era lunes y me encontraba nuevamente surcando los pasillos del colegio, con Ashleigh, Fallon, Claire y Maggie a mi derecha. Ellas hablaban hasta por los codos, pero no estaba muy segura sobre qué exactamente.

—¿Qué le pasa?

No tenía idea de quién había preguntado.

Seguí caminando, estirando el cuello de un lado a otro. Estaba buscando algo, y no me di cuenta de que ese algo era Avery, hasta que la vi. Sus ojos, aterrados, conectaron por medio segundo con los míos antes de que se escabullera entre la multitud. No lo suficientemente rápido. Vi su nariz inflamada y casi pude escuchar el impacto de los nudillos de Fallon otra vez.

—Aspen... ¡Aspen!

—¿Qué? Sí. No. Lo que digan. —Todas me miraron extrañadas. La brutalidad con la que el recuerdo me había asaltado, o tal vez, la brutalidad del recuerdo en sí, me habían paralizado.

Cuatro rostros de perfectas muñecas me miraron. Había dejado de caminar en algún momento y tuve que apresurar un par de pasos para alcanzarlas.

—¿Te encuentras bien? —fue Claire quien habló, con su suave tono de preocupación. Por poco me olvido de que ella tampoco se preocupó por mí el viernes.

Mi casilla de mensajes vacía. Ninguna se había percatado de mi desaparición. Otro recuerdo que no debería importarme. Otro sentimiento y otro problema que no debía estar ahí.

Pero otra vez, me ahogó esa bruma negra. Me dolía la cabeza como si mil pájaros me estuvieran picoteando el cerebro con sus picos de hierro.

Sonreí.

—Sí, lo siento.

—¿Entonces? —terció Ashleigh, claramente irritada.

—¿Entonces qué? —No me gustaban las preguntas como esa. Sonaban como una emboscada, tan abiertas, tan inesperadas. Todo por andar ocupándome de cosas que no me incumbían.

—Que a dónde fuiste el viernes. —Claire me guiñó el ojo cómplice, claramente imaginando situaciones que no podían estar más lejos de la realidad.

Quise responder rápido, sacármelas de encima, pero me quedé tildada pensando en que habían notado mi ausencia.

Claro que se acordaron de mí. Somos amigas. Eso hacen las amigas. Se cuidan, se preocupan las unas por las otras.

Supe que, por triste que fuera, me había ilusionado ese pensamiento, porque la bruma se disipó por un instante y también porque volvió más densa que antes, casi sólida en mi garganta, al escuchar las palabras de Fallon, como cuchillos en mis oídos:

—¿A quién le importa? Tuvimos que pedir un Uber. La próxima, avisa por lo menos.

—Eso —afirmó Ashleigh, porque no podía ser de otra forma, haciéndole de eco a todas las ideas de Fallon.

Se me llenaron los pulmones de una sustancia ácida y pegajosa. Sentía que podía gritar por una eternidad. Un grito venenoso que sofocaría a cualquiera a menos de veinte kilómetros, un grito lleno de odio. Un odio como una torre que me mantenía de pie, que parecía ser lo único firme en mi vida, cuidadosamente construida para guardar muy en lo alto mi corazón.

Allí arriba, solo el odio mismo que formaba los muros que lo sostenían, podía tocarlo. Cualquier otro sentimiento quedaba cerca de la base, donde no podía acceder a él. Siempre y cuando los muros no se agrietaran, estaría a salvo. No gritaría.

Y no grité.

No me detuve por más que sintiera el latido en mi cabeza a punto de estallar; un pie delante del otro. Aunque tenía ojos fijos en el corredor, donde la gente se hacía a un lado para dejarnos pasar, en mi cabeza recordaba a Aaron, con su sonrisita. *Ey, ¿qué pasa?* El recuerdo de su voz reventó algo en mí, una mezcla de ira y pena y arrepentimiento. Muchísimo arrepentimiento. Porque desde que pronunció esas palabras yo supe que nunca antes alguien me las había dicho así, como si la respuesta fuera importante, como si, incluso de haber elegido esbozar otra sonrisa mentirosa, hubiera sabido que algo estaba mal.

Pero las sonrisas mentirosas no fallarían en este corredor, con esta gente, así que la forcé. Casi pude oír la piel de mis mejillas rasgarse. Me encogí de hombros. Dije algo, ni me di cuenta de qué fue, pero pareció dejar a todas conformes. Ahora hablaban de otro *nuevito* de Claire. Todas sonreían. Yo ya no era un problema.

Pronto iríamos a la universidad. Pronto estaría lejos, muy, muy lejos de aquí y todas estas caras –Fallon, Ashleigh, Aaron, Christof, Avery– se volverían manchones irreconocibles. Recordaría esa noche en Dino's, tal vez, y me aferraría a ese recuerdo como si todos los otros –penosos y amargos relatos– no existieran. Los borraría. Porque allí empezaría con la hoja en blanco y podría modelar este pasado. Cuidaría que los momentos felices se esculpieran con la mejor precisión en mi memoria, y que los tristes se derrumbaran.

No recordaría caminar hoy por este pasillo mientras me ahogaba, ni la oscuridad sofocante al darme cuenta de yo que no importaba, ni el dolor de los ojos de Avery mientras nosotras reíamos.

Cerré la puerta. Volví a abrirla, como esperando a que se materializara un buen panqueque con Nutella. No sucedió. La heladera, en efecto, seguía vacía.

Ya ni sabía por qué me molestaba en buscar. Era una casa vacía, una casa fría y una casa oscura a pesar de los amplios ventanales, como si la luz le huyera, y no tenía sentido esperar que la heladera fuera diferente. O las alacenas, o las sonrisas de la gente en los marcos de fotos, o los cuartos de invitados.

Cerré la puerta otra vez y me aparté, todavía muerta de hambre. El estómago me suplicaba ruidosamente que le diera algo para entretenerse tras más de doce horas sin ingerir un bocado.

Teníamos una cocina gigante que debía ser, después del comedor principal, el cuarto más grande de la casa. Dos islotes de mármol blanco –porque por algún motivo alguien pensó que hacer toda la bendita cocina blanca y plateada la haría más sofisticada, cuando solo la hacía parecerse más a un hospital– se alzaban en medio.

Antes, Isa cocinaba en ellos los pasteles más deliciosos que podían existir. Por esos tiempos, siempre se elevaba el aroma a vainilla y azúcar como un vaho cálido en el aire y la música de la pequeña radio que siempre traía con ella se mezclaba con el delicioso sabor de la masa cruda que le robaba cuando creía que no estaba mirando.

Claro que ella también se fue. El mismísimo día que cumplí los trece años, mis padres decidieron que no tenía ningún sentido mantener a una niñera. No les importó lo mucho que rogué para que se quedara, o las mil ventajas de ello que les di. No les importó que no la hubiera podido saludar o pedirle un número, una dirección, un *algo*, para seguir en contacto. No. Yo era grande, ella cuidaba niños pequeños y debía irse.

Dijeron que un servicio de limpieza podría hacer perfectamente el trabajo por un costo mucho menor. Pero el servicio de limpieza no jugaba conmigo cuando volvía del colegio, ni cocinaba pasteles, ni me enseñaba a coser y bordar vestidos para mis muñecas, ni se aseguraba de que comiera todas las comidas necesarias del día. El servicio de limpieza aparecía y desaparecía con tal disimulo, que bien podría nunca haber llegado. La casa se mantenía vacía, fría y oscura.

Varios de mis mejores recuerdos eran con Isa. Por ese entonces, yo no entendía muy bien que no en todas las familias las casas eran un terremoto de gritos e insultos, y tampoco sabía que la mayoría de los niños veían a sus padres más de dos veces por semana. En casa éramos Isa y yo, y nunca me pareció poco. De hecho, descubrí al cumplir los trece, era mucho más de lo que podía pedir, ese tipo de cosas hermosas que se van antes de que te des cuenta, como una estrella fugaz.

De cruzar la puerta a mi espalda, entraría directo al salón principal. Hacía mucho tiempo que no lo usábamos. Se mantenía limpio y preparado para las cenas importantes de la empresa, para las galas y los potenciales inversores que traerían, pero nadie ponía pie allí. Era demasiado amplio y resaltaba todo lo que no podíamos hacer para llenarlo. Pero hubo un tiempo en el que no fue así, en el que Isa y yo lo convertimos en algo más, algo nuestro. Corríamos todos los muebles y el lugar, con sus paredes vidriadas del suelo al cielorraso, se convertía en nuestro salón de baile, lleno de criaturas míticas, princesas y reyes justos.

Nunca faltaban los príncipes, y yo le decía a Isa que no mirara cuando los besaba. Ella jugaba a las princesas conmigo y siempre hacía de reina. Creo que, en algún momento entre las sábanas que nos hacían de falda, los sillones que se convertían en fuertes y los peluches que rescatábamos de las garras de malvados hechiceros, empecé a imaginar que también era mi mamá.

Ahora, en la esquina del desayunador, justo donde se cortaba y las baldosas de la cocina se convertían en el elegante suelo de madera de la sala contigua, se apoyaba el bolso de mi verdadera madre.

Me acerqué y revolví en sus miles de bolsillitos hasta dar con la billetera. Justo cuando la estaba por sacar, el celular comenzó a sonar, con esa cancioncita aguda e irritante que me daba ganas de revolearlo contra la pared.

Cuando ella y papá no estaban gritando, ese era el sonido que se escuchaba. Llamadas y más llamadas, seguidas por sus voces sonrientes. Las voces que usaban para negociar. Las voces que decían "somos una empresa familiar", "somos simpáticos", "somos Vann y, como nuestros calzados, perfectos." Odiaba esas voces.

Me apresuré a sacar un par de dólares de la billetera de mamá y estaba por cortar la llamada cuando el eco de sus tacones –marca Vann, como era de esperarse– contra el mármol, me previno de hacerlo.

Se veía como siempre: pantalones de vestir, blazer a juego y una blusa, esta vez, de color verde jade. Parecía joven, mucho más que mi padre, por más que solo se llevaran solo dos años. Era como si las peleas solo le agregaran arrugas a él y se las sacaran a ella. El pelo rubio lo llevaba en su clásica coleta tirante, y detesté, a pesar de todo el maquillaje que usábamos, poder ver tan claramente las similitudes que nos unían.

Aunque supe toda la vida que tenía los ojos tristes de papá, grises y tormentosos, la forma era la misma que los de ella: afilada, con pestañas claras que ambas bañábamos en máscara para alargar. Teníamos también los mismos pómulos altos y salpicados de pecas que se extendían por el puente de la nariz y, más levemente, por el resto del cuerpo.

Me sonrió. Eso también lo teníamos en común: una sonrisa gatuna y encantadora, rozando lo frívolo. Tal vez era lo único que agradecía haber heredado de ella.

Ah, y la capacidad de mentir.

Eso lo teníamos los tres.

Éramos, por defecto y efecto, excelentes mentirosos.

–¡Buenas! –canturreó como si fuera el mejor día de su vida. Era jueves. Jueves significaba cena de trabajo, lo que significaba menos tiempo en casa, lo que probablemente significaba, si no el mejor día de su vida, mejor día de su semana–. No te preocupes, yo atiendo. –Señaló el celular.

Amplió su sonrisa y supe por ese gesto que estaba preocupada. No, no preocupada. Nerviosa. Seguro esperaba la llamada de otro gran contratista. Desde que la conocía, es decir toda la vida, eso era lo único capaz de alterarle un pelo.

Pero, de todas formas, yo ya tenía el teléfono en la mano y le eché un vistazo al nombre en la pantalla antes de pasárselo.

"Laia Rouge", decía. Debajo, en letras más pequeñas, se leía la empresa a la que pertenecía. La reconocí. Dos semanas atrás, para mi cumpleaños, habían enviado una canasta enorme con cosméticos de la compañía, como cortesía. Y, tan solo dos días después, firmaron un acuerdo de campaña conjunto con Vann. Casualmente, mi cumpleaños se encontraba convenientemente cercano a la fecha de cierre del trato. Qué maravilla.

Una vez le había preguntado a mamá por qué agendaba a todos con nombre y apellido. A los doce, cuando recién recibía mi primer celular, me parecía imposible que no llenara de corazoncitos y caritas todos los nombres. "Porque son de trabajo", respondió, "No son importantes". Papá y yo tampoco estábamos agendados con corazoncitos, pero cuando él la llamaba, salía "Tom", cuando yo lo hacía, "Penny". Nada de apellidos ni formalidades. En ese momento me hizo feliz. Éramos importantes.

–¡Laia! No, no. –Silencio–. Claro. –Otro silencio–. Estaba por salir así que dudo poder. –Se colgó el bolso al hombro y soltó una risita irritantemente similar a la de Fallon.

Por un segundo, pude imaginarlas. Mi amiga, con sus ojos azules eléctricos, definitivamente más cercanos al tono de mi madre que los míos. Por más que Fallon estuviera bronceada permanentemente y su cabellera morocha tuviera sus perfectas ondas, muy diferentes a nuestro pelo claro y lacio, no me fue difícil encajar su imagen a la de mamá. Ambas podrían usar tacones de aguja Vann, los lucirían honradas mientras soltaban risitas en Dino's.

Cuando mamá y yo íbamos a Dino's los sábados, no siempre nos reíamos. Era más bien en los casos raros que lo hacíamos. En general, hacíamos un recuento de mis méritos escolares de la semana y, luego de un buen silencio incómodo, ella se quejaba un poco del trabajo, yo le preguntaba por las reuniones de los jueves, ella sonreía y me decía que eran fantásticas, que el equipo de finanzas trabajaba más relajado en ellas, fuera del horario laboral.

Me alegraba por ella. O algo así.

Me alegraba de que existieran esos jueves y de no tener que escucharla otra noche insultando a diestra y siniestra a todo lo que la rodeaba. Papá generaba ese efecto en ella, aunque no entendía por qué. Él también insultaba, pero lo hacía tan secamente que a veces me parecía que era peor. Lo hacía sonar como si tuviera en su boca la verdad absoluta. Y su verdad absoluta, al menos sobre mi madre, no era demasiado favorable.

Los jueves no eran como todas esas noches. Mamá llegaba temprano de la oficina, como hoy, y se iba sonriente a seguir trabajando en algún restaurante con el famoso equipo de finanzas. Papá llegaba tarde y solo se pasaba por mi habitación, me dejaba dinero y me decía que cene algo. Yo nunca le decía que el reloj ya había marcado la una de la madrugada. Asentía y sonreía. No que importara. En general, la puerta se cerraba sin esperar respuesta.

El punto era que los jueves eran paz, un día milagroso en la casa Vann.

Mamá se frenó en el umbral de la puerta que daba al pasillo. Por un momento fantástico, me pareció que iba a darse vuelta y a saludarme, que me iba a sonreír y decirme que me asegurara de comer bien, que me abrigara que hacía frío y que me quería. Pero abrió su bolso, revolvió un poco, sacó la billetera y soltó un suspiro de alivio.

—Creí que me la olvidaba, pero la tengo —le aseguró a Laia, sacando el celular de entre su hombro y mejilla y relajando el gesto.

Siguió avanzando y el repiqueteo de sus tacones se fue perdiendo por el pasillo. Mientras, yo sentía la presión de esos pasos sobre mi pecho, la aguja del tacón enterrándoseme más y más. Sangré. Si cualquiera me hubiera preguntado, si cualquiera me hubiera mirado como me había mirado Aaron una semana atrás en el parque y hubiera dicho esas mismas palabras –*Ey, ¿qué pasa?*– yo le hubiera asegurado que, en ese momento, sangré.

Dos horas más tarde, estaba de piernas cruzadas frente a un montón de carpetas abiertas en mi escritorio, con un paquete de Maruchan vacío todavía en una esquina. La cuchara seguía ahí, incrustada en el fondo acuoso que nunca me terminaba y que dejaba el olor a verduras calientes impregnado a mi alrededor.

Solté un bufido, mirando el cartel en el corcho a mi lado. *Seis meses.* Era lo único en lo que podía pensar. En especial mientras hacía un ejercicio tras otro sobre nomenclatura de hidrocarburos.

Medicina.

Parecía la opción lógica. Lo que cualquiera hubiera elegido con una facilidad como la mía para la química y la biología. Había tenido buenos profesores toda la vida, pero, aparte de eso, era casi natural. Podía seguir el orden de las explicaciones y volcar ese conocimiento en los ejercicios perfectamente. Además, se paga bien y mi promedio daba perfectamente para ingresar a una buena universidad. Como si fuera poco, me gustaba.

Me gustaba la exactitud del cuerpo humano, sus huesos rectos, sus músculos enredados, la maravilla de que incluso cuando el más mínimo error en nuestra formación pudiera derivar en muerte, hubiera tantos de nosotros vivos. Me deslumbraba con las anomalías de los cuerpos, con las rarezas que nos hacían imperfectos y las maneras de eliminarlas. En el cuerpo, las cosas estaban bien o mal, blanco o negro. No había matices confusos de "tal vez", o "que tal si...". Y lo que era mejor, todo aquello que estaba mal, podía ser eliminado. El cuerpo humano podía ser perfecto.

Pero sobre todas esas cosas, me pasaba horas y horas tirada en la cama mirando el techo, pensando en cómo esa máquina tan perfecta podía albergar sentimientos.

La cosa más imperfecta y más caótica en la tierra, eso que nos ata a los animales y su descontrol. Sentimientos que nos hacen sufrir y actuar como idiotas, que nos llevan a tomar decisiones absurdas porque nos nublan el juicio. Esos sentimientos que parecían retorcerse en mi interior, agónicos, desde hacía tantos años. No podía extirparlos. Eran una enfermedad crónica. Cuando crees que alcanzas indiferencia absoluta, es ahí, que caen sobre ti millones de sentimientos como vidrios. Y te cortas y sangras y lloras y ríes, porque los sentimientos te hacen perder la cordura.

Pero –porque todos saben que siempre hay un pero– no podía. No podía simplemente estudiar Medicina. No quería trabajar toda la vida en un laboratorio. Yo quería ver pacientes, estar con ellos, hablar, interactuar con la fuente de la enfermedad y el dolor. E, irónicamente, eso era también lo que no quería, lo que me aterrorizaba. Quería un paciente, quería sanar su dolor, quería ver y ayudar, pero no quería sus sentimientos complicados, o madres llorando, o niños llorando o a nadie llorando. No quería sus sentimientos en mi consultorio, manchándolo todo.

Qué ironía que aquello que más me maravillaba fuera lo que menos comprendía. Tal vez, era esa misma incomprensión hacia los sentimientos y sus fuerzas, lo que más me intrigaba.

No me gustaban las personas. No me gustaban las complicaciones que traían. No me gustaba que fueran egoístas y mentirosas y cizañeras y quejosas. Ninguna persona me gustaba. No me gustaban mis padres, aunque los amaba. No me gustaban mis amigas, aunque sí me hacían sentir otras cosas, que se mezclaban en la boca de mi estómago, formando un color sin nombre. No me gustaba Christof, pero me había preocupado por él. No me gustaba Aaron, pero había querido escucharlo hablar toda la tarde sobre Kai. Porque Kai sí me gustaba. Silencioso y compañero, suave, pero arisco. Y sobre todos ellos, no me gustaba yo. No me gustaba la desconocida que me miraba con ojos tristes por el espejo, ni la sonrisa que había heredado de su madre, ni las decisiones que tomaba, ni su habitación vacía.

A todo el mundo parecía gustarle Aspen Vann, vestida con faldas y medias hasta la rodilla, con suéteres a la moda y botitas elegantes. A todos les gustaba Aspen Vann, con sus rasgos definidos y su apellido importante, con su compañía charlatana y sus buenas calificaciones. Pero Aspen Vann odiaba a Aspen Vann y se moría de ganas de deshacerse de ella.

CAPÍTULO ⑤

*L*os días parecían haber vuelto a la normalidad. Las dudas y cuestionamientos se habían desvanecido. Solo Claire y Maggie chisporroteaban con una energía extraña desde la fiesta y cuando nos sentamos en el comedor, se me sentó una a cada lado, como si necesitaran que actuara de barrera humana. Me guardé el gesto de incertidumbre y las preguntas. Para el miércoles, ya se habían arreglado y caminaban de la mano por el pasillo. No las había visto hacer eso antes, pero me alegró que solucionaran lo que fuere que hubiera pasado. Ya éramos las de antes, y yo no me hacía preguntas o cuestionamientos sobre nada. Estas eran las amigas que tenía. El plan era que me llevaran sin inconvenientes hasta el final de la secundaria, no ser felices para siempre. Siempre había sido ése y seguía siéndolo.

Pero las noches… las noches habían cambiado, y ahora más que nunca le temía al momento de cerrar los ojos. Porque se me aparecían estrellas avellanas, rodeadas de pestañas infinitas. Soñaba con manchas de pintura y hoyuelos en la barbilla, con gatos perezosos y sus maullidos. Eran como una brisa imperceptible, como una iridiscencia reflejada en la pared, un espejismo que desaparecía en el momento en el que corría hacia él. Antes de que me diera cuenta, el sueño volvía a su acostumbrado sinsentido (una niña hablando con una tetera, un castillo hecho de dulces y encantamientos, una mariposa humana que era mi mejor amiga) y solo quedaba su recuerdo, inexplicable y aterrador.

Así, tambaleándome en esa desbalanceada realidad, llegó otro jueves. Otro bello y hermoso jueves que me envolvió como una tibia manta en pleno invierno. Claire me había recomendado unas tiendas de ropa vintage nuevas, Ashleigh se había indignado porque saqué mejor nota que ella en el examen de Cálculo y Maggie nos había invitado a todas a su próximo partido de fútbol; habíamos aceptado de buena gana. Incluso Darren había pescado un resfrío y no había podido asistir a clase, lo que significó que no tuve que pasarme todo el almuerzo viéndolo a los besitos y manitos con Fallon.

Había sido un día curiosamente tranquilo. Preocupantemente tranquilo, y esa idea se volvió alta y ruidosa en mi cabeza en cuanto abrí la puerta de casa.

Era una construcción de tamaño promedio, papá siempre había dicho que hacer muestra de lujo innecesario era de mal gusto, pero tenía una elegancia moderna en sus ventanas redondas y la enorme puerta —un semicírculo de vidrio al final de un camino de piedras que se deslizaba sobre el césped desde la puerta principal— que daba al vestíbulo. Entré y seguí de largo, subiendo de dos en dos las escaleras, queriendo llegar lo antes posible a mi habitación.

A medida que avanzaba, en mi silencio se fue filtrando el murmullo del agua. Mamá debía estar en la ducha. Era agradable y, si cerraba los ojos, casi podía imaginar que me encontraba lejos, bajo la lluvia de algún bosque aislado.

Sonreí. Era una imagen que siempre me hacía sonreír.

Justo pasé la puerta del cuarto de mamá y un chillón intento de melodía acuchilló mi momento de paz. Una vez más, la cancioncita de su celular resonaba por la casa y sus pasillos helados. El bosque aislado y su lluvia habían desaparecido.

Me pasé las manos por el pelo dejando ir un bufido. Inhalé y exhalé, volviendo sobre mis pasos y empujando la puerta.

El cuarto de mamá y papá estaba completamente a oscuras excepto por la ínfima rendija de luz que se colaba por la puerta del baño. Ninguno de los dos parecía haberse molestado en abrir las cortinas o ventilar por la mañana, porque el olor a encierro me arrugó la nariz apenas puse un pie adentro. Mis pasos fueron amortiguados por la alfombra blanca e inmaculada.

Por un momento, se me aceleró el pulso. Hacía tanto que no entraba que no recordaba la última vez. Me sentí como una intrusa en mi propia casa y el instinto me dijo que corriera, que me fuera de allí y me escondiera en el vacío de mi propia habitación, donde al menos el pequeño cartel y las carpetas me ofrecerían consuelo. Pero si lo hacía, el tormento de esa melodía me seguiría hasta que mamá saliera de la ducha, y Dios sabía cuánto podía tardar esa mujer allí dentro.

Aché los ojos, esforzándome para ver entre los cúmulos oscuros que formaban los muebles en la penumbra. Me dejé guiar por mi oído hasta dar, sobre la mesa de noche, con el bolso de mamá que vibraba, poseído por el demonio.

Mi intención había sido sacar el dispositivo, cortar e irme. Todo lo que quería, de hecho, era terminar ese jueves con la misma paz con la que había empezado. Pero la vida tenía una forma bastante particular de reírse de mí, y cuando miré la pantalla, me quedé estática, con el ceño fruncido y los ojos fijos en el nombre centellante que me enegueció. La pálida luz del dispositivo le dio un tinte tétrico a la habitación, como una pintura en blanco y negro de sombras acechantes y contrastes retorcidos.

Volví a fijarme en el nombre. No, no en un nombre. El apodo. En la pantalla brillaba un apodo.

MAX

Sin apellido. Sin nombre de empresa. Sin vínculo alguno.

MAX

Lo miré extrañada, acercándome más a la pantalla al rostro, como si eso pudiera desdibujar las letras y convertirlas en algo más.

Pensé en primos, primas, tíos, tías, abuelos y abuelas, pero recordé, tal vez más tarde de lo que cualquiera consideraría normal, que no tenía ninguno. Podía ser alguna amiga. Mamá tenía muchas amigas. Pero ¿Max? En mi vida había escuchado ese nombre.

Lo pronuncié con letras mudas, como probándolo, y la boca se me llenó de un sabor amargo.

El pulso que había logrado controlar se me había escapado de las manos y cabalgaba a rienda suelta. Hacía unos segundos una calma distante me había invadido. Porque era solo un nombre. Y ahora, pocos segundos después, el hecho de que fuera solo un nombre me pareció suficiente para tirarme el mundo a los pies.

Porque no era una llamada de trabajo y porque era importante. Esta persona era importante para mi madre.

Max

¿Pero qué pavadas piensas? Y era una pregunta válida, pero ni yo podría explicar el vacío que se había instalado en la boca de mi estómago. Sentía que toda mi energía estaba siendo succionada por ese agujero negro.

Corté rápido, pero a pesar de que el nombre desapareció de la pantalla, persistió en mi mente.

¡Ding!

Pegué un salto.

¡Ding! ¡Ding! ¡Ding!

Mensajes. Cuatro notificaciones cayeron como bombas, estallando en la habitación. Corrección: hubiera preferido que fueran bombas.

Max:

Kels, me cortaste?

¿Kels? Esas cuatro letras me sentaron como una buena patada. Nadie le decía así a mamá. Siempre decía que lo odiaba, que le parecía demasiado infantil.

Max:

Sé que me dijiste que no te hablara cuando estabas en casa...

Aparté la vista del celular tan rápido que casi me da un tirón en el cuello, sin terminar de leer. Clavé los ojos al frente, encontrándome con su reflejo. La pared tras el cabezal de la cama era un gigantesco espejo que se extendía de punta a punta, y mi doble tenía pinta de vampiro famélico. La lucecita del celular marcaba los ejes de mi rostro como si hubieran sido cortados con cuchillos y pulidos como cristal. En sus ojos vi todas mis preguntas tan claramente escritas que me aterró encontrar las respuestas. ¿Por qué mi madre le diría a esta persona que no la llamara cuando estaba en casa?

Quise frenarme, pero no tenía control sobre mis acciones y deslizaba el dedo sobre la pantalla. Nuevas notificaciones llegaron y me limité a silenciarlas.

...pero quería decirte que me olvidé la billetera y ya salí. Te molesta pagar hoy?

¿Hoy? ¿Eso quería decir que había habido un antes? ¿Un ayer compartido del que nunca había escuchado?

Max:

Y ya que estamos, sería genial pasar por algún restaurante, hablar un poco de lo que haremos después, sí?

Podemos ir a algún lugar lejos. Nadie nos reconocerá, si eso te preocupa.

Ya sabes que soy de tener cuidado.

Ah, y no olvides devolverme la chaqueta que te presté la semana pasada.

Sabía que mamá podía salir del baño en cualquier momento, entrar y encontrarme revisando su celular como una chiquilla metiche, y aun así, me quedé como una idiota, leyendo una y otra vez esos mensajes, esperando que se explicaran solos.

Le hablaba como siempre había querido que lo hiciera papá. Le hablaba con un tono de burla y familiaridad que me violentó.

Frases sueltas rebotaban dolorosamente en mi cabeza, como una pelota de ping-pong de acero dándosela contra mi cráneo una y otra y otra vez.

Mamá no quería que le hablara cuando papá o yo podíamos estar cerca, se juntaban con frecuencia, un restaurante, harían algo después y nadie podía reconocerlos, mamá sabe que es cuidadoso y tenía que devolverle una chaqueta.

Las imágenes, nítidas como una película de terror, se reprodujeron en mi cabeza con el sonido de tizas rayando un pizarrón. Quise agarrarme los oídos y gritar, pero no podía moverme.

Imaginé a mamá con un hombre en un restaurante, usando su chaqueta para luego ir a hacer Dios sabrá qué, y me subió bilis por la garganta, dejando un rastro ardiente. No podía respirar.

Parada en el rincón de la habitación, justo a un lado de la cama que mis padres compartían todas las noches, leyendo los mensajes de otro hombre, me acordé de Isa: de sus pasteles y sonrisas, de lo feliz que era con sus cuentos y juegos.

Extrañé la ignorancia de esos tiempos.

El sonido del agua se cortó abruptamente, y mis músculos, convertidos en piedra, cedieron automáticamente.

Bloqueé el celular y lo dejé justo donde lo había encontrado.

Como si ello fuera a borrar los últimos dos minutos de mi vida, salí corriendo de esa habitación. Había comenzado a apestar a podredumbre y mentiras, e incluso afuera, donde el sol brillaba ignorante y feliz, fui incapaz de deshacerme de él. Se me había pegado como una segunda piel, una segunda capa de mugre y suciedad que nunca iba a poder enjuagar.

El aire parecía pesar toneladas sobre mí, pero no quería escapar. Al contrario, esperaba que me aplastara de una buena vez. Estaba cansada de correr y correr sin destino. Quería hacerme bolita allí mismo y cerrar los ojos. Con un poco de suerte, cuando los abriera estaría en mi cama y todo esto habría sido otro mal sueño.

Sin embargo, me había abandonado la cordura, y no podía parar. Se me escapaban las piernas, por el pasillo, a los saltos por las escaleras, a los trompicones hasta la puerta, a toda velocidad lejos, muy lejos de allí.

Empecé a sentir frío después de lo que creía que habían sido varias horas y un batido de chocolate. Pues además del abrigo, me había dejado el bolso, con el celular, la agenda y las llaves de casa.

Las calles conocidas pero distantes parecían parte de un sueño ajeno. El ocaso llegaba lentamente y sobre mi cabeza el día le robaba los colores a la noche, contaminándose con su oscuridad. Sabía que en cualquier momento el sol se pondría y pensé que con esas nubes estiradas y acolchonadas que flotaban a miles de kilómetros, sería un atardecer precioso sobre la ciudad. También pensé que se vería hermoso desde la cima de la noria en el parque de diversiones, pero no creía poder llegar a tiempo.

Tampoco era como si realmente quisiera ir. No sabía qué quería exactamente. Ni inexactamente. Simplemente no tenía idea de nada.

Caminaba sin rumbo, sintiendo la cabeza como si le hubieran metido un pez globo dentro y se estuviera hinchando para hacerla reventar. En cambio, ese órgano vital que se suponía tenía que doler en momentos así, estaba inquietantemente tranquilo.

La última vez que me había sentido así, había sido tras la operación para extraerme las muelas de juicio. La anestesia no se había disipado del todo y yo flotaba inconsciente de un lado a otro. Salvo porque en aquel momento tenía las mandíbulas de un león, y me reía. Me reía de todo lo que veía porque el mundo se distorsionaba a mi alrededor, todo resultaba más divertido, mejor. Ahora, no estaba segura de recordar como reír.

Era como si el dolor de cabeza se hubiera tragado todos los otros sentimientos. Tal vez se habían guardado solos, enterrándose bajo nieve ártica y adormecedora, dejando solo los hechos rondando por ahí en mi cabeza.

Mamá engañaba a papá.

Bien. Entendía que no fueran la pareja más estable del mundo, pero ¿adulterio? Eso era... era impensable. Era como esas cosas de chiquilines que hacían Darren y Fallon. Sacudí la cabeza, porque eso me hizo pensar en Avery, que era lo último que necesitaba. Parecía tan impropio de mi madre, tan imposible.

Entonces se me ocurrió que tal vez no la conocía como creía hacerlo y que en realidad no era la fría mujer de negocios que parloteaba todo el día de contratos y números con la oreja pegada al celular. Y no sabía si eso era peor. Porque significaba que podía sentir. Que mamá tenía un corazón que latía y sentía con la intensidad necesaria para hacer algo tan horrible. Significaba que podría haber amado a papá, que podría haberme amado a mí, pero que no había querido hacerlo.

Los sentimientos cavaron hacia la superficie y se desenterraron. De un momento a otro, se arrastraban sobre mi cuerpo como una avalancha.

Papá.

¿Qué pasaría si se enterara? ¿Le dolería? ¿Se enfadaría? ¿O la indiferencia sería tan suprema que se abandonaría en ella? ¿Debía decirle? La idea me hizo estremecer, pero ¿qué más podía hacer? Mentir sería tan fácil... se había vuelto un hábito, pero esto era diferente. No sabía si *quería* hacerlo.

Si decía la verdad, tal vez al fin se dejarían ir. Un divorcio. Podía imaginar la casa silenciosa, pacífica en su carencia. El pecho se me infló de ilusión egoísta y se desinfló al instante. Porque podía pasar algo peor: que ninguno se fuera y ambos se quedaran bajo el mismo techo, con más rabia y más cosas que reprocharse de por medio. Además, ¿cómo podía ser yo la portadora de semejante noticia?

Una atrás de otra, las preguntas me saltaban encima. Entonces, reconocí la cuadra, o, más específicamente, la escalinata, que se erguía a mi derecha.

No sabría decir en qué momento me paré, pero lo había hecho y encaraba la construcción victoriana y sus cálidas paredes. Surgió ante mí la imagen de Aaron, que parecía habérseme pegado detrás de los párpados, y de Christof, quien había tenido la cortesía de dejar su inmundo perfume instalado en el tapizado de mi coche hasta el día de hoy, con su maravillosa familia, llenando toda esa casa de luz; en este mundo de ficción, Christof tenía una sonrisa tan brillante como la de su hermano.

¿Existiría otro lado de esa alma destrozada? Varias veces en las últimas semanas había pensado en el hermano perdido, no sin despés recordarme que no merecía mi tiempo, y en su estado de adormilada intoxicación. Tal vez eso fuera todo lo que quedaba de él: desperdicios del chico que fue alguna vez. En el pasado pudo haber tenido la misma sonrisa que Aaron, pudieron haber desprendido esa misma energía chisporroteante, como aullidos a la luna en una noche de verano. Si eso era, o más correctamente *había sido*, real, hacía tiempo que se había perdido. El Christof que yo había encontrado, fúnebre y tembloroso, en un pasillo perdido de una casa de fraternidad, no esbozaba una sonrisa real hacía mucho tiempo, y no se necesitaba ser ningún genio para darse cuenta de ello.

Pero mientras miraba el césped que se inclinaba bajo el porche, salpicado de florcitas amarillas cuidadosamente arregladas, pude ver una madre arrodillada cuidando de su hogar. Una mujer que tal vez tendría los ojos y el cabello chocolate de sus hijos, y un esposo al que amaba y le era fiel.

La brevedad de la imagen fue como una puñalada en el esternón; por poco me desgarra el corazón.

Habían vuelto a mí las imágenes de mi madre y mi padre. Los sonidos apagados de las peleas de las que no habían conseguido aislarme las paredes de mi habitación. Incompetente. Insensible. Quejoso. Aislada. Idiota. Palabras que se habían escurrido bajo la puerta, con tanta fuerza que me hacían temblar las manos.

¿Cuándo había aparecido Max? ¿Fue de un día para otro? ¿Fue un proceso? ¿Debería haberlo sabido? Tal vez sí. Tal vez mamá había cambiado en algún momento y yo no lo noté. Debería haberlo notado. Era su hija. Debería haber sabido que...

—No tenías pinta de acosadora. —La voz se materializó a mi lado, como salida de las sombras.

En efecto, el sol comenzaba a ponerse y las nubes sangraban rosadas en el cielo.

Esta vez, su voz no me asustó tanto como en nuestras anteriores colisiones. Supuse que, siendo que estaba parada en la puerta de su casa, no resultó demasiado sorpresiva su aparición, pero de todas formas di un respingo.

Porque por primera vez me percaté en que tenía aroma a pintura, especias y esa esencia a hombre que parecían tener todos, mezclada con sudor. Un sudor que le empapaba la frente y hacía que se le pegaran los mechones castaños —salpicados de pintura azul otra vez— en las sienes. Se me erizaron los pelitos de los brazos, como si fuera un felino acorralado, y la sensación se extendió hasta mi nuca y la boca de mi estómago.

Cuando encontré sus ojos, destellaron y fruncí el ceño.

—No soy ninguna acosadora.

En el fondo de mi cabeza, se entremezclaban los mensajes de texto, el rostro de mi padre, mi madre, insultos, amenazas y una chaqueta prestada, pero se deshicieron en cuanto él se arrancó los auriculares de los oídos. Los bíceps se le tensaron y mis ojos se fueron solos. Agradecí que no estuviera mirando, porque no había manera de disimular mis pensamientos. Incluso estando en pleno invierno, su musculosa estaba manchada de sudor, pero ni siquiera eso me asqueó. De hecho, lo hacía parecer imposiblemente inocente, como un niño que se había pasado el día correteando con sus amigos.

Pero claro, Aaron no era ningún niño.

Me soltó una miradita de reojo y cuando lo atrapé mirando, su sonrisa se ladeó en un ángulo imposible. Esta no se borró cuando volvió la vista al cuidadoso trabajo de enrollar el cable blanco alrededor del celular. Se lo metió en el bolsillo de los shorts. No miré, enfocándome en las rejitas blancas de madera que rodeaban el parque exterior; no me llegaban a la rodilla. Eran muy poco interesantes, pero prefería analizar su pintura impecable a dejar que mis ojos siguieran descubriendo cosas para añadir a mis sueños. Hubiera sido bastante molesto empezar a soñar con las piernas de Aaron.

Me sentí levemente ligera de vergüenza y pánico, como si él pudiera leer mi mente. Si creía que estar parada en la puerta de su casa era raro, no quería ni saber el asco que le daría descubrir que veía sus ojos en mis sueños.

—¿Pararte a mirar mi casa es lo que consideras comportamiento normal?

—Es la casa de tu hermano.

—¿O sea que estás acosando a mi hermano?

Estúpida, estúpida, estúpida.

Volví a mirar al frente, pero me pareció una mala elección, porque una ventana de la primera planta se iluminó y me pareció ver una silueta regordeta recortada a contraluz.

—Salí a caminar, me la encontré —repliqué con toda la dureza que pude—. No pensaba quedarme a tomar el té.

—¿Siempre te vas así?

Ya le había dado la espalda, pero me paré en seco.

—¿Así cómo?

—Como si tuvieras miedo.

Recordé la última vez que nos vimos, cuando lo miré por sobre el hombro y casi me desarma su sonrisa. Ahora, incluso sabiendo que podía ser más inteligente, seguir adelante y no mirar atrás, tampoco pude contenerme y volví a encontrar su mirada; su luz me pareció la de un submarino perdido en el fondo del mar, buscando y buscando algo que nunca podría encontrar.

—¿De qué iba a tener miedo? —lo dije con el tono más arrogante que podía existir, pero en lugar de intimidarse o mirarme mal, se encogió de hombros.

—No lo sé. Pero te escapas.

—Tal vez simplemente me resultas aburrido.

De haber sido otra persona, probablemente me hubiera mirado mal y se hubiera rendido, pero incluso sin conocerlo en absoluto, podía confirmar que Aaron estaba lejos de ser cualquier persona. Las personas normales y en su sano juicio no me habrían dirigido la palabra tras la bizarra naturaleza de nuestros encuentros previos. Debía tener algún tipo de instinto de autodestrucción, o, todavía más extraño en un chico que no podía tener más de diecinueve años, era educado. Ese tipo de educación horrible que los obligaba a hablar cordialmente con gente de la que querían escapar sin que su sonrisa flanqueara.

Sentí ganas de vomitar.

Aaron tiró la cabeza hacia atrás y el eco de su risa se me metió bajo la piel. Cuando volvió a mirarme, mi mareo escaló hasta hacerme creer que el viento me llevaría, o que me doblaría en dos y me desharía en un montón de mariposas. No, no mariposas: lombrices. Me convertiría en un montón de patéticas lombrices y desaparecería bajo la tierra. Aaron era oficialmente perturbador.

—Imposible. Mi abuela siempre dice que soy un encanto.

En medio de tantas sensaciones asfixiantes, me sorprendieron las ganas de reír. Se me enganchó la risa en la garganta como un anzuelo y me temblaron las comisuras de los labios. Supe que él lo había notado, porque había sido tan terriblemente obvio que me hubiera gustado pegarme la cabeza contra una pared toda la tarde por idiota. En lugar de eso, me apuré a hablar.

—Te mintió.

—Entonces no tienes por qué correr.

Lo miré de arriba abajo —arrepintiéndome en el momento en el que vi que tenía ese tipo de piernas que tienen los deportistas, con gemelos marcados y una leve capa de vello enrulado— con una cara de supremo desinterés.

—Hasta donde yo sé, el único corriendo eras tú —repliqué, rezando porque no se me notara el calor que me abrasó.

Que horriblemente adictivo era hacerlo reír.

—Entonces no creo que te moleste darme tu número. —Se me secó la boca—. Ya sabes, antes de que *yo* salga corriendo.

Lo peor de su sugerencia, fue que me descubrí queriendo decir que sí. Porque su abuela era una mentirosa, y Aaron era completa y absolutamente irritante, y porque quería demostrárselo.

Pasé el peso de mi cuerpo a la otra pierna y le sonreí con un cinismo capaz de espantar a la luz de la faz de la Tierra. Me di el lujo de saborear la palabra:

—No.

Se le descolocó completamente el rostro, pero, claro, la sonrisa persistió. Me imaginé pasándole jabón por la boca una y otra y otra vez para borrarla. Y luego me di cuenta de que mi propia sonrisa había mutado, convirtiéndose sin que me percatara en una tentativa curva solaz.

Aaron se despegó de la frente un mechón que se le había caído, y seguí el gesto de reojo, antes de volver a mirarlo. Me convencí a mí misma de que el color de mis mejillas provenía sola y únicamente de la ira. Ira porque era un engreído petulante.

—Está bien —aceptó—, entonces déjame ganármelo. —No tenía ni idea de qué podía significar eso, así que abrí la boca para pronunciar otra clara negativa, pero no llegué a hacerlo—. Te invito un batido. Si te ríes, me gano el número. Tengo que hacerte reír una sola vez.

Mantuve la máscara de piedra, pero ya había encendido la chispa de la curiosidad, y me revoloteaba en el pecho el sabor del desafío.

Ya sabía, para ese entonces, que mirar a Aaron a los ojos era como tragar veneno con sabor a caramelo y, aun así, no dejaba de hacerlo. Los buscaba sin pensarlo, porque una parte de mí quería entender qué tenían que los hacía tan especiales, qué les daba esa toxicidad, ese poder sobre mí.

Desafiando todas las reglas del mundo real, su sonrisa se ensanchó aún más. El hoyuelo en la barbilla destelló. Me quedé sin aire. Abrí la boca.

La cerré. Respiré, o intenté hacerlo. Me miró como si nada en el mundo pudiera salir mal, como si pudiera pintar para mí el cielo del color de sus ojos y las estrellas de dorado.

Habló, y fue como el susurro de las hojas de otoño cayendo de las copas de los árboles:

–*¿O tienes miedo?*

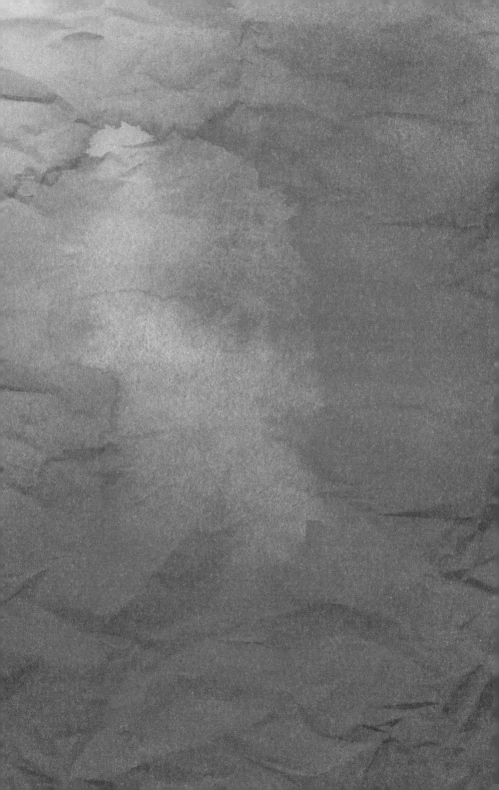

CAPÍTULO 6

Eres una idiota.

Coincidía, coincidía completamente. Yo era, en efecto, una idiota. Pero Fallon, con su asombroso despliegue de cosméticos de marca sobre el banco, se estaba pintando las uñas de un verde ácido que resultaba desagradable, y no me hablaba a mí.

–Claire –continuó–, si no querías quedar con Quentin, solo podías decirle que no.

Claire pareció hacerse pequeñita en su asiento. Nos acababa de contar de sus planes del día y sus pocas ganas de cumplirlos y yo la entendía mejor que nadie. Miré a Maggie, pero esta mantenía la barbilla alta en silencio y no nos dirigía la mirada. Llevaba el pelo como siempre, en una coleta tirante, y vestía la camiseta roja y negra de algún equipo de fútbol desconocido para mí. Cualquiera hubiera pensado que esa combinación deportiva con un jean rasgado quedaría mal, pero Claire lo hacía ver digno de una fiesta de año nuevo, junto con argollas plateadas en las orejas y una finísima capa de maquillaje. También la hacían parecer lejana, como una estatua de piedra juzgante e impoluta, sentada sobre el banco con las piernas prolijamente cruzadas, la espalda contra la pared y los brazos sobre el pecho.

–Es que sí quiero, solo no podía esta tarde –la vocecita de Clarie siempre me había parecido demasiado aguda, pero ahora mismo, me parecía patética. Y un tanto triste, como si no tuviera nada para decir que valiera la pena escuchar.

Fallon la miró de reojo, repentinamente divertida y preguntó lo que sabía que todas pensábamos:

—¿Ya tenías otra cita?

Me resultaba sorprendente que Claire se sonrojara por aquellas cosas, como si no lo hubiera hecho treinta veces antes. No me alcanzarían los dedos de las manos para contar la cantidad de novios a los que había engañado. Sin embargo, allí estaba, con los ojos castaños brillando de lo que parecía una culpa punzante. Parecía sentirse como mi madre debería hacerlo, pero ella no parecía sentir ni una fracción de la culpa de mi amiga. Me pasé una mano por el pelo, para evitar pensar en sus dotes de actriz y me obligué a prestar atención a mis amigas.

—No, bueno, sí, pero no. —Claire me miró, como esperando que dijera algo reconfortante, algo que diría Maggie, pero yo no era ella y no tenía ni idea de qué decir, así que me limité a sonreírle como diciendo "¿qué se le va a hacer?".

Había muchísimas cosas para hacer. Podía elegir solo a uno de los dos y salir con él, comprometerse, ser responsable y feliz. Podía amar de verdad, con todo el corazón, en lugar de vivir con un pie en cada mundo, dividida por sus propios enredos. Pero Claire había decidido meterse en ese lío sola y, de querer a alguno de esos chicos lo suficiente, lo hubiera elegido.

No sentía un ápice de pena por ella, pero tampoco rabia. Simplemente un rechazo más fuerte que nunca, que me tensionaba los músculos y me cerraba las manos en puños cada vez que la miraba y el recuerdo de mi madre se me estrellaba contra la cara como un enorme camión de carga.

—¿Cómo que no pero sí pero no? —repitió Fallon. Había terminado con la primera mano y se la miró para cerciorarse de que estuviera impecable. Yo estaba segura de que no necesitaba darse otra mano de pintura, porque sus uñas estaban siempre perfectas, y de que solo lo hacía para que el olor asqueroso del esmalte dirigiera las miradas de todos a ella. Le encantaba que la vieran así: desafiando las reglas y saliéndose con la suya. Rodé los ojos—. La pregunta fue si tenías otra cita. Las respuestas pueden ser sí o no, no hay un punto medio.

—Ya déjala en paz —le espetó Maggie. Me relajé un poco. Era algo normal, algo conocido en estas últimas veinticuatro horas de locos: Maggie defendiendo a Claire. Definitivamente mejor que su anterior silencio fúnebre.

Claire la miró, como buscando sus ojos para hacer esa cosa de mística comunicación que yo nunca entendería, pero la castaña apartó la vista rápidamente. Fallon comenzó a aletear como un pollito raquítico para que se le secaran las uñas, y le lanzó una mirada gélida a nuestra amiga.

—No me calles —le espetó.

En cuanto vi que Claire había fruncido el ceño y estaba lista para defender a Maggie, interrumpí. Demasiadas cosas se habían salido de control en los últimos días y lo último que quería era ver a Claire confrontar a alguien, mucho menos si ese alguien resultaba ser Fallon, un viernes a las siete cincuenta de la mañana.

—De todas formas, ¿dónde está Asheligh? No es de saltarse clases.

—No la he visto desde ayer al mediodía —anunció Maggie.

—Creo que estaba enojada por lo del examen y se fue a casa a llorar —se mofó Fallon, mirándome directamente, como esperando a que me le uniera. Me limité a sonreír de lado; era lo que esperaban de mí, era lo que iba a darles.

—¿Por un ocho? —Claire, como de costumbre, no había entendido que era una pulla, y nos miraba confundida—. A mí me parece una muy buena nota.

—A ti cualquier nota arriba de seis te parece buena nota.

Maggie torció el cuello con tal violencia hacia la otra castaña que creí oírle las vértebras crujir. Me recorrió un subidón de energía, una advertencia latente.

—Te vendría bien ubicarte, Fallon —le dijo—. Y como no lo hagas, no me molestaría hacerlo por ti.

Las cosas estaban escalando muy rápidamente y yo ni siquiera era capaz de entender cómo era que podían convertir todo en una pelea. En los ojos azules de la atacada destelló una diversión macabra, y sonrió. Teniendo en cuenta que Maggie entrenaba seis veces por semana y parecía estar hablando muy en serio, yo ni por los pelos hubiera hecho algo así. Me subió un escalofrío de solo pensarlo. Pero Fallon era Fallon y si había algo que le encantaba, era demostrar lo superior que era.

Cuando le respondió, había más de una mirada curiosa posada sobre nuestras mesas.

—Alguien está de muy mal humor...

Entendí entonces de dónde venía parte de la confianza de mi amiga: en el momento en el que Maggie daba un salto brusco de la mesa y se paraba para encarar a Fallon, entró el profesor.

El creciente barullo de las conversaciones matutinas se apagó como si le hubieran dado a un interruptor y Maggie solo pudo dedicarle una mirada rabiosa a la ojiazul antes de tomar su bolso del piso y arrastrarlo al asiento vacío junto a Claire. Cualquier tipo de tensión entre ellas estaba más que disuelta ya.

—¿Estas bien? —le susurró. Yo, que antes estaba parada con la cadera contra la pared, me había dado media vuelta y sentado en el banco detrás de ellas, sola. Fallon, en el banco al lado del de Claire, guardaba sus cosméticos con una sonrisita cizañera.

Claire asintió frenéticamente y movió los labios respondiéndole por lo bajo y estirando la mano hacia la de Maggie. Antes de llegar a tocarla, la castaña se apartó, dedicándose a rebuscar en su bolso hasta sacar un boli y un cuaderno hecho jirones. La melena enrulada de la *pelinaranja* me ocultó su rostro mientras volvía la vista al frente.

Las miradas de la clase seguían pesando sobre ellas, y yo, sentada considerablemente cerca, sentía su peso casi como si estuvieran sobre mí. Sacando mi cuaderno espiralado y mis resaltadores favoritos, me dispuse a escribir la fecha y decorar el título que el profesor —totalmente inconsciente de la bomba de la que nos había salvado con su aparición— escribía en la pizarra.

"Test vocacional", decía. Y yo lo copié esperanzada de que al menos, en esta hora, pudiera resolver uno de los problemas que se me enredaban en la cabeza. Casi lo había olvidado por completo. Desde ayer, en mi cabeza solo habían rondado pensamientos de pestañas oscuras y mechones enrulados que caían y se pegaban en una frente sudorosa. Y brazos musculosos con manchas de pintura. Había mucho de eso también.

¿O tienes miedo?

Había caído por la provocación más baja de todas. La furia me había fallado, como si Aaron me hiciera inmune a sus defensas, y las otras emociones me habían emboscado. No tenía práctica con cosas como esas: nervios, incertidumbre, sonrisas torcidas y respuestas educadamente filosas.

Cada vez que intentaba pensar en ello, y lo había hecho más de lo que se consideraría saludable, no podía entender cómo había pasado. Esa nausea y estado de idiotez me habían atrapado, y sin que siquiera me diera cuenta, había terminado apostando. Una risa –las condiciones: tenía que ser una carcajada de verdad, a todo pulmón– a cambio de un número de teléfono.

Recién en el momento en el que llegué a casa, con la cabeza fría y sin avellanas o dientes partidos que me distrajeran, empecé a comprender las dimensiones de lo que había hecho y todas las formas en las que podía dárseme vuelta.

Y luego, mientras me escurría hasta mi habitación, me olvidé de todo. Me olvidé de Aaron, Christof, Avery, mi futura carrera (o más bien la falta de esta), y solo pude pensar en papá. Por primera vez en mucho tiempo, ni siquiera el estudio pudo distraerme. Sabía que, si papá veía las luces de mi habitación encendidas, entraría a pedirme que cenara algo y tendría que afrontar la desazón de su mirada. Solo pensarlo era desgarrador. La idea de sonreírle y asentir con un secreto como el que tenía pudriéndoseme dentro, parecía peor que martillarme el corazón.

Pensé en el turbado gris de sus ojos, en como parecía mezclarse con algo más oscuro en el halo exterior, un vacío enloquecedor que lo seguía a todas partes. Y si supiera lo que yo sabía...

Concéntrate.

Sacudí la cabeza, volviendo a la pizarra que estaba toda garabateada con links a diferentes sitios de tests vocacionales. Me enfrasqué en ellos, como si copiando una letra incorrecta pudiera desencadenar el fin del mundo. Porque escribir prolijo, resaltar, resumir y complacer profesores con sonrisas y buenas notas era la mejor distracción a la que podía acceder en ese momento. Y Dios sabía que necesitaba una.

Deseé que el señor Humphrey copiara links por toda la eternidad, pero todo lo que empezaba debía terminar, para cuando esto lo hizo, volví a perderme en mis pensamientos.

Isa me había dicho mucho tiempo atrás que a veces necesitábamos frenar y pensar, pero no podía. No podía pensar un segundo más. No podía seguir pensando, pensando y pensando porque me estaba quedando sin lugar. Toda la vida había archivado los pensamientos cuidadosamente, pero las cosas habían cambiado, y ahora los cajones eran muy chicos y muy pocos y estaban abiertos y los papeles se desparramaban por mi cerebro en un embudo embarullado y pegajoso. Se quebraban y se volvían a pegar, fusionándose unos con otros y, como consecuencia, comenzaba a actuar como alguien que no era. Aspen Vann no aceptaba citas y Aspen Vann mentía y Aspen Vann sonreía. Pero ahora había quedado con un chico y no podía mirar a mis padres a los ojos y a duras penas podía contener mis celos.

Celos de Claire y Maggie por su amistad, por tener a alguien en quien confiar, por Fallon que vivía en su burbuja perfecta donde nada la afectaba, por Aaron y su honesta sonrisa, incluso de Chris, porque incluso siendo un inútil apestoso, al final del día, alguien lo esperaba con los brazos abiertos, rezando por que estuviera bien.

Cerrando los ojos, me agarré a ese sentimiento. Le clavé las garras a la carne de la ira y dejé que sangrara en mis manos. Casi podía sentirla, como piel abriéndose bajo mis uñas. Los puños cerrados tan fuertes a su alrededor que se me acalambraron las manos. Mi corazón chilló y su grito me partió las costillas. No respiraba, no me movía, pero volvía a ser yo y volvía a sonreír.

En el asiento del auto, sola y estacionada en la esquina de la casa victoriana de la que aparentemente no me podía deshacer, con la calefacción al máximo y la agenda bien abierta en las manos, apenas podía creer lo que estaba haciendo, ni lo que había hecho.

Aaron

Era todo lo que decía, escrito con prolijidad y resaltado con color celeste pastel, bajo el día de la fecha y un par de tareas. No necesitaba más palabras para entender qué significaba y, además, me perseguía la paranoia de que alguien pudiera abrir el cuadernito y encontrarse con algo incriminatorio. Aunque una cita no hubiera resultado demasiado incriminatoria en muchos mundos, todas mis amigas sabían que lo era en el mío. Porque Aaron me había invitado a una cita, ¿no? O tal vez no, y yo estaba haciéndome la cabeza. No estaba segura, no eran preguntas que me hubiera hecho antes. De hecho, hacía un mes, cuando Jay Parker del equipo de natación me invitó a salir, ni siquiera me molesté en considerarlo antes de decirle que no. Como dije, mi mundo tenía cosas más importantes con las que tratar.

Pero por poco interés que tuviera, cuando llegué a casa después de clases y me di cuenta de que faltaban todavía tres horas para encontrarme con Aaron, mi cerebro había comenzado a maquinar como nunca antes. No sabía si prefería eso o pensar en la arpía traicionera de mi madre, con sus trajes de negocios en restaurantes elegantes, riendo con Max el sin-rostro. No era que lo que prefiriera fuera de mucha importancia, porque simplemente no podía escaparle a la idea de Aaron y yo.

Aaron y yo.

Se me revolvió el estómago.

Pasé horas revolviendo en mi inmenso armario, rebusqué entre un millar de faldas de estampados diferentes, sin tener idea de qué me esperaba. Me planteé pensar en Aaron y lo que le había visto puesto las veces anteriores que nos habíamos encontrado, pero eso solo contribuyó al revoltijo de chispas que estallaban en mi estómago. Así que terminé vistiéndome como si fuera a la escuela: falda plisada, botitas, medias por la rodilla. Me aseguré de abrigarme bien. El invierno no daba tregua a pesar de que debía estar cediéndole paso a la primavera, como si quisiera irse dejándonos con hielo corriendo por las venas.

Ahora, en el auto, a las cinco en punto de la tarde, miraba mi agenda sin poder creer que realmente estaba allí. No había ningún motivo real para preocuparse, ni siquiera para arreglarse. Bien podría haber venido en la misma ropa que había usado para la escuela. Total, lo único que iba a hacer era tocarle el timbre, avisarle que los planes que habíamos hecho habían sido un error, darme la vuelta e irme.

Esa había sido mi decisión ayer por la noche, con los ojos cerrados y el cerebro cortocircuitado: había cometido un gran error diciéndole que sí a Aaron y el único motivo por el cual me presentaría a su puerta, sería para arreglarlo.

Las ventanas del auto estaban polarizadas, pero yo me mantuve erguida y desinteresada mientras metía la agenda en el bolso. No podía permitirme caer. Necesitaba volver a ser yo, volver a estar en control, y deshacerme de Aaron era el primer paso.

Necesitaba verlo a la cara, mirarlo a los ojos, y decirle que no. Tal y como lo había hecho con Jay Parker, sonrisa arrogante incluida.

Poniendo el motor en marcha me repetí mentalmente las palabras exactas que iba a usar. De hecho, cuando quedé justo en la desembocadura de la escalinata que daba a la puerta, me creí capaz de hacerlo. Entonces una sombra apareció del lado del acompañante, abrió la puerta de un tirón y se sentó con veloz gracia.

Eso no era parte del plan. Se suponía que yo iba a subir las escaleras, tocar el timbre, esperar pacientemente, él abriría y yo le dejaría en claro que no me interesaba en absoluto su estúpida apuesta y luego me volvería victoriosa a casa, donde mis apuntes de Historia esperaban para ser pasados en limpio.

Había subestimado la impredecibilidad de Aaron. Olvídense de subestimado. Había olvidado completamente su talento innato para hacer papilla mis planes. Porque no importaba cuantas veces aparecieran en mis sueños o cuantas veces me sorprendieran en medio del día, el recuerdo de sus ojos nunca le hacía justicia a lo que era verlos de verdad.

Llevaba una sudadera gris que –para mi sorpresa– no tenía ningún color más que el intencional del estampado del logo. El tono gris hacía que sus propios ojos resaltaran con una tonalidad extraña, o tal vez fuera por la blancura sucia del cielo, pero parecían haber sido tomados por un musgo opaco. No podía dejar de mirarlos.

No podía hacer nada en absoluto. No había esperado su entrada y ahora él hablaba de algo que yo no lograba procesar, porque mi auto parecía un espacio endemoniadamente chico para compartirlo con una presencia tan inmensa como la de Aaron.

Si había esperado que se impresionara por mi auto –porque, vamos, tenía un auto increíble– me hubiera llevado una buena sorpresa. Lo único que parecía interesarle de mi reluciente último modelo eran los calefactores.

–... porque me pareció que sería extraño –decía tranquilamente mientras se frotaba las manos en busca de calor–. Así que supuse que...

Había llevado muchos frascos de perfume y aromatizantes, pero finalmente me había librado del olor que Christof había dejado aquí, sin embargo, en el momento en el que su gemelo se subió, todos esos químicos resultaron inútiles a la hora de disimular el aroma de Aaron. Salvo porque el sudor había sido reemplazado por jabón, era exactamente como lo recordaba: especias y pintura.

Me costó muchísimo hablar.

—¿Qué?

Él se detuvo y me miró. Algo le parecía claramente cómico, pero no me dijo que era, en su lugar recostándose en el respaldo y estirando las manos contra las rendijas de calefacción.

—Te decía —continuó—, que pensaba que no vendrías.

—Claro —mi respuesta, tan automática como estúpida, lo hizo sonreír aún más.

—¿Claro? —repitió, chasqueando la lengua tras lo que pareció la mirada más larga en la historia de las miradas largas. Me ardió el rostro como si me estuvieran prendiendo fuego viva y lo mejor que pude hacer para disimularlo, fue fruncir el ceño. Quise apurarme a explicarme, pero no pude porque se rio, con esa risa cargosa que me pesaba como plomo sobre el pecho. Recordaba perfectamente las palabras que se suponía debía decir, pero no pude. Si abría la boca, se me escurriría la sonrisa—. Bueno, de todas formas, me alegra que dejaras de correr. —No me dio tiempo a repetirle que yo no corría, porque de hecho había venido aquí dispuesta a hacer ring raje—. Mejor vamos yendo.

—¿Yendo? —esta vez yo fui la que repitió.

Miró a su alrededor, torciéndose sobre el asiento para pasar la vista por la parte de atrás del auto, finalmente deteniéndose en el portavaso vacío detrás de la palanca de cambios.

—Pues claro, yo no veo ningún batido aquí.

Entonces recordé por qué estaba allí en un principio y lo que tenía que hacer. Y me miró a los ojos. Y se me cayeron los pensamientos, esos que tanto me había esmerado en no pensar, como un disparo inesperado. En mi cabeza habían sido preguntas, pero al pronunciarlas, resultaron afirmaciones, y me permití alegrarme por ello.

—Esto es platónico —él alzó las cejas—. Una salida entre dos personas amistosas.

Estrechó los ojos, y se inclinó un par de milímetros hacia mí. Tan ínfimos que muy probablemente hubieran sido accidentales y, que, de no haber estado tan horriblemente pendiente de su cuerpo y sus manos callosas todavía pegadas al calefactor, no lo hubiera notado. Me obligué a mantener la respiración constante, repitiéndome que retenerla no detendría el tiempo, no me haría desaparecer. Aaron parecía estar buscando respuestas en mi rostro, pero yo lo mantuve firme. Mi fachada era sólida y se necesitaba más que un par de ojos bonitos para quebrarla.

—No tienes novio, ¿o sí?

Quise abrir la boca en una enorme O, pero mi indignación por su falta de disimulo quedó oculta tras una mueca cínica, justo antes de que me volviera a la calle y arrancara el vehículo. Por un momento pensé en lo fácil que sería decirle que sí; una única sílaba, tantos problemas resueltos. Pero no pude.

Por primera vez en mucho tiempo, estaba cansada de mentir.

—No es algo que le interese a un amigo platónico —me conformé con decir.

Echando un vistazo, llegué a captar la creciente curva de sus labios, y el destello de algo desconocido cruzarle la mirada, y me introduje en el tránsito de viernes por la tarde.

Aaron resultó ser un agradable compañero de viaje. Por un momento, deseé no llegar nunca a Dino's (el único lugar en el que compraría un batido en mi vida, pues no tenían comparación) y dar vueltas y vueltas hasta que él se cansara de hablar o yo me quedara dormida con el murmullo de su voz. Luego me di cuenta de que ambas opciones eran terribles: la primera porque parecería una secuestradora en potencia, y la segunda porque dormirse tras el volante era básicamente la fórmula para un par de costillas rotas, por no pensar algo peor.

Pero tenía una voz relajante —lo había notado la primera vez que nos habíamos encontrado— que casi me hacía olvidar la tremenda estupidez que estaba cometiendo. Además, tenía esa extraña capacidad de envolverte con palabras. Pensé, mientras estacionaba a media cuadra de nuestro destino, que podría estar diciendo que los marcianos eran sexis y lo hubiera hecho parecer interesante. Pero Aaron no tenía por qué hablar estupideces. En los cinco minutos de auto desde su casa a Dino's, había descubierto que también podía mantener un silencio cómodo, mirando por la ventana y tarareando por lo bajo las canciones de la radio.

Me corregía: tenía miedo. Un miedo visceral que me acalambraba entera cada vez que me perdía en la melodía áspera que acariciaba las historias de mi acompañante. Esta salida puramente amistosa no había ni empezado y yo estaba al borde de sacar del aire mismo unas zapatillas de deporte y ponerme a correr. Estaba tan cómoda con su presencia que ni siquiera podía mantener ese ceño fruncido que tanto decía Fallon que se me iba a quedar pegado por toda la eternidad. En el momento en el que me acostumbré —más o menos— a compartir el poco aire de mi coche con Aaron, pimienta y pintura, mis músculos se relajaron. Seguía seria, pero era aterrador lo cerca que estaba de dejar de estarlo.

Lo miré mientras nos desabrochábamos el cinturón, y él me correspondió.

—¿Entonces te atacó? —le pregunté con burla.

Él hizo una mueca de indecisión y fingido dolor.

—Yo no usaría la palabra "atacó"...

—Una rata te mordió en medio de un ataque de rabia, ¿cómo le dices a eso? —Presioné el botón y, con un *clic*, se aflojó el agarre de la cinta. Alivió un poco el nudo bajo mi esternón, pero no demasiado.

La mayor parte de la conversación había consistido en eso: aventuras de Aaron como el único ayudante voluntario en el refugio de animales en el que trabajaba. ¿Y todo por qué? Porque en el momento en el que entró en calor y se arremangó la sudadera, dejando expuestos esos brazos musculosos que tan difíciles de ignorar me resultaban, me quedé tildada, haciendo un análisis del contorno de las venas que se le dibujaba bajo la piel. Tal vez debería agradecer a Dios y a todos los santos de todas las religiones que Aaron hubiera pensado que miraba sus cicatrices, esas mismas que había notado la primera vez que nos vimos, porque así no más, se tomó la libertad de empezar a contarme las historias detrás de cada una.

Me las mostraba como un niño mostraría el agujero dejado por un diente caído, y a mí se me removía algo en el pecho tan incómodamente que decidí no mirarlo el resto del viaje. Como si no conociera perfectamente esas calles, como si la primicia gris de la lluvia que se avecinaba fuera algo de inminente importancia.

—Diría que se defendió —me aseguró él, liberándose de su propio cinturón—, y no era una rata. Era un *caniche toy* asustado y con fiebre.

Rodé los ojos. Caniche, rata. No veía mucha diferencia.

—Claro, porque tú eres *aterrador*.

—Voy a ignorar eso porque realmente quiero un batido.

Se bajó del auto, dejando entrar una ventisca helada que me hizo dudar. Tal vez podía decirle que fuera solo por su batido. O podía no decirle nada e irme.

Pero antes de darme cuenta, él estaba del otro lado y me abría la puerta.

Nunca en mi vida, en los diecisiete largos años de mi existencia y práctica en el arte de la actuación, me había costado tanto controlar mi rostro. Quise gritarle que se alejara y que dejara de sonreírme como un idiota y de actuar como un asqueroso príncipe de Disney.

—Hace mucho frío y hablaba en serio cuando dije que quería un batido —me dijo, desde el otro lado, extendiendo su mano libre para ayudarme a salir—. Pero por más que mi abuela me haya preparado para ser un caballero, voy a dejarte aquí plantada si no te apuras.

Ignoré su mano, ajustándome el asa del bolso al hombro y sacando las piernas para luego erguirme. Podría haber sido, como podría no haber sido intencional, pero un escalofrío me reventó hasta la última de las vértebras cuando su mirada me recorrió desde la punta de las botas hasta encontrar mis ojos. Al menos esta vez no me sonrojé sola.

—No te creo ni por un segundo que puedas dejar a alguien plantado —le espeté tan fríamente que ni yo estuve segura de si era una crítica o un cumplido.

No quise esperar a resolverlo, o a que Aaron, que volvía a mirarme con la cabeza inclinada y su sonriente carita curiosa, lo hiciera, y arranqué a caminar.

Dino's era un vejestorio. Eso decía mamá siempre, y yo no se lo podía negar. Nadie debajo de los cuarenta, excepto por mí, parecía haberlo pisado en años, si es que alguna vez lo habían hecho, y eso lo hacía perfecto. Además, hacían los mejores batidos de chocolate, con algunas fresas arriba que siempre estaban para chuparse los dedos, sin importar la época del año. Y Dino siempre me ponía un par extras. Ventajas de ser la clienta más fiel.

No pude evitar que Aaron también abriera la puerta de entrada. Quise hacerlo, pero mi cerebro se imaginó nuestras manos chocando en un intento por alcanzarla primero y me contuve, apartando la mirada al menú colgado de la vidriera. Hoy había descuento en donas glaseadas... interesante, muy interesante.

Aaron se aplastó contra la puerta porque, muy esperablemente, también era el tipo de chicos que te dejaba pasar primero. De nuevo esa sensación se removió en mí.

La puerta no era muy ancha, y pasé lo más rápidamente posible, con mi máscara impecable y pretendiendo que no quería sacudirme y soltar un chillido por cómo mi brazo se rozó contra su pecho al hacerlo.

La calefacción, mucho más efectiva que la del auto, me azotó con la fuerza de una bendición y me permití cerrar un segundo los ojos, saboreando la familiaridad de la campanilla que anunció nuestra llegada, el perfume de madera y café que lo cubría todo.

Cuando traje a las chicas por primera vez, todas borrachas y a los gritos, se había sentido como una corrupción de ese espacio sagrado. Sí, nos lo habíamos pasado increíble y siempre recordaría ese día. Pero el principal motivo por el cual no se había repetido –además de que semejante paz entre nosotras cinco era una rareza comparable con un eclipse– había sido que no quería que volviera a pasar.

Traer a Aaron aquí había sido un impulso. Según nuestro acuerdo, como yo era la que se negaba a darle el número o a darle mi dirección, tenía que pasar a buscarlo y también elegir nuestro destino. Como mi plan inicial había sido salir corriendo, no había pensado demasiado en qué vendría después. Y, aun así, cuando me siguió adentro, nada pareció fuera de lugar. De hecho, Aaron parecía mimetizarse bastante bien con el vejestorio. La mueblería de madera desgastada hacía juego con sus zapatillas hechas polvo, ambas con varias capas de pintura descascarada.

–El punto es que ese caniche...

–Rata –lo corregí sin poder contenerme, y deleitándome secretamente el gorgojeo que le retumbó en la garganta.

–... fue mi bautismo.

Nos abrimos camino entre las mesas vacías. La barra –porque en los cincuenta Dino's había sido un bar que se había reformado, reemplazando las vitrinas cargadas de licores con exposiciones de pasteles y menús escritos en tiza colorida– estaba pegada a la derecha, en parte convertida en una vitrina de cristal con diferentes tipos de donas y una tapa de madera que hacía de caja. Detrás de esta estaba Fred. Levanté una mano brevemente como saludo. Él me devolvió el gesto.

–¿Tu bautismo? –inquirí tomando asiento en mi mesa de siempre: un cubículo en la esquina, cuyas paredes, acolchonadas con un tapizado verde tan lavado que no podría decir si realmente había sido verde en un principio, hacían de asientos en forma de U alrededor de una mesilla cuadrada. La ventana que se levantaba desde el piso al techo permitía que, en los días soleados, entrara el sol a borbotones, llenando de luz mi pequeño santuario.

Aaron se acomodó frente a mí, y vi pasar un auto a su espalda. Recién en ese momento noté que llevaba una bufanda bordó –también atacada por esos colores que lo teñían de arriba abajo– y seguí los movimientos de sus brazos mientras se la desenroscaba y la hacía a un lado. No tendría el sol, pero su sonrisa era radiante como para dejarme ciega. Quería pedirle que cerrara la boca.

Se encogió de hombros.

–Mi jefe dice que todos tienen un "bautismo": su primera mordida o cicatriz de trabajo. Aunque no sé quién vendría a ser "todos" porque hasta el momento nunca vi a nadie más allí. Llevamos un tiempo cortos de personal.

–No me imagino por qué...

–¿Y eso qué quiere decir? –Parecía genuinamente intrigado, muy lejos de verse ofendido. No quise, pero me alegré. No había habido segundas intenciones en mis palabras.

–Simplemente no veo por qué alguien querría pasarse el día viendo animalitos abandonados sufrir.

–Nadie querría hacer eso. Pero hay muchos motivos para pasarse el día ayudando a *animalitos abandonados* a ponerse mejor y encontrar un hogar.

Me esforcé muchísimo para ignorar la peligrosa curva de sus labios. Parecían tan inocentes que se me ocurrió que en su vida habían hecho más que sonreír. No tuve ni el tiempo para frenarme, porque ya estaba pensando en todas esas cosas que podrían hacer y en que en realidad Aaron seguro ya las había hecho. Me pasé los dedos por el pelo, pasándolos por la parte frontal y deslizándolos hasta las puntas. Dudaba que eso hubiera ayudado a disimular que me había convertido en un semáforo rubio.

–Tienes una manera muy particular de verlo –le solté.

–Me gusta pensar que siempre hay dos caras a toda historia.

Iba a preguntarle si su historia tenía una segunda cara, pero Fred apareció.

–Buenas, buenas. ¿Cómo anda mi clienta favorita? –dijo mirándome y poniendo un papel plastificado en medio de la mesa.

–Todo tranquilo –respondí–. ¿Qué tal tu abuelo?

Fred era el nieto de Dino y tenía el mismo pelo lacio y negro que su abuelo lucía en las fotos en blanco y negro que colgaban de las paredes del local. Por suerte no le había copiado el ridículo bigote. De hecho, a los catorce, cuando empecé a concurrir el local, había contribuido muchísimo que él –en ese entonces con la edad que yo tenía ahora– trabajara allí en sus ratos libres. Pero la vida siguió y mientras yo me encariñé con mi rincón, Fred desapareció. Hacía poco había vuelto a trabajar en el café –suponía yo que no tenían para pagar sueldo a otro empleado– y habíamos tenido un par de conversaciones, pero habían pasado años desde ese inocente flechazo y no quedaba absolutamente nada. Nos limitábamos a pocas palabras y saludos amables. No tenía ni idea de por qué hoy, de todos los benditos días, había decidido que yo era su clienta favorita.

–El viejo está ahí –contestó, haciendo girar el repasador y dejando que le cayera sobre el hombro–, disfrutando la jubilación.

–Me alegro. –Y lo hacía. Dino siempre había sido de lo más agradable–. Te faltó un menú –señalé.

Él me mostró los dientes. Aaron hacía el gesto mil veces más bonito. Me quise pegar un porrazo solo por pensarlo, y todavía más por desviar la mirada a mi acompañante. Este parecía divertido con la situación, y lo señaló a Fred, para luego apuntarme a mí y hacer una mueca como de besitos y corazones. No pude contener una mirada de espanto y, su ridícula actuación infantil me arrancó una risa que apenas pude contener.

Fue como cuando recién empezaba a hablar ucraniano, y las palabras tozudas y rebuscadas me adormecían la lengua y se negaban a salir. Sellé los labios, pero volví a Fred sin ser capaz de deshacerme del eco retumbante en la base de mi garganta.

Fred parecía creer que el mérito había sido suyo, sin notar en absoluto los juegos de cejas que Aaron hacía a su espalda. Me temblaron todavía más las mejillas, en un esfuerzo un tanto patético por recobrar la compostura.

—No —dijo el pelinegro con una suficiencia que nunca antes había demostrado—, pasa que ya me sé tú orden.

Sin duda alguna, me gustaba mucho más el Fred silencioso.

—Entonces —respondí, con la ciceante lentitud que emplearía para hablar con un idiota—, no sé por qué no me lo traes.

Fred, que se había acomodado con un brazo sobre la mesa, inclinándose hacia mí, se tensó como un arco, claramente avergonzado. Y vaya que debería estarlo. Para empezar, hacía tres años que no venía aquí por él y, segundo, estaba aquí con una cit... Me corté. Corté el pensamiento con la misma brutalidad que se requeriría para frenar a un tren a mil kilómetros por hora. Con un amigo. Estaba con un amigo. Ni siquiera eso. Aaron era un chico agradable con el que tomaba un batido.

Como si hubiera entendido lo completamente harta que estaba de la situación, Aaron se metió, acaparando a Fred.

—Yo te pido un jugo de naranja, por favor.

Claro, pensé con burla, *él pide por favor*. Que bueno que yo tenía acero para cortar por ambos.

—Estaría genial que llegaran hoy —señalé, con una sonrisita irónica.

Fred pareció entender, al fin, que no tenía cabidas en ese cubículo y se fue con el rostro enrojecido.

—Vaya —comentó Aaron—, eso fue...

Le lancé una mirada que lo hizo reír. Quise unirme a él. Quise pegarle. Quise decirle que era un idiota. Quise que su jugo llegara solo para tirárselo por la cabeza.

—Ni se te ocurra. Vamos a pretender que eso no pasó.

Él inhaló entre dientes y frunció los labios, medio haciéndose el duro, medio conteniendo la carcajada que le sacudía el pecho.

—Dudo poder olvidarlo, después de todo, fue el motivo por el cual gané.

—No has ganado absolutamente nada —aclaré tan calmadamente como pude—. Eso no fue una risa.

—Creo que no ríes lo suficiente como para saber qué es y qué no es una risa, Aspen.

Pretendí no notar sus labios envolviendo mi nombre. Estaba indignada.

—Claro que me rio. Solo que eso no fue una risa. —Él alzó una ceja—. Bueno, no fue una risa dentro de los términos del trato —corregí a regañadientes. Tenía que ser a todo pulmón. No lo fue. De hecho, la contuve bastante bien.

Alzó las manos, derrotado, pero aún destellante.

—Mientras tu novio no nos deleite con otra demostración de su hombría...

Lo miré asqueada. Después de la escenita aquella, lo último que quería era imaginarme con Fred.

—No tengo novio.

En cuanto lo dije, supe que había caído en su trampa, porque Aaron se dejó caer hacia adelante con los antebrazos sobre la mesa y aires de ganador. De nuevo le atravesó el rostro esa indefinible lucidez.

—Qué bueno saberlo.

En algún momento, Aaron consiguió desplazarse por los asientos y llegar a mi lado. Y en *este* mismísimo momento, tenía una de mis manos entre las suyas, y analizaba mis dedos como si fueran lombrices extraterrestres.

—¿No te molestan?

Alcé las cejas, procurando ignorar la lacerante presión que envolvía el órgano *palpitoso* entre mis costillas y sus gritos pidiendo que me alejara.

No lo hice.

—Son solo anillos —obvié.

—Pero... —sus ojos encontraron los míos— son muchísimos...

—¿No te gustan?

Se encogió de hombros.

—Te quedan lindos.

Me sonrojé de forma violenta, pensando que era lo más estúpido que había escuchado —eran solo anillos, a nadie le "quedan lindos"— y deseando no haberme terminado el batido para poder darle un buen sorbo. Mi mano no dejó las suyas. Sus dedos —noté que tenían un leve dejo rosado de pintura mal enjuagada—, hacían girar los aros plateados para observar sus intrincados diseños. Siempre me habían gustado los anillos. Hasta ahora, nadie había hecho mucho reparo en ellos.

Habíamos hablado más tiempo del que creía que se podía hablar con un chico sin sentirse morir del aburrimiento. No sin vergüenza, me admitía a mí misma que Aaron había conseguido arrancarme un par de sonidos sofocados y un tanto similares a risas, pero no se lo admitiría nunca a él, que sonreía como si el sol viviera en sus ojos después de cada una de ellas.

—Tienes dedos esqueléticos —comentó y, sin darme tiempo a responder, sacó el anillo del ruiseñor y se lo puso en el meñique. Tuvo que pelearse para hacerlo pasar. Y eso que yo lo usaba en el pulgar.

Sonreí, pero enseguida me corregí. Echándole una mirada de reproche.

—¿Disculpa?

Él me ignoró, estirando la mano entre nosotros, como para que lo admiráramos. En sus manos, masculinas y anchas, resultaba ridículo.

—Me queda fantástico.

Cuando giró, para ver mi reacción (una mueca que lo decía todo), su rodilla chocó con mi muslo y di un respingo. Varios centímetros separaban nuestros hombros, pero me hubiera gustado que fueran más, especialmente porque más todavía me hubiera gustado que fueran menos.

No tenía sentido. Nada tenía sentido estando con Aaron. Era un enigma deslumbrante y confuso. Porque con él todo era inesperado y fácil. Ese vértigo abrumador me agarraba por las entrañas: como cuando montas una bicicleta después de muchos años y sabes que no vas a caer, pero el miedo no se va. Esa duda constante, como una piedrita en tu estómago que pregunta "pero ¿y si...?".

Pero ¿y si me río? Pero ¿y si dejo de pensar? Pero ¿y si le digo que tiene la sonrisa más linda que vi en mi vida? Se me acumulaban las preguntas en la garganta, pero no las pronunciaba. Morían rápidamente, a sabiendas de que, si cometía uno solo de esos errores, no habría vuelta atrás.

–Te queda ridículo. –Pero en lugar de sacárselo, tomé de mi propia mano otro, hecho con tiras finísimas de plata, y, envolviendo su manaza en la mía, lo pasé por su meñique izquierdo. Me recorrió un escalofrío de advertencia cuando mi cuerpo quedó a escasos centímetros del suyo y retrocedí enseguida–. Ese está mejor.

–Va, me lo quedo.

Arqueé las cejas.

–¿A sí? ¿Y con permiso de quién?

–Bueno, bueno, al menos hasta que nos vayamos. Me gusta sentirme bello. –Hizo el gesto menos masculino posible, pasándose una mano por el pelo como una princesa, pero era difícil ignorar la forma en la que se le tensaron los brazos al hacerlo, en especial ahora que solo llevaba puesta una ridícula camiseta de Los Muppets.

–Bueno, solo porque me gusta verte hacer el ridículo.

No era del todo mentira, pensé. Es que éramos un tanto extraños. Aaron con su ropa desgastada y yo con la mía, impecablemente planchada. Debíamos parecer polos opuestos, él tan relajado y feliz, yo tan tensa y preocupada. Cualquiera que nos viera pensaría que yo tenía un palo metido en lugares en los que no iban palos.

Pero era que Aaron era preocupantemente sencillo. Yo sabía que las cosas sencillas no duraban. Pero fiel a mi papel de idiota, no podía evitarlo: le sonreí.

Él me devolvió el gesto, y luego desvió la mirada sobre mi hombro, carcajeándose.

—Creo que tu *no-novio* está aburrido —comentó.

De reojo, pude ver a Fred mirándonos con el rostro ilegible, como si no pudiera creer que hubiera querido flirtear conmigo.

—Ugh, ya déjalo —me quejé, borrando toda simpatía con una mueca de desagrado que pareció divertirle todavía más.

—No, no, ¿Qué va? Mejor démosle algo que hacer.

No entendí lo que se traía entre manos hasta que fue muy tarde y tenía la mano en alto, como si saludara a un viejo amigo.

—¡Eh, Fred! —soltó. Se inclinó hacia adelante al hacerlo y yo casi me atraganto con su perfume—. ¿Dos batidos más, por favor?

Con los ojos como platos, no me atreví a voltear hacia Fred. Tenía los ojos fijos en Aaron, que se ahogaba en un patético intento por contener la risa.

—¡Mírate no más! —se mofó, dándome un codazo—. Que no te de vergüenza. Solo quería que dejase de mirar —aceptó en cuanto se calmó un poco y yo enterraba el rostro entre las manos—. Ya se estaba volviendo algo perturbador.

Lo que él no sabía era que lo último que sentía era vergüenza. Aaron era un descarado y yo estaba por entrar a reírme como una loca con él. Una sonrisa gigante como nunca la había sentido me surcaba las mejillas y los hombros me temblaban mientras ahogaba contra mis palmas el desconocido sonido de mi propia risa. Así que esconderme, como parecía serlo siempre, había sido mi única salvación.

Lo mataría. Lo mataría por hacerme creer que podía ser feliz.

Fred apareció y se llevó nuestros vasos vacíos. Aaron le pidió un par de las donas que estaban en los descuentos de la vidriera. Cuando le pregunté, se encogió de hombros y me contestó que la clave estaba en los detalles. Pensar que me había visto babear por esas donas me hizo querer enterrarme viva.

Cuando llegaron, me dediqué a saborearlas como si fueran un pedacito de cielo. Estaban increíbles y casi me deshago de amor comiéndolas. Aaron se mantuvo en un silencio gatuno desde que llegaron. Lo ignoré. Cuando no hablaba y tenía algo con lo que distraer mis ojos de los suyos, era mucho más fácil no ceder.

—Me dijiste que eras una persona terrible —me dijo de la nada, como si hubiera estado toda la vida conteniendo ese pensamiento y ya no pudiera hacerlo un segundo más.

De sopetón, el aire se convirtió en papel. Yo no sabía respirar papel. El recuerdo de ese primer día en el parque, cuando le abrí mi corazón con los ojos enrojecidos, pensando que en mi vida lo volvería a ver, me bajó por la garganta como una lija.

Él se había ladeado y me miraba fijamente. Lo había estado haciendo por un buen par de minutos, mientras yo me hacía la desentendida.

Le di un sorbo a mi bebida, intentando aparentar una tranquilidad que no estaba ni cerca de sentir.

—¿Y? —Tenía el corazón en la boca, palpitando agitadamente y temía que, de decir algo más, fuera a caérseme y a quedar latiendo, expuesto como un mórbido centro de mesa.

—Yo creo que una mala persona nunca hubiera hecho lo que hiciste.

—¿Pisar el acelerador antes de que pudieras invitarme a salir?

—Espera, ¿sabías que iba a invitarte a salir?

Puede ser. *Sí. No. No sé.* Me atraganté con las respuestas. Tomé el batido y dejé que me helara las manos, envolviendo el sorbete con mis labios y dándole tiempo a mi cerebro para controlar el bullicio de mis sentimientos.

—No es el punto. —Palabras tan secas que podrían hacer a cualquiera creer que el desierto del Sahara era un paraíso tropical—. Además, ya te dije: esto es una salida de amigos. —Él sonrió, a pesar de mi clara negativa. Me detesté por la forma en la que apuré las palabras; nunca había sonado menos convincente.

Podría haber dejado pasar mi desliz, pero no me sorprendió que no lo hiciera: su actividad favorita parecía ser descolocarme, y era más que excelente en ello.

—Ya olvidé el punto.

—Recuérdalo.

—Ah, ¡eso! —Lanzó una carcajada, pero luego se puso serio. O todo lo serio que podía ponerse; una única vez lo había visto sin sonreír. Me pregunté si le dolería la cara—. No eres una persona terrible, aunque tenías razón con lo de ser amargada.

Esta vez, me tocó a mí sonreír, pero nunca estuve tan en desacuerdo con algo como con su declaración. Me intrigaba. Odiaba admitir lo mucho que me intrigaba su sonrisa.

—¿Por qué? —No lo miré hasta pasado un largo segundo, esperando que yo hubiera sido la única en notar cómo se me había partido la voz; en miles de susurros esperanzados, en miles de plegarias para que, de una buena vez, me dejara en paz.

Destelló en sus ojos ese brillo relajado, pero una vez más vi en ellos el vestigio sombrío de una tristeza que parecía no tener fondo. Como si lo hubiera imaginado, las esquinas de sus labios se curvaron y su luz iluminó nuestro cubículo.

—Todo lo que hiciste. —Sabía perfectamente lo que abarcaba ese *"todo"*, y eso solo me hizo sentir más culpable—. Eso es algo que ninguna mala persona hubiera hecho.

Y así fue como finalmente me reí. De verdad. Sin importarme perder la apuesta. Me reí porque él parecía tan convencido que cualquiera le hubiera creído. Me reí porque de todas formas ya había perdido y, sobre todo, porque nunca había tenido tantas ganas de llorar.

Si tan solo supiera de Avery, si tan solo supiera de mamá y papá. Si tan solo supiera algo —o más bien todo— de mí, hubiera huido. Pero con Aaron, yo era una Aspen que nunca antes había sido. Era la que ayudaba a su hermano a llegar sano y salvo a casa, la que aparentemente se llevaba bien con gatos y no podía evitar sonreír, la que perdía el control de sus sentimientos y quería acercarse hasta quedar a medio centímetro de sus ojos, solo para contar las motas verdosas que se intercalaban con el marrón avellana.

Mientras me reía, me perdí completamente, y no había certezas de que fuera a volver a encontrarme.

CAPÍTULO 7

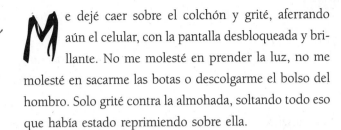

Me dejé caer sobre el colchón y grité, aferrando aún el celular, con la pantalla desbloqueada y brillante. No me molesté en prender la luz, no me molesté en sacarme las botas o descolgarme el bolso del hombro. Solo grité contra la almohada, soltando todo eso que había estado reprimiendo sobre ella.

Y lentamente, como una oruga cortando su capullo para resurgir con alas resplandecientes, cambió. Ese grito que me quemó la garganta se entrecortó y, para cuando me di vuelta encarando el techo, me descubrí riendo.

Me reía como si me hubieran contado el mejor chiste de la historia, como si todavía pudiera ver a Aaron haciendo muecas a espaldas de Fred, como si hubiera descubierto un tesoro enterrado y fuera todo para mí. Me reí hasta que me dolió el estómago, con el pelo desparramado sobre las mantas blancas y arrugadas bajo mi peso. Terminé doblada a la mitad, sin tener idea de cuánto tiempo había pasado o de qué me había poseído.

De no haberla cortado yo misma, sospechaba que la risa hubiera seguido eternamente. Histérica, descontrolada, ruidosa, dolorosa inclusive, pero también muchas otras cosas, desconocidas y oscuras, que me reverberaban en la garganta.

Y tampoco duró demasiado la pausa. Solo lo que me llevó recordar el aleteo de los labios de Aaron contra mi mejilla. La forma en la que me hirvió el rostro. Cómo él salió del auto, subió las escaleritas y me saludó desde la puerta con la mano, antes de que se lo tragara la calidez de su hogar. Cómo se carcajeó cuando me reí por cuarta vez y no pude negarle su victoria.

Los abdominales se me resquebrajaron de semejantes sacudidas, los ojos me escocieron y se me secó la boca.

Entonces, y solo entonces, cuando pude respirar sin sonar como si me estuvieran acogotando, volví la vista al destello blanco del celular. Seguían allí. Tres burbujitas. Eran todo lo que había necesitado para subir las escaleras a saltos y derrumbarme en un ataque más epiléptico que de risa.

Número desconocido:

Tengo tu ruiseñor.

Una verdadera pena.

Ahora tendré que verte otra vez para devolvértelo

Y así, tan fácilmente como se nos daba respirar, las cosas empezaron a cambiar.

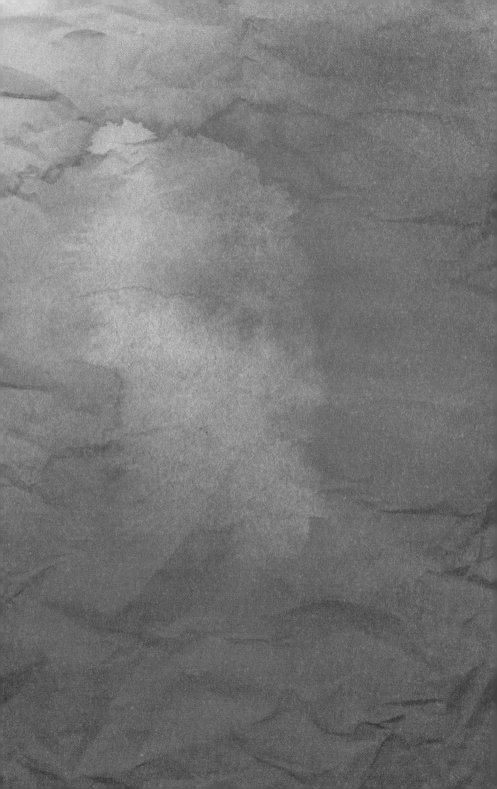

CAPÍTULO 8

No había que equivocarse. Mi corazón seguía en su torre. El problema era, que esta era cada vez más pequeña y el suelo se acercaba peligrosamente. Ya podía ver los pequeños monstruos como espesas nubes negras a mi alrededor, acechando, esperando al momento en el que se desmoronara mi preciosa edificación.

Hacía todo lo que podía para mantenerla alta e impoluta, pero había cosas que estaban simplemente fuera de mi alcance. Mi santuario comenzaba a parecerse a una cárcel y yo corría de un lado a otro, poniendo baldes bajo las goteras que se abrían con su sonrisa, y tapando con barro los huecos por los que silbaba el viento con el sonido de su voz.

Aaron era un maldito tornado y yo no tenía sótano en el que esconderme.

Empezamos a vernos. No sabía cómo o cuándo se había vuelto tan rutinario. Había pasado frente a mis propias narices, y para cuando quise volver atrás, un enorme muro me lo impedía. Así que quedé atrapada entre Aaron y la pared.

El anillo de finos hilos de plata había vuelto definitivamente a su lugar en mi pulgar, pero el ruiseñor no había querido. Aaron me dijo que era un pájaro inquieto y que le gustaba viajar entre nosotros. Yo le dije que él no sabía un pepino de pájaros. Aun así, el anillito con el animal tallado empezó a pasarse entre nosotros. En algún momento entre charlas y disparates, él me pasaba el anillo o yo se lo pasaba a él y la siguiente vez que nos viéramos, sabía que pasaría a la mano del otro. Había sucedido suficientes veces como para que se volviera una costumbre.

Ir al cine, a la playa, caminar sin rumbo, tomar batidos y más batidos (aunque nunca eran suficientes), pasear a Kai, un par de almuerzos, incluso acompañarlo hasta el trabajo alguna que otra vez.

Absolutamente todo, ya lo habíamos hecho. Y lo volvíamos a hacer. Y nunca era igual a la primera vez. Pero siempre era atemorizante, cruel, lleno de luz y conversaciones absurdas; mejor. Claro, ya no tenía sentido negarse —lo había entendido tras la tercera vez, en el cine, cuando se pasó toda la película pegando chillidos dignos de una niñita—: reír con Aaron, comenzaba a volverse natural.

Había pocas cosas que estaban fuera de la mesa; pues hablábamos desde nuestros profesores de colegio hasta de los colores de la colección de sombreros de la reina de Inglaterra (sorprendentemente, esa fue una discusión de más de veinte minutos), pero esas pocas cosas, estaban estrictamente prohibidas.

Mi familia y mis amigos eran dos de esos temas que simplemente no podía develarle a Aaron, que con tanta facilidad compartía las pavadas de Cameron, su mejor amigo, las barbacoas que hacía su abuelo los domingos o las anécdotas que él y Christof habían construido de pequeños. Sabía que no era correcto ni justo, pero cada vez que él mencionaba una de estas, una oleada de celos me ardía en el cuerpo: la conciencia de que él había tenido todo lo que yo nunca podría tener. No duraba mucho; era un momento de agudo escozor, que se desvanecía en el momento en el que encontraba sus ojos.

Aaron, por el otro lado, parecía no tener límites en cuanto a su mundo. Lo ponía todo en una bandeja, como si fuera mío y pudiera curiosear a gusto. Me convencí, más segura que nunca, de que la tristeza que había visto apagarle la mirada en escasas ocasiones había sido poco más que el reflejo lastimero de mis propios sentimientos. No veía el fallo. Aaron parecía tener una vida plena, aunque muy atareada.

Más de una vez me sonrojé cuando me dijo (como si nada, con el casual tono con el que se pregunta por el clima) que había cancelado otros planes tras un llamado mío. Era de lo más difícil contener lo que fuere que rebotaba en mi estómago ante ese tipo de comentarios, más todavía a sabiendas de lo obvio que era para él mi rubor y que era lo suficientemente educado para pretender no verlo.

Descubrí más cosas sobre él en ese tiempo de las que sabía en total de mis cuatro amigas juntas. Sabía que su familia tenía una importante firma de abogacía, que trabajaba solo los jueves en el refugio (aunque varias veces se ofrecía para algún que otro turno extra haciendo inventario), que tenía un grupo de amigos demasiado numeroso como para que yo pudiera recordar todos sus nombres y que solían andar en skate en "la rampa", que su comida favorita era la tarta de arvejas pero solo si se la cocinaba su abuela, que había nacido tres minutos después de Christof, que cuando su hermano repitió curso, él repitió también para no dejarlo solo, y que en su tiempo libre pintaba.

No, no solo pintaba. Aaron *pintaba*. Paisajes; luminosos, oscuros, ciudades, bosques, mundos de castillos y grandeza, pequeñas villas abandonadas, rascacielos coronados por nubes, cualquier lugar que mi imaginación pudiera tocar, y todos los otros que se me escurrían de las manos. Cada uno de ellos estaba atrapado en su pequeña libreta. La llevaba a todos lados consigo, dentro del bolsillo interno de su gastada campera de jean, y muchas veces nos sentábamos en algún parque y simplemente sacaba un lápiz y se ponía a garabatear. Yo nunca le preguntaba qué hacía, con miedo a que me negara la entrada a sus pequeños mundos, pero casi siempre me mostraba el resultado. En esas líneas de carbonilla se me iba el aliento, y sabía que era capaz de mucho más. Siempre andaba manchado de pintura, y me confesó que los acrílicos eran el amor de su vida, pero nunca vi lo que hacía con ellos.

—¿Nunca te cansas? —le pregunté una vez. Frente a nosotros estaba el mar, y el murmullo de las olas era una caricia sobre la piel. A lo lejos, luminoso y casi tan colorido como las zapatillas de Aaron, se alzaban el muelle y el parque de diversiones.

Aaron me miró extrañado, sacando los ojos de la libreta. Antes de que yo hablara habíamos estado unos buenos veinte minutos en silencio.

—¿De qué cosa? —preguntó, con su cabeza ladeada y los rizos alborotados por el viento. Saqué los pies descalzos de la manta en la que estábamos y los enterré en la arena hirviendo mientras me abrazaba las rodillas, buscando cualquier sensación que me distrajera del estrujón que me había parado el corazón. Me encogí de hombros.

—De dibujar paisajes. Solo hay un mar, solo hay unas montañas y solo hay unas ciudades y unos castillos. ¿No te abruma la idea de que en algún momento ya no tengas nada nuevo?

Seguía sorprendiéndome el sonido de su risa. No fue escandalosa, pero me curvó las comisuras de los labios y me obligó a mirarlo de reojo. Cuando se reía así, Aaron era más Aaron que nunca.

Su cuerpo, en la punta opuesta de la enorme manta, me encaraba, cruzado de piernas como un indiecito. Entre nosotros estaban los restos de unos sándwiches y latas de gaseosa.

Para ser invierno, estaba sorprendentemente cálido, y se había sacado la chaqueta, mostrando la misma sudadera arañada de pintura que le había visto en nuestro primer encuentro. La bufanda bordó le aleteaba alrededor del cuello.

—No hay un límite a lo que se pueda dibujar, bobita. —Rodé los ojos ante el apodo, pero no lo interrumpí—. Las montañas pueden ser diferentes en la realidad que en una hoja, y pueden cambiar con la puesta de sol o con el soplar del viento así como con el paso de las estaciones. El océano —lo señaló con el lápiz y yo lo miré. El sol ardía alto sobre nosotros y lo salpicaba de plata—, podría ser siempre igual. Pero si tú y yo estamos aquí, es completamente diferente.

Seguí abstraída, tratando de entender lo que decía, consumida por la

116

inmensidad del océano. A mis ojos, siempre había sido y sería igual. Amplio, agitado, helado.

—¿Por qué? —le pregunté al fin—. Nosotros no podemos cambiar el mar.

—Pero vamos a cambiarlo en mi hoja. —Escuché su lápiz golpear perezosamente el cuaderno, como para enfatizar.

—Eso no tiene sentido.

—Claro que sí. —Cuando volví a él, empezando a frustrarme por sus disparates, descubrí que sus ojos ya estaban sobre mí; refulgieron y yo olvidé completamente lo que iba a decir—. Cuando dibujo, no quiero calcar lo que ven los ojos. Eso puede hacerlo cualquiera. Cuando estamos aquí. El océano se *siente* diferente. —Me sonrió, y de estar parada se me hubieran aflojado las rodillas—. Eso es lo que quiero poner en el papel.

Aparté la mirada, sin tener ni la más pálida idea de qué interpretar de aquello. Podría haberle preguntado qué podía nuestra presencia hacer para que un acuífero se *sintiera* diferente, o podría haber hecho un comentario sarcástico sobre lo sensiblero que era. Podría haber hecho muchísimas cosas, pero opté por el silencio.

Ese día, su boceto llevó más tiempo que nunca y el resultado no se reveló ante mí.

Lo peor de todo, era que con Aaron nunca cesaban las sorpresas. Cada encuentro era como si me metiera una batidora en el cuerpo y me revolviera todos los órganos; los dejaba en cualquier parte, y últimamente, se le daba por gusto hacerme perder la cabeza y responder al corazón.

No, me retracto. Lo único peor que las sorpresas, eran las despedidas. Porque sabía que en cuanto se fuera, con una caricia de sus labios que dejaría una huella tórrida en mi mejilla, los cimientos de mi torre sufrirían el impacto de la realidad.

Y la ira me golpearía con la fuerza de mil balas. Una ira que seguía dirigida a mí, en parte por seguir acercándome más y más al dueño de los ojos avellanas, pero en especial, por seguir callada.

Día tras día escuchaba el repiqueteo de los tacones de mamá llegando a casa, su voz atendiendo algún llamado, su estridente chillido cortando el aire, aunque parecía ser para ella el equivalente a una risa. Escuchaba el constante campaneo de los mensajes entrantes y me preguntaba si sería Max, o si había vuelto a cumplir la regla de no contactarla mientras ella estuviera por casa.

Qué mujer tan precavida, pensaba rodando los ojos.

También llegaba papá, con su recordatorio clásico y su falta de tacto, cada vez más tarde. La última vez, había irrumpido en mi habitación a las tres de la mañana, y me pareció que era un poco muy tarde para cenar. También me pareció que parecía un cadáver andante. Pero sobre todo aquello, me pareció injusto que mamá se pavoneara, espléndida y sin un ápice de culpa, mientras él, inocente en su ignorancia, se caía a pedazos.

Y yo seguía callada. Observándolos, observándolo todo y sin tener las agallas de hacer algo al respecto. ¿Por qué había tenido que levantar ese teléfono? Sería todo tanto más fácil de no haberlo hecho... No habría ningún Aaron escalando mi torre, ni tendría la tentación de ayudarlo a subir con tal de tener mi pequeño rayito de paz. Pero lo hecho, hecho estaba, y ahora podía entender por qué la curiosidad había matado al gato.

Sin embargo, era viernes, y como todo buen viernes, era el día después del jueves, lo que significaba que papá estaba en la oficina desde temprano y mamá, en cambio, estaba en casa. Más específicamente, en la cama. Sí, a las dos de la tarde mamá seguía en la cama. Me trepaba un ácido por la garganta de solo pensar en qué había consistido su noche anterior. Nadie podía negar mis buenos motivos para desconfiar de que sus "jueves con los de finanzas", fueran simplemente "jueves con los de finanzas". O tal vez Max era de finanzas también, aunque eso solo lo convertiría en "jueves con el de finanzas". Si seguía pensando así, terminaría yendo a buscar un balde enorme.

El punto era que ese viernes hablaría, después de escuchar a papá la noche anterior, no podía seguir guardándome todo. Necesitaba encarar a mamá, y ella a papá.

Había sido accidental. El cuarto que papá usaba como oficina estaba en la punta opuesta del largo pasillo que llevaba a mi habitación y en general nada de lo que dijera llegaba hasta mis oídos. Pero era la una de la madrugada y el hambre atacó.

Mientras me arrastraba a la cocina, lo escuché caminar del otro lado de la puerta carrada, sus pasos ansiosos yendo de un lado a otro. Podía imaginarlo; como un león enjaulado, pasándose una mano por el pelo incesantemente, la otra sosteniendo el celular.

–Algo está mal, Pat –le comentaba a su mano derecha desde el otro lado de la línea–. Los números, no cierran. Hazme un favor y habla con finanzas. –Silencio fúnebre–. Claro que podría hablarle yo a Kelly –se me retorció el corazón al notar el excelente mentiroso que era mi padre–, pero estoy ocupado. Claro, claro. No hace falta que sea hoy, es tarde. Pero no olvides hacerlo mañana. Es importante.

En ese momento entendí que no era culpa lo que sentía. Ver a Fallon estrellarle los anillos en la cara a Avery me había llenado de culpa. La idea de abandonar a Chris en la fiesta también, incluso las veces en las que Aaron me decía de vernos y yo me inventaba una excusa. Esto era algo completamente nuevo: desolación. La de verdad, la que se cierne abominable a tu espalda, te entierra las garras en el pecho y te deja sin aire.

Lo escuché cortar la línea y ahogar un grito. Me abrió un canal de la garganta al estómago y todo lo que me llenaba se cayó. Estaba vacía, rota. Pensé que, en el fondo, ese grito surgía de una agonía tan grande como mis sonrisas. Jamás en mi vida deseé algo tanto como deseé abrazar a mi padre en ese momento, y sin embargo no pude hacerlo. No sabría qué decir, no sabría cómo decirlo; éramos desconocidos unidos por la sangre y el mismo tipo de dolor, y tal vez eso era todo lo que estábamos destinados a ser.

A las tres de la tarde y dos minutos, mamá se dignó a salir.

La había escuchado una hora antes –porque estaba desde la una esperando en su puerta– al levantarse y hacer crujir la espalda. El desliz de las sábanas y sus pies abriéndose camino con no poca flojera, hasta el cuarto de baño. Agua corriendo. Chapoteo. Silencio. Más pasos, fuera del agua esta vez. Secador de pelo. Más silencio. Para cuando apareció frente a mí, noté lo que tanto tiempo le había tomado ocultar.

Tenía resaca. Una resaca de la puta madre, para ser exactos. Los ojos enrojecidos y venosos, la mueca torcida... me recordó tanto a Christof que sentí los pulmones como si me los hubieran llenado de cemento. Se agarraba la cabeza con una mano, y le llevó un buen par de segundos reaccionar a mi presencia, enderezándose de golpe y dibujando enseguida el intento más patético de sonrisa que vi, tambaleándose por la violencia del movimiento.

El mundo se volvió gris.

Lo sabía. Yo sabía que no eran reuniones de trabajo, que no me gustaría lo que iba a encontrar. Y de todas formas no pude evitar que los colores se descascararan al encontrarme sus ojos, porque nada me hubiera preparado para lo que sería ver cara a cara lo que me seguía en pesadillas.

Era la primera vez en semanas que nos cruzábamos, y me pareció que estábamos más parecidas que nunca. Con el cabello rubio en una coleta alta, los pómulos marcados e incluso vestidas del mismo color. Aunque yo no llevaba una gota de maquillaje encima, no éramos más que dos mentirosas mirándose a los ojos, a sabiendas de que el mundo como lo conocían estaba por terminar.

Pero no permitiría que viera nada de eso, en su lugar dejaría que la furia opacara todo lo que me pesaba el corazón. No había dolor ni tristeza. La torre se erguía alta, y sus muros se ensancharon a mi alrededor.

—¿Max y tú lo pasaron bien?

Se tuvo que sujetar el marco de la puerta para no caer, como si el impacto de mis palabras hubiera sido físico. Por primera vez desde que tenía memoria, su máscara había caído completamente. El alumno había superado al maestro.

Mejor, pensé, *que le duela. Que sofoque sus lágrimas como lo hizo papá.*

—¿Cómo...? —su voz se quebró, y yo no la dejé recomponerse. Sentía el tornado en mi interior, sacudiendo absolutamente todo.

—¿En serio vas a preguntarme cómo lo sé? Tú misma le dijiste a tu monito que no te mandara mensajes cuando estabas en casa, ¿o no? —Se le descolocó la mandíbula. El simple hecho de que creyera que tenía algún derecho de mostrarse dolida me arrebató los últimos vestigios de cordura que me quedaban—. Una pena que no fuera tan obediente como pensabas. ¿Pudiste devolverle su chaqueta? ¿Cenaron cómodos en su alejado restaurante dónde nadie pudiera reconocerlos?

Silencio.

Un silencio más desgarrador que el de un eclipse, infinito como el universo, sofocante como el mar.

Parpadeó.

—¿No vas a decir nada? —me salió la voz como un graznido, se me partió a mitad de la oración.

—Yo no quería... —Apartó la vista. Tan cobarde que ni siquiera podía sostenerme la mirada—. Me arrepiento de que te hayas enterado así, yo...

—¿Qué? —Esta vez no me tembló la voz, pero mis manos empezaron a hacerlo; las cerré en puños—. ¿Te arrepientes de que me *haya enterado así*? ¿Qué hay de papá? —estaba gritando. Tan alto que pensé que me había tragado todos los sonidos del vecindario y se los estaba regurgitando en la cara—. ¿No te arrepientes de ser una mierda de esposa?

Ella, en cambio respondió con un susurro:

—No puedes decirle...

Y exploté. Si creía que había sentido algo similar a la ira en algún momento de mi vida, había estado muy equivocada. Patéticamente equivocada. Esto... esto me atravesó como un rayo, partiéndome en un millón de pedazos que ni Dios podría volver a juntar. Me ardió la piel y me ahogué con el fuego.

—No, te equivocas. Puedo hacer lo que quiera —espeté—. Y espero, por tu propio bien, que encuentres la manera de deshacerte de tu amorío con el monito muy muy rápido, o lo que quiero va a cambiar antes de que puedas siquiera arrepentirte de verdad.

Y salí. Viendo por última vez sus filosos ojos azules inundados de horror.

Había amenazado a mi propia madre, y mientras salía por la puerta con la mente en blanco, hice lo único que sabía hacer: corrí.

Había muchas cosas que creí que nunca pasarían. Ni siquiera eso. Tan imposibles habían parecido, que no se me había cruzado ni pensar en que nunca pasarían. Una de ellas era amenazar a mi madre para que dejara de engañar a mi padre. Eso... bueno, esa definitivamente era una. Otra podría ser estar sentada otra vez, en el banquito del mismo parque donde cosa de un mes y medio atrás, había conocido un gato cascarrabias.

Muchos aspectos habían cambiado en ese mes. El mundo entero se había puesto patas para arriba, y yo no tenía idea de cómo adaptarme al cambio, de cómo conectarme otra vez con el sencillo ciclo de vida en el que había vivido hasta ese entonces.

Por la noche, había empezado a soñar más y más. Con Avery: Fallon le estaba pegando, pero de un momento a otro, se daba vuelta y sus ojos celestes eran grises y volvía a descubrir que era yo la que hacía que las lágrimas surcaran el rostro de la pelirroja.

Con mamá: una y otra vez la veía sentada en un restaurante, frente a un hombre sin rostro, riéndose. Ella llevaba su chaqueta y yo le gritaba; le gritaba a desde el otro lado de una ventana inmensa, con un sonido animal que me partía las cuerdas vocales, pero ella no escuchaba.

Con papá: abría la puerta de su estudio y estaba allí, atado con cadenas, mirando tristemente su ordenador, apenas notando el peso del metal que le rodeaba la garganta y las muñecas. Yo quería ayudarlo, buscar la llave y librarlo, pero cuando intentaba moverme, descubría que yo también estaba postrada. Y él me miraba una única vez con sus ojos tristes, solo para recordarme que era hora de cenar.

A veces soñaba con mi llegada a la universidad. Esos sueños siempre cambiaban. En algunos, los mejores, todo iba bien, pero otras... otras no tenía tanta suerte y me perdía en el inmenso campus y terminaba en alguna fraternidad abandonada y espeluznante, atrapada en sus sótanos. Una vez la casa se destruyó sobre mí, enterrándome. Me desperté gritando y sola. Nadie me había escuchado.

Y Aaron siempre estaba allí. Un destello de sus ojos en la distancia, una carcajada en la multitud, la sensación cálida de sus manos callosas colocando el ruiseñor en mi meñique. Nunca podía hablarle, nunca podía verlo completo, pero su presencia me torturaba, inalcanzable en ese desesperante mundo de terror. O, peor aún, demasiado accesible en los sueños más hermosos, demasiado real. De esos sueños hermosos también despertaba gritando. Porque por más bellos que fueran, sabía que llegarían a su fin.

Ahora, sentada erguida y con el rostro terso, pensaba en esos sueños y todas las cosas imposibles que nuca creí que fueran a pasar. Otra de ellas podía ser mi agenda, salpicada con el nombre de Aaron resaltado en celeste pastel. En la fecha del día de hoy, no había nada excepto por la entrega de un trabajo de Literatura. Siendo que había faltado a clases, no había sido posible.

Por primera vez, mi preciada agenda podría muy bien ser incinerada y me importaría una reverendísima papa.

Tenía una pierna cruzada elegantemente sobre la otra, pero sabía que estaba lejos de lucirme con mi apariencia. Seguía con la camiseta y el peludo pantalón de pijama, la coleta se me había deshecho en algún momento de mi desesperada carrera hasta el parquecito y el pelo se me enredaba en la nuca, llevaba unas Crocs verde brillante que no usaba desde hacía tres años porque eran horrendas. Si alguien supiera que una Vann usaba semejante calzado la empresa familiar entera se fundiría.

No había tomado nada más que el celular de camino y la helada cuchilla del invierno me atravesó el pijama sin problemas. Rara vez nevaba en la ciudad –una vez al año, o dos, con un poco de suerte–, pero el hielo parecía abrirse paso entre mis venas y me pregunté si tal vez hoy sería una de esas extrañas ocasiones, si la nieve se cumularía a mi alrededor lentamente hasta hacerme desaparecer. Lo deseé con todas mis fuerzas, lo quise más que nada en el mundo. *Desaparecer*. Lo pedí como si alguien pudiese escucharme y apiadarse, como si la magia pudiese darme algo, *lo que fuese*, aunque fuera esta única vez. Esperé y esperé, pero las nubes sobre mi cabeza se mantuvieron grises y cargadas, un borrón confuso similar al que se abría lugar bajo mi piel. Mi único consuelo era que ese frío horrendo mantenía a todos encerrados en sus casas, y el parque estaba más desierto que nunca.

Pensaba en lo mucho que me ardían las mejillas y la nariz, también la punta de las orejas, tiritaba cuando lo vi doblar por la misma esquina en la que lo había visto desaparecer una vez.

Podrían haber pasado dos minutos, dos horas o dos años desde que corté la llamada, no estaba segura, pero todo ese tiempo se evaporó en cuando sus ojos me divisaron y echó a correr en mi dirección.

Se iba acercando y yo lo veía mejor. Me di cuenta de que llevaba el cárdigan del colegio, con el escudo cosido sobre el pecho, y la corbata suelta sobre la camisa con el primer botón abierto. Llevaba una chaqueta en la mano, pero no había rastro de su mochila, y era un absoluto y completo desastre.

Entonces se quedó helado, parado a menos de un metro de mí, mirándome con los ojos desorbitados y el pecho subiendo y bajando aceleradamente. Nubecitas se le escapaban entre los labios.

No podía hablar. Podía abrir la boca, pero lo que fuera que saliera de mí en ese momento, sería insuficiente para hacerle entender. Hacía rato había abandonado mi pose digna, y estaba hecha un ovillo, con las piernas apretadas contra el pecho y las manos a su alrededor, en un inútil intento de no morir congelada.

Miró al lugar vacío a mi lado por un segundo, y por su mirada, supuse que él también estaba recordando una situación muy similar, en la que éramos solo dos extraños, y no sabíamos que nuestros caminos se volverían a cruzar. Luego volvió a mirarme. Antes de que me diera cuenta, me estaba envolviendo con su chaqueta, yo había bajado las piernas del banco y apoyado mi calzado fosforescente en las baldosas. Con la prenda, se me pegó su perfume y eso fue mil veces más útil que el interior acolchonado a la hora de combatir el frío.

Aaron estaba arrodillado frente a mí, con el pecho pegado a mis rodillas y las manos subiéndome el cierre de la chaqueta hasta arriba. El cabello le caía descontrolado sobre la frente. No había más que unos pocos centímetros entre nosotros y el vaho de nuestras respiraciones se mezclaba. Cuando la cremallera llegó a mi garganta, el dorado de su mirada encontró las nubes de la mía. Vi una preocupación en ellos que me derritió y me hizo arder los ojos. Me miraba como... no tenía ni la más pálida idea de cómo describirlo. Pero me miraba y me miraba *a mí*. Y yo lo dejé hacerlo. Sin maquillaje, sin sonrisas, sin sarcasmo, sin esconder los pedacitos que quedaban de mi alma.

Sus manos bajaron a los lados de mis piernas en el banco, rozándolas, pero no se movió un centímetro más.

—¿Qué pasó? —La pena de su voz me hizo tragar piedras. Entonces empezó a hablar como solo lo había escuchado hacer una vez: cuando lo tenía al otro lado del teléfono y creía que su hermano estaba en peligro. Parecían haber pasado mil vidas desde ese momento–. Cuando llamaste estaba en clase. No me querían dejar salir, por eso tardé tanto. Lo siento. ¿Qué pasó? Aspen, respóndeme, por favor.

Y claro. Llamar a Aaron un viernes a las tres de la tarde, sin que se me ocurriera que él podía estar ocupado, había sido otra cosa que podía agregar a la lista de cosas tan imposibles que nunca se me hubieran cruzado por la cabeza.

Lo había hecho sin pensar. Porque mi cerebro solo gritaba su nombre en medio de su caótica destrucción y yo no había sido lo suficientemente fuerte para oponerme. No quería a Fallon, a Ashleigh a Maggie o a Claire, pero no quería estar sola. Por primera vez desde que podía recordar, sentía que, si alguien no me sostenía, me iba a desmoronar.

Podía escuchar las palabras de mi madre como una radio de fondo, en incesante repetición. *Me arrepiento de que te hayas enterado así. Me arrepiento de que te hayas enterado así.*

El tacto gélido de sus manos enmarcando mi rostro me hizo estremecer. Me obligó a mirarlo a los ojos y otra vez me deshice entre sus dedos. Pensé que tal vez en algún momento, mamá y papá se hubieran mirado así. Tal vez hubieran sido amigos, tal vez se hubieran querido.

Sus pulgares se arrastraron por mi piel, barriendo lágrimas inexistentes; el metal congelado del ruiseñor la hizo arder.

–Háblame. –Nunca antes había visto a alguien rogar, pero se me ocurrió que así se escucharía. Cerró los ojos con fuerza y sus pestañas le acariciaron los pómulos.

–No puedo –susurré. Y no supe lo cierto que era hasta que lo dije. No podía hablarle de mi familia, no podía hablarle de lo perdida que estaba. Solo pensarlo me drenaba el aire, me helaba el corazón.

–¿Y para qué me quieres aquí, entonces? –No era una acusación, pero en la curiosidad de su tono y la turbación de su mirada, no se me escapó el deje de dolor.

No tuve que pensarlo:

—Para que me abraces.

Y lo hizo. Se sentó a mi lado a pesar de que el banco parecía más de hielo que de madera y a pesar de que lo había hecho salir de clases. Me envolvió en sus brazos con tanta fuerza que pensé que me iba a partir en dos y me dejó enterrar la cabeza en su hombro. Me pasó una mano por el pelo y dejó un beso en mi coronilla. Temblé y me aferré a la aspereza de su suéter como si la vida me fuera en ello. No hizo más preguntas y no se enteró de que en ese cálido silencio le dije que lo quería una y otra vez.

Te quiero.

Dos palabras que reverberaron en mi interior. Impronunciables, desgarradoramente bellas.

CAPÍTULO 9

Mirábamos el techo. Un techo vacío conformado por kilómetros y kilómetros de eterno cielo azul. Cada tanto una nube se deslizaba sobre nosotros, y Aaron insistía en que tenía algún tipo de forma –un león bailando, una mesa, una cabra con la cabeza un poco muy pequeña– pero para mí eran todas serpientes, es decir, tiras blancas. Sin embargo, me reía de sus ocurrencias y lo miraba alzando las cejas, como diciendo "das vergüenza". Y lo cierto era que, si hubiera habido alguien cerca, la daría.

Pero habíamos conducido por un buen rato, y en las afueras de la ciudad –tan lejos de la costa que era difícil imaginar que hubiera un océano a solo una hora y veintitrés minutos de nosotros– no había nadie.

Teníamos una manta bajo nosotros –aunque juzgando por el tipo de tela y los horribles cuadros blancos y rojos del estampado yo hubiese dicho que era un mantel tan arruinado por el uso que Aaron lo jubiló– y el césped apenas me picaba, aplastado por mi peso. Tendidos en direcciones opuestas, con nuestras cabezas a la misma altura, nos habíamos limitado a las trivialidades de siempre y a los silencios agradables.

Sabía que probablemente le debiera una explicación, porque nadie en su sano juicio te hace abrazarlo durante dos horas en un parque, en pleno invierno, sin decir una palabra ni derramar una lágrima y luego pretende que nada pasó. Pero Aaron no me la pidió, y yo lo agradecí en silencio. Tal vez eso fuera lo que lo hacía tan buen amigo. Los últimos días se había limitado a mandarme mensajes como siempre –"por favor aliméntate con algo que no sean fideos instantáneos", "sé que estás estudiando, duérmete ya"– a los que yo respondía como siempre –"para eso debería moverme", "tú también estás despierto, no me vengas a llorar"– y nos quedábamos hablando hasta bien entrada la madrugada. Nos vimos dos veces durante la semana y todo fue risas y ruiseñores volando entre nosotros.

Siempre fácil. Siempre alegre. Siempre evasivo.

Los *siempres* con Aaron eran un buen recreo de los *siempres* que solían habitar mi casa; vacíos, eternos, con una horrible peste a muerte y soledad, y que ahora habían desaparecido para ser reemplazados por unos nuevos *siempres*: igual de eternos e igual de agobiantes, pero no vacíos. Porque desde el viernes mamá no salía de casa, como si eso fuera suficiente para que la perdonara, y porque papá, en cambio, se metió en su oficina y no salió salvo para su clásico recordatorio nocturno. Los últimos días, había sido más difícil que nunca ver mis ojos en su rostro y saber más de lo que cualquier hija debería saber.

Pero era un nuevo día y había pasado a buscar a Aaron por la puerta del colegio y luego conducido a una enorme finca abandonada en las afueras. Me invadió una ola de vergüenza al recordar cómo sus amigos lo habían empujado y coreado infantilmente cuando los saludó y se dirigió alegremente al auto, donde yo lo esperaba, con las ventanillas bajas a pesar del frío solo porque tenía más ganas de verlo de las que me gustaría admitir. No se me había ocurrido que sus amigos, o él, fueran a verme a mí. "¡Ve, ganador!", exclamó uno, regodeándose en las carcajadas del resto. Me hubiera gustado morir allí mismo, pero me limité a mantener mi rostro impasible y apretar el volante hasta que mis nudillos se volvieron blancos.

La escapada rural no había sido parte de mi plan, porque con él nunca había uno. Solo se había subido y, tras abrocharse el cinturón, empezó a dar indicaciones, alegando que "esto te va a encantar". No me quejé. Cuando se le metía una idea en la cabeza, era imposible sacarla de ahí.

Al principio, ver la edificación con sus ventanas tapiadas y el claro cartel de "PROHIBIDA LA ENTRADA", me hizo mirarlo con espanto.

—¿Qué? —me preguntó, todo sonrisas.

Estaba parado frente a mí, y yo me apoyaba en el lateral de mi auto, poniendo cuanta distancia pudiera entre la finca y yo en señal de protesta. El viento amenazó con levantarme la falda más de la cuenta y me apuré a acomodarla, sin borrar mi expresión.

El edificio tenía un estilo colonial que denotaba antigua gloria y riqueza, pero de tan venido abajo que estaba uno podría imaginar sin mucho esfuerzo a los fantasmas caminando por sus pasillos al estilo película de terror. Estaba lejos de caerse, su solidez era innegable, pero la pintura blanca se descascaraba y el bronce glorioso que debía haber ocupado las manijas de las puertas había desaparecido. A su alrededor, se extendían como mínimo dos hectáreas de pastizal tan alto que me llegaba las rodillas.

—¿Quieres que allanemos una propiedad privada?

Se metió las manos en los bolsillos. Miró a la construcción se encogió de hombros dando un paso hacia mí. De no haber tenido el auto atrás hubiera retrocedido, a pesar de que todavía había más de un metro entre nosotros.

No lo dejaba acercarse, porque cuando lo hacía se me enredaban las palabras y me atragantaba con pensamientos sobre cómo se sentiría pasar los dedos por sus cicatrices o acomodarle el nudo desprolijo de la corbata del uniforme. Él parecía comprender perfectamente mi necesidad de mantener las distancias, pero tras el viernes en el parque, donde había sentido sus brazos ajustados alrededor de mi cuerpo como un salvavidas, me había esforzado el doble por dejar en claro que no volvería a pasar. Él avanzaba, yo retrocedía, me revolvía el pelo y daba un salto, me sonreía y apartaba la vista. *No. No. No. No a todo*, me repetía.

—Pues a mí me parece que al dueño no le va a importar. Además, solo usaremos el jardín.

—¿Y cómo piensas entrar?

—Ni que ese fuera un problema —se burló. Y era verdad; por más maravillosa que fuera la fachada, los alrededores estaban solo protegidos por una mediocre combinación de palitos de madera y alambrado que los cruzaba horizontalmente, dejando más que espacio suficiente para escurrirse entre medio.

Sin esperar una respuesta por mi parte, se dobló por la mitad, y pasó primero una pierna, luego su torso y por último la mitad restante de él. Así nomás, se había convertido en un delincuente juvenil.

Se apoyó en el poste de madera con una mano.

—Completamente aterrador —se burló haciendo un mohín con los labios. No los miré—. Vamos, ¿no que eras una chica dura?

—Soy una chica *sensata*, cosa que va completamente en contra de esto —espeté. Realmente no me gustaba la pinta que tenía. Sabía que las chances de que nos atraparan eran aproximadamente nulas, pero ese *aproximadamente* era suficiente para ponerme los pelos de punta—. Además, se suponía que tú eras un chico bueno.

Sus cejas se alzaron, inquisitivas y noté que le temblaba la nuez.

—¿A sí?

Me pasé una mano por el pelo, como si aquello fuera a esconderme.

—Evidentemente ya no más.

—Woah, ¿o sea que soy un chico malo?

Mis ojos saltaron a él instintivamente. Camisa blanca arremangada, salpicada de pintura (había tenido clase de arte) al igual que el lado izquierdo del pelo y su oreja. Sus ojos avellana me abrazaron, pero yo empujé sus brazos con un bufido. Si había algo que no era, era un chico malo.

—Eres un zoquete. —Y, a pesar de eso, con un rápido movimiento de muñeca, se escuchó el cliqueo de las puertas del vehículo trabándose, y lo seguí.

Habíamos llegado a eso de las cinco de la tarde, y ahora el sol se ponía, temprano como la época del año ameritaba, y seguíamos tirados, con un

paquete de magdalenas abierto y a medio terminar aplastado bajo mi bolso para que no se volara y el alto césped que se alzaba a nuestro alrededor, ocultándonos del universo.

Era una burbuja impecable. Solo Aaron y yo contando las estrellas a medida que asomaban tímidamente en el firmamento. Por ahora, había contado seis, pero estando tan lejos de las luces artificiales, apostaba a que dentro de poco estaríamos viendo un cielo muy diferente al negro interminable que enterraba la ciudad. Me daba miedo romper el silencio.

Yo seguía en la misma posición en la que había estado las últimas dos horas, con los dedos entrelazados sobre el estómago, pero Aaron se había apoyado sobre sus codos y arrastraba el lápiz sobre su libreta. El relajante sonido del roce contra el papel me invitaba a cerrar los ojos y soñar con pinturas y risas como canciones. Cada tanto yo giraba apretando mi mejilla contra la manta y veía el avance de su pequeña obra de arte: los retorcidos árboles que rodeaban la finca, que aparentemente se habían incendiado tiempo atrás llevando la empresa a la quiebra. Aaron me dijo que se rumoreaba que el mismísimo dueño lo había hecho en medio de un ataque lunático, pero en su retrato no tenían nada de escalofriante; las ramas rotas parecían cálidamente solitarias, como si estuvieran esperando a alguien que las regara para florecer otra vez.

Esta vez, cuando lo miré, me detuve en las cosas que había estado evitando, como el perfil de su nariz y cómo sus pestañas inferiores se curvaban desprolijamente en todas direcciones. Quise extender el brazo y limpiarle el borrón celeste que brillaba justo debajo de la piel que se le arrugaba al sonreír.

Como si me estuviera leyendo la mente, encontró mis ojos. Me pinchó la mejilla con la punta del lápiz y me detesté por haberme dejado caer tan cerca de él.

—¿En qué piensa esa cabeza rubia? ¿En esmaltes y zapatos?

—Pero por favor, el día en el que piense en zapatos, clávame ese lápiz en el corazón –dije dándole un manotazo para apartar el instrumento de mí–. En realidad, pensaba en que no te pareces en nada a tu hermano.

En los confusos inicios de nuestra amistad, me había dado miedo mencionar a Christof. En parte porque me daba cuenta de que pensaba muy seguido en él y en cómo estaría, y en parte (una bastante más notoria) porque temía tocar un nervio sensible en el corazón de Aaron. Ahora, sin embargo, sabía que hablaría de Christof sin problemas, aunque evitando ciertas cosas.

No hablaba de fiestas y de alcohol, o de la noche de nuestro inesperado reencuentro (salvo una vez, en la que me agradeció lo que había hecho y me aseguró que Christof había sobrevivido, con un tono bromista que no me hizo ninguna gracia). Pero hoy pareció ser la excepción a la regla.

Cerró la libreta, dejando el lápiz atrapado entre su dibujo inconcluso y las hojas usadas.

–Dice la chica que nos confundió.

–En mi defensa, los había visto una sola vez, por separado y ni siquiera sabía tu nombre –argumenté–, o el de él.

–A ver, ¿y cuáles son nuestras notorias diferencias?

Para empezar, no estás en una nube de pedo ni hueles a hierba y químicos.

–Sus ojos son más oscuros.

–¿Lo miraste mucho a los ojos la última vez?

Me sonrojé violentamente y volví a mirar el cielo. Habían aparecido más estrellas y el lila estaba dando paso a un azul oscuro. Deberíamos irnos antes de que anocheciera. No se lo dije.

–No seas idiota, ya sabes lo que quise decir.

–En realidad no. Siempre creí que éramos bastante iguales. Ya sabes, viene con lo de ser gemelos idénticos y eso.

–Bueno, pero no. Tus ojos tienen verde, los de él no.

–¿Debería preocuparme lo mucho que analizaste los ojos de mi hermano?

Debería preocuparte lo mucho que analizo los tuyos.

—Es en serio. Y eres... –*feliz*– diferente. No lo conozco mucho. –Él profirió un sonidito grave como diciendo "obviamente"–. Bueno, no lo conozco nada, pero parecía muy triste. –No estaba pensando en mis palabras, solo quería ocultar el fuego que me brotaba del estómago.

No necesité verlo para notar el cambio abrupto de su postura. Cuando hablábamos de Chris, era en pasado: de las cosas que hacían de pequeños, de que había tocado la viola por muchísimos años, de que siempre le habían gustado las camisas disparatadas y la moda, del escándalo que se armó cuando lo encontraron en la cama medio desnudo con un chico, de lo bizarro que fue que se repitiera la situación con una chica. Y cuando hablábamos de esas cosas, yo lo miraba con los ojos como platos y Aaron brillaba rozando el orgullo y rebosante de amor. Era algo que no entendía, la hermandad, pero escucharlo hablar de Christof me hacía pensar que, de haber tenido una hermana, las cosas hubieran sido un poco más fáciles. Ahora, estábamos hablando de su hermano en presente, de la persona que era, y el caminar por terrenos desconocidos me hizo temblar la voz.

—No triste. Perdido, tal vez. No sé. Fue solo una idea. Yo no...

Se rio, un sonido bajo y vibrante que me hizo pensar que me habían despellejado, dejando todos mis nervios al descubierto.

—Aspen, está bien. –Lo odiaba cuando decía mi nombre–. Es verdad. Creo que triste y perdido son palabras adecuadas para describirlo. Me gustaría poder hacer más para que no lo fueran, y que la gente lo conociera y pensara que es un "chico bueno". –Sentí su mirada horadando mi rostro, no se la devolví. Sabía que me estaba intentando hacer reír, y en otra ocasión, lo hubiera logrado.

—¿Crees que no haces suficiente? –le pregunté entre perpleja e indignada.

—Siempre se puede hacer más.

—El día de la fiesta... –Lo miré de reojo, esperando que ante la mención de otro de esos temas en los que no nos metíamos con profundidad, temerosos de encontrar algo en su oscuridad, se cerrara. No lo hizo. Siguió igual, marcando una curva decadente con los labios–. Lo estabas buscando, lo llamaste, lo cuidaste y estuviste para él. No veo cómo podrías haber hecho más. No puedes ayudar a alguien que no quiere tu ayuda.

–O tienes la vara muy baja, o tampoco estoy haciendo lo suficiente por ti.

¿Por mí? No quería entender de qué hablaba.

–No estamos hablando de mí.

Se volvió en mi dirección con una sonrisa que contradecía el ilegible desconcierto de sus ojos.

–Claro, nunca hablamos de ti. –No había acusación en su voz, pero otra vez descubrí el deje lastimoso de quién sabe que no tiene tu confianza.

Podría haberle dicho que en realidad no confiaba en mí, en mi capacidad para mantenerlo a mi lado si supiera lo horrible que era, el caos que me rodeaba o la forma en la que mi torre se sacudía cuando me miraba así. O en mi capacidad de mantenerme alejada de él una vez que se acercara lo suficiente para escuchar los latidos de mi corazón.

Le sonreí con una seguridad jocosa que no sentía. Fingir con Aaron era más difícil. Se suponía que en nuestra pequeña burbuja de estrellas y pastizales abandonados no debería haber mentiras, pero había verdades que resultaban peores que los engaños.

–Te conté que repetí curso, en tercero.

El cambio de tema me tomó desprevenida, pero acepté gustosa.

–Sí. –Mi pregunta (*Christof también, ¿no?*) se quedó atrás.

–Ese año fue duro. –Lo que fuese que estuviera mirando, estaba muy muy lejos de nosotros–. Yo no pude... no pude ser fuerte como debía serlo.

La declaración fue como una patada en la cabeza. Siempre había pensado en Aaron como el chico bueno, el chico feliz, pero ¿el chico fuerte? Nunca se me hubiera ocurrido. Había creído toda la vida que las sonrisas eran una inocente muestra de debilidad de aquellos blandos que la vida no había golpeado todavía. Al menos en el caso de sonrisas como las suyas, que salpicaban de blanco el mundo entero.

—No podía concentrarme, no tenía sentido estar estudiando horas y horas para tener un sobresaliente en un examen. Bueno —me miró de reojo y por primera vez, con las palabras en la punta de la lengua, lo vi dudar. Me recorrió un escalofrío. ¿Por qué seguía sonriendo?—, nada tenía mucho sentido por ese entonces. Y repetí.

No pude con la sorpresa.

—¿Estás diciendo que...? —Asintió y yo me pasé una mano por el pelo. Ya no podía contar las estrellas, que habían asaltado en cuanto me distraje y se desparramaban entre nosotros como un río de plata. El sol luchaba por quedarse, pero la noche se lo tragaba lentamente—. Mierda. Yo pensé que él... que tú...

—Sí, lo sé.

Me había contado hacía tiempo ya, que tenía diecinueve años, a lo que claramente respondí con mi mejor cara de desentendida y un firme "¿Cómo dices?". Porque me resultó bastante extraño que hiciera semejante declaración vestido de uniforme y después de quejarse de que había tenido la peor clase de Química de la historia. Y así me contó que su hermano también había recursado, "porque cuando uno cae, el otro lo hace también". No tuve mejor manera de responder que diciendo que eso era bastante estúpido por su parte. Lo más lógico era que Aaron, siendo el brillante cascabelito sobreprotector que era, hubiera dado todo de baja por su hermano. Nunca se me había ocurrido que hubiera sido al revés.

—Oh —fue todo lo que pude decir, a pesar de que me moría de ganas de preguntarle qué clase de demonios podían haberse adueñado de su sonrisa.

—Sí —se rio—, "oh".

Me giré y deposité mi peso sobre mi lateral, encarándolo y sosteniendo mi cabeza con la palma abierta de mi mano. Las puntas de mi pelo se arrastraron como un reguero enmarañado por el piso

—¿Por qué no me dijiste?

—Teóricamente tú tampoco dijiste que creías que había repetido por Christof.

–Sabías lo que habías dado a entender.

Yo había prejuzgado, pero él se había aprovechado de la faceta destartalada de su hermano, usándola de escondite.

En la penumbra que nos acorralaba, creí verlo enrojecer.

–Al principio quise decirte la verdad, pero luego pensé que sí tu podías tener tus secretos, yo podría tener los míos, dejar que vieras en mí lo que querías ver.

No sabía por dónde empezar a responder semejante respuesta. ¿Debía ofenderme? ¿Decirle que lo sentía?

–Yo nunca te mentí.

Me sonrió, porque claro, para él la tristeza y la felicidad estaban delimitados por líneas tan finas se mezclaban como la paleta de colores más extraña. Pensé, en un arrebato paralizante, que nunca podría entender a Aaron y que esa falta de comprensión terminaría por cortar el frágil hilo entre nosotros.

–Solo *escondiste verdades*. –Era un buen punto–. A lo que voy es a que siempre se puede hacer más. Christof era... es –se corrigió enseguida–, brillante. Y sin embargo empezó a entregar en blanco en el momento en el que yo empecé a hacerlo. Dejó a todos sus amigos y sus notas impecables. ¿Sabías que era mejor promedio? No, claro que no sabías –me dio la sensación de que se burlaba más de sí mismo que de mí–; porque todos lo ven a él y creen que siempre fue y será una causa perdida. Pero incluso en ese entonces... –se frenó de golpe, como si le hubieran pegado un puñetazo y dejado sin aire–. Incluso entonces, ya se drogaba hasta desfallecer y desaparecía por las noches. Eso no evitó que perdiera lo poco que le quedaba por mí.

Me enojé. No podría decir exactamente cuál fue el motivo –tal vez por celos al amor que él había tenido y yo desconocía, o porque la culpa que astillaba su voz me hacía pesar el corazón– pero me enojé.

–¿Y qué? ¿Quieres a empezar a drogarte con él? ¿Esa es tu idea de "hacer más"?

Fui muy brusca, muy intensa, y por la mueca que le desfiguró el rostro, supe que había cometido un error. Me arrepentí al instante.

—Solo digo —agregué con un tono tan suave que me pareció que pertenecía a alguien más—, que tu trabajo no es ese. —Me descubrí sentándome y buscando su mirada, un tanto desesperada por mi ingenuidad. Tal vez tener las palabras exactas para enmendar un corazón era algo que solo la gente con hermanos podía hacer—. No eres su padre.

Ah, que maravilloso. Que maravilloso era darse cuenta de que el mundo frente a ti no era más que engaños y cuentos que te habías contado a ti mismo por la noche, que en realidad sí había monstruos y se morían de ganas de ir a por tu cabeza.

Eso fue lo que pensé cuando me miró. Cuando finalmente encontré lo que tanto buscaba y las avellanas de sus ojos se deshicieron en algo frágil como alas de mariposa, efímero como el salto entre un segundo y otro. Todo este tiempo había pensado que él sabía que no podía hablar de mis padres, que entendía que era un límite que yo necesitaba. Nunca se me ocurrió que él lo necesitara tanto como yo.

Lo vi una vez más. Al chico triste con ojos como lagunas doradas que había creído imaginar ese primer día en el parque, ese segundo frente a la puerta de su casa hacía miles de años. Aaron tenía razón. Había visto en él la perfección que quería ver, a un chico entero y liberado del pasado, a un alma lo suficientemente estable como para apoyarme en ella.

—Claro que no soy su padre —dijo, con una sonrisa capaz de romper el núcleo de la vida misma—. Yo tengo el privilegio de no estar tres metros bajo tierra.

El mundo pareció frenar y el aire se volvió hielo, cortando mis pulmones, abriéndome a la mitad. Por mi cabeza pasaron las mil imágenes que había formado del padre de Aaron: ese hombre de cabello castaño y ojos verdes, alto como él y vestido elegante para ir a la oficina. Un hombre que le sacudiría el pelo cariñosamente antes de salir todas las mañanas y que luego besaría a su esposa bajo el umbral. Se hicieron añicos, se me clavaron en la piel.

Bajo tierra.

Bajo tierra.

Bajo tierra.

Mi abuela esto, mi abuela aquello, mi abuelo esto, mi abuelo aquello. Nunca mi mamá, nunca mi papá.

Había agachado la cabeza, y cuando la alcé, él se había sentado también, justo frente a mí, y cerraba y abría las manos sobre la tela gris del pantalón de colegio, dejando que se colara entre sus dedos.

—Tu mamá. Ella también. —No fue una pregunta, pero, de todas formas, él asintió.

—No sé cómo es tu familia —dijo tras una vida entera de silencio—, pero estoy seguro de que al menos están ahí. De que sabes cómo suenan sus voces, sus rutinas al despertar o irse a dormir, que compartieron alguna cena o se hicieron regalos de Navidad. —Me miró y pensé que esos eran los ojos de un náufrago que había nadado toda su vida en busca de tierras que sabía que nunca iba a encontrar—. Nunca vi a mi padre, y si llegué a ver a mi madre, no recuerdo de ella absolutamente nada.

Quise decirle que se equivocaba, que mis padres en realidad no estaban allí, que eran entes vacíos que me perseguían en pesadillas y no sabían sonreír, pero no me animé. Quise decirle que tal vez mi vida sería mejor si no estuvieran, pero no sabía si era así. Lo hubiera dicho tan solo unos minutos antes, sin el menor asomo de vacilación, pero ahora estaba viendo en sus ojos un millar de lágrimas sin derramar y simplemente no pude.

—¿Nada? —pregunté, con esa suavidad ajena que me asustaba.

Él negó, tan ligeramente que pudo haber sido el viento empujando su cabeza, hundiéndola tristemente entre sus hombros.

—Sé mucho sobre ella. Mi abuela siempre dice que le encantaba la música y que la quería como si fuera su propia hija. Pero no *recuerdo* nada. Y también sé que papá era un disparate andante, que se reía de todo, "mi rayo de luz", lo llama la abuela, o llamaba. No estoy seguro. —Y se rio, como si estuviera relatando un cuento de hadas. Sentí que no tenía que hablar y me guardé el deseo incinerante de tomar sus manos—. A veces me llama por su nombre, o a Chris, y luego se pone a llorar, como si hubiera olvidado los años que pasaron de su muerte y todas las otras veces en las que cometió el error de creerlo con vida. No creo que vaya a acostumbrarse a su ausencia. ¿Sabes? Ya pasaron diecinueve años...

Se había formado una burbuja en mi pecho y se expandía con cada palabra que salía de sus labios.

—Mi abuelo lo lleva mejor —continuó—, pero hay noches que lo escucho llamarlos (a papá y mamá) a gritos. De pequeño me asustaba, pero uno se acostumbra. Qué triste suena, ¿no? —Me quiso sonreír, pero las comisuras de los labios le temblaron y creí que se desgarraría el rostro con un grito de dolor—. Pero está... estamos...

Bien. Nunca llegó a decirlo.

No pudo más. No estaba segura de cómo había aguantado tanto, pero en ese momento se rompió en dos el mundo entero y él, en un quejido desolador.

Realmente había esperado qua Aaron llorara lágrimas de oro, como si de él no pudiera surgir nada que no fuera inalcanzablemente perfecto, pero lloraba acongojado, ahogando los sollozos contra las palmas de sus manos y con el sorbido de mocos menos delicado del universo. Lloraba como cualquier otro y yo no tenía ni puta idea de qué hacer.

La burbuja en mi pecho empujaba con fuerza tal que temí que me rompiera las costillas.

El viento sopló fuertemente, como reprendiéndome por ser una completa inútil, pero no podía moverme. Aaron trataba de controlar la congoja, pero eso solo lo hacía peor. Sentado como indio y con los codos clavados en las rodillas, parecía un niño perdido en el bosque y yo, con el corazón galopándome descontrolado, no conocía el camino para devolverlo a casa.

Entonces, bajo el atronador sonido de la burbuja reventando, y sus restos desangrándose en mi interior, me moví.

Se sintió como una película, cómo si una fuerza mayor que los gritos que me taladraban la cabeza —¡Huye! ¡Huye! ¡Huye!—, se estuviera encargando de mover mis miembros temblorosos hasta que mis dedos se ajustaron alrededor de sus muñecas, separándolas de su rostro.

—Aaron —lo llamé.

Me puse de rodillas, tan horriblemente cerca de él que me ardía la piel, y le miré el rostro sin que él intentara ocultarlo. Fue como otro golpe: su rostro también se contraía horriblemente como el de todos los humanos, y la piel estaba tersa y brillante bajo sus ojos.

—¿Qué? —tenía la voz tan ronca como si se le hubieran reventado las cuerdas vocales, pero su tono era dolorosamente amable, como si la que tuviera el rostro atravesado por ríos fuera yo.

—No sé —dije con más honestidad de la que me había creído capaz—. Sentí que tenía que decir algo.

Subí mi agarre hasta entrelazar nuestros dedos. Su tacto cálido y áspero me aceleró las revoluciones hasta dejarme el cerebro en blanco. Creo que lo sorprendí tanto como me sorprendí a mí misma y hubiera apostado que se iba a reír, pero sus ojos se desviaron a mis labios y me morí de miedo pensando en lo que podía llegar a pasar.

Estábamos a tan pocos centímetros que podía contar sus pestañas arácnidas una por una o subir la mano y borrarle esa mancha de pintura que tanto me gustaba. Estábamos tan cerca como lo podían estar dos amigos un segundo antes de dejar de ser amigos, y me dio vueltas la cabeza con imágenes y sensaciones que nunca llegué a permitirme imaginar.

Se inclinó tan levemente hacia adelante que pudo haber sido una ilusión, y me asustó tanto que pudo haber sido un intento de asesinato.

Le miré los labios, sin poder contenerme, y la línea recta que formaban me resultó extrañamente desconocida. Como el reflejo de tu mejor amigo en los distorsionados espejos del parque de diversiones: eran suyos, pero sin su sonrisa, no eran *él*.

Entonces con una lentitud desalmada, tomé su barbilla y lo frené justo donde estaba, a milímetros de que fuera demasiado tarde. Vi sombras indescifrables arrastrarse por su mirada cuando encontró la mía y solo pude rezar porque me perdonara cuando me desvié y le di un beso mortecinamente suave en la mejilla. Tenía la piel suave y ardiente y el sabor salado de las lágrimas me emborrachó.

¡Déjame ir! ¡Déjame ir con él! ¡No me hagas esto! ¡Por favor! Creí que Aaron podría escuchar los ruegos desaforados de mi corazón que se golpeaba contra mis costillas erráticamente.

Sin aflojar el agarre de mis dedos bajo su barbilla, intentando no ceder a la tentación de acariciar con el pulgar el hoyuelo que se hundía allí, retrocedí.

Y le sonreí.

Y le dije que le agradecía que hubiera sido sincero conmigo.

Y me dijo que le gustaría que yo también lo fuera.

Y se acercó más.

Y lo aparté con una carcajada agonizante, como un disparo al corazón. Como si hubiera contado un buen chiste, como si no hubiera escuchado algo tan ridículo en toda mi vida. Como si no quisiera hacerlo.

Y terminé, de maneras que no alcanzaba a comprender, sentada a horcajadas sobre él, sin dejar de reír mientras otra lágrima se le escapaba y yo la limpiaba con el pulgar.

Esperé, al rodear su cuello con mis brazos y sentir los suyos –al principio tímidos y luego firmes– cerrarse a mi alrededor, que no supiera lo mucho que me odiaba por hacerle esto, por hacérmelo a mí; a nosotros.

Mis carcajadas se deshicieron, pero él se enterró en mi cuello y me empapó la chaqueta, aferrándose a mí como si fuera la última ancla entre su mundo y la realidad.

Le acaricié el pelo y lo dejé llorar lágrimas suficientes para cubrir sus penas y las mías. Lo dejé llorar hasta que sus hombros no temblaron más, hasta que caímos los dos y nos empezamos a susurrar secretos, hasta que me di cuenta de que sus ojos se habían cerrado y su respiración era calma y regular.

Pensé que al menos ahora, Aaron no podía volver a sorprenderme.

Qué iluso de mi parte fue.

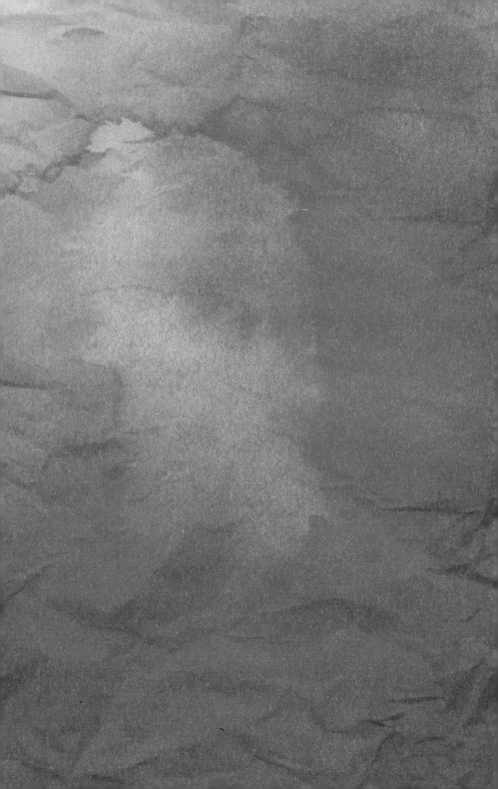

CAPÍTULO 10

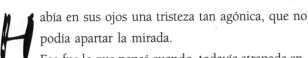

Había en sus ojos una tristeza tan agónica, que no podía apartar la mirada.

Eso fue lo que pensé cuando, todavía atrapada entre sus brazos, con la cabeza sobre su hombro y los dedos arrastrándose entre los rizos castaños, me contó la historia completa. Se calmó, y su voz volvió a ser una caricia y no una garra perforándote el corazón. Me dio la sensación, también, de que quería demostrarme algo, de que la suavidad con la que contó la historia de su pasado, era su manera de decirme que yo podía hacer lo mismo. Entonces y solo entonces, sin alejarme un centímetro, agaché la cabeza y perdí el almendrado tono de sus ojos.

Lo escuché, pero me era difícil imaginar lo que describía. Yo no era una persona exactamente creativa, y su perfume me envolvía de forma tal que desprenderse de la realidad era prácticamente imposible.

Su padre se fue primero, unos pocos meses antes de que Aaron y Chris llegaran al mundo. Leucemia. Así como así, en el breve período de seis meses, se adueñó de su cuerpo, se expandió en sus venas y se lo llevó.

—Increíble, ¿no? —me dijo Aaron en un momento, con una amarga risita—. El mes antes de que muriera, mamá durmió al lado de su camilla día tras día. No le importó estar con un embarazo de cinco meses, o que las enfermeras le dijeran que debería estar en casa descansando, porque sabía que podía irse y despertar sin un motivo para volver. Mi abuelo dijo una vez que fue ahí que ella empezó a morir.

Dicen que el tiempo, casi como un dios omnipotente, todo cura, pero tal vez esta historia fuera la excepción a la regla. Según los médicos, depresión postparto, según Aaron, la falta de voluntad para seguir con un proyecto que se había creado para cuatro personas, con solo tres de ellas, fue lo que le arrebató a su madre.

La última vez que se le acongojó la voz y sus manos se volvieron puños arrugando la tela de mi abrigo, fue con las siguientes palabras:

—Sé que no es justo, sé que no puedo culparla por ello, pero no puedo evitar pensar que nos dejó. No fuimos lo suficientemente buenos para ella, ni siquiera nos dio la oportunidad de serlo.

Porque, como explicó después, su madre murió solo una semana más tarde, de un paro al corazón. Algo esperable de alguien que se negaba a comer, que se ajaba la garganta a gritos por la noche, con pesadillas sobre un hombre que se le escurría ente las manos, de un amor que no llegó a florecer completamente, dejando una vida de experiencias sin vivir. No sabía cómo o por qué Aaron, que parecía poco más que un niño mientras lo contaba, había llegado a tener esos detalles truculentos, pero sabía que no le habían hecho ningún bien.

Así crecieron los hermanos, sintiendo la clara falta de las entidades que todos en el jardín llamaban mamá y papá, viendo los rostros de estos enmarcados en los pasillos de su casa, pero sintiéndolos como a un par de desconocidos que los habían traicionado de la más vil de las formas.

Pero fueron condicionados de formas diferentes. Uno de ellos se abandonó a sí mismo mientras que el otro se desvivió para no dejarlo caer, ni a él ni a nadie. Esto no fue algo que Aaron tuviera que decir. Estaba más que claro: se le destrozaría el cuerpo bajo el peso de penas ajenas y cuando finalmente lo aplastaran, para él sería la forma más digna de morir.

En un arrebato de convicción, casi lo sacudo para hacerle ver que no podía seguir así. Pero no lo hice, porque no sería justo de mi parte cargarle mi preocupación por él y porque sabía que poco y nada importarían mis palabras.

Cuando la historia terminó —cómo había sido para sus abuelos criarlos entre tanto dolor, cómo el abandono lo seguía a todas partes– hablamos de otras cosas. Le conté chismorreos del colegio, como que habían despedido a mi profesora de Física y al conserje por encontrarlos en uno de los baños de profesores haciendo cosas "no aptas para horario escolar", y le hablé de la universidad y lo que quería estudiar.

Le pregunté qué pensaba seguir él, que se removió claramente incómodo antes de contestar.

–Abogacía. Mi abuelo está feliz con que al menos uno de los dos vaya a heredar la firma familiar.

Con lo obvio que fue su desagrado respecto al tema, me mordí la lengua y, haciendo uso de mi lógica –algo que después de las últimas horas había creído perdido–, avisé que era tarde y pronto deberíamos irnos.

Se lo repetí dos horas después

y otra más tarde

y una última, justo antes de percibir el lento sube y baja de su pecho bajo mi cabeza, y el peso de mis párpados, y los pastizales acunándonos con un manto tejido con hilo de estrellas.

Me despertó una voz masculina. No, en realidad me despertaron los temblores helados que siguieron al movimiento de mi extrañamente cálida almohada antes de desaparecer.

–Sí –afirmó la voz–, estoy bien. Lo siento. Volveré a casa en cuanto antes. –Un silencio–. Prometido. Adiós. Te amo.

Las últimas dos palabras se cerraron como un anillo alrededor de mi corazón, obligándome a salir de mi decadente estado de somnolencia.

Fue todavía más extraño abrir los ojos y encontrarme con un pastizal humedecido con rocío, que también me empapaba la ropa y el pelo como un gato mojado y desagradable, sobre una manta vieja y una bolsa abierta y a medio acabar de magdalenas al lado. Aaron, mientras metía el celular con una mano en el bolsillo, le daba un último mordisco a una para terminarla.

Estaba parado a pocos metros de mí, solo con el suéter de colegio y se dio vuelta con una sonrisa arrebatadora. No me habría dado cuenta de que le había correspondido con otra sonrisa —más tímida, oxidada y adormecida— de no ser por la forma en la que le brillaron los ojos.

Recordé muchas cosas de la noche anterior, pero con el agarrotamiento que me machacó los músculos apenas me quise levantar, no pude ni siquiera avergonzarme. Ni por el casi-beso ni por la forma en la que había celado la vida de Aaron antes, solo conociendo destellos de la superficie.

Otra cosa me avergonzó, no pasado un segundo y coloreándome el gesto adolorido de rojo: tenía una chaqueta gris echada sobre las piernas. Instintivamente miré a su dueño, que decidió combinar su tono con el mío.

Pude imaginar lo que vio al despertar: una Aspen babosa y con la falda subida hasta la cintura. No importaba que tuviera no solo calzas negras sino que también shorts debajo, quise morir. Todavía más ante la imagen de él sacándose la chaqueta para cubrirme.

Me olvidé de la idea de morir.

Que me entierren viva.

Con el acuerdo tácito de no mencionarlo, me puse de pie, alisé la arrugada falda verde opaco y le devolví la prenda. Debía estar muriéndose de frío, porque la tomó sin rechistar.

—Buenas.

—Te dije que teníamos que irnos.

—Okeeeey, alguien no es una persona mañanera.

—No lo soy —respondí, volviéndome a la manta antes de arrodillarme allí y empezar a guardar todo. Seguía con la sensación de tener la cabeza llena de nubes y todo lo que me rodeaba parecía extrañamente irreal—. Pero hay que admitir que eres una almohada aceptable.

Por el costado, lo vi hacer una mueca de indignación antes de doblarse para tomar el paquete de magdalenas. Doblé el mantel húmedo y lo tiré al fondo de la mochila, antes de que me la arrebatara y se la colgara al hombro.

—¿Aceptable? —se quejó mientras empezábamos a caminar—. ¿Se me durmió el brazo a mitad de la noche y comí pelo rubio para ser aceptable?

Inevitablemente, como siempre parecía serlo a su alrededor, se me escapó la risa. Aunque teñida de vergüenza, una risa al fin.

—Que idiota —le dije, retomando la caminata.

Se apuró a alcanzarme y sus dedos se cerraron alrededor de mi muñeca. Una sensación desconocida me revoloteó raquítica por el estómago y me saqué su agarre de encima con una sacudida, a la vez que lo miraba sobre el hombro. Enseguida se llevó la mano al muslo y frotó la palma allí. La sonrisa le tembló.

—Para el otro lado, bobita.

—Estaba viendo si prestabas atención.

—Ya, claro.

Sin más, la tensión se disipó y volvimos a la normalidad.

Llevábamos media hora en el coche, cuando me di cuenta de que era miércoles y el timbre que anunciaba la primera hora de clases había sonado hacía un buen rato.

Tras un momento de infarto y burlas de mi copiloto, rebusqué en mi bolso hasta desenterrar la agenda y luego, con una mano todavía en el volante, confirmé que efectivamente, me había perdido el examen de Historia. Los dedos se me aflojaron por una fracción de segundo y la rueda se desvió. No fueron más que unos centímetros, pero definitivamente los suficientes para que, un instante después de enderezar el vehículo y con los corazones martillándonos en la boca, intercambiáramos una mirada asustada. En sus ojos vi más preocupación que miedo, pero ambas cosas estaban allí y detesté que verlas me hiciera sentir peor.

Podía sentir la sangre latiéndome acelerada en las sienes.

Hacía menos de dos meses, nunca me había afectado por mirar un par de ojos, nunca había faltado a clases, nunca había dormido sin un techo sobre mi cabeza y mucho menos abrazada a un chico.

Se suponía que la noche anterior iba a estar un par de horas con Aaron y estar de vuelta en casa mucho antes del saludo nocturno de papá, como para castigarme por haber olvidado, aunque fuere solo mientras estaba con el dueño de los ojos avellanas, de la culpa que me ensuciaba. Así, me daría el tiempo perfectamente para estudiar toda la noche, no tener pesadillas y rendir para sacarme una nota digna de celos por parte de Ashleigh.

En cambio, tendría una falta y un montón de explicaciones que dar a mis amigas.

No sabía cuál de las dos era peor.

Lo que sí sabía era que Aaron no dejó de mirarme en ningún momento, aunque yo estuviera decidida a devolverle el gesto, demasiado asustada porque me hubiera visto perder el control de aquella forma. Yo no perdía el control. Yo era Aspen Vann y no me daba el lujo de cometer errores.

Sin embargo, ambos sabíamos que de no ser aquella una carretera digna de un pueblo fantasma, de haber habido un segundo auto en el carril, habríamos chocado y habría sido mi culpa.

En algún momento del viaje, Aaron cambió el avejentado sonido de una orquesta de vientos y permitió que se filtrara por los altavoces de mi radio el sonido de la "excusa de música que se escuchaba hoy en día". Le dije que dejara de hablar como un abuelo y me contestó que era difícil siendo que lo había educado uno. Por un momento no supe responder y luego él se

dobló en su asiento, descostillándose de la risa como si no lo hubiera visto llorar lágrimas como uvas la noche anterior. Y me uní a su risa, atestándole un golpe juguetón en la nuca.

Nos quedaban pocas cuadras para llegar a su casa cuando me dijo algo que pareció ponerlo más nervioso que la idea de que lo metieran en una jaula con leones famélicos. Me negué.

—Prometo que va a gustarte —insistió apenas pronuncié mi firme negativa. Ese atisbo de inseguridad que había percibido segundos antes se había evaporado—. Porfavoooooorrr... —Agradecí tener la excusa de estar manejando para no mirarlo porque sabía que estaba haciendo esos patéticos mohines que me cortocircuitaban el cerebro.

—Que no. Estoy cansada de tus sorpresas.

Estoy cansada de que me dejen sin aliento y de perderme en ellas. Estoy cansada de ser quien soy contigo porque no tengo idea de quién es esa chica sonriente que maneja mi auto, tiene mi rostro y sin embargo es tantísimo más feliz de lo que yo nunca fui.

—Prometo que es la última.

—No hagas promesas que no vas a cumplir. —Empecé a ponerme nerviosa. Solo quedaban diez cuadras. Si aguantaba hasta llegar, podría bajarlo del auto a patadas e irme antes de cometer otra estupidez.

—¿Me estás diciendo mentiroso?

—Te estoy diciendo mentiroso —confirmé—. Nunca vas a dejar de sorprenderme, Aaron Woods.

No me arrepentí hasta que sentí su sonrisa, alivianando el aire a nuestro alrededor hasta casi hacernos levitar. Entonces caí en la cuenta de mis palabras y la inconsciente sonrisa que se me tiraba de los labios y fue muy tarde para esconderla.

—¿Eso fue un cumplido?

No respondí.

Me pinchó la mejilla con uno de esos dedos todavía manchados de pintura y me aparté. Le eché mi peor mirada y me devolvió el vistazo de ese dientecito partido. Volví los ojos a la calle y frené lentamente en un semáforo en rojo. Una mujer con un cochecito cruzó la calle y yo me enfoqué en su camisa de lunares.

Quedaban treinta y siete segundos para que se pusiera en verde. *Treinta y seis, treinta y cinco...*

—¿Aspen Vann la fría e indómita me ha hecho un cumplido?

Proferí un gruñido que en mi cabeza formó un par de insultos bastante creativos. Volvió a pincharme.

Treinta y dos, treinta y tres...

—Fue una crítica —me corregí con la mentira peor mentida del mundo mentiroso.

—¿Qué va? Entonces fue la crítica más adorable que me has hecho hasta el momento.

No pude evitarlo: lo miré indignada.

—Yo no digo cosas adorables.

—Claro que sí. Justo ahora vas a decirme que sí y va a ser adorable.

No entendí que se refería a su propuesta principal hasta que ordené el caótico fuego que me quemaba las neuronas. Se había inclinado hacia mí en algún momento y era difícil concentrarse. Una niña cruzó de la mano con su madre la calle justo cuando espiaba de reojo el semáforo. Me acordé de Isa y de mamá, sus rostros fusionándose y separándose. El estómago me dio un retortijón.

Veinticinco...

—Que no —repetí.

—Que sí —respondió.

—No.

—Sí.

Veintidós...

—No.

—Sí.

—No.

Veinte…

—No.

—Sí.

Mis ojos se abrieron como platos.

Su sonrisa se abrió como la de un gato cínico y retorcido.

—Eso no cuenta.

—Claro que sí.

—¡Es trampa! —Estaba absolutamente ofendida con la estupidez que él acababa de cometer y la facilidad con la que yo había caído.

—¿Ves que tengo razón? Fue un sí de lo más adorable, mira cómo te pusiste de roja.

Cuando su dedo picó por tercera vez contra mi mejilla, me sentí tentada a darme la vuelta y arrancárselo de una mordida.

Me limité a mirarlo con mi peor cara y tratar de menguar el calor de mi rostro, una tarea casi imposible gracias a cada tontería que salía de sus labios.

—Aunque no tan adorable como tu cumplido. De todas formas —se apuró a agregar cuando abrí la boca para discutir—, has aceptado mi oferta así que hoy te busco a la salida del colegio.

Esas palabras dispararon todas mis alarmas. Imaginé a Aaron, recostado contra el auto de Christof —él insistía en no necesitar uno— esperándome. Imaginé a Fallon, Ashleigh, Maggie y Claire comiéndoselo con los ojos y las preguntas que me harían al día siguiente.

—Eso sí que no.

Un bocinazo me salvó de conocer la respuesta tras el gesto socarrón de Aaron. El semáforo estaba en verde.

Arranqué.

Cuatro cuadras.

—Por tu casa entonces.

Odié que ya no estuviéramos discutiendo la posibilidad de que no fuera, como si ya hubiéramos dado por sentado que lo haría. Pero no le dije eso, por puro recato y pudor a la forma en la que me engatusaba sin siquiera intentarlo. Antes de decir que sí en voz alta, ya me lo había dicho a mí misma, y eso lo hacía todavía peor.

—Menos todavía.

Por el rabillo del ojo, lo vi dudar: abrir la boca y cerrarla con esa mirada perdida que tan horrible se me hacía en él. Lo que fuere, se quedó allí, bien escondido en el corazón del chico roto que yo solo empezaba a conocer. Aaron Sonriente volvió al ataque.

Frené justo en la escalinata que había presenciado nuestro segundo encuentro. No podía evitar pensar en Christof cada vez que lo buscaba y lo dejaba aquí (es decir, mucho más de lo que me gustaría), en cómo estaría y ahora en la triste historia del niño prodigio que dejó lo único que le quedaba, un talento académico natural, por su hermano.

—¿No tienes clases? —le pregunté, buscando una salida alternativa. La parte más retorcida de mí se moría de ganas de que dijera que no, la lógica (o lo que quedaba de ella), esperaba ansiosa a un "sí" y, con éste, la muerte de la prometida sorpresa.

—Sé que tú nunca podrías, Señorita Perfección, pero yo voy a faltar lo que queda del día. Estoy agotado.

Perfección, perfección, perfección.

Una chica perfecta le habría devuelto el comentario con algo igual de carismático, a mí se me secó la boca. Pensé en el auto escapándose del camino que yo marcaba y en la prueba de historia que no rendí.

—Sí —dije al fin—, no puedo.

Pero sacó el as que tenía debajo de la manga, una carta nueva y jamás vista que casi me hace escupir el corazón.

Con un movimiento tan rápido como el de una cobra saltando sobre su presa, se inclinó sobre mi asiento, invadiendo absolutamente todo mi espacio. El golpe de su perfume me empujó contra el rincón entre el asiento y la puerta.

Él se volvió a acercar.

Nuestros ojos fijos y nuestras bocas más cerca de lo que lo habían estado la noche anterior. Casi sentí la brisa y la frescura del pasto bajo la manta, el sabor de sus lágrimas y la pátina que estas le tatuaron en la piel. Pero ahora definitivamente podía contar los puntos verdosos enterrados en ese mar avellana. Seis en el derecho y ocho en el izquierdo. Y también podía contar las arruguitas que se le dibujaban en la comisura de los labios cuando sonreía de esa forma casi magnética, que tiraba de mí con la fuerza de los polos sobre una brújula.

A plena luz del día, fue inevitable dejar caer la vista en esos labios que enmarcaban dientes blancos y el secreto de tristezas infinitas. O en el detalle de la pequeña cicatriz que arrancaba en el labio inferior y se abría paso, como un ligero relieve pálido que nunca antes había notado, un par de milímetros hacia abajo. Si me besaba, ¿la sentiría?

No sabía, pero sí sentía el aliento acelerado que soltaban acariciando los míos y la intensa profundidad de sus ojos analizándome, en su última jugada maestra antes de dejarme caer.

Porque a veces se me olvidaba que dentro de Aaron Sonriente vivía un Aaron que se regodeaba en mi desconcierto, y ese fue el chico que cuando encontró mis ojos desorbitados otra vez, decidió pagarme con la misma moneda.

En un pestañeo, sentí su sonrisa sobre mi mejilla; una presión fugaz, pero que bastó para asegurarme que él no jugaría el juego del olvido al que yo quería jugar. La noche anterior estaba más que presente en su mente, tal vez incluso tanto como en la mía, con la diferencia de que él no lo iba a disimular.

Sin alejarse un solo centímetro, dejó que sus palabras susurradas y la pequeña cicatriz –que definitivamente sentiría en un beso– me acariciaran la piel.

–Pasa por aquí a la salida del colegio. Como no vengas, porque sé que quieres venir, te voy a buscar yo mismo.

Y, absolutamente aturdida por la novedosa jugada, no me di cuenta del momento en el que se bajó del auto hasta que la puerta de entrada de su casa se cerró a su espalda. Seguía estática, aprisionada contra la pared y todavía perdida en el aroma a pintura y pimienta.

Cuando llegué al colegio, justo a tiempo para el inicio de la cuarta y última hora antes del almuerzo, duchada y cambiada, mis amigas me miraron como si me hubiera brotado una segunda cabeza y seis brazos más. Si supieran el motivo de mi falta, si supieran lo más mínimo sobre algo en mi vida, sería todavía peor. Pero si había algo hermoso y que se mantenía estable en esta vida que lentamente se agrietaba como hielo bajo mis pies, era su ignorancia.

Lo que me resultó bastante novedoso, fue encontrar a Darren Wes sentado justo en mi lugar, clavándole los ojos en la nuca a Fallon, luego a Ashleigh, justo antes de seguir los ojos de ambas hasta mí. No me molesté en echarlo. Había dormido poco y nada, y la verdad era que el pasto húmedo, el rocío y la falta de colchón estaban pegándole con fuerza a mis músculos. Ignorando los reclamos que pedían con los ojos mis amigas, me dejé caer en el asiento junto al rubio. Una verdadera desgracia que fueran bancos de dos personas. No tenía excusa para sentarme en otro lugar.

–Turno en el médico –mentí, antes de que pudieran decir nada. Para mi desgracia, el profesor de esta hora siempre llegaba tarde, así que tendría que salvarme sola.

–¿Y no sabías de antemano para avisar? –Ashleigh mantuvo su sonrisita, pero sus ojos de carbón quemaron los míos con sospecha.

Me encogí de hombros con indiferencia y me puse a sacar mi estuche de la mochila y a dejarlo junto a las carpetas que había sacado del locker de camino al aula.

—Temas de último momento.

—¿Estás bien?

La pregunta de Claire me sobresaltó, y me quedé con el resaltador que había elegido en el aire. Me miraba con el entrecejo levemente fruncido. *Preocupada*. Y Maggie la miraba a ella, con el rostro que luego volteó a mí, iluminado de orgullo.

Asentí, tan indiferente como antes en gesto, pero mucho más revuelta de tripas.

—Sí, no se preocupen. Solo un resfriado —respondí, apuntando a mi nariz sonrojada.

Eso no era del todo mentira. A pesar de estaba bastante abrigada y de estar abriéndose paso la primavera, había pescado una moquera y una colección de estornudos que empezaron a hacerse notar apenas llegué a casa. O tal vez me había enfermado al darme cuenta de que mamá no estaba en allí y de que finalmente había vuelto a la oficina, o a sus viejos pasatiempos.

—Markov se enojó muchísimo. Odia que falten a sus exámenes.

—Cállate Ashleigh —la silenció Claire. La coleta le rebotó contra la piel oscura. Ni siquiera estaba tratando de ser intimidante, pero la aludida hizo caso—, esa vieja hubiera encontrado cualquier excusa para enojarse si no fuera esa. Además, alégrate, tu promedio ahora es definitivamente mejor que el de Aspen.

Y aunque fue obvia que era una crítica a la competitividad de Ashleigh, yo me estremecí pensando en todos los esfuerzos y las noches de estudio que había desacreditado por distraerme una única vez.

—¿Segura? —insistió Claire—. No has venido las últimas dos veces que salimos.

—Estaba estudiando.

Fallon, finalmente encontró un momento lo suficientemente dramático para hacer su entrada:

—¿Para el examen al que faltaste?

Quería pegarle.

Abrí mi carpeta.

Le sonreí.

—Cosas que pasan.

Como la cercanía de un beso, o decirle que sí a un par de ojos avellanas, o cancelar planes para poder hacer otros que no me recordaran lo hipócrita que era mi mundo.

—¿A ella le vas a hablar, entonces?

La voz de Darren, con ese estúpido, estúpido acento australiano, fue como una daga dirigida a su novia.

Pero que maravilloso, otra peleíta.

Cambiando drásticamente su gesto de superioridad, Fallon se puso seria, giró sobre su asiento para darle la espalda. Ashleigh hizo lo mismo cuando él la miró, como pidiéndole ayuda. Pero que poco sabía de ella si creía que le importaría cualquier cosa que no fuera su propio culo.

Soltó un gruñido de lo más inmaduro mientras se despatarraba en la silla.

Agradecí la tan deseada llegada del profesor y, con ella, el fin al silencio incómodo que había asesinado nuestra conversación. Los ojos y oídos fisgones que revoloteaban a nuestro alrededor se dispersaron, reemplazados por el sonido de cuadernos, papel y plumas tamborileando en las mesas.

Al mediodía, como era de esperarse, Fallon y Darren montaron la escenita completa que dio fin a la ley del hielo. En medio de la cafetería y a los gritos. Todos los estudiantes se enteraron de que él le había dicho a Fallon que iría al cine con amigos solo para que esta se enterara más tarde de que había ido a una fiesta.

Claro que nadie se quejó por el espectáculo, salvo Maggie que abría y cerraba los dedos imitando una boca cada vez que alguno de los dos hablaba, haciendo a Claire reír. A mí también me sacó una sonrisa. Ashleigh, encantada de ver a otros hacer el ridículo, no le sacó el ojo a la discusión.

Pero la última hora que le siguió a eso pasó en un segundo y lo que había estado evitando, acaparó completamente mis pensamientos. La sorpresa de Aaron. Y los brazos de Aaron. Y la sonrisa de Aaron. Y los ojos de Aaron. Y una cicatriz específica de Aaron.

Caminaba hacia el auto cuando vi un atisbo de melena pelirroja escurriéndose por el aparcamiento.

Avery.

No. No era importante. Pasado pisado; nada que dijera podría cambiarlo. No que quisiera hacer algo al respecto, porque no quería. Porque ella fue la que se buscó el problema cuando decidió meterse en medio de la relación de dos locos. Sabía que Fallon nunca castigaría a Darren, todos lo sabían.

Me revolví de asco al recordar el beso, breve pero asquerosamente meloso, que le habían dedicado a su público al final de su discusión de hoy. La idea de que la pelirroja lo hubiera visto me arrancó del lugar en el que había quedado varada al ser seguida por algo peor: la vocecita venenosa en mi cabeza, que me aseguraba que Max sabía tanto de mi padre como de mí y no le importaba. Tal vez de la misma forma en la que no le importó a Avery clavar sus uñas en la grieta entre Fallon y Darren (o más específicamente, en el cuerpo del último).

No necesité más para deshacerme del pinchazo entre las costillas y meterme en el auto con un portazo.

Poco menos de una hora después, volví a bajarme del auto a la par de Aaron, que se reía a carcajadas de mí.

—No es para tanto —dijo.

—Eres total y absolutamente desagradable. No puedo creer que hagas eso —le reclamé sin cambiar mi cara de asco y haciendo un par de pasos rápidos para llegar a su lado.

Había estacionado a "pocas cuadras de la sorpresa", palabras de Aaron, en la parte céntrica de la ciudad.

A nuestros lados se alzaban edificaciones altas como montañas construidas de vidrio y metal, con los nombres brillantes de empresas y carteles bailando sobre ellos. El sol brillaba fuerte y el día había cedido un poco en temperatura, dejando que el calor se deslizara por las calles, así que me dejé la chaqueta en el auto. Aaron, que tal y como había prometido se salteó el resto del día de clases, había abierto la puerta de su casa con más pintura en el cuerpo de la que le había visto jamás. Amarillos y dorados le salpicaban los brazos con celestes y verdes suaves. Sus ojos también brillaban eufóricos.

Se negó a responder mis preguntas tanto sobre eso como sobre la sorpresa.

—Solo voy a decir que me vas a odiar de la mejor de las formas.

Y luego nos desviamos a otras mil trivialidades.

—No es como si estuviera comiendo personas, Aspen —afirmó, trayéndome de vuelta al presente.

—Es peor —le aseguré—. La gente que toma leche sola está mal de la cabeza. Es asqueroso.

Se puso a caminar de espaldas, cosa que era bastante estúpida con la cantidad de basura que obstaculizaba las angostas calles. Esquivó una lata sin siquiera mirarla y sonrió galante ante mi clara irritación.

Presumido.

Rodé los ojos.

—Con galletas es la gloria —afirmó él—. En especial si son esas con chispas de chocolate que hace la Abuela. ¡*Muah*! —exclamó llevándose la punta de los dedos a los labios como si fuera el más refinado chef—. ¡*Muito Delichoso*!

Se me escapó una carcajada demasiado ruidosa.

—Si un italiano de verdad escuchara pervertir su idioma con esa imitación patética, te lavaría la boca con jabón.

Una señora mayor nos miró raro y se apartó, tirando del brazo de la chica que iba a su lado. Esta última, unos pocos años menor que nosotros, miró a Aaron como si fuera un puto unicornio. De no haber estado tan distraída con la ola de alegría que le salpicó las facciones a mi amigo, le hubiera dicho a la chica que dejara de babear y se fuera a jugar a las muñecas o algo.

—Ahora que estás de tan radiante humor —comentó, dándose vuelta para caminar a mi lado de una vez—, voy a pedirte que frenes porque estamos por llegar.

Hice lo que me pedía, observando nuestros alrededores en busca de la dichosa sorpresa. Estábamos parados en una esquina, dónde convergían tres calles. Dos de ellas con más de los incontables edificios de oficinas, y la última que se erguía verde y viva de vegetación. El parque Saint Patrick, el más grande de la ciudad, que alguien había tenido la maravillosa idea de instalar justo en medio de la caótica metrópoli.

—¿Un picnic? —adiviné.

—Mejor.

—¿Una caminata?

—¿Eso sería mejor?

Nos reímos, aunque de mi parte fue más por nervios que por cualquier otra cosa. La verdad era que me gustaba mucho caminar, especialmente para alejarme de casa, pero ahora mismo no tenía ni idea de qué esperar del chico frente a mí.

—¿Cuándo fue la última vez que viniste? —preguntó.

Fruncí el ceño haciendo memoria y colgando el brazo del asa de mi bolso. La esquina de la agenda se me clavó dolorosamente en el codo, como un recordatorio de todas las cosas que debería estar haciendo en lugar de estar allí.

—Creo que hace seis años, con una visita escolar. Antes de la reforma.

El parque estaba demasiado lejos de la zona residencial por la que vivíamos yo y la gran mayoría de los alumnos de mi escuela, por lo que solíamos frecuentar las playas o parques locales. O, en el caso de mí círculo, muchas *muchas* fiestas. Hacía pocos años Saint Patrick había sido remodelado para aprovechar su potencial turístico, pero nunca había resultado lo suficientemente interesante como para que me fijara demasiado en ello, mucho menos en visitarlo. Siempre había sido poco más que un enorme montón de verde.

—Con razón.

—¿Con razón qué?

Me sonrió. Con esa amplitud honesta que se metía como un puño en mis entrañas y las revolvía.

—Ya vas a ver.

Sin poder aguantar más el suspenso, miré a ambos lados de la calle y me dispuse a cruzar, dejando que Aaron me alcanzara menos de un segundo después, a mitad de la avenida.

—El semáforo estaba rojo —comentó distraídamente mientras cruzábamos la calle.

Me encogí de hombros.

—Era más que claro que se podía pasar.

Y no supe por qué, cuando lo miré de reojo y lo vi con el perfil recortado contra el verde brillante de las hojas atravesadas por el sol, me pareció que el rinconcito inclinado de su sonrisa se alzaba con algo muy parecido a la determinación.

Saint Patrick era aterradoramente inmenso. De no ser por los rascacielos que se atisbaban dónde las copas de los árboles permitían vislumbrar el cielo, hubiera sido fácil creerse absorbido en una realidad paralela donde los pájaros acunaban niños con su canto y el sonido del lago artificial no muy lejos de donde estábamos arrullaba el acelerado ritmo metropolitano.

Bueno, los rascacielos y las personas. Aunque no eran tantas —eran más bien pocos los que tenían el lujo de estar allí un día de semana durante horario laboral—, irrumpían con sus carcajadas, el zumbido de las bicicletas ocasionales pasándonos por al lado o el llanto de un niño, en nuestra burbuja.

Pero nada de eso logó paralizarme como el creciente siseo y golpeteo al que nos acercábamos. Una cacofonía de sonidos deslizantes y aterrizajes secos que chocaban unos contra otros como una banda de percusión conformada únicamente por sordomudos.

Aaron me estaba contando de lo inútil que podía resultar su profesora de Arte, cuando el bosquecito que flanqueaba el caminito que atravesábamos se abrió repentinamente. Justo frente a nosotros, se desplegó el apogeo de esos sonidos y el agregado de las voces y cacareos que antes no había logrado distinguir.

Descendiendo, justo frente a nosotros, se extendía un aglomerado inconmensurable de piletones grises grafiteados con una cantidad de colores que dejaría avergonzado a un arcoíris. Y surfeando sobre los piletones vacíos, se hallaba un centenar de rayones alargados muy parecidos a personas.

El aire se convirtió en plomo y mis pulmones se inundaron de esa sustancia, colgando como dos bolsas de un millar de toneladas entre mis costillas, tan pesadas que temí que desgarraran mi tráquea y me llevaran con ellos al centro de la tierra.

Era el sentimiento de la traición.

Estábamos lo suficientemente lejos como para que no fueran más que brazos y piernas con cabezas y voces, pero incluso sin detalles, podía ver la destreza de aquellos figurines que se alzaban en el aire, haciendo girar los skates bajo sus pies justo antes de aterrizar con la gracia de un ave sobre su nido.

Miré a Aaron y di un paso hacia atrás.

—No.

Se me escapó el monosílabo casi más como un quejido que una palabra y el gesto de Aaron se ablandó. Una sombra de culpa y de esperanza resonaron en su sonrisa.

—Aspen...

—Esto no es una sorpresa, es una trampa —le dije con una fuerza que no tenía. Di otro paso hacia atrás y él avanzó para compensar.

—Si te decía que esta era la sorpresa, nunca hubieras venido.

—Claro que no. —Negué con la cabeza como una idiota. Sentía el pulso acelerado mezclándose con el plomo en mi sangre—. Aaron, no quiero.

—No te voy a subir a una patineta y empujarte, bobita —intentó hacerme reír, pero yo sabía que lo que quería hacer era todavía peor. Hacía no mucho me había dicho que sus amigos me caerían bien, pero nunca pensé que intentaría ponerlo a prueba. Mucho menos trayéndome a la famosa rampa (que ahora me enteraba, era más como veinte rampas)—. Solo ven y prometo que te divertirás. Están casi todos aquí.

Mis manos se tensaron a los lados de mi cuerpo y mis hombros se quejaron ante la presión que los sometía.

—¿Por qué?

Una grieta se dibujó entre sus cejas y su cabeza se ladeó.

Agh, como *odiaba* la carita de perrito confundido.

—Porque somos... amigos. —Esa fue definitivamente la afirmación más dudosa que había escuchado. No supe como sentirme ante ella.

Sabía que lo éramos, pero su duda al pronunciar la última palabra fue un tambaleo en la cuerda floja que casi me hizo caer. Pero ¿caer a qué? Al terror de la verdad, de que Aaron se me hubiera metido bajo la piel y en los poros de los huesos como un virus, en que se convirtiera en una enfermedad que tomaría mis fuerzas y las haría suyas.

—*Tú* eres mi amigo, tengo a las chicas de la escuela. —Esas que nunca mencionaba más de lo estrictamente necesario, esas que ni en mis sueños más perturbadores pensaba presentarle—. No necesito amigos nuevos. —El último fragmento me dejó un sabor indistinguible y agrio en la lengua.

—No dije que los necesitaras.

—¿Entonces qué estás diciendo? —bramé exasperada. No lo entendía. Nunca entendería a Aaron y el desalmado juego de su sonrisa que me hacía sentir como un peón más del tablero, movido por sus dedos y la alegría de su mirada, pero nunca por mi propia voluntad.

Dio otro paso hacia mí, y me mantuve firme en mi lugar, estaba cansada de ser víctima en todo esto. Quería que fuera claro, quería entender el mamarracho de hombre frente a mí y que él viera que no podía seguir arrastrándome de un lado a otro, que, si bien su juego era bueno, mi furia era más fuerte.

Me aferré a ella y ajusté los ladrillos de mi torre.

Entonces extendió su mano con la palma hacia arriba, como una ofrenda de paz. Vaya ajuste patético el mío.

—Que mis amigos son importantes para mí y *yo quiero* que los conozcas.

Y, sin embargo, eso no explicaba nada. Eso seguía sin tener sentido, o tal vez lo tenía y yo no lo entendía porque la respuesta estaba en sus ojos y los míos estaban clavados en la oportunidad callosa y de dedos largos y pintarrajeados que flotaba frágilmente entre nosotros.

—¿Por qué? —mi voz volvió a ser débil, perdió la fuerza enfurecida que le había dado, pero su desconfianza no murió.

Aaron resopló y cuando lo miré entre mis pestañas, me percaté de que tenía la cabeza gacha y miraba hacia el costado con la sonrisa retorcida de timidez, divertida indignación y algo que parecía una sombra de miedo. Se mordía la cara interna de la mejilla. Se me encogió el corazón.

—¿Me vas a hacer decirlo?

No lo miré, porque estaba aterrada ante la mano que aún no se rendía y el atronador sonido de deslices y choques de skates contra el cemento. Un conjunto de carcajadas se alzó en el fondo y me estremecí pensando que podían ser de alguno de sus amigos.

Pensé que tal vez no quería realmente escuchar su respuesta, si no salir corriendo y no mirar atrás, cosa que sería bastante estúpida teniendo en cuenta que Aaron me alcanzaría en un santiamén.

—Porque me parece —su mano bajó, pero no hacia él, si no extendiéndo-se tentativamente hacia la mía, convertida en un puño al lado de mi cade-ra—, que todavía no ves lo que yo cuando te miras al espejo y, tal vez —no me moví y como él era Aaron, y yo sospechaba que era el único capaz de leer en mis negativas el espantoso deseo de ceder, llegó a ella y la envolvió con su cálido tacto. Mi puño se aflojó casi automáticamente—, necesitas alguien más te lo demuestre.

En ese momento, volví a mí. Tal vez porque sus palabras eran horri-blemente cercanas a la verdad, o porque dio un apretón y su calor pareció abrazarme, o porque sus ojos avellanados brillaron con el mismo destello blanco de su sonrisa o porque muy en el fondo yo quería que tuviera razón. Quería que alguien me convenciera de que era buena persona, de que no estaba podrida por los secretos que guardaba, por las cosas que sabía y con las que había hecho la vista gorda.

Pero por excelente que fuera mintiendo, no podía engañarme a mí mis-ma. No podría verme a través de las motas verdes que ajaban su mirada porque ellas ignoraban todas mis verdades —o, mejor dicho, mentiras— y las ignorarían para siempre, mientras que yo siempre las sabría y siempre me pesarían como una pátina grasosa sobre el cuerpo y la conciencia.

Y a pesar de ser consciente de todo aquello, le devolví el apretón con una mueca y la incertidumbre de su rostro se desvaneció. Nunca sería la persona que él veía en mí, pero mientras estuviéramos juntos podría fingir.

Cada día más parecida a mamá, pensé.

Fue una patada al estómago. Salió volando. Me sentí violentamente vacía y sonreí.

—¿Eso es todo? —se mofó empezando a arrastrarme por las escaleritas y el bullicio. Yo, como toda idiota, seguía mirando nuestras manos unidas cuando en un movimiento tan rápido como impredecible, entrelazó nuestros dedos. En mi rostro ardió el infierno entero. Me miró sobre su hombro—. ¿Sin respuestas irónicas? ¿Ningún comentario sobre que soy un abuelo sensiblero? Sospechosamente fácil.

Rodé los ojos y bufé. Le dije que se callara porque tenía varias cosas para decir.

La verdad era que estaba eligiendo mis batallas, juntando todas las respuestas filosas que la sensación de sus dedos entre los míos había suavizado, para fortalecerlas y, la próxima vez poder decirle que no.

Los amigos de Aaron se hallaban en una esquina del conjunto de rampas, conglomerados contra una de las colinas artificiales que rodeaban la rampa y llevaban al bosque, bastante alejados del ingreso al lugar. Por ello, al vernos llegar caminando, con Aaron que había retomado la charla sobre su profesora de Arte que sabía menos que él de cómo usar pinturas, a lo que yo contesté haciéndole notar lo engreído que sonaba eso, pude sentir sus miradas clavándose en nosotros, o más específicamente, en nuestras manos.

La retiré incómodamente, como si los ojos de esos desconocidos fueran una acusación. Aaron la dejó ir, no sin antes lanzarme una sonrisita ladeada que no supe interpretar.

A medida que nos acercábamos, los rostros fueron tomando formas. Serían unas diez personas, desperdigadas bajo la sombra de los árboles a su espalda y rodeados de mochila y paquetes de frituras a medio comer, además de patinetas, rollers y monopatines. La situación era tan extraña para mí como lo hubiera sido despertar dentro de una de las películas de *Parque Jurásico*.

Ser introducida a cada uno de ellos, fue el equivalente a una tormenta en medio del mar, en la que yo solo tenía una canoa. Ni siquiera me habían dado un puto remo. Había un montón de caras nuevas, con nombres y sonrisas amables, y preguntas que apenas me daban el tiempo a responder y mi excusa de embarcación se tambaleaba totalmente fuera de control. Eran un grupo ruidoso y energético y solo cuando Aaron puso sus manos sobre mis hombros y les pidió que bajaran veinticinco cambios (en realidad él dijo con una sonrisa que se calmaran), me pude permitir respirar.

Me di cuenta, entonces, de que en mi vida había estado en una situación así: de conocer a un grupo enorme de gente, de ser *la nueva*, expuesta a curiosidades, preguntas y el interés general que invocaba llegar de la mano de uno de ellos sin previo aviso. Con esa realización y las palabras de una de las chicas –bajita, con lunares salpicados por el rostro y el pelo negro y ondulado por los hombros– me cayó la ficha de algo que ni siquiera yo sabía sobre mí misma.

–Pobre chica. Ya, ya –dijo ella dando manotazos a los costados para apartar al resto–, déjenla respirar. Si Livvy estuviera aquí, les pegaría a todos por el papelón que están haciendo. ¿No se dan cuenta de que es tímida? Le van a dar algo al corazón.

Es tímida.

¿Lo era? Nunca me había sentido tímida. De hecho, siempre me había creído intimidante en las fiestas o las escasas situaciones en las que conocía gente nueva. Pero siempre había estado con Fallon, Ashleigh, Maggie y Claire, lo que significaba que nunca era necesario que hablara. Con sonreír un poco y hacer algún comentario alcanzaba. El foco no me pertenecía nunca. Ahora, en cambio, tenía veinte ojos analizándome y era horriblemente consciente que mientras todos llevaban jeans, zapatillas y un estilo intencionalmente descuidado, yo iba de falda y botitas con un delicado suéter blanco de cuello alto.

La chica me sonrió y tuve que hacer un esfuerzo para no encogerme en mi lugar,

No, decidí, *no soy tímida*. Ellos eran intimidantes.

—Soy Shelly. Shell, o Ly, puedes llamarme como prefieras.

—Excepto enana. Si le dices enana se enoja —agregó un chico con el pelo castaño claro, y ojos oscuros, apareciendo a su lado. Ella frunció el ceño y le propinó un empujoncito para sacarse de encima el brazo que le había rodeado los hombros. Me pareció que la piel morena se le encendía bajo las mejillas.

—Tu eres el único cara de simio que me dice enana —reprochó.

—Soy el único que te lo dice *a la cara* —corrigió él.

Lentamente, el grupo empezó a reacomodarse en sus lugares entre charlas y carcajadas y yo noté que las manos de Aaron seguían emanando calor incluso a través de la tela de mi abrigo. Cuando lo miré sobre el hombro, me sonrió.

—¿Nos sentamos?

—Bueno —contesté—, no tengo ganas de estar parada todo el día. —A pesar de haber querido que sonara malhumorado, terminó siendo un tanto torpe.

Me guio hasta un lugar en el círculo, dejándome caer a un lado de Shelly y sentándose luego a mi izquierda. Agradecí para mis adentros que no me dejara sola.

Ella, que seguía discutiendo con el chico de antes, se volteó a nosotros, con la sonrisa deslumbrante y rodando los ojos. La cabeza del castaño asomó por el otro lado. Me di cuenta de que era penosamente pálido, incluso más que yo, y de que tenía una argolla plateada y pequeña en lado derecho de la nariz, haciendo juego con dos piercings sobre la ceja izquierda.

—Paul es oficialmente un idiota, así que voy a hablar con mi querida nueva amiga: Aspen. —No recordaba haberles dicho mi nombre y fruncí el ceño un segundo, pero relajé enseguida. Lo más probable era que Aaron lo hubiera dicho mientras yo me perdía en el caos.

Estaba por responder cuando un tercer chico se sentó frente a mí, ignorando completamente el círculo que había a sus espaldas y cerrándonos a nosotros cinco en un grupo aparte. Le chocó los cinco a Aaron.

Pelo rubio oxigenado con un importante par de centímetros de raíces negras asomando, ojos azules verdosos, probablemente de mi misma altura y con un cuaderno que decía "Origami Avanzado" en una mano y un bolso con patines en la otra. Enseguida supe que se trataba del famosísimo Cameron. Bueno, también ayudó que tuviera puesta la camiseta de dónde fuera que trabajara, con su nombre bordado en blanco sobre el bolsillito.

—Vine corriendo en cuanto me dijiste que estaban viniendo —dijo a Aaron, sacando aire aceleradamente. *Literalmente* había corrido—. Ni tuve tiempo de abrigarme, estoy cagado de frío.

Acto seguido sacó del bolso una sedadera que se pasó por la cabeza. Tenía dos ositos de peluche fumando cigarrillos estampados en el frente. Me reí. Era más ridículo de lo que Aaron lo había descrito y hablaba tres veces más rápido de lo que cualquier persona normal podría. Apenas le entendí.

—Me presento —dijo mientras me tendía una mano con un gesto exagerado—: soy Cameron McKenna, todo un gusto Asp... aspirante a skater profesional.

Estaba tomando su mano cuando dijo esto y la solté arqueando las cejas, intentando entender qué clase de disparate acababa de decir. Sus ojos estaban en Aaron, que negaba con la cabeza y tenía las mejillas rosas mientras Cameron se reía burlón.

—¿Aspirante a skater profesional? —inquirí.

Shelly, a mi lado, estaba destornillándose de la risa sobre el hombro de Paul, que todavía podía contener las carcajadas por algo que yo claramente no entendía.

—Pues claro —me sonrió el rubio—. ¿No es eso lo que todos aquí queremos ser? Bueno, excepto Aaron. —Se acercó a mí, como si fuera a decirme un secreto e instintivamente lo imité—. Es peor que un elefante de tres patas bailando ballet.

Las carcajadas de Shelly me irritaron los oídos y Paul se le terminó uniendo. Aaron todavía miraba el suelo avergonzado. Me miró, y me pareció que pocas veces lo había visto tan feliz.

—¿Algo que decir en tu defensa? —pregunté.

—No es mi culpa que aquí sean todos geniales. Tampoco ayuda que me comparen con Christof, o que Livvy se haya pasado los últimos dos años haciendo sus demostraciones épicas de talento.

Me dio risa descubrir que había algo en lo que Aaron era realmente malo, todavía más la idea de Christof, con sus pantalones de cuero y horribles botas de cordones amarillo fluorescente, fuera bueno en un deporte que se aprendía a base de caídas y golpes.

—Excusas, excusas... —me burlé yo, sacudiendo con severidad la cabeza.

Shelly me lanzó un brazo sobre el hombro y me tensé por un segundo, pero enseguida, con la otra mano, me dio una palmada en el hombro que chocaba con el de ella y me relajé.

—¡Ya entendió el espíritu de la pista! —Dejó ir mi hombro y me miró directo a los ojos, como para que no me quedara ningún tipo de duda cuando habló—: Aquí, es todo cuestión de práctica y entrenamiento.

No había dudas de que le apasionaba su deporte, porque se puso a discutir dificultades de lo que creía yo que eran piruetas o como se llamaran, con Paul y Cameron. Luego despotricaron sobre que Aaron se lo pasaba "con sus pinturitas" en lugar de dedicarse a cosas que valieran la pena. Fue puramente amistoso, pero me pareció ser la única que notó la mueca de Aaron ante el comentario.

Sin pensarlo dos veces, me recliné un poco hacia él, dejando mi peso sobre mi muñeca izquierda, y le di un golpecito ligero hombro-con-hombro, para llamar su atención.

No sabría decir si era la osadía contagiosa de Cameron, o el hecho de que llevaba mucho tiempo pensándolo, pero le dije exactamente lo que creía.

—Tus *pinturitas* son bastante increíbles.

Me gustaría haber tenido mejores palabras para describir las cosas que sentía cuando veía la realidad a través de sus manos, el mundo bajo el lápiz de un artista y sin las preocupaciones que había en el real. A veces, creía que había mensajes ocultos en esas pequeñas obras de arte, pero su cuaderno de bocetos estaba en un idioma desconocido que no lograba comprender. Un idioma de blancos, negros, sombras y luces. De sentimientos a rayones. Le sonreí y pensé que de nuevo estábamos demasiado cerca.

Me alejé, no sin antes percibir a ese revoloteo alocado pasar de la chispa de sus ojos, a mi estómago.

El grupo estaba hablando ahora —cambiaban demasiado rápido de tema— de una conferencia de skate que tendría lugar en un mes, del otro lado de la ciudad, en una rampa más grande que la que estaba frente a nosotros —aunque yo no podía creer que tal cosa existiera—. Habría exposiciones de varios skaters famosos. Por supuesto yo no conocía a ninguno, y ellos lo notaron en el momento que me vieron la cara. Pensé que simplemente seguirían de largo, pero Shelly sacó el celular y empezó a mostrarme fotos y videos de todos los mencionados.

Me sentí culpable, porque yo no hubiera hecho lo mismo por ninguno de ellos si la situación fuera a la inversa. No lo hubieran hecho Fallon, ni Ashleigh, ni Maggie y Claire, tan distraída como siempre; no se hubiera ni dado cuenta. Por ende, yo no tendría por qué hacerlo. Aspen Vann hacía solo y únicamente lo que se esperaba de ella, y empezaba a preguntarme si aquello estaba bien, cuando algo todavía más inesperado sucedió.

Cameron me miró y parpadeó aceleradamente como si acabara de ver ante él oro puro.

—¡Tienes que venir con nosotros! —exclamó—. De verdad va a ser genial.

Hay puestos de comida grasosa por todos lados —se atropelló con sus propias palabras—, o al menos había el año pasado. No importa. El punto es que *tienes* que venir.

Sin siquiera darme cuenta, miré a Aaron. Me sentía de repente como una invasora, como si estuviera metiendo mis manos sucias en algo bello e inmaculado que le pertenecía a él.

—¿Qué dices? —pregunté. Aaron abrió la boca y el hoyuelo de la barbilla me hizo olvidar toda culpa que sintiera por lo que dura un suspiro.

—Yo digo —intervino metió Paul, despertándome repentinamente—, que, si vas, tal vez el muy idiota venga este año. Siempre nos abandona el segundo antes de comprar las entradas.

Aaron se encogió de hombros sin cambiar la expresión.

—¿Es verdad? —quise corroborar.

—¿Que siempre falto o que iría si tu fueras? —respondió, haciéndome arder el rostro. Escuché que Shelly sofocaba una risita. Aaron, claramente divertido por haberme pillado con la guardia baja, siguió hablando y empeorando la situación—: Supongo que da igual. La respuesta a ambas es sí.

Tragué saliva como si fuera una bola de arena.

—Ah... qué bien...

Y supongo que el enredo de mi lengua y la evidente ineptitud con la que pronuncié aquella excusa de respuesta fue más patético de lo que imaginé, porque nuestros tres espectadores estallaron en carcajadas que me obligaron a enterrar el rostro en las manos, totalmente mortificada.

"Ah... qué bien...". ¿En serio? ¿Eso es lo mejor que se te ocurrió?

Un brazo musculoso que sabía identificar perfectamente me pasó sobre los hombros, atrayéndome contra el cuerpo de su dueño, también retumbando con esa risa escandalosa y grave que tenía grabada a fuego en la mente.

—Ya, ya, bobita —dijo entre risas, frotándome el brazo derecho con su mano como si quisiera reconfortar a alguien muerto de frío, a pesar de que mi muerte sería culpa pura y exclusivamente de él–. No hace falta que te escondas.

Eso último lo dijo un poco más bajo y un poco mucho más cerca de mí. Me estremecí con el roce de su aliento y la alegría en sus palabras. No pude más que echarle una mirada hostil.

Y no me aparté de su agarre. Tampoco de su voz.

Encontré sus ojos y me descubrí sonriendo. Encontré su sonrisa y me encontré a mí misma admirándola. Encontré su calor y me encontré a mí acurrucándome contra él.

Aaron tenía razón: lo odiaba por haberme traído a la rampa. Lo odiaba tanto, que el corazón se me encogió en el pecho justo antes de reventar. Porque la única sensación con la fuerza para hacerme arder la piel de esa forma era el odio. Lo odiaba por haberse instalado en mi cabeza sin pagar la puta renta, por haberse puesto él solo un *ringtone* de una canción de Vivaldi para que supiera que era él cada vez que me llamaba al celular, por hacer volar el ruiseñor entre nosotros y por hacer volar mis pensamientos a mundos imposibles.

Lo odiaba porque inexplicablemente, Aaron había sido el momento exacto del principio de mi fin.

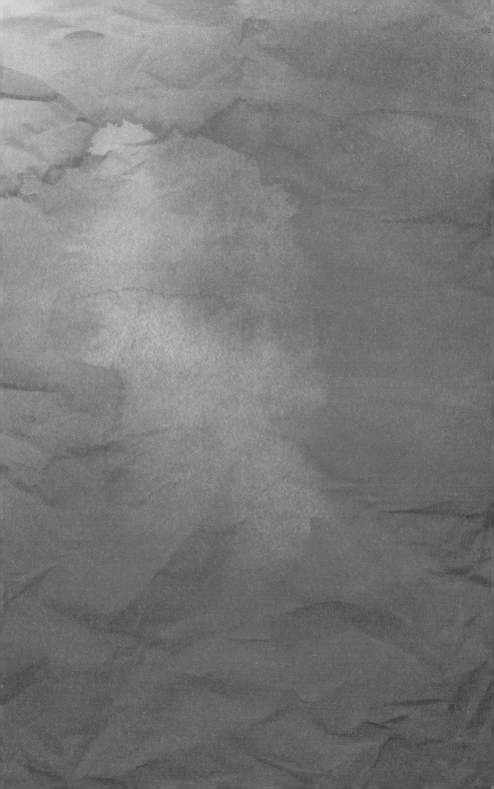

CAPÍTULO 11

Isa me dijo una vez que era una princesa hermosa y que podía tener a cualquier príncipe de cualquier reino. Yo le dije que quería al príncipe Pato Tercero. Porque... bueno, en ese momento era mi mejor peluche. Pero luego lo vi mejor y me corregí. Ninguno de esos peluches era lo suficientemente principesco. Decidí cancelar la boda y proseguir a ser una reina independiente.

Isa dijo que le parecía una buena idea. A veces, hay que ordenar nuestras prioridades.

Por aquel entonces, la mía era ser reina y, ahora mismo, era decidir qué iba a estudiar antes de que se me pasaran los dos meses que me quedaban antes de que cerrara el período de inscripción de las universidades.

Pero ni siquiera en ese momento, intentándolo con todas mis fuerzas, pude deshacerme de *él*.

Había sacado esa hoja que parecía haber copiado milenios atrás, con un montón de links a páginas de *tests* vocacionales online. La había tomado por una punta con delicadeza quirúrgica y con el miedo y la distancia que se deben mantener con un leproso. Había demasiadas esperanzas en una simple hoja de papel.

Sabía —por Dios, obviamente lo sabía— que no iba a hacer los *tests* y tener al final un enorme cartel que dijera: "¡Felicidades! ¡Encontraste tu carrera perfecta!", y yo lo leería y saltaría de felicidad. Lo sabía, y aun así, me moría de ganas de que pasara.

La medicina sonaba igual de mal e igual que bien que hacía dos meses. Prometía el mismo futuro seguro y aburrido, lleno de temas interesantes y pacientes agobiantes.

Le eché una mirada a la agenda, abierta en el día

de la fecha y mostrando los planes que me habían cancelado. No podía enfocarme en eso ahora. Prioridad: mi futuro. Cosas que no eran prioridad: príncipes.

Tipié el primer link y esperé ansiosa, respondiendo todas las preguntas. Me parecían bastante estúpidas. No entendía cómo mi color favorito podía afectar mi futuro laboral, pero me esforcé de todas formas, sabiendo que no tenía nada que perder.

El segundo fue un poco más lógico pero el resultado fue el mismo del primero: Medicina. Aparentemente, los colores decían bastante de una persona. ¿Quién lo hubiera dicho?

Fue recién por el cuarto *test* (el tercero me dio Bioingeniería y ni siquiera me molesté en anotarla como opción), que encontré una pregunta que no había visto en los anteriores.

"¿Te gustan los animales?".

Y claramente yo no tenía demasiadas referencias como para responder. Había visto varias ratas correteando por el centro de la ciudad, y gente paseando perros en la calle, pero nunca había interactuado con ninguno de ellos. Fallon era alérgica a los perros así que Claire encerraba el suyo en el patio siempre que íbamos a su casa; escuchar sus ladridos había sido lo más cerca que había estado del ovejero alemán. Pero ninguna de esas cosas me vino a la cabeza.

Como era de esperarse, en lo primero que pensé fue en Kai. Bueno, primero en Aaron amenazándolo con no darle más atún, pero lo segundo fue Kai. Me había sentido cómoda con el felino. Las veces que lo habíamos sacado a pasear, siempre me había resultado una presencia relajante, pasiva y silenciosa. Sus ronroneos me hacían sonreír y sus rabietas contra Aaron todavía más, pero la verdad era que no tenía ninguna otra referencia. Lo más probable era que fuera solo Kai y su amargura los que congeniaban tan increíblemente conmigo.

O su dueño, porque me encantaba escucharlo quejarse de que el gato lo odiaba y que era injusto que a mí no. Pero no era momento para pensar en eso. Y yo no estaba pensando en él.

El sonido de pasos en el pasillo me distrajo. Me tensé entera, esperado la llegada de papá –hacía quince minutos había pasado la una y media, lo que significaba que ya debería haberse pasado por aquí– pero estos siguieron de largo. Seguro había cruzado el pasillo hacia su habitación, donde estaba mamá, ya dormida en la cama que compartían, a pesar de que se habían gritado toda la noche y a pesar de que el nombre de Max seguía agendado en su celular.

Porque claramente yo había chequeado su celular personalmente.

No se habían mandado nuevos mensajes. ¿Por qué seguía teniendo su número? ¿Estaba esperando algo para volverle a hablar? Había revisado su historial de llamadas también, y nada. Muchas empresas y nombres de trabajo. Ningún Max. Me había planteado borrar el contacto, o al menos las conversaciones viejas que ya me sabía de memoria, pero no serviría de nada salvo para darle la pista a mamá de que estaba vigilándola.

Me pasé una mano por el pelo, dejando que las hebras se desenredaran al deslizarse entre mis dedos.

Se supone que yo soy la adolescente. Se supone que ella debería estar vigilándome para que no pase noches enteras afuera sin avisar.

Pero nadie me echó ninguna bronca cuando aparecí tras la noche en la finca. Pasado el horario de clases, llena de pasto y con el maquillaje corrido. La casa me recibió vacía. Como lo había hecho mi casilla de mensajes. Últimamente, era una palabra que usaba mucho. *Vacío.*

Tampoco era momento para pensar en esas cosas. O en lo extraño que era ya no sentarme en Dino's a escuchar el interrogatorio de mamá sobre mi nivel académico.

Me enfurecía pensar que aquello que tanto había odiado antes, esa hora compartiendo con mi madre un batido que apenas podía forzar a bajar por mi garganta, se sintiera como una ausencia más. Había sido el único pedacito de ella que me quedaba, la última gota de agua en el Nilo, y se había secado.

El borboteo del agua corriendo se hizo lugar entre mis pensamientos, trayéndome de vuelta. Exhalé. Los pasos volvieron a escucharse y la puerta del despacho se cerró tras ellos. Probablemente había usado el baño.

Debería haberlo supuesto. Después de la discusión de esta tarde, supuse que no tendría ganas de estar muy cerca de su esposa. Lo único más filoso que los pómulos que esa mujer me había heredado eran sus palabras.

Últimamente notaba a papá más y más decaído, aunque había creído que no era posible, y se lo pasaba gritándole al celular. No como mamá –en plan "ay, que divertido es todo lo que dices, ahora firma el contrato de una vez"– sino furioso. Algo estaba mal con la empresa. Presupuestos que no cerraban y números que no sumaban como deberían.

¡Prioridades, Aspen! Me estaba empezando a enojar. Cada día era más difícil centrarme. Sentía que mil voces se superponían en mi cabeza y me arrancaban la cordura a gritos. Mis pensamientos parecían tener vida y querer quitarme la poca que me quedaba a mí. Me llamaban, me arañaban, y los más fuertes me tiraban de las neuronas hasta hacerlas reventar. A este paso, me quedaría sin ninguna en cualquier momento.

El cartel, que dentro de pocos días cambiaría por uno que dijera "4 meses", ya no me servía para focalizar. En lo único que podía pensar al verlo, era en todo lo que había pasado en los últimos dos.

Avery.

Aaron.

Christof.

Mamá.

Papá.

La lista de personas que se filtraban en mis pensamientos era demasiado larga para mi gusto. Casi parecía gracioso que tiempo atrás, solo tuviera mi propio nombre escrito allí.

Regresé mi atención a la pantalla de mi PC.

"¿Te gustan los animales?".

Di *click* a la tercera opción: "No sé".

Respondí un par más. Resultado: Bioquímica.

No dejé ir el grito de frustración que me creció como una piedra en el pecho. Últimamente, me estaba permitiendo perder el control muy seguido. Mi casa, mi habitación, en realidad, se había convertido en un santuario diferente al que solía ser. Ahora tampoco podía sentir cosas allí, porque era el único lugar en el que nadie podía sonreírme y hacerme abrir a regañadientes la puerta a mi torre. Estando sola, tenía que demostrarme a mí misma que seguía siendo yo.

Aunque ya no estaba segura de que eso me gustara. Sabía que la chica fría que no se permitía siquiera sonreír cuando veía la alacena rebosante de Maruchan de pollo –el indiscutible mejor sabor de Maruchan– era conocida, normal, cotidiana, segura, y con eso alcanzaba. Estaba cansada de que todo cambiara.

Quería lanzarme sobre las manecillas del reloj en mi mesita de noche y forzarlo a detenerse.

Hice a un lado la computadora, dándome al fin por vencida, y me dispuse a rehacer los veinte ejercicios que nos habían dado de práctica en Matemática la semana anterior. Necesitaba mantenerme activa para que no me invadiera el sueño, así que me acerqué el pote de Maruchan distraídamente mientras repasaba las consignas. Al llevarme la cuchara a la boca me subieron arcadas.

Enseguida me limpié con una servilleta y me obligué a tragar.

Qué asco.

Había tomado una cucharada entera del líquido que quedaba en el fondo. Nunca comía eso. Demasiado desagradable. Lo único malo del manjar de químicos conocido como fideos instantáneos. Estaba tan cansada que ni siquiera noté que me los había terminado.

Necesitaba dormir.

No. Necesitaba evitar dormir. A toda costa.

Desde la noche en la finca abandonada, en mis sueños veía las lágrimas de Aaron. Pero eran lágrimas de oro ardiente y le quemaban el rostro y la causante... la causante era yo. Siempre era yo, a pesar de que no tenía idea de por qué, y él, ocupado arrancándose los surcos ensangrentados que le recorrían el rostro, nunca me lo podía explicar. Y yo, no sabiendo qué hacer, le besaba las mejillas, tratando de atapar todas sus lágrimas, de hacerlas desaparecer, sintiendo cómo, en lugar de salar, quemaban. Mis labios empezaban a sangrar.

En mis sueños nos hacíamos daño el uno al otro y yo no podía evitar tener miedo de que fuera a hacerse realidad.

Conseguí hacer cinco ejercicios –todo un logro– entre miradita y miradita que le soltaba al celular, como si eso fuera a intimidarlo y a hacerlo sonar de una buena vez.

Como dándose cuenta de que estaba a nada de ceder al irrefrenable deseo de revolearlo contra la pared, la pantallita se iluminó. Como riéndose por mi desesperación cuando le salté encima, no era el mensaje que esperaba.

Era del grupo con las chicas. Fallon aseguró haber conseguido una fiesta genial a la que ir al día siguiente. Aunque hubiera examen de mates el viernes. Dijo que iría el equipo de lacrosse, lo que significaba que Darren (porque quién más iba a ser capitán si no él) y ella estarían como máximo veinte minutos con nosotras antes de desaparecer.

Maggie respondió primero. Iría solo si iba Claire. No se molestó en decir que no tenía ganas: todas lo sabíamos. Enseguida Claire entró en línea y pasaron unos minutos antes de que contestara. Supe, por algún motivo, o porque simplemente así era como funcionaban ellas desde siempre, qué estaba convenciendo a Maggie. Las envidié.

Ashleigh se conectó también y aceptó. No fui la única asombrada por ello. ¿Desde cuándo salía los días de semana?

Sabía que me habían visto en línea. Sabía que esperaban que dijera que no, aunque preferirían que dijera que sí. Sabía que yo quería decir que no, aunque también que debía decir que sí.

Estaban enojadas. Más bien, Fallon y Ashleigh lo estaban. A las otras dos no podía importarles menos. Creían que las estaba ignorando. Y yo no sabía si lo estaba haciendo.

Sí, salía menos con ellas, pero ¿lo estaba haciendo adrede? Una parte de mí simplemente parecía haberse rebelado. Me costaba inmensidades pasar tiempo con mis amigas. Era como una especie de lombriz que se había instalado en mi caja toráxica y se retorcía entre chillidos ante la mención de sus nombres. La parte de mí que seguía adiestrada obligaba a mi culo a salir con ellas una vez por semana. O más bien a aceptar, para cancelar dos horas antes con alguna excusa.

Ni siquiera llevaba la cuenta de cuantas de esas excusas habían surgido tras un llamado de Aaron, o tras un llamado mío a él.

—El ruiseñor quiere visitarte —le dije una vez apenas atendió. Tenía miedo de acobardarme, así que había preferido no darme la chance de hacerlo.

—Ah, qué bien —contestó y yo pude ver la sonrisa en su voz—, justo estaba pensando en él.

Luego, tiré por la borda otra vez los planes en grupo. Me dije a mí misma que no pasaba nada, que era solo un partido más de fútbol de Maggie y que ya habría otros. Una vocecita por lo bajo cantó de alegría.

Pero no podía seguir haciendo esas cosas. Si quería llegar al fin de la secundaria al lado de Fallon y no en su contra, tenía que recordar cual era mi lugar.

Presioné "enviar" y la vida decidió premiarme por tomar las riendas. O divertirse a costa de mi desgracia.

Se escuchó una campanita acompañada del mensaje de Aaron.

Aaron:
Lamento haber cancelado sobre la hora

Tuve una emergencia familiar

Los chicos querían matarme

Tenían ganas de verte

Relajé el gesto. Y sentí la tensión en mis hombros, esa que había atribuido a las cuentas desparramadas en mi escritorio, desvanecerse.

No tenía motivos para dudar de lo que me decía. Él era la mejor mitad de esta amistad. Tal vez demasiado buena. Probablemente demasiado buena. Lo suficientemente buena como para que alguien le abriera los ojos en un segundo y se alejara de mí.

Cerré los ojos hasta que estrellas multicolores reventaron detrás de mis párpados. Cuando los abrí, estaban entrando nuevos mensajes.

Aaron:

Aspen?

Sé que estás conectada. No te enojes.

Lo último que quiero es hacer enojar a alguien más

¿Enojarme? ¿Con él? Sí, estaba furiosa. Pero conmigo. Por creer que su mundo giraba en torno a mí. Por no haberle preguntado si necesitaba algo en el momento en el que me avisó que no podríamos vernos. Por haber sido una egocéntrica y una miedosa, que creyó que lo que fuera que había pasado tenía que ver conmigo.

Aspen:

No estoy enojada.

Estaba hablando con alguien más.

Aaron:

Alguien más?

Aspen:

No importa.

No tenía ninguna intención de hablarle del desastre que eran mis amigas, de lo mucho que pagaría para no verlas nunca más porque cada vez que Fallon aparecía, podía ver la sombra de Avery detrás de ella.

Aspen:

Que pasó?

Aaron:

Podemos juntarnos mañana y te cuento?

Sé que habíamos quedado hoy con los chicos en la rampa, pero honestamente no quiero ver a nadie

Mañana. Justo el día que había aceptado salir con las chicas. También el día que él trabajaba en el refugio. Debería decir que no.

Aspen:

Sí.

Estúpida. Estúpida. Estúpida.

Aaron:

Pasas por mí a la salida del refugio? Te mando la dirección

Aspen:

Paso por ti. Descansa.

Me quedé pensando por un buen rato. Tuve que haber dicho algo más. Aaron probablemente esperaba algo más, pero eso era todo lo que podía darle por ahora. Porque lo quería hacía más tiempo del que me resultaba fácil admitir, pero no creía que se lo pudiera decir, así como así, en un mensaje que quedaría como evidencia, como algo con lo que torturarme en el futuro él decidiera que no valía la pena quererme a mí.

Me desperté diez minutos antes de que sonara mi alarma.

Me desperté sin entender quién, dónde o cómo. La realidad borrosa frente a mí.

Me desperté con el sabor agrio del terror anudándome la lengua y viendo ojos dorados desbordándose a lagrimones hasta que quedan solo un par de cuencas oscuras.

Me palpé el rostro. Los labios.

No había lágrimas de oro allí. Mi rostro estaba limpio. La habitación estaba oscura. El silencio era inquebrantable. Las costillas se me cerraban sobre el corazón.

Me di la vuelta.

Me sentía fuera de mí.

Estiré el brazo.

Tomé el celular. Dejé que mis dedos corrieran por el teclado. Leí el mensaje. Se me cerró la garganta. Lo releí. Lo borré. Letra por letra, las tres sílabas desaparecieron. Lo reescribí. Eran otras palabras, pero esperé que, como por arte de magia, él entendiera que quería decir mucho más. Pulsé enviar.

Aspen:

Buenos días :)

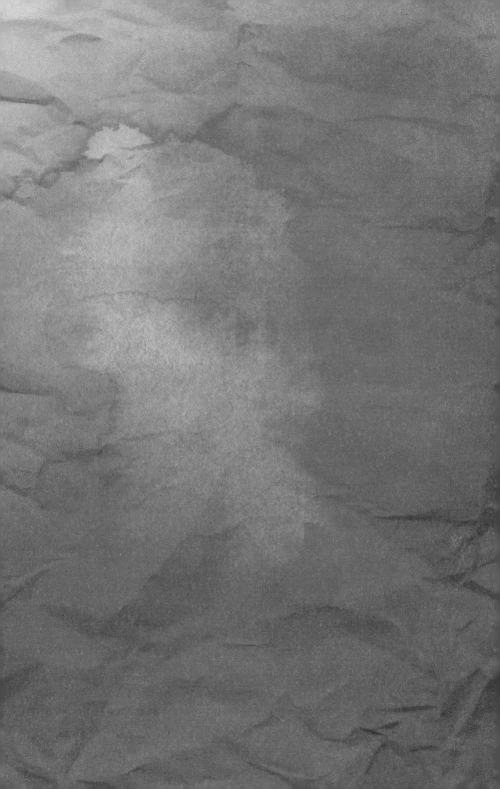

CAPÍTULO 12

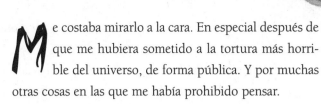

Me costaba mirarlo a la cara. En especial después de que me hubiera sometido a la tortura más horrible del universo, de forma pública. Y por muchas otras cosas en las que me había prohibido pensar.

La vieja —que buscaba un perro para adoptar— nos había mirado como si nosotros fuésemos los dos cachorros más adorables del universo. Hasta había suspirado. Aunque estaba segura de que eso estaba más que nada relacionado con las mangas de la camiseta que Aaron se había subido hasta los codos que con su arranque de osito cariñosito.

—Suéltame. Te pago —le supliqué sin dejar de removerme incómodamente—. Hago lo que quieras. —Claramente, no le moví un pelo. Sentí su pecho vibrar contra mi mejilla y la calidez de su mano detrás de mi cabeza y alrededor de mi cintura, estrechándome aún más—. Aarooon.... —me quejé.

Con los labios aplastados contra mi pelo, contestó:

—Todo lo que quiero es esto.

O era muy estúpido, o tenía las expectativas muy bajas. Si todo lo que quería era un abrazo vergonzoso con una chica que obviamente no tenía ganas de ser abrazada (o al menos no con los ojos de una vieja renga sobre ella), tenía muchas cosas que aprender. Pero Aaron realmente parecía empeñado en aferrarse a mí, y cada vez me costaba más quejarme porque con cada segundo que pasaba más y más se pegaba su perfume a mi nariz.

Y se filtraba en mi interior como veneno con sabor a caramelo. Aroma a pintura. Se arremolinó en mi pecho y se asentó como una sentencia.

Aaron daba buenos abrazos, pero no era información que fuera a hacerle llegar a él.

Cuando me soltó, le di un empujón solo para hacerle saber que no me había hecho ni cinco de gracia y me escabullí a la sala principal por la que había entrado.

Me senté en la silla con rueditas que había tras el mostrador del cuarto de al lado y me dediqué a revisar mi agenda. Ya terminada la organización de mis próximos días, seguía aburrida como ostra y pasé a observar lo que me rodeaba.

El refugio olía –no podría decir que sorprendentemente– a perro mojado y desinfectante. Ni siquiera el mostrador se libraba de la peste. Todo era blanco y estaba limpio, pero saltaban a la vista las manchas de humedad en las paredes, la pintura inflada, y una preocupante grieta que atravesaba una de las columnas junto a los asientos de la sala de espera.

Yo no sabía mucho de refugios, pero me resultaba gracioso que hubiera una sala de espera. Juzgando por la cantidad de ladridos y maullidos que provenían del cuarto de al lado, la gente no se mataba exactamente para adoptar animales callejeros.

Después de un rato, me quedé sin mucho que observar en la aborrecible *blanquitud* de la sala, así que me puse de pie y asomé al cuarto de origen de los ladridos. Y maullidos, y lo que parecía el constante rasqueteo de uñas. Allí, ya no escuchaba las voces residuales de la vieja y Aaron. Pobrecito, atrapado por la anciana y su conversación. Aunque siendo honestos, era Aaron y probablemente le daba charla también, mientras ella planeaba emparejarlo con su nieta.

Bufé.

No fue una buena idea.

Todos los animales –probablemente menos de una docena– enjaulados del otro lado del otro lado de la ínfima rendija por la que había asomado, hicieron silencio por una fracción de segundo antes de empezar a defender su territorio. Entré a la sala lo más rápido que pude. Hubiera pagado millones de dólares solo para que alguien me dijera qué tenía que hacer para silenciarlos de una buena vez. Ladraban como si los estuviera intentando asesinar. ¡Solo quería verlos! ¿Y si llegaba el jefe de Aaron y lo despedía por esto? ¿Era legal despedir a alguien por alborotar a los animales? ¿Era legal despedir a Aaron el encantador de viejas?

Mierda. Mierdamierdamierda.

Seguro el ruido y, poco más tarde, el fin de este, alertó a Aaron de que algo fuera de lo normal estaba sucediendo, porque entró al cuarto de las jaulas con el ceño fruncido y mi nombre colgándole en los labios.

La preocupación se desvaneció de su semblante en cuanto me encontró en el suelo, con una mano metida entre las rejas de la jaula de un perro más feo que helado derretido, dejando que me lamiera toda la palma.

Quise disimular, pero la risa se me escapaba por las cosquillas y el animal era tan dulce que lo único que quería era alzarlo y llevármelo.

De un momento a otro, no tenía idea de por qué me había parecido que era estúpido tener tantas sillas en la sala de espera. La gente debería estar matándose por llevarse a esas criaturas apestosas.

No podría decir cómo había sucedido, pero de alguna forma, yendo de jaula en jaula y entregándome un rato a cada uno, mis intentos de calmarlos funcionaron y en cinco minutos logré apaciguarlos.

Recostado contra el umbral y con los brazos cruzados sobre el pecho, Aaron me miró con su propia cara de cachorrito confundido, con una vuelta de tuerca: una pizca de burla.

Lo que llevaba a lo primero que dije: no podía mirarlo a los ojos.

Después del mensaje de la mañana, su abrazo y las dudas que me rebotaban dentro, su mirada era demasiado intensa.

—¿Quién lo hubiera dicho? —rompió el silencio al fin, sin moverse un centímetro. Yo había empezado a acariciar al perrote, Brutus, tenía cara de Brutus; y él se apoyaba contra mi mano. Me concentré en él y su pelaje enredado, para evitar mirar a mi amigo—. Aspen Vann, sentada en el suelo sucio, llenándose de pelos la ropa y jugando con Leo.

—¿Leo? Tiene cara de Brutus.

Se rio y lo sentí despegarse del marco de la puerta. O más bien sentí su cuerpo acercándose al mío.

Eso era algo que había empezado a pasar. Tenía esa extraña conciencia permanente, que me alertaba de su cercanía como una alarma de robo. Sonaba a los gritos cuando se sentó justo a mi lado. Había unos buenos veinte centímetros separando nuestras piernas. ¿Por qué me sentía como si estuviéramos piel con piel?

El cuarto era amplio, rectangular, como un pasillo cuyas paredes enrejadas cuidaban de perros, gatos y dos hámsteres gordos en la esquina. Había más que espacio suficiente, pero él se había sentado a mi lado.

Brutus —me negaba a llamarlo Leo, era un nombre horrible— estornudó. Reprimí una carcajada. *Qué asco.*

—Es buen chico —comentó Aaron—. Lo encontró un señor cerca del distrito metropolitano y nos lo trajo. Tenía una infección grave, pero Doc lo curó.

Eso explicaba el muñón que tenía por pata trasera.

—¿Tu jefe?

—Sip. Yo apenas pude ayudar... —Me pareció detectar vergüenza en su tono y yo al fin me decidí a encontrar sus ojos, con un gesto inquisitivo—. Me daba mucha impresión. No pude acompañarlo en la operación.

—¿Y por qué trabajas aquí? —dije al fin. Si alguien no tenía estómago para ver a otros sufrir, era Aaron—. No te pagan, no lo disfrutas y las viejas te acosan.

Creo que pensó que estaba haciendo un chiste, porque echó la cabeza hacia atrás, y la nuez de Adán le subió y le bajó por la garganta. Hubiera deseado no haberlo notado, pero ahora no podía sacármelo de la cabeza. Tenía que ser el único humano que se veía bien bajo la luz fluorescente de una veterinaria mugrosa. Yo en cambio parecía vampiro con abstinencia.

Con los hombros y las comisuras de los labios todavía temblando un poco, habló.

–Porque es mi manera de aportar un granito a la sociedad. Y la señora Gutiérrez no me acosa –estiró el brazo y me picó la mejilla con el dedo. Odiaba que hiciera eso–, solo quería adoptar un perro.

–Pero no se llevó a ninguno.

Me dirigió una mirada lastimera.

No, no a mí, si no a su alrededor, a nuestros compañeros ansiosos por un poco de atención. Entonces volvió a conectar conmigo y no hubo necesidad de que se explicara, pero lo hizo.

–La gente quiere cachorros y perros pequeños de raza. El tipo que sale de un criadero y que nunca encontrarías en las calles, definitivamente no del tipo que llegan aquí.

Imité su recorrido visual saltando de jaula en jaula; un gato esquelético con una venda alrededor del torso me miraba escéptico, y un perrucho medio pelado me gruñía como si fuera coronavirus en lugar de una chica que se deshacía de ganas de abrazarlos y llevárselos.

Pensé que, si Aaron podía trabajar allí, si podía ayudar con su pequeño grano, aunque no le gustara y aunque llevara cuarenta y cinco minutos de viaje en auto solo llegar, yo era una basura. No podía ni siquiera decirle a Fallon –que se suponía que era mi amiga, que se suponía que me escucharía– que dejara de empujar gente por los pasillos y de fulminar a Avery con la mirada cada vez que se nos cruzaba en el comedor.

Me enfurecía que Aaron me hiciera querer ser mejor. Y ni siquiera lo intentaba. Solo me sonreía y ahí estaba yo, pensando en veinte formas diferentes de cambiar el mundo con pequeños gestos. Vaya idiota.

Cambié de tema y agradecí que él no hiciera preguntas sobre mi evidente brusquedad.

—¿Qué pasó ayer?

—Yo...

—No —lo interrumpí, cayendo en lo imperativa que había sonado. Me había puesto roja—. Quise decir, ¿cómo estás?

Me sonrió y ambos parecimos olvidar la pregunta. *Avellana radiante, gris cristal, avellana luz, gris tormenta, avellana oro, gris plata.* Nos perdimos por un segundo dentro de una eternidad.

—Estoy bien —dijo al fin—. Definitivamente mejor que ayer —la socarronería de su tono me hizo rodar los ojos antes de que lo dijera—. Tuve un lindo mensaje mañanero en mis notificaciones al despertar.

—Cállate.

—No parecías de las que ponen caritas felices en los mensajes.

Sonrojo. Violento. Me quemaban las mejillas.

—No lo soy.

—Pero si en el mensaje... —Se empezó a sacar el celular del bolsillo delantero de los jeans con ese mismo movimiento extraño que había hecho la primera vez que nos vimos en el parque. ¿Quién llevaba el celular en el bolsillo delantero? Todos saben que es mucho más cómodo usar el de atrás.

—¡No! —Me abalancé sobre su él para evitarlo. Mis dedos le rodearon su antebrazo y me aparté enseguida, empujándolo cómo si su piel fuera roca volcánica. Él se descostillaba de la risa—. ¡No es gracioso! Ya sé que puse una carita feliz, ¿ok? No estaba pensando. Era temprano.

—Temprano y ya pensando en mí. ¿Significará algo?

Casi se me caen los ojos de sus cuencas. ¿Nunca podía guardarse las bromas? Aunque fuera por piedad...

Recuperé mi integridad y lo miré con asco, murmurando un "ya quisieras" por lo bajo.

—Me estás cambiando de tema —le aseguré, devolviendo mis atenciones a un perro paticorto y pelón en la jaula al lado de la de Brutus. Tenía cara de Tito–. ¿Estás bien? –dudé antes de agregar–: Ayer dijiste que no querías ver a nadie... no sabía si eso me incluía a mí. Pero vine igual porque también dijiste que nos viéramos.

Me mordí la lengua para callar. Sentía sus ojos en mí, como llamándome, pero yo me negaba a responder.

–¿Pensaste que no quería verte?

Las esquinas de sus labios se alzaron.

Pero ¿qué tengo? ¿Cara de payaso, que tanto te diviertes?

Tito me olía la mano, como decidiendo si merecía su confianza o no. Me encogí de hombros, intentando sacarle importancia. Como si no hubiera girado tres veces el volante mientras venía, pensando que sería mejor pegar la vuelta que hacer el ridículo.

–Ayer cancelaste y luego dijiste que no querías ver a nadie... Y hoy no respondiste mi mensaje.

Me sentía pequeña. Como si fuera una pulga en el hocico de Tito y no una presencia humana entera y digna. Tenía más vergüenza que en el parque, cuando me había encontrado al borde de las lágrimas y le había dicho a la cara que era una persona terrible. Entonces, él era un extraño que no vería nunca más. Ahora era mi mejor amigo y le hacía reclamos como si fuera una nenita de tres años a la que no le compraron la muñeca que quería. Nunca me había sentido tan vulnerable.

Pensé que me hubiera sentido mejor hasta estando desnuda frente a él que diciendo todas esas bobadas. Y luego decidí no mezclar las palabras "Aaron" y "desnudo". Me estaba sofocando con mis propios pensamientos. O tal vez era el calor. Hacía mucho calor.

–No te estoy pidiendo explicaciones –me apuré a agregar–. Solo no quiero que te sientas obligado a quedar conmigo porque habíamos quedado ayer. De verdad. Puedo irme ahora, si prefieres.

Estaba sudando. Necesitaba alejarme. Estaba encerrada con la única persona en esta tierra que me hacía sentir que nada era seguro y que todo lo era a la vez. Si me quedaba allí seguiría hablando para siempre hasta decir algo que no podría retirar.

En algún momento entre pensamientos, como para demostrar que lo decía en serio, me había empezado a poner de pie. Entre aquello y el siguiente segundo, Aaron se estiró y tomó mi mano.

Mi mano sudada.

Que. Asco. Doy.

–Perdón.

No estaba segura de si lo había dicho él o yo. Solo que la palabra quedó flotando entre nosotros.

Tiró de mi mano mientras se ponía de pie. Quedamos cara a cara, pero toda mi atención seguía en su camiseta. La del dibujo de los Muppets que había usado el día que ganó la dichosa apuesta, que era horrible y le quedaba demasiado bien.

–Si cancelé ayer, fue porque Christof decidió desaparecer y en lugar de volver con la chica rubia y malhumorada más linda que vi en mi vida, me hizo buscarlo por dos horas hasta que lo encontré, lo llevé a casa y me aseguré de que no se muriera en el proceso. Para entonces, era pasada la una de la madrugada y lo primero que hice fue hablarte.

No tenía ni idea de qué responder a absolutamente nada de eso, así que me alegré de que no me diera tiempo para hacerlo.

–Es verdad que no quería ver a nadie –me encogí– que no fueras tú –me encogí aún más, pero el corazón se me hinchó como un globo–. No respondí tu mensaje porque quería abrazarte como lo hice cuando llegaste. Y ahora voy a abrazarte otra vez por ser una bobita que le da demasiadas vueltas a todo.

Y tiró de nuestras manos con una velocidad sobrecogedora, aflojando su agarre solo para volver a situarlo en mí; alrededor de mi cintura, detrás de mi cabeza. Me pregunté si abrazaba a todos así y si todos se sentirían tan bien cuando lo hacía. O cuando decía exactamente lo que había que decir para darte vuelta los sesos y apaciguarte el corazón.

La señora Gutiérrez ya no estaba con nosotros y los ojitos curiosos de Brutus fueron casi tan reconfortantes como el calor que desprendía Aaron. Dejé que aplastara mi mejilla contra su pecho y, con el vértigo acalambrado de quién está por saltar de un precipicio, dejé que mis manos le rodearan la cintura y me acercaran imposiblemente a él.

Después de unos segundos hablé otra vez.

—¿Siempre sabes qué decir?

Sentí la tela de su camiseta tensarse cuando se encogió de hombros.

—Siempre digo la verdad.

Casi se me escapa una risa incrédula.

Quién pudiera.

—¿Me vas a decir la verdad esta vez si te pregunto cómo estás? —pregunté.

Se encogió entre mis brazos.

—Podría.

—¿Lo intentamos?

—Bueno, pregúntame.

—¿Cómo estás?

—Estoy cansado porque dormí solo cinco horas y Christof me odia, pero feliz porque prefiero estar aquí que recuperando el sueño perdido.

Fruncí el ceño, como si él pudiera verme. Sabía que ambos estábamos sonriendo.

—Demasiada sinceridad.

—¿Probamos contigo?

Esta vez, fruncí el ceño de verdad.

—¿Decir la verdad?

—Claro.

—Bueno.

—¿Cómo estás?

—Bien.

—Eres pésima diciendo la verdad.

Lo abracé más fuerte.

—Ya sé.

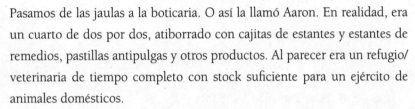

Pasamos de las jaulas a la boticaria. O así la llamó Aaron. En realidad, era un cuarto de dos por dos, atiborrado con cajitas de estantes y estantes de remedios, pastillas antipulgas y otros productos. Al parecer era un refugio/veterinaria de tiempo completo con stock suficiente para un ejército de animales domésticos.

Aaron era el único trabajador, junto con el dueño, así que en general, y sin ser hoy la excepción, se quedaba después de hora haciendo tareas atrasadas. Contar packs de jabón para perro no era lo que tenía en mente cuando Aaron me pidió que lo pasara a buscar la noche anterior, pero no estaba mal.

Me había dado un sujetapapeles y una pluma. Se suponía que debía contar los productos e ir anotando los que había que reponer, pero yo perdía la cuenta cada cinco minutos, porque era un espacio demasiado pequeño para dos personas y nuestros brazos se rozaban permanentemente, haciendo que los nervios me reventaran bajo la piel como fuegos artificiales.

Él encaraba los estantes que colgaban de la pared izquierda, mientras yo hacía lo mismo con los de la derecha. Cada tanto, tenía que pegarme contra ellos, para dejarlo pasar de un lado a otro sin tocarnos. Y Aaron hacía lo mismo, sonriéndome y pidiendo permiso educadamente, fingiendo no notar que mis mejillas se encendían como semáforos.

Atacó otra vez a los pocos minutos de silencio, mientras yo trataba de alcanzar el estante más alto de todos, donde estaba la comida para gatos. Me estaba estirando todo lo que podía, lo tenía en mis manos, cuando se me acercó, y me puso las manos en los hombros, obligándome a retroceder.

—Si intentas bajar eso, se te va a caer, va a aplastarte y yo voy a tener que explicarle a Leo qué te pasó —dijo, mientras ocupaba mi lugar. Se estiró y empezó a bajar las bolsas. No miré la franja entre la cinturilla del jean y la camiseta que quedaba expuesta cuando subía los brazos.

—Se llama Brutus —refunfuñé, siguiendo las cicatrices de sus antebrazos mientras movían bolsas. Eran muchas. ¿Cuánta comida de gato se podía necesitar en el mundo?—. Además, alcanzaba perfectamente.

—Sí, alcanzabas. Pero no podrías levantar ni la mitad del peso de una de estas. —Como para fortalecer su afirmación, dejó que una cayera sobre la mesa a su izquierda, con un golpe seco.

—No es cierto. Es una bolsa. Tampoco soy tan inútil. —No me gustaba que pensara así de mí, como si fuera una princesa tonta esperando a su caballero de brillante armadura.

Me miró sobre el hombro —ese hombro que parecía querer reventar la camiseta— y su diente partido me saludó burlón. Lo que no vi, fue el deje de preocupación que había en ese gesto, al menos, no hasta que se dio vuelta y quedamos frente a frente. Las puntas de mis botas casi tocaban el colorinche despliegue de sus zapatillas.

Me concentré en respirar. O más bien en no hacerlo.

—No eres inútil. Pero te conozco hace...

—Dos meses.

—¿Dos meses nada más?

Asentí.

—Bueno, te conozco hace solo dos meses y creo que nunca vi a alguien perder peso tan rápido.

Su declaración fue una bofetada.

Descrucé los brazos, dejándolos caer a los lados de mi cuerpo, y miré hacia abajo, como si eso fuera a cambiar algo. Me sentía cansada, constantemente, pero no me notaba más delgada.

Recordé como dos días antes maldije porque la cintura de una de mis faldas favoritas se había estirado. ¿Era yo la que se había achicado? Parecía imposible.

—También tienes ojeras...

No fui consciente de que su mano estaba en mi mejilla y de que su pulgar recorría lo alto de mi pómulo, hasta que encontré sus ojos. Cálidos como sol de verano, pero a su alrededor todo era blanco. Blanco, blanco, blanco y bolsas violetas de comida para gatos. Hermosa combinación.

—Eres todo menos inútil, pero a veces me parece que estás a punto de partirte en dos.

Ya no estaba segura de que habláramos solo de mi peso, o falta de este. Aaron siempre parecía saber más que el resto, leerme mejor que nadie.

Pensé en las últimas veinticuatro horas. Mi única comida había sido una manzana al salir de casa por la mañana y el Maruchan de la noche anterior. Al medio día, Fallon había hablado de Darren y de que parecía que lo habían vuelto a ver con otra en una fiesta. Una chica de pelo negro. Quería averiguar quién era y repetir lo de Avery. No pude comer. Luego llegué a casa y la encontré vacía.

Un jueves. Con la casa vacía.

Mi cerebro vio chaquetas prestadas, restaurantes, y empuñó la sonrisa de mi madre como un cuchillo letal.

Max, Max, Max, Max. El mismo nombre una y otra vez repitiéndose como una maldición que me seguía a todas partes.

Por segunda vez, se me cerró el estómago y salí a buscar a Aaron sin probar bocado.

Lo miré extrañada. Preguntándome si aquello era normal. Y por "aquello" no me refería al no tener hambre, mucho menos al no saber cuándo había empezado a pasar, pero sí al que él hubiera sido el único en notarlo.

Su dedo pasó otra vez por la capa de base que luchaba por esconder las crecientes bolsas violetas bajo mis ojos.

—Las vi en el parque, el día que me llamaste.

Lo había llamado más de una vez, pero no hizo falta que aclarara a cuál de todas esas veces se refería. Era la única vez que me había visto sin maquillaje, en pijamas y con la vida tan hecha mierda que mi aspecto de vagabunda parecía de una reina en comparación.

—Y las sigo viendo —su pulgar se deslizó hasta la base de mi mandíbula, en un gesto tan cargado de cosas que no comprendía que, de haber tenido espacio, me hubiera echado atrás—, bajo el maquillaje y bajo todo lo demás.

»Pero no lo entiendo —continuó—, porque esa noche en la finca dormiste de un tirón. Cuando me desperté ni siquiera te movías. De hecho, creo que nunca te había visto tan en paz.

Me abrumó la sola idea de que me hubiera visto así, tan indefensa, y todavía más el darme cuenta de que no había soñado con absolutamente nada esa noche. La oscuridad más negra que conocí me había cerrado los ojos entre los brazos de Aaron y por primera vez en semanas simplemente *dormí*.

Entrecerré los ojos, en parte para disimular mi espanto y en parte buscando las respuestas en sus facciones. En el hoyuelo de la barbilla, la punta de la nariz, el largo de las pestañas, la arruga entre las cejas. No había resquicio de la curva de su sonrisa. Me dije que eso era lo que buscaba mientras me distraía con sus labios. Tenía unos labios redondos y bonitos, de esos que te aceleran el pulso.

Pero a mí, que me gustaban veinte veces más esos labios cuando se permitía sonreír, me pareció que era imperdonable que yo fuera quien se lo impidiera.

Forcé un gesto que esperaba que se asimilara a una sonrisa. Traté de hacerla ver como la de él: despreocupada, un poco altanera y otro poco modesta, pero sabía que ese equilibrio no era algo que cualquiera pudiera fingir.

—Me parece que sobrepiensas mucho. Simplemente soy una persona ojerosa.

Me saqué el ruiseñor del pulgar y tomé su mano. Lo hice solo por hacer algo, sin pensar en lo atolondrados que dejaría ese contacto a mis pensamientos. Le puse el anillo en el meñique y cuando quise dejarlo ir, él no me lo permitió.

—Es en serio: eres *pésima* diciendo la verdad.

Quise mirarlo a los ojos para que viera que eso no era cierto, pero sabía que me jugaría en contra, así que me quedé en nuestros meñiques entrelazados.

Que gesto tan infantil. Inocente. Lindo.

—¿Y si te llevo a cenar?

Su sugerencia me pasó como una aplanadora sobre el cuerpo.

—¿A cenar? —repetí.

—Eso dije.

Habíamos hecho muchas cosas en los últimos meses, pero cenar... eso no. Eso era de las cosas que cruzaban un límite demasiado fino. Parecía formal, importante y diferente a un almuerzo entre dos amigos. Rozaba un término desconocido que ni me atrevía a pronunciar en pensamientos.

Alejé la mano con brusquedad y hablé duro. Porque era la mejor alternativa que tenía a que me temblara la voz.

—Estás intentando controlarme.

Aaron me miró sorprendido.

—¿Qué? No...

—Sí. Quieres fijarte cuánto como.

Porque esa explicación —la de que pensara que era una chica con problemitas— era muchísimo mejor a la alternativa; a que me hubiera invitado a cenar porque quería sentarse a comer conmigo con la idea de que ese casi-beso —primero en la finca y luego en el auto— podía llegar a *ser*.

No era así.

Había mucho en riesgo. Estaba todo en riesgo. Shelly tenía razón.

—No soy anoréxica y si no estoy comiendo es porque tú no dejas de distraerme con tus idioteces.

Lo había lastimado. Lo supe en el instante en el que pronuncié las palabras. Su semblante se resquebrajó como una máscara partida bajo el peso de una bota.

¿Qué culpa tenía él de que me gustara tanto? ¿Qué culpa tenía de abrazarme como si importara y estar siempre ahí cuando lo necesitaba? Y, de todas formas, no me retracté. Porque nosotros éramos otra cosa que no podría ser.

La primera vez que volé en avión, cuando anunciaron que estábamos ya a más metros de altura de los que se consideraban seguros, se me taparon los oídos. La mujer a mi derecha, una desconocida total, me dijo que tragara saliva para destaparlos. Y lo hice. Ese momento de extraña niebla auditiva desapareció, y los sonidos de las personas acomodándose y charlando efusivas volvieron a mí con más fuerza que nunca.

Así.

Exactamente así me sentí cuando Aaron habló. El mundo estalló a mi alrededor. Él parecía a punto de caerse, a punto de rendirse, a punto de perder(se).

—¿Siempre me vas a mentir así?

—No soy anoréxica.

—No hablaba de eso y lo sabes.

—No sé nada.

Parecía una niñita, negándome a todo sin un argumento decente. Pero tenía la garganta tan anudada como si la estuvieran retorciendo para hacer una pulsera de hilos.

Nudo

tras nudo

tras nudo.

Su mano cayó sobre mi brazo. Una caricia.

¿Por qué tenía que ser tan bueno? ¿Por qué siempre me miraba como si entendiera? Y lo peor de todo, ¿por qué me miraba como si pudiera ser mejor?

—No –le dije–. No hagas eso.

Pero no me aparté. Dio un apretón leve, como si necesitara asegurarse de que yo era real. Lo era. Tan real que me estremecí.

—¿Eso qué?

—Distraerme. Siempre me distraes.

—Tú me distrajiste primero.

—¿Cómo?

—Con absolutamente todo lo que haces.

Si no había hecho nada. Llevaba hecha una estatua desde que habíamos cruzado miradas, incapaz de obligarme a empujarlo tanto como de pedirle que me empujara él.

Parpadeé.

Me rendí.

—Se supone que tienes que enojarte conmigo. Tienes que decirme que soy una idiota y que no quieres verme nunca más.

—Yo solo digo la verdad –había vuelto su tono divertido, muy débil, casi imperceptible, pero estaba allí.

—No soy anoréxica. –Tenía la necesidad de que lo entendiera.

—Eso sorprendentemente también es verdad.

—Tampoco es tu culpa que no coma.

—Quiero creer que eso también lo es.

Cerré los ojos, bajé la barbilla.

—Pero sí me quitas el sueño.

Pensé que había dejado de respirar, o que había salido corriendo, porque por un segundo el silencio fue infinito.

—Eso es mutuo. Espero que sea bueno.

—No lo es.

—¿Siempre tienes tanto miedo?

—Contigo, sí.

La palma de su mano, todavía sobre mi brazo, se convirtió en piedra. Y pensé en Shelly. Pensé en Shelly y pensé en Shelly y pensé en Shelly. En que ella había tenido tanta razón, en que era *tan* injusto.

—¿Aaron? —pregunté, porque su falta de respuesta era aterradora.

—¿Sí? —era la primera vez que lo escuchaba dudar.

—A veces digo cosas que no quiero decir.

Su mano libre me dio un toque en la barbilla, haciéndola subir, obligándome a encontrar sus ojos.

—Lo sé —me sonrió. Pero no lo sabía. No sabía que eso era justo lo que estaba por hacer.

—¿Aaron?

Volvió a ponerse serio. Me temblaban las manos, los labios, las rodillas me estaban por ceder.

—¿Sí?

—Siempre vas a ser mi mejor amigo ¿no?

Creí escuchar algo romperse. Con el sonido de un millar de cristales estrellándose contra una pared, como un corazón inflado hasta reventar. Pudo haberse originado tanto en algún lugar dentro de él como en algún lugar dentro de mí, pero me pareció el crujido de algún punto entre medio, de algo pequeño, frágil y compartido, que apenas florecía cuando decidí pisotearlo una y otra y otra vez.

Lo miré a los ojos, necesitando su respuesta más de lo que necesitaba nada en este mundo.

Le rogué con los ojos que dijera que sí. Porque si no, la promesa de muchas cosas más seguiría existiendo entre nosotros. Tenía que dejar de ver en sus ojos todas las caricias que no podía darme y todos los besos que nunca me llegaba a robar, o me iba a volver loca.

—Claro.

Y si bien Aaron no mentía, me pareció que su sonrisa sí lo hizo esta vez.

Dejé a Aaron en su casa una hora después, cuando terminamos el inventario, y me hizo prometer que iba a comer "algo decente" tanto hoy como mañana y, de ser posible, los días por venir. Yo accedí, disfrutando el ínfimo segundo de contacto entre sus labios y mi mejilla como una tortura medieval.

Me cambié una vez llegué a casa y me percaté por primera vez de que Aaron tenía razón. Estaba hecha un asco. Así que ya salida de la ducha y enfundada en ropa que mis amigas aprobarían, me pedí una buena hamburguesa de queso inmensa.

Le saqué una foto y se la mandé a Aaron en cuanto llegó. Él se mofó diciendo que no había chances de que la terminara y yo aseguré que sí. No pude, pero por poco, cosa que le aclaré en otro mensaje. No me di cuenta de que comí mi cena entera con el celular en mano, hablándole, casi como si estuviera a mi lado. Tampoco me di cuenta de que mamá todavía no había llegado a casa, aunque eran las ocho, hasta que salí y no vi su auto aparcado en la puerta.

Tuve ganas de devolver mi hamburguesa del giro que me dio el estómago. Pero no lo hice porque ya iba tarde y Fallon me estaba llenando la casilla de mensajes con amenazas y también porque creí que mi promesa de que comería perdería valor si devolvía todo a los diez minutos.

Alcé la barbilla. Tenía amigas que contentar. Ya lidiaría con mi madre. Tenía tiempo. Hoy era una Aspen que se comía una hamburguesa entera después de pasar la tarde con su amigo, después de haber intentado arruinar la amistad para luego asegurarla, después de romperse ella sola el corazón.

Era un día para festejar. Festejar que había sido fuerte. Festejar mi gran logro: Aaron era mi declarado mejor amigo. Los que son amigos para siempre. Los que no se acercan como si fueran a besarte y los que te ven como una hermana menor. Festejar que al fin tenía lo que quería.

Me subí al auto sin saber bien por qué me sentía como si estuviera de luto.

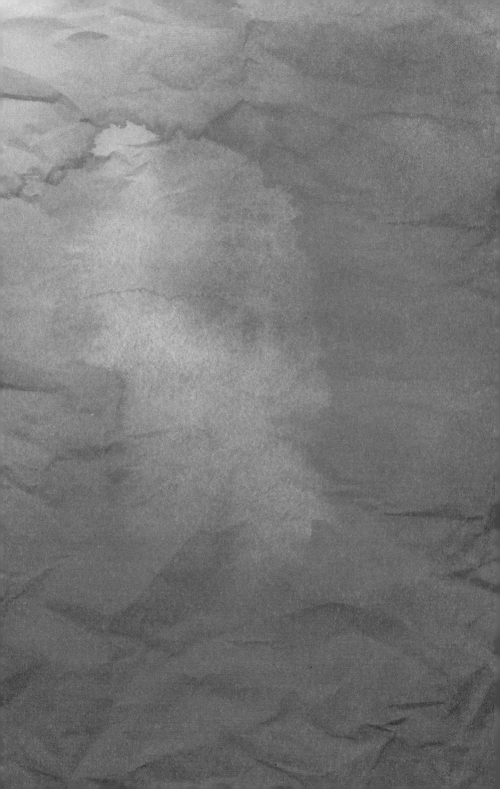

CAPÍTULO 13

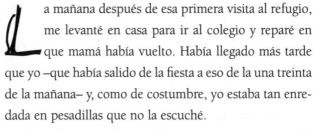

*L*a mañana después de esa primera visita al refugio, me levanté en casa para ir al colegio y reparé en que mamá había vuelto. Había llegado más tarde que yo –que había salido de la fiesta a eso de la una treinta de la mañana– y, como de costumbre, yo estaba tan enredada en pesadillas que no la escuché.

Sin embargo, no fue eso lo que ocupó mi mente a lo largo de ese día –mientras rendía ese examen de Historia que no había dado la semana pasada, mientras miraba a Fallon y Ashleigh quejarse de que la fiesta había sido un fiasco, mientras manejaba de vuelta a casa, tan agotada que los ojos se me cerraban peligrosamente de a ratos.

Yo estaba en otro tiempo y otro lugar.

Más específicamente, en un cuartucho atestado de productos animales, miradas tristes, mentiras y aroma a pintura y perro mojado.

"Siempre vas a ser mi mejor amigo, ¿no?".

Cualquiera hubiera creído que había estado siendo honesta, espontánea, en mi pregunta. Una chica preocupada por su amistad y el arrebolado límite que esta parecía estar queriendo cruzar.

Pero no era así. Había ido a la clínica con esas palabras en mente y el único objetivo de decirlas. Porque por más que me hubiera obligado a no pensar en ningún momento y bajo ninguna circunstancia en mi conversación con Shelly, simplemente no pude deshacerme de ella.

En el fondo ese había sido el gran motivo tras mi incapacidad para afrontar la mirada de Aaron ese día. Más fuerte que mi vergüenza por su abrazo o la estúpida carita feliz que había puesto al final del mensaje. Lo sabía. Yo sabía que, si lo miraba, si él me miraba a mí, me olvidaría de mis palabras ensayadas y de todo lo que tenía y podía perder.

Era casi irónico que, antes de conocer a Aaron, hubiera querido huir de esta ciudad de pacotilla para empezar una vida nueva, ligera y sin riesgos, muy lejos de las personas que me mordían la piel y se alimentaban de cualquier vitalidad que pudiera correr por mis venas. Como sanguijuelas humanas y famélicas.

Desde que su indefinible capacidad para desconcertarme había aparecido, las sanguijuelas habían empezado a succionar con más fuerza, como para contrarrestar el subidón de adrenalina que traían nuestros encuentros, o el simple acto de pensar en él. O tal vez, había sido al revés, y Aaron había aparecido para devolverle algo de color a la sangre grisácea que se movía por mis venas, como las suaves cenizas de la Aspen Vann que él nunca había llegado a conocer.

Porque yo era otra cuando estaba con Aaron.

Pensaba constantemente en ello. Antes y ahora. Había pensado, pensaba, pienso, pensaría, por los tiempos de los tiempos, en el inevitable momento en el que descubriría que yo no era sonrisas mal disimuladas, tomadas de mano, charlas esporádicas y mensajes a medianoche. Esa chica, que en algún momento había empezado a llamar "La Otra Aspen", solo existía con él. Y en la rampa, con Shelly, Cameron y Paul. Pero, sobre todo, con él.

"La Aspen Real" era despertares sudados con un grito taponándole los pulmones, llegadas a una casa como cascarón de cristal, miradas desinteresadas a rostros que lloraban y silencio constante.

Lo único que la Otra Aspen y la Aspen Real tenían en común, era que pensaban mucho en sus ojos. Y en la curva peligrosa de su sonrisa, que, según la Real, llevaría a mi muerte y según la Otra, a un lugar mejor.

Una guerra interminable que me hacía volver constantemente a esa charla que había tenido con Shelly dos días antes de mi primera visita al refugio, y, sin que ella supiera, había terminado en el indiscutible triunfo de la Aspen Real.

Estábamos en la rampa –habían pasado dos semanas desde que nos conocimos y yo había convertido ese lugar en un constante de mis días, lo que implicaba que tanto ella como el grupete de Aaron se habían filtrado en mi vida sin darme la oportunidad de ponerles un freno– cuando la pesqué con los ojos en Paul.

No era ningún mérito; Shelly siempre tenía los ojos en Paul. Pero en ese momento, tenía unos ojos de idiota total mientras seguía su figura montada a un monopatín –algo que en mi opinión le sacaba todo lo sexy que podía tener, pero se recuperaba en cuanto empezaba a hacer trucos extraños y volar por los aires como un delfín risueño saltando olas en el caribe– de un lado a otro del piletón frente a nosotras.

Yo también había estado mirando el piletón. A los grafitis que lo recorrían y empeñada en contar cuántos había. Porque si no mis ojos se desviaban a Aaron y me aterraba la mera idea de que alguien me descubriera mirándolo como Shelly miraba a Paul. Por más que Cameron hubiera dicho que Aaron era el más flojo de todos en sus habilidades con la tablita de madera, a mí me parecía bastante impresionante verlo zigzaguear de un lado a otro.

Realmente impresionante. Aunque se cayera.

En especial porque al caer se levantaba y los músculos de los brazos se le tensaban al hacerlo.

No que le estuviera prestando mucha atención. Era solo una observación casual. Yo estaba contando grafitis.

–¿Por qué no le pides salir de una vez? –le dije a Shelly cuando ya me parecía un poco patético que no dejara de acosar al pobre Paul. Me daba bastante curiosidad. Era obvio que él estaba igual de loquito por sus huesos. Se le notaba en todo lo que hacía. Por ejemplo, en cómo su rostro se volteó para mirar a Shelly justo cuando ella hizo lo propio pero hacia mí, perdiéndose de la sonrisa que su él le dedicó.

Era de esas que parecen abrazos. No se las regalas a cualquiera. A menos que fueras Aaron. Aaron sonreía así todo el tiempo y para todos. Sentí un tironcito amargo en la boca del estómago, que me distrajo un momento de la expresión sorprendida de Shelly.

Habíamos pasado mucho tiempo juntas. Era probablemente mi segunda persona favorita en ese lugar. Compartiendo puesto, por supuesto, con Cameron. Era agradable, y siempre estaba mostrando esos frenillos metálicos que le hacían de armadura a sus dientes. Aunque se jactaba de que pronto se los removerían, a mí me parecía que la ortodoncia la hacía muy *ella*. Despampanante, un tanto tímida cuando estaba sola, pero completamente loca en compañía de sus amigos.

Siempre me incluía en las conversaciones, se sentaba a mi lado y me explicaba las cosas que no entendía (como términos de skaters y chistes internos que de todas formas no me hacían gracia por no haber estado cuando surgieron) cuando yo me sentía como sapo de otro pozo.

Ahora, no me sentía así casi nunca con ellos. Es escalofriante lo rápido que uno se acostumbra a las mentiras que le gustan. A mí, como ya dije, me gustaba decirme que encajaba en la rampa, aunque vistiera completamente diferente, y viniera de un lugar donde reinaban el prejuicio y el engaño.

La sorpresa de Shelly se vio reemplazada por una sonrisa cutre a medio camino entre una queja y la diversión.

–¿Tanto se me nota? –Me encogí de hombros, haciendo tiempo para encontrar palabras que no sonaran a "Sí, y da un poco de pena".

–A él también se le nota –terminé por decir.

Ella desvió la mirada por un instante a Paul, que seguía con los ojos clavados en ella y la saludó con demasiada efusividad para mi gusto, sacudiendo la mano como un niño de preescolar.

–Mucho –agregué, después de ver eso. Eso también me gustaba de la rampa. A pesar de que casi siempre mantuviera la expresividad alejada de mí, entendían mis bromas y mi cinismo sin ofenderse o llevarlo a mayores.

Ella, claramente avergonzada, rodó los ojos.

—Paul y yo somos buenos amigos. Es difícil pasar de eso a algo más. ¿Recuerdas a Livvy? —asentí. Hablaban constantemente de la amiga de Shelly, pero dado a que no se encontraba en el país, no había tenido la oportunidad de conocerla—. Bueno, lo mismo pasa, o pasaba, (no estoy muy segura), con ella y Cam. Cuando eres muy amigo de alguien, romantizar esa amistad aterra. Pero —los ojos oscuros se le encendieron con socarronería—, ¿quién lo va a saber mejor que tú?

Mis cejas se dispararon hasta la naciente de mi pelo. No aparté la mirada, solo para que no creyera que aquellas pavadas que decían eran verdad, pero supuse que no sirvió de mucho porque sin importar la indiferencia que traté de pintar, mis mejillas ardieron.

—¿Qué?

—Ah, no te vengas a hacer la tonta —me respondió, regodeándose en mi penosa simulación de desentendida—. Podría preguntarte lo mismo que tú me has preguntado a mí: ¿Por qué no invitas a Aaron a salir de una vez? Van por ahí de la mano a todos lados y nos vive cancelando programas para quedar contigo. Eso es probablemente más de lo que hacen muchas personas en una relación. —Yo seguía con expresión nula, sintiendo las ganas de que alguien me borrara de esta existencia crecer y crecer en mí. Shelly entrecerró los ojos e hizo un bailecito de cejas bastante interesante—. Si no fuera Aaron de quien hablamos, diría que seguro ya hicieron muchas cosas que hace la gente que está en una relación.

Bueno, había aguantado mucho, pero eso me obligó a apartar los ojos —que me ardían como si les hubieran tirado ácido corrosivo porque me había olvidado de parpadear— de ella. Los pensamientos se aglomeraban en mi cabeza como la gente en pleno microcentro a hora pico. Un caos de emociones ansiosas paralizadas el indescifrable calor asentado en el bajo de mi estómago ante la sugerencia de Shelly.

Pareció no tener fin, pero todo ese descontrol se resumió en menos de un segundo. Volví a ella con una mueca asqueada digna de un Oscar.

"A veces digo cosas que no quiero decir", le dije a Aaron, dos días después de eso. Y justo entonces, tanto con los ojos como con las palabras, lo hice.

–Aaron y yo solo somos amigos y no hacemos nada de las cosas que harían...

Pero Shelly ni me creyó, ni me dejó terminar.

Hizo un ademán restándole importancia, mirando de nuevo a Paul, que se reía de algo con Cameron, pero hablándome a mí.

Yo pegué una revisada a nuestro alrededor, temerosa de que Aaron fuera a materializarse a nuestro lado y a escuchar esa conversación. Solo pensarlo y se me ponía la piel de gallina.

Cuando lo vi hablando con una de las chicas del grupo –¿Ginna? ¿Glenda? No tenía idea– se me ocurrió que tal vez no sería tan grave que escuchara las palabras de Shelly. La parte más horriblemente masoquista de mí prefería tener que explicar las palabras de la morocha a ver cómo Ginna/Glenn le sonreía y le toqueteaba el brazo.

Puaj, ni que fuera un pulpo deficiente.

Pero luego, como si sintiera mi mirada sobre él y como si esta pesara treinta veces más que el tentáculo de Ginna/Glenn, Aaron se volteó y me sonrió. El pulpo siguió sus ojos y me pareció verla fruncir el ceño antes de colgársele de la sudadera para reclamar su atención. Me caía muy mal. No porque estuviera hablando con Aaron, pero sí por lo patética que era al hacerlo. Le llevó tres tirones de la prenda hacer que sus ojos dejaran los míos. Me chisporroteó el cuerpo entero con tal intensidad que temí que Shelly pudiera ver los destellos multicolores repiqueteando a mi alrededor. Quería que Aaron empujara a Ginna/Glenn a la rampa, a pocos metros de ellos, y viniera corriendo a mí. Todo sin dejar de sonreír.

Y Shelly pareció leer todo eso en mi mirada, tal vez incluso el odio mortífero hacia mí misma al descubrirme pensándolo, porque soltó una carcajada amplia como una luna llena.

–Mira, lo entiendo. Hay mucho que perder. Tienen una amistad que es importante para ambos, y además los amigos en común y las universidades el año que viene... –hizo una pausa, mientras yo procesaba todo aquello que en realidad nunca se me había ni ocurrido–. Por eso no salgo con Paul, por eso Cam no sale o salía o lo que sea –estaba más que claro que la frustraba el tema de Cameron y su amiga– con Livvy, y por eso tú y Aaron no van a salir. –Entonces me guiñó un ojo–. Por ahora.

No respondí. No estaba mentalmente capacitada para hacerlo.

Pensé dos cosas en cuanto Shelly concluyó su monólogo: la primera, que había dicho que Aaron y yo teníamos amigos en común, lo que implicaba que de alguna manera ella se consideraba mi amiga, y eso me hizo sentir infantilmente ligera, y segundo –tan aplastante que dejó poco de la previamente mencionada alegría–, que la posibilidad de que Aaron y yo fuéramos algo más, era también darle una oportunidad a la vida de arrebatarme todo lo que había conseguido hasta entonces.

Esos amigos –saboreé la palabra mentalmente– y los chistes internos que empezaba a tener con ellos, junto con las tardes en la rampa en las que ellos hacían locuras en los enormes piletones y yo observaba en compañía de alguno o simplemente hacía mis tareas en silencio. No eran solo los paseos con Kai y Aaron por la tarde, o que él pasara por la puerta de casa a las seis y media de la mañana (causalmente el horario exacto de mi partida al colegio) y me saludara con una sonrisa que se me clavaba en el pecho, o que yo –"porque justo estaba en el barrio"– me pasara en auto cuando tocaba el timbre de salida de su colegio y lo esperara en la puerta, a veces para hacer algo y otras solo para dejarlo en su casa. Era todo eso y lo anterior y otra tonelada de cosas increíbles que no podía ni poner en palabras, las que estaban sobre la mesa.

No me había permitido pensar en lo mucho que quería todo eso y más de Aaron, pero después de que Shelly lo dijera, había resultado imposible no pensar en ello. Y, como un maravilloso adicional, en que todo desaparecería con un paso en falso.

Decidí así, ese mismo día en ese mismo instante, que no permitiría que pasara. Que prefería tener esas cosas tan pequeñas y a la vez tan grandes, aseguradas en nuestra amistad, que arriesgar el color que Aaron había dado a mi sangre por algo tan frágil que no me atrevía ni a pronunciar por miedo a romper(me)lo.

Aaron era más que un amigo, pero no un mejor amigo. Algo diferente por completo. Un punto medio que a su vez sobrepasaba todos los límites de los anteriores, sin ser mejor ni peor. Porque quería pasar cada segundo de cada minuto de cada hora del día con él y porque me sorprendía –pero a la vez no– que supiera exactamente qué batido me gustaba y que ordenara donas porque me había visto observándolas en la vidriera. Pero no quería ver películas y hablarle de otros chicos, o salir de fiesta. Quería decir que íbamos a ver una película y solo tenerla de fondo, quería hablarle de las catorce motas verdes que resaltaban su mirada, hacer una fiesta que solo nos incluyera a nosotros dos, tomarle la mano, sentir su aliento, sus brazos, su sonrisa sobre la mía y abandonarme en la sensación.

Quería que esos abrazos sonrientes se los reservara solo para mí y ahora que lo sabía no podía quitármelo de la cabeza.

Desde que nos conocimos, había estado siempre presente. El chico de los gatos, Kai, chico de los colores... Muchos apodos para una sola persona. Pero eran solo sus ojos, y su voz y el recuerdo de la desinteresada bondad que había mostrado. Ahora, en cambio, eran sus ojos, su sonrisa, su manera de hablar, las cicatrices de sus brazos, el hoyuelo, su sinfonía favorita de Bach, su color favorito (que en realidad no era ninguno porque le gustaban todos), el tono de su voz cuando se preocupaba por Chris, por mí, o por el dolor de rodilla de su abuela, su cara de cachorrito, el tono engreído que usaba para fastidiarme, su constante insistencia en ponerme el mundo patas para arriba con solo aparecer. Era todo él. Dentro y fuera. No solo había derrumbado completamente mi torre, si no que había tomado los escombros y construido una casita en mi cabeza, en la que había decidido instalarse.

Pero solo bastó con esa declaración disfrazada de pregunta. Esa mentira pintada de verdad –"Siempre vas a ser mi mejor amigo, ¿no?"– para derramar mi sangre grisácea y la suya de color.

Ahora nada estaba en riesgo.

Ahora no me tomaba de la mano.

Ahora no me decía que le gustaban mis anillos.

Ahora nos olvidábamos de pasarnos el ruiseñor.

Ahora no me abrazaba con una mano detrás de mi cabeza y otra en mi cintura (que gracioso que de esta forma descubriera que esos abrazos eran especiales, solo para una chica jugando a la cuerda floja sobre el precipicio entre ser especial y no ser nada en absoluto).

Ahora lo atrapaba con la mirada perdida en mí como si fuera yo un rompecabezas sin solución. No apartaba la vista hasta que lo encaraba, y se escabullía esperando que yo no hubiera notado que me observaba como tratando de leer en mi piel las respuestas a esas preguntas que él nunca preguntó y yo nunca respondí.

Ahora había un poco menos de dorado en sus ojos, bastante menos picardía y ni un roce accidental.

Ahora tenía menos que antes, pero la seguridad de que no se iría.

Ahora debería estar bien.

Ahora debería.

Ahora.

Debería,

¿no es así?

CAPÍTULO 14

M ordí el sándwich.

Ah, Dios, qué buen sándwich.

Sus ojos avellana seguían en mí.

–¿Estás enojada?

Tragué.

–No.

–¿Indignada?

–No.

–¿Vas a usar algo que no sean monosílabos?

–Sí. –Me sonrió alzando las cejas. Mantuve el rostro en blanco y clavé la vista en el espejito lateral del auto–. Digo, puede ser.

No quería mirarlo. No tenía derecho a hacerlo y pensar con resentimiento en todas las cosas que sus labios pudieron estar haciendo ayer. Ni derecho ni ganas de hacerlo tenía, pero eso no le importó a mi cerebro; no podía dejar de hacerlo.

Era la primera vez que Aaron pasaba a buscarme y no viceversa.

Había caído de sorpresa en la puerta de mi casa, interrumpiendo la escalada de mis pensamientos a un lugar tan atroz que no sabía si podría sobrevivirlo. Había estado casi una hora preguntándome por mamá, que volvía a desaparecer. Ya no era solo los jueves. Nunca estaba en casa, al menos no sin papá pululando en los alrededores, y yo no podía hablarle.

Me sentía tan inútil.

Había dicho que si volvía a ver a Max hablaría con papá, le contaría todo. Y ella había decidido no escuchar. Y yo había decidido cumplir con mi amenaza. Y en eso se

221

había quedado: una decisión en mi cabeza, que nunca hice realidad. ¿Me hacía eso una persona horrible? ¿Me hacía eso considerada? ¿Bondadosa? ¿Ilusa? ¿Estaba haciendo daño a papá? ¿Estaba haciendo daño a mamá? ¿Me importaba siquiera? Claro, claro que me importaba. Cómo odiaba que me importase. No quería que doliera tanto. La misma pregunta crecía y crecía en mi cabeza con cada segundo que pasaba: ¿por qué no podía amarnos? Se hacía grande como un globo inflado de agua. Se bamboleaba entre mis neuronas peligrosamente y una sola gota más lo haría reventar. ¿Y a dónde iría toda esa agua?

El timbre sonó antes de darme la oportunidad de perderme entre un nuevo camino de respuestas inexistentes y divagues infinitos.

Bajé las escaleras lentamente, esperando que el sujeto se aburriera y se fuera, pero al minuto volvió a tocar. El timbre resonó como una campana enorme insertada en mi cabeza. Maldiciendo su impaciencia, apreté el paso, me planté en la puerta, le di un manotazo al picaporte y me congelé.

Me subió un hielo desaforado por la piel. Me resquebrajó los pelitos de los brazos, me desfiguró el rostro con su ardor.

Avellana.

En mi puerta había un par de ojos avellana burlándose de mi impavidez y sosteniendo una bolsa de papel. Relucían sobre una sonrisita divertida y contrastaban contra las pinceladas amarillas y verdes en su piel.

La sorpresa se deshizo en la confusión que se deshizo en el enojo. Ese enojo que negaba tener porque sabía que no tenía que tenerlo, pero tenía de todas formas porque no tenía nada y mucho menos derecho a tener el enojo que tenía sin poder tener.

Eran las siete y media de la tarde, el sol empezaba a bajar, mi padre estaba a los gritos en el teléfono con su estudio –*¡Ya te dije que esa cifra no es!* *¡No, Randy, debería ser más alta!*– y la bolsa en sus manos estaba estampada con el logo de Subway.

Sin siquiera responder el "buenas tardes" de Aaron, lo tomé por la muñeca y, cerrando la puerta a mis espaldas con fuerza suficiente como para reventar las bisagras, lo arrastré al auto.

Nunca había estado en el auto de Christof, y para mi sorpresa, era un coche promedio, gris e, increíblemente, inodoro. Sin el más leve deje de esa peste nauseabunda que había traumatizado mis fosas nasales de por vida; cosa que comprobaba lo que Aaron decía: su hermano no era un caso perdido. No estaba completamente dejado, cuidaba de lo que lo rodeaba. Solo... olvidaba cuidarse a sí mismo.

Apenas noté la cajetilla de cigarrillos que se me clavó en la espalda cuando me senté. Me concentré en mis manos mientras él cerraba la puerta a mi espalda, y rodeaba el auto por el lado delantero. El ruiseñor llevaba más de dos semanas en mi dedo. El metal me irritaba la piel, desacostumbrada a su presencia constante, pero me negaba a sacármelo. Cada vez que lo intentaba, no iba más allá de removerlo un par de centímetros para cada lado antes de bufar y sumirme en un montón de pensamientos indeseados.

Últimamente, casi todo en mi cabeza entraba en esa clasificación.

—¿Qué haces? —le pregunté severa, mientras se sentaba tras el volante.

Me sonrió. ¿No podía por una vez en su vida enojarse con alguien?

—Olvidaste que teníamos planes.

—No. Habíamos quedado el vier...

—Ya estamos en viernes, bobita.

Me silencié, cruzándome de brazos y odiando que tuviera razón. Lo había olvidado completamente. Algo bastante estúpido, teniendo en cuenta lo bien que sabía que ayer había sido jueves. No había mirado mi agenda en todo el día. De hecho, no tenía ni idea de dónde estaba. De un momento a otro, me sentí completamente desnuda sin ella. La ansiedad se agarró como hiedra venenosa a mis extremidades.

—Entonces... —sacudió la bolsa frente a mí—. Voy a asumir que no cenaste.

—Es temprano para cenar.

—Pero no almorzaste.

–¿Ahora me *stalkeas*?

Se encogió de hombros y me pasó la bolsa.

–Solo te conozco.

Sin más charla de por medio, ajustó la palanca de cambios y arrancó.

A los cinco minutos de un silencio muy lejano al que solía acunarnos, Aaron habló. Claro que él sabía que estaba enojada. Si no podía ser nada más y nada menos que Aaron, increíblemente sensible y habilidoso para entender incluso las palabras que no decía.

–¿Estás enojada?

–No.

–¿Indignada?

–No.

–¿Vas a usar algo que no sean monosílabos?

–Sí. Digo, puede ser. –Aaron aminoró la velocidad hasta frenar. El auto de atrás se quejó con un bocinazo.

–¿Por qué?

Lo miré tratando de disimular mis nervios. Él seguía impecable, con ese gesto que invitaba a que le dieras tu billetera, órganos y clave bancaria. Y, todavía peor, tus sentimientos en una bandeja decorada con tu corazón.

Bocinazo.

–Aaron, avanza, hay más gente en la calle.

–No hasta que no me digas por qué. –No podía creerlo. Se estaba riendo. Lo odiaba. Odiaba que hiciera estas cosas. ¿Qué chico normal se ríe mientras un viejo de ochenta le grita desde el auto de atrás?

–Si quiero hablar con monosílabos, voy a hablar con monosílabos, ahora *arranca. el. motor.* –Fue una especie de orden dejada en un ruego, con las últimas tres palabras fuertemente marcadas.

Como respuesta se limitó a reproducir una de esas risas bajas y retumbantes que yo recordaba haber sentido contra mi mejilla.

Mejor amigo. Mejor amigo. Mejor amigo.

Otro bocinazo. Ahora había tres autos tras el nuestro.

—No te hagas. Dime por qué estás enojada. Solo eso y arranco.

Nuestros ojos se encontraron. Los míos como dagas intentando clavarse en su estúpida sonrisita, y los de él confiados como de costumbre, con las manos perfectamente a las diez y diez en el volante. De no haberse parado a mitad de la calle sin previo aviso, cualquiera hubiera pensado que era un conductor responsable.

Pero no. Era Aaron el impredecible delincuente juvenil que se aparecía sin avisar con sándwiches a las siete, aunque el plan era que yo lo buscara a él por su casa a las cuatro, y seguía mirándome como un chiquilín disfrutando de exasperar a su madre. Si él no me mataba antes de un ataque al corazón, yo lo mataría a él en cuanto bajáramos de su estúpido auto

Un portazo se escuchó fuera y yo giré la cabeza hacia la ventana trasera. Un señor rechoncho y con las venas saltando alrededor de su cuello enrojecido de furia empezó a marchar en nuestra dirección. *Santa mierda este hombre no tiene ochenta años.* Retiré todo lo anterior: ese hombre iba a encargarse de aniquilarnos a ambos. Si Aaron lo vio, no le importó.

—¡No estoy enojada! —salté, ya fuera de mí. ¿No entendía que no quería hablarlo? ¿Qué era lo complicado de no querer hablar de mis estúpidos sentimientos?

Por el rabillo del ojo, capturé su expresión confundida, las sombras de las farolas dibujándole contornos punzantes contra la piel. Con la misma cabeza ladeada de siempre, pero los labios tensos. Aaron había dejado de sonreír.

Mejor amigo, mejor amigo, mejor amigo.

—Solo arranca —sonó como un graznido.

—¿Es por lo de ayer?

Sí.

No respondí. El hombre seguía acortando la distancia entre sus puños como mazas y nosotros. Inhalé y exhalé. No quería seguir lastimándolo. No querría volver a decir cosas que no pensaba. Si tan solo pudiera respirar...

—Aspen...

Boom.

—¡No, Aaron, no todo gira a tu alrededor! ¡Solo arranca el maldito auto!

Y lo hizo.

Metió un cambio bruto y nos alejamos con un chillido de las ruedas del hombre-tomate, cuyos insultos nos siguieron como un reguero de odio.

Dos cuadras después, ambos hablamos a la vez.

Aaron: —Lo sient...

Yo: —Mira...

Ambos: *risita incómoda.*

El peso del ruiseñor amenazaba con arrastrarme hasta los confines del inframundo. ¿Qué nos estaba pasando?

—Ese sándwich se ve horrible —dijo Aaron, apuntándolo con un dedo.

En sus ojos destelló dorada su sonrisa y mi corazón dio un giro completo antes de calmarse una vez más. Le devolví el gesto y sacudí mi pobre sándwich. Estábamos bien. El tácito acuerdo de olvidar lo que acababa de pasar había sido sellado. Ahora solo me preguntaba si realmente podríamos hacerlo.

Claro que podremos, se burló la vocecita en mi cabeza. *Van a ser mejores amigos para siempre ¿no?*

—Sí, un poquito aplastado. Pero... —le di un mordisco y suspiré— sigue estando buenísimo.

Miré el sándwich otra vez y, de no tener todavía el corazón en la boca, me hubiera reído de su penoso estado. Lo había apretado tanto que le había clavado las uñas y parte de la salsa había caído en mi...

Mis ojos se abrieron como platos. Miré a Aaron espantada.

–¡¿Cómo no me avisaste!?

Él soltó una carcajada y yo tuve que recordarme a mí misma que estaba indignada –solo que ahora tenía un motivo válido–, para evitar unírmele. Hacía menos de cinco minutos, parecía tan triste que pensé que nunca volvería a escucharlo reír.

–No sé... –se atragantó con otra risa–. No sé de qué estás hablando.

–Ni siquiera traje zapatos... –susurré incrédula–. ¿Cómo olvidé ponerme zapatos? –Me volteé a él–. ¡Ya deja de reírte! Si este sándwich no estuviera tan rico te lo aplastaría en la cara. ¿Cómo me dejaste salir así?

En efecto, traía el enorme pantalón de pijama, que era nada más y nada menos que de una tela peluda y suave estampada con pequeños átomos y nombres de compuestos químicos. El conjunto completo con una camiseta XXL que había sobrado de un regalo empresarial y tenía el logo de la empresa de mis padres estampado en el pecho. Ahora, acompañando las letras cursivas, se dibujaban dos manchas de salsa anaranjada.

Qué asco.

–¿No se supone que tú tienes que saber qué te estás poniendo?

–No, Aaron. Para eso están los amigos –seguí hablando para disimular el nudo que esa palabra me hacía con la lengua–: para avisarme que salí como una ridícula a la calle.

Un segundo y una mirada pésimamente disimulada. Eso fue suficiente para saber que, en algún lugar de su cabecita, formuló una respuesta alternativa a la que pronunció en voz alta.

–No está tan mal. Es lindo verte sin maquillaje.

Mejor amigo, mejor amigo, mejor amigo.

–Ya, tengo unas ojeras hermosas ¿no te parece?

Nos deslizamos por la autopista. Las luces y el resto de los autos pasaban a nuestro lado y desaparecían como si nunca hubieran estado allí. La vida sería muy fácil si yo pudiera hacer lo mismo. Pero podía ver mi reflejo en la ventana, medio sonriente, medio triste y siempre conmigo.

–Uf, no te haces una idea. –Mi reflejo rodó los ojos–. ¿No piensas compartir ese sándwich? Yo también tengo hambre, ¿sabes?

Me acomodé en el asiento, cruzando las piernas a lo indio. Si me había, por una vez en la vida, puesto pantalones, pensaba aprovecharlos por más horribles que fueran.

–¿No prefieres que te pase el tuyo? –le pregunté, porque lo había visto en la bolsa. Además, su sándwich favorito era el de queso extra.

Él desvió los ojos del camino con las cejas disparadas.

–¿Te compro un sándwich y ni siquiera me vas a dejar probar? Tacaña.

Me reí. Inevitable.

–Está bien.

–¿Vas a compartir?

–No. Está bien, sí soy una tacaña. –Le arranqué otro mordisco maleducadamente sonoro al manjar que tenía entre manos solo para molestar.

–Cállate y comparte, Don Cangrejo.

Estallé en risas y él siguió con su acto de enfurruñamiento.

–¿Me dijiste Don Cangrejo? ¿Cómo el de *Bob Esponja*?

–Además de tacaña, sorda.

–Así ni Dios va a darte un sándwich –le recriminé.

Él retrucó con un mohín y un disparo de los irrebatibles ojos de perrito curioso antes de devolver su concentración a la carretera

–¿Por favor?

–Pero qué educado. Voy a tener que felicitar personalmente a Leonor –me burlé haciendo referencia a su abuela y extendiendo el brazo vagamente para pasarle el sándwich.

Él me miró acusatoriamente.

–Estoy manejando, ¿quieres que nos matemos? –Sin más, abrió la boca como si estuviera en un puto dentista.

–Pero qué ridículo eres.

Y el viaje se desenvolvió así: conmigo acercándole el sándwich a la cara

y "accidentalmente" estampándoselo en la nariz antes de que le diera un mordisco. Después lo llevaría a mi boca.

En cuanto me dijo que nuestro destino era Saint Patrick, entré en negación. Insistí en veinticinco planes diferentes y lugares a los que podíamos ir, pero Aaron se negó con vehemencia.

Una cosa era que Aaron me viera en mi ridículo estado de entrecasa (ya de por sí, una cosa bastante terrible), ¿pero que TODOS en la pista lo hicieran? Solo pensarlo era ya un castigo.

Como para quitarme la excusa de que no hubiera lugar para estacionar, los alrededores del parque se encontraban llenos de lugares vacíos. Todas las veces que habíamos ido, habíamos dejado el auto a mínimo tres cuadras, pero hoy había una calma extraña.

Aaron me abrió la puerta –ya no tenía sentido decirle que dejara de hacerlo– y yo estaba por bajarme cuando me percaté por primera vez de dos cosas: una, había viento y se me metía bajo la camiseta como arañazos, y dos, no era buena idea caminar descalza por pleno centro. No eran las calles más higiénicas del mundo, para ser exactos.

Los ojos de Aaron bajaron a mis pies, que flotaban a centímetros del suelo sucio, y debió llegar a la misma conclusión que yo porque me puso una mano en el hombro para frenarme.

–¿Te subes a mi espalda y te llevo?

Le dediqué mi mejor mirada de "eh, ¿en serio crees que voy a aceptar?" y él negó con la cabeza.

–No me dejas más opción...

Se dejó caer sobre una de sus rodillas, como proponiendo matrimonio, y sus largos dedos procedieron a desatarse los cordones de las zapatillas arcoíris.

–¿Qué crees que haces? –pregunté.

Él me miró entre pestañas y los rizos se le derramaron sobre la frente como una cascada. Me quemaron las ganas de estirar la mano y acomodarlos en su lugar.

—Te voy a pasar mis zapatillas —contestó él como si nada—. El parque está lleno de vidrios rotos y vas a cortarte.

—A veces no sé decidir si eres tierno o simplemente idiota. —Me llevé las manos a la boca y sentí mi rostro arder—. No puedo creer que dije eso. —Aaron me miraba como bamboleándose en el peligroso precipicio entre el desconcierto y la inminente risa. —No sé qué me pasa hoy —me apuré a agregar.

Pero sí sabía.

Mamá no estaba en casa otra vez, papá era un fantasma, Fallon había vuelto a ensartar a alguien por Dios vaya a saber qué motivo y para colmo el día anterior...

No era momento para pensar en ello.

—Ya deja de hacer eso —insistí en cuanto él volvía a sus cordones—. Voy a caminar con cuidado, lo prometo.

Y sin prestar atención a su reacción y tragándome el asco que me daba, me puse de pie. Sentí las piedritas de la grava incrustándoseme en las plantas por un único segundo antes de que Aaron saltara a sorprenderme con un ágil movimiento que me obligó a envolver sus caderas con las piernas.

—¡Aaron! —grité, llevando los brazos su cuello con un susto digno de película de terror. Me agarré a él como si la vida me fuera en ello. Aaron se tambaleó preocupantemente, pero recobró el equilibro tras unos cuantos balanceos ridículos. En cuanto lo hizo, yo empecé a patalear para zafarme.

—¡Deja de moverte como una babosa y estate quieta! —se rio en mi oído—. Vas a tirarnos a los dos. —No hice caso—. Aspen deja de moverte porque no quiero tener que llevarte como un costal de papas hasta la rampa y tampoco voy a dejar que camines en patas por este lugar.

La amenaza funcionó, pero yo seguía sintiendo sus brazos detrás de mi espalda, de la forma más incómoda posible para evitar tocar cualquier parte de mi anatomía que estuviese por debajo, ajustados con fuerza suficiente para extinguir cualquier espacio que pudiera haber entre nuestros cuerpos.

Sentía su pecho elevarse contra el mío. Aaron emitía calor y me subió por todos aquellos puntos de contacto, hasta el rostro.

—Dios, al fin. Eres imposible —suspiró él.

—Te odio —respondí, escondiendo mi cara en su cuello mientras él empezaba a caminar.

Sabía que no tenía que haberlo hecho porque era raro y porque no sabía si los amigos hacían esas cosas, pero de todas formas enterré mi cara allí y sentí mi garganta cerrarse al darme cuenta de hacía cuántas semanas no me llegaba su perfume.

Se había establecido entre nosotros una distancia que parecía imposible de cortar. Incluso ahora, cuando el término "distancia física" era inexistente, los gritos del auto habían sucedido, y ayer... eso también había sucedido. Hacía dos semanas me había encerrado en la exclusiva zona reservada para los mejores amigos, de la que no se sale ni se rompe. Todo aquello había pasado y no había vuelta atrás. Estábamos más separados que nunca, en muchos sentidos. Tal vez, en todos los que importaban.

Para mi sorpresa, Aaron no fue hacia la entrada del parque, si no que viró hacia la parte delantera del auto y me dejó sobre el capó. Sus brazos se deslizaron con perforante lentitud por mi espalda hasta mi cintura, donde sus manos se tatuaron en mi piel incluso a través de la tela como si fueran hierro al rojo vivo. Yo, que había decidido mirarle la garganta porque todo lo que había sobre esta era peligroso, vi subir y bajar su nuez de Adán.

—¿Aspen? —habló bajito, como si yo fuera un animalito escurridizo que podía espantar. Su voz era áspera. ¿Siempre sonaba así?

Mejor amigo, mejor amigo, mejor amigo.

¿Eso era un lunar? Sí. Tenía un lunarcito milimétrico entre el cuello y el trapecio. Mis dedos quisieron tocarlo, pero no conseguía moverme. La Aspen Real se negaba totalmente a dejarle ganar esta batalla a la Otra. No podía seguir escuchándola y cediendo cada vez que Aaron sonreía. O me tocaba.

—¿Sí?

—Necesito buscar el skate.

Eran dos lunares en realidad. El segundo tan pequeño que a cualquier otra distancia y con otra luz no lo hubiera percibido.

—Bueno.

Carraspeó.

—Necesito que me sueltes...

Me desarmé. Aspen Real finalmente ganó la batalla y se hizo con el poder de mis movimientos, salvándome de un colapso total de mi sistema nervioso. Demasiadas sensaciones. Ya no había torre y los sentimientos se agolpaban alrededor de mi corazón, lo encerraban y lo apuntaban con lanzas oxidadas. Desenrosqué las piernas que mantenían nuestras caderas unidas y los brazos de su cuello.

Sus manos callosas se demoraron un segundo de más en alejarse. No tuve la fuerza para mirarlo a la cara mientras volteaba con zancadas rápidas, alejándose de mí. No hubiera podido sonreír.

¿Tan pero tan estúpida tenías que ser?

Escuché el baúl desbloqueándose, algo que se arrastraba, un golpe hosco que sacudió el auto. Unos segundos de nada y luego la puerta cerrándose. En ningún momento respiré.

Lunares, manos, cintura, piel, caderas, cuerpos, avellanas, sonrisas, mejor amigo. Palabras inconexas luchaban por hacerse notar en mi cabeza. Y entre ellas las escenas del día anterior como un meloso baño de decepción, congelando todo en el tiempo.

Aaron se materializó a mi derecha, tan sonriente como siempre.

—¿Entonces a lo costal o a caballito? –preguntó.

Los mejores amigos no piensan en lunares, manos y cinturas por un simple abrazo. Aaron era un buen amigo. Claro que actuaría normal. No iba a afectarlo. *Amigos amigos amigos amigos.* Tenía un grito atorado en la garganta, un gancho atrapado en las costillas, un aullido retumbando en mis oídos. El mundo se cerraba sobre mí. Era tan, tan enorme que me aplastaría y nadie lo notaría. ¿Por qué tenía que doler así? Se me estaban por romper las cuerdas vocales; tirantes como la cuerda de un arco a punto de disparar y con una flecha armada de cosas que nunca dije y tal vez debí decir.

Rodé los ojos.

—Caballito. No soy ningún montón de papas.

Aaron habló mientras se acomodaba entre mis piernas de espaldas a mí. Traté de no pensar en manos, caderas, lunares ni nueces de Adán mientras me deslizaba unos milímetros adelante y me colgaba de él.

—Ah, claro, y yo soy solo un caballo.

Con los brazos alrededor de su cuello le revolví el pelo. Y él dio un saltito como para acomodarme. La mano que no sostenía el skate envolvió la parte posterior de mi rodilla y empezó a caminar.

—El caballito más lindo del rancho.

Caminamos entre pullas y tonterías por poco menos de cincuenta metros. A veces me preguntaba si Aaron tenía algo. Un talismán, un muñeco vudú, superpoderes adquiridos tras algún encuentro con un gato expuesto a un accidente en una planta nuclear. De alguna manera, siempre conseguía que se me aflojara la lengua.

No me sorprendió que también sucediera esta vez. Claro que no. Pero no iba a negar el lametazo pegajoso de la impotencia, como baba de perro —pero sin la compañía del adorable canino—, rancia sobre mi piel. Sí, no me sorprendió que sucediera, pero la debilidad que me aflojaba las rodillas cuando sonreía no era exactamente algo que me enorgulleciera.

Supuse que, de cierta forma, era una suerte que él estuviera cargando conmigo. Hubiera tropezado treinta veces de no ser así. En la otra mano... visto desde el punto de vista de una Aspen escapista, era una desgracia.

Atrapada, pequeña como un grano de arena perdido entre el filo de los fiordos noruegos. El viento me llevaba a su gusto, de un lado a otro, y no tenía un cuarto de la fuerza para imponer mi voluntad. El golpe era inevitable. La roca contra la que me estrellé fue la prominente curva de sus pómulos. Tensos.

Aaron habló sin temblar. Aaron no temblaba. Aaron estaba tan seguro de sí mismo que cada tanto me entraban ganas de pedirle una transferencia de aquel sentimiento.

—Lo de ayer no fue intencional, ¿sí? No sabía que vendrías.

En un momento, no tanto tiempo atrás, para ser sincera, había creído que era segura. Yo, Aspen Vann, la chica que tenía la vida planeada a medias: un propósito (alejarme de todo), un destino (alguna universidad indefinida), pero no la certeza de cómo llegar a aquello. Sin embargo, estaba segura —a medias o no— de que eso era lo que quería.

Tras conocer a Aaron y sus amigos —mis nuevos amigos—, entendí que eso no era tanto seguridad, sino una incertidumbre tan grande que me haría conformarme con lo que fuere que se me cruzara por el camino siempre y cuando llegara al destino final.

También aprendí un poco sobre eso de Christof. Christof, al que solo había visto una vez —sus ojos incapaces de enfocar siquiera sus propios dedos— y me había dejado el auto oliendo a vomito y químicos durante días. Se lo agradecía. No la peste, si no que me abriera los ojos a eso: yo no tendría seguridad, pero tenía fuerza. Él no tenía nada.

Mi gran miedo se manifestaba cada vez que el ringtone que anunciaba las llamadas de Aaron entrando a mi celular alcanzaba mis oídos, y era que esa fuerza desapareciera y terminara tan abandonada como Christof. Porque Aaron me aflojaba las rodillas y me llevaba en su espalda para que no me lastimara los pies, y siempre se aseguraba de que me sintiera bien.

Me sentía débil. Con él no podía; no podía evitar ser feliz. Sin él, no podía; no podía ni sonreír.

—Está bien —respondí, tratando de sacarme el tema de encima tan rápido como pudiera.

—No, no lo está.

Los árboles oscurecidos por la caída de la noche se enredaban como un tejido artesanal sobre nuestras cabezas. No se veía un solo centímetro del cielo y me sorprendió escuchar hasta el ulular distante de algún pájaro en la distancia. Los faroles de luz amarillenta alumbraban la caminata de Aaron. La misma sensación de vacío que me había invadido tras estacionar volvió a mí.

Dejé caer mi barbilla sobre su hombro.

—¿Por qué insistes? —soné algo malhumorada, pero no logré disimular la derrota que se escondía debajo de ese tono. No quería pensar en ello. Casi que prefería comerme la cabeza con nuevas imágenes de Fallon y sus puños, o Max y mamá y los veintitrés colores que podría tener la dichosa chaqueta que él se olvidó.

—Porque yo también me sentí mal.

Esperé que no hubiera notado el corte repentino de mi respiración. Mis pulmones lo notaron. Se quejaron a toda voz y, aun así, no conseguí hacer al aire pasar.

—No me sentí mal. No me siento mal porque no tendría sentido que me sintiera mal. No puedo esperar que estés disponible siempre que necesito y no hace falta hablar de eso. No me importa. No te preocupes —escupí todo eso patéticamente rápido. De la forma en la que lo diría quien obviamente quería reemplazar esa apabullante cantidad de *noes* por *síes*.

Su risa, colgada en su espalda, no se sentía con la misma fuerza que cuando me quedaba dormida en su pecho, pero de todas formas estaba allí. El agente *estupidizante* que solía tener sobre mi cuerpo no se liberó. No era una risa sincera. Tiempo atrás hubiera estado segura de que sí, pero los mejores amigos se conocen mejor que eso y no necesité ver su rostro para saber lo falso que había sido ese sonido.

—Nunca nadie me dijo que no tantas veces seguidas.

A mi nariz, horriblemente cerca de su cuello, le llegaba perfectamente su aroma, entremezclado con un segundo perfume verde que siempre asaltaba esos caminitos. Olían a noche, naturaleza y un picnic sobre un mantel a cuadros rojos. Juntos, a un picnic por la noche en la naturaleza sobre un mantel de cuadros rojos bajo un cielo pintado con acrílicos y comida con pimienta.

Traté de no pensar en los caminos y que llevaban a la rampa, donde nos esperarían Cam, Shelly, Paul, y muy probablemente otros... como Grace.

Aaron negó con la cabeza. Más fingida diversión. No me gustaba que fingiera conmigo. Me estaba empezando a dar cuenta de que había empezado a hacerlo desde hacía un par de semanas. Desde ese primer día en el refugio. ¿Los mejores amigos se mentían? No estaba segura. Isa siempre decía que la gente que se quiere siempre dice la verdad. Pero eso era mentira. Yo quería a Aaron y le mentía tan seguido que, si mi nombre fuera Pinocho y estuviera hecha de madera, lo más probable sería que mi nariz llegara a la otra punta de la galaxia.

—No tienes que sentirte mal —le dije—. No me gusta que me tengan pena.

—¿Qué?

—Ya te dije. Tenía otras cosas para hacer. —*Como arrepentirme por todas las solicitudes para universidades de medicina que mandé y pensar en tus ojos o asfixiarme con el oxígeno tóxico de mi habitación*—. Que ya tuvieras planes con Ginna o Glenn o como se llame no fue el fin del mundo, ¿sabes?

—Sabes que se llama Grace, ¿no?

Claro que sí. Pasé toda la noche de ayer pensando en veinte excelentes palabras que quedarían bien con su nombre para poner en su lápida después de estrangularla. Mi favorita fue "Grace Pulpo Deficiente; murió por no saber guardar los tentáculos". No rima, pero aplica, ¿no te parece?

Como no había forma de decir eso sin que Aaron terminara llamando a un hospital psiquiátrico, me encogí de hombros.

—Me da igual. Solo no me tengas pena.

—No te tengo pena.

—"Porque yo también me sentí mal"–dije imitando pésimamente el timbre grave de su voz–, suena muchísimo a "me dio pena que pasaras a buscarme por la puerta del colegio y tuviera que decirte que te fueras frente a todos mis amigos porque tengo una cita con Gertrudis".

Odié admitirlo en voz alta. Recordar los gestos de pena entremezclados con los de burla que me dirigieron los amigos de Aaron pudo haber sido una muy eficiente forma de tortura durante el medioevo. Ser la causa y objetivo de ellas era casi digno de una denuncia por maltrato y violación de los derechos humanos.

—*Grace* —me corrigió Aaron—. Además, nada de eso es cierto. Me sentí mal y culpable porque con Grace fuimos a una cita y solo quería...

—¿Sabes? Olvídalo. —No estaba de humor para escuchar las cosas que quería hacer con Grace. Nunca lo estaría—. Está bien. La próxima vez te mandaré un mensaje para preguntar si puedes. —*Aunque antes no era necesario. Aunque creo que antes de ser mi mejor amigo ni siquiera hubieras quedado con Grace para empezar*—. Tuve un mal día y estallé en el auto. No tenía que ver con eso o contigo.

Un segundo de quietud que se extendió como los dedos de un acre japonés. Su corteza rugosa me astilló los tímpanos.

El pecho de Aaron se infló y desinfló con un suspiro.

—Es verdad. A veces creo que el mundo gira a mi alrededor. ¿No?

—No, por Dios —me apuré a corregir eso. No permitiría que dijera eso ni siquiera sabiendo que era en broma. Mucho menos si yo se lo había hecho pensar—. Eso también fue una idiotez. Lo dije en un momento de pánico. El tipo ese iba a matarnos si no nos movíamos y tuve un día terrible. Lo siento.

Me di cuenta de que eran palabras extrañas en mi lengua. Demasiado tímidas. Parecidas a un niño nuevo en el patio del preescolar, mirando en todas direcciones preguntándose cuál exactamente era su lugar.

Aaron se rio.

–Está bien. Pero la verdad es que creí que hoy no habías venido por lo de...

–¿No podemos dejar de hablar de lo de ayer? Ya te dije que me da igual.

No sabía por qué siempre tenía que ser tan brusca con todo. Solo quería olvidar la vergüenza de ese momento en el que sus ojos no pudieron mantener mi mirada mientras, con una mano en el techo de mi auto y el antebrazo apoyado en el margen de la ventanilla baja, me dijo que tenía planes con la señorita pulpo deficiente. Quería olvidar lo patético que había sonado mi "ah, qué bien" y la forma en la que sentí mis órganos dejar de hacer toda tarea. No quería recordar el frío sudor de mi piel cuando pisé el acelerador sin siquiera decir adiós.

Porque no me daba ni cerca de igual que hubiera ido a una cita con Grace ni todas las cosas que pudieron haber sucedido allí.

–Está bien, tienes razón –no supe cómo interpretar su tono–. Mejor olvidémoslo.

De a poco, pasito a pasito de Aaron –que en realidad eran pasos largos y seguros que me hacían sentir hueca. Como si su skate pesara más que yo, y eso de alguna forma me avergonzaba– nos fuimos acercando a la rampa. Lo sabía por los árboles que empezaban a clarear. Ya no estaban tan juntos. Pero siendo honesta, a pesar de haber venido a Saint Patrick más veces de las que se podían contar con los dedos de las manos, no tenía ni idea de cómo ubicarme. Siempre pasaba lo mismo y terminaba dejando que Aaron me guiara –antes de la mano, ahora solo con su voz– sin prestarle atención al camino, hasta que la rampa se aparecía demasiado temprano ante nosotros y ya no podíamos estar solos. Nuestros amigos siempre nos esperan allí.

–Entonces –siguió hablando mientras daba otro de esos saltitos para acomodarme en su espalda que hacían que su pelo me hiciera cosquillas contra la oreja. Sus manos se ajustaron detrás de mis rodillas y yo traté de no pensar en *que sus manos se ajustaron detrás de mis rodillas*–, ya que no soy ni quiero ser un tipo que cree que el mundo gira a su alrededor, ¿quieres contarme qué pasó que te dejó en ese estado?

—¿Desde cuándo quiero hablar yo de las cosas que me dejan en este estado? —Él había hecho referencia a mi actitud explosiva, pero yo me apunté a los pantalones de pijama y luego a mi falta de maquillaje. Nos reímos. Una de las dos risas era real, la otra no, pero se mezclaron y no supe decir cuál era cuál. Tal vez ambas eran reales a medias y tristes del todo, pero nos gustaba demasiado fingir como para aceptarlo.

—Nunca, pero eso no quiere decir que vaya a dejar de intentar.

—Un chico comprometido con una causa imposible. Es una historia triste, ¿no te parece?

Yo estaba mirándolo con la mejilla aplastada contra los músculos de su hombro. Se suponía que él no iba a atraparme evaluando la curva de la mandíbula y el mentón o el lóbulo pequeño de su oreja, pero lo hizo al girar el rostro. Su aliento me golpeó y me molestó haberle ofrecido uno de los chicles que llevaba en el bolsillo del pantalón después del sándwich porque ahora solo podía pensar en que era menta fuerte y frutilla.

—Puede no serlo —dijo él.

—¿No ser triste?

—No ser una causa imposible.

—Pero lo es.

No se lo dije, pero no pude evitar pensar que nosotros éramos una causa imposiblemente triste.

No puedo creerlo. Mi cabeza rebotaba como un resorte oxidado y drogado en éxtasis. Iba de Aaron a la rampa y de la rampa vacía a Aaron sonriente y de Aaron orgulloso a la rampa solitaria y de la rampa enmudecida a Aaron de dientes blancos.

Una y otra y otra vez sin poder creerlo.

Pensé por un segundo en Christof. Tal vez esta era la confusión de las drogas: ese punto de levitación entre la realidad y la ficción que no puedes entender. No había nadie.

La rampa, más bien los seis gigantes piletones y la esquina con curvas que en lugar de hundirse en la tierra surgen de ella y los rincones donde se deberían agrupar los diferentes rejuntes de adolescentes. Nada. No había nada. Todo vacío. No había ni voces ni el golpeteo deslizante de ruedas sobre asfalto.

El impacto me había robado la voz.

Tenía un encanto siniestro. Había algo absurdamente cautivante en la luna llena sobre nosotros, y los faroles de luz pálida que iluminaban el recinto llenándolo de sombras secretas. Se había convertido en esos lugares de alma bulliciosa que al ser extirpada se sumen en un mundo desconocido de melancólica serenidad. Como un parque de diversiones abandonado, o museos con cuadros que se caen a pedazos. Me fascinó. Me fascinó la soledad y que no fuera solitaria porque Aaron estaba conmigo.

–¿Cómo... ¿Cuándo... ¿Qué...?

No lograba conectar palabras. Estaba más allá de ponerme mi máscara o disimular. Si entrecerraba los ojos, las rampas parecían cráteres y el cemento blanco parecía tierra lunar.

–Estamos en la luna. –Y no habría sabido explicar por qué se lo dije, pero me gustó que Aaron no se riera de mí. No sabía si me miraba raro, porque no lo estaba mirando, completamente secuestrada por lo que tenía ante mí. Solo sabía que no se reía y eso me gustaba mucho porque no me había sentido ni estúpida ni infantil.

–Estamos en la luna –me confirmó y su voz fue suave como si se tratase de un secreto solo para nuestros oídos.

Una parte de mí que había creído muerta con la despedida de Isa que nunca recibí, resurgió de las profundidades. Pegó un gritito y la Aspen

Real se encogió ante su emoción. La Otra pegó un salto, como si esa nueva Aspen la complementara. Era infantil y se emocionaba con facilidad.

La Nueva Aspen y la Otra se tomaron de la mano, empujaron a la Aspen Real al fondo y me llevaron hasta Aaron.

—Quiero correr —le dije, tomando sus dos manos entre las mías.

Él se rio tan fuerte que creí que también pudo encontrar un Nuevo Aaron en ese lugar. Fue un sonido más real que cualquier otra cosa que mis sentidos hubieran captado nunca. Me hizo cosquillas en las tripas y saltó como chispas por todo mi cuerpo. Los Nuevos Aspen y Aaron también se llevaron bien entre ellos. Ni siquiera reaccionaron al calor de las palmas del otro, aunque eran plenamente conscientes de que estaban allí, después de tanto tiempo sin estarlo.

—Estás descalza.

—No me importa.

—Pero...

—Aaron —lo interrumpí con fingida severidad—, vas a correr conmigo.

Y sin esperar su respuesta, solté solo una de sus manos y corrimos.

Bajamos las escaleritas a trompicones, esquivamos cráteres y estaciones lunares, incluso vidrios de color verde botella, que decidí que eran restos de una abandonada casa alienígena. El viento me cortaba las mejillas y el frío hacía lo mismo con mi garganta cuando inhalaba y exhalaba agitada. Había algo mágico en correr en la luna y los Nuevos eran la prueba de ello.

En cuanto solté la mano de Aaron para ir más rápido, sin importarme el escozor de las plantas de mis pies, él empezó a perseguirme. Sabía que podría alcanzarme si quisiera, porque había dejado el skate en una esquina en el momento que arrancamos nuestra descabellada carrera lunar, pero por algún motivo no lo hizo.

No sabía cuánto tiempo habíamos corrido en ese mundo sin gravedad, solo que nos dejamos caer en el lugar en el que normalmente esperarían nuestros amigos, con un brazo de distancia entre nosotros. Cuando conseguimos dejar de reírnos descubrí algo más; había a nuestro lado dos cosas: una, un par de zapatillas usadas de un color violeta horrendo, la otra, una mochila que Aaron no había traído consigo pero que reconocí de todas las veces que lo había pasado a buscar por el colegio y la llevaba al hombro.

Lo primero que le pregunté, sin embargo, fue cómo consiguió traer la luna. Él bromeó diciendo que el sol le puso una orden de alejamiento y eso la obligó a bajar. No fue gracioso, pero yo me reí de todas formas porque en ese momento la Nueva Aspen tenía todo el control, y era como la niña de diez años que fue alguna vez.

—En serio, ¿cómo lo hiciste? —insistí.

—¿Qué te hace pensar que fui yo?

—Simplemente eres del tipo de chicos que te bajan la luna. —Ni siquiera enrojecí al decírselo. Bueno. Un poco. Pero no lo suficiente como para borrarme la sonrisa. Giré el rostro hacia el cielo de la pista, despejado de árboles.

Lo descubrí negro y obsoleto. Era muy diferente a mirar el cielo desde la finca abandonada. Ahora estábamos en la luna y en ella las estrellas estaban en los ojos de Aaron y brillaban tan doradas como si quisieran ponerse a gritar.

—¿Eso es bueno?

—Es Aaron.

—¿Y eso? ¿Ser Aaron es bueno?

—Claro, pero solo si Aaron eres tú. No sería bueno que otro Aaron fuera Aaron.

—¿Sabes que nada de eso tiene sentido?

Volví a mirarlo y le regalé una sonrisa. Más bien se la devolví, porque de alguna manera, esa sonrisa siempre había sido suya.

—¿No es eso muy Aaron? —y nos carcajeamos.

Solo que él no tenía ni idea de que lo decía en serio. Que las cosas no tuvieran sentido, que las emociones me sobrepasaran hasta dejarme

completamente inválida, eso era algo que solo podía hacer él. Y ni siquiera sabía cuánto me encantaba.

Cuando nos calmamos, finalmente me explicó, haciéndome incorporar como martillo dando en el clavo. Lo miré completamente seria.

—Hoy era la convención —él leyó la pregunta en mi rostro—. Sí, esa; la de skaters del otro lado de la ciudad. Están todos allí porque nadie que se haga llamar skater o quiera ser uno o simplemente quiera hacer *show*, se la va a perder.

Eso significaba que solo había pasado un mes desde que había pisado por primera vez ese lugar. Se habían sentido como años. Aunque tuviéramos el mismo rostro, no reconocía a esa Aspen. Pero con la Nueva Aspen en control, el pensamiento no me pesó sobre los hombros, sino que se me escapa una risita tonta.

—No puedo creerlo —admití—. ¿Cómo es que nadie me habló de eso? ¿Ellos... ¿No querían que fuera con ellos? —Eso sí logró hacer temblar las comisuras de mis labios, y no en el buen sentido. Aspen Real me gritó desde algún lugar de mi pecho haciéndome estremecer, haciéndome desear poder doblarme sobre mí misma hasta desaparecer.

Aaron se incorporó también y su mano buscó la mía. Esos eran los efectos de la luna. Estábamos en la luna y allí los mejores amigos podían tomarse de la mano; la Tierra era un lugar muy lejano.

—¿Qué? No, no, no es eso. —Entonces se tensó y no supe qué tanto de lo que vino después fue una risa y qué tanto fue un tartamudeo. Me decanté por la opción intermedia porque Aaron no hacía cosas como tartamudear—. Para nada. Eh... yo no.... —tos extraña—. Yo les pedí que no hablaran del tema contigo porque quería... bueno, yo quería hacer esto.

Algo se removió como una lombriz de lo más asquerosamente feliz en mi esternón.

—Planeaste esto hace...

Me miró con un gesto medianamente victorioso, apenas tímido, y asintió.

—Tres semanas.

No tenía nada para decir. O más bien tenía demasiadas y ninguna de ellas debería nunca jamás llegar a Aaron, así que cerré mis labios con pegamento industrial, doble vuelta de cadena y candado, antes de darle un apretón a su mano. No pensaba ser la chica patética que admitía que nunca nadie le había preparado algo así. Ya era la chica patética que lo buscaba por el colegio y él rechazaba para salir con un pulpo. Ya era su mejor amiga. No podía ser las tres, por el bien de mi dignidad, simplemente no podía serlo.

Entonces procedió a explicarme que Shelly le prestó esas zapatillas nefastas para mí, porque él sabía que mi ropero únicamente incluía un variado repertorio de botitas demasiado elegantes que "no nos servirían". Le quise preguntar para qué tenían que servir, pero me distraje con ese "nos" tan bonito que salió de sus labios. Labios que habían estado con Grace ayer.

No quería pensar en ello. En la luna no había pulpos.

Entonces me mostró el skate que fue a buscar mientras yo me calzaba las zapatillas y me ponía la inmensa chaqueta de jean de Aaron para completar mi look de vagabunda y lo miré como si estuviera loco.

Tenía que estarlo.

—Oh, sí —me dijo.

—Oh, no —me apuré a retrucar, negando espásticamente—. Claro que no.

—¡Vamos! —me insistió—. No hay nadie...

Yo clavé los ojos en su tablita de madera, luego los redirigí a la rampa más cercana, justo antes de que su voz reclamara mi atención.

—No vas a empezar ahí, bobita. Tienes que aprender a manejarte en terreno llano antes.

Tiré hacia atrás sobre mis codos las mangas de la chaqueta, tratando de que no tapara mis manos. Los puños estaban llenos de pintura.

—Estás loco. Soy la persona menos deportiva de la Tierra.

—Eso no es verdad... —vio mi cara y se rindió—. Bueno sí, pero no necesitas ser un atleta para andar en skate. Solo un poco de paciencia y un buen profesor.

—Tráeme esa paciencia y un buen profesor, después hablamos.

Se rio y me ablandé por un segundo. Me quise recomponer antes de que fuera muy tarde, pero él ya había visto la rotura y pensaba entrar por allí. Así era Aaron.

—Tengo paciencia para ambos y puedo ser un profesor decente. —Apoyó el skate estrepitosamente sobre sus ruedas, justo en medio de los dos–. Ahora, arriba señorita.

Pero yo seguía sin convencerme.

—Me voy a caer.

—Te voy a atrapar.

—Voy a tirarnos a ambos.

—Nunca. Soy increíblemente fuerte.

Arqueé mis cejas.

—Bueno, no increíblemente, pero no se necesita mucho para detenerte a ti.

—¿Si me caigo me atrapas?

—Si te caes te atrapo.

—¿Y si te caes tú?

—Puedes atraparme tú.

—Vas a aplastarme.

—Nos atraparemos mutuamente. ¿Te parece?

Y yo negué con la cabeza, pero me estaba riendo y él supo que era un sí.

Aaron me explicó muchas cosas. La primera fue que tenía que atarme los cordones antes de subir al skate para impedir una muerte inmediata, en sus palabras, no las mías. Así que se arrodilló como había hecho poco más de una hora antes para desarmar los nudos de sus propias zapatillas y armó los míos. No me quejé. Le dije que cuando quisiera un esclavo lo llamaría.

Después me enseñó cómo subirme, y aunque lo evité porque eso nos haría estar demasiado cerca, pasé de tomarlo de las manos a usar sus hombros para apoyarme en busca de equilibrio. Él se limitaba a dejar las manos flotando entre nosotros, listo para cumplir con su promesa de atraparme de ser necesario.

Así que estuvimos media hora, conmigo subiendo al skate, asustándome, soltando sus hombros y bajando de un salto hacia atrás, algo que Aaron insistía que era peligroso hacer. A mí me parecía una mejor opción desnucarme que bajarme con un paso hacia adelante. No habría suficiente espacio entre nosotros para controlarme si lo hacía.

Después le dejé caminar conmigo subida al skate, tensa como si la tabla fuera yo y no lo que tenía bajo los pies. Enseguida tuvimos que parar porque Aaron se partió de la risa ante mi cara de pánico total. Le di un empujón, indignada porque se riera de mí de esa forma, pero me terminé uniendo. Estaba aterrada y no había forma de negarlo.

Me había puesto en una situación en la que no tenía ni una pizca de control. Las ruedas debajo de mi cuerpo y Aaron guiándolas. Lo detestaba. Pero más hubiera detestado saber que no pude hacerlo.

Así que me recogí con determinación el pelo en una coleta y me dije que podía hacerlo. Intentamos e intentamos con muchos retrocesos y momentos de desequilibro en el que las manos de Aaron se acercaban amenazantes a mi cintura y yo retrocedía por el calor que emitían incluso sin llegar a tocarme.

—Ahora sola —me dijo.

—¿Sola?

—Bajas el pie, empujas y te deslizas como una persona normal. No es muy difícil.

—Ya sé ya lo hice.

—No cuenta si estabas agarrándote de mí.

Solté un bufido y removí el ruiseñor en mi pulgar.

–Bien –accedí tras un segundo. Si Aaron creía que podía hacerlo, ¿quién era yo para negarlo?–, pero quédate cerca.

Me sonrió y se acomodó unos pasos por delante del skate, invitándome con un gesto de sus manos pintarrajeadas a deslizarme en su dirección.

–Te atrapo.

–Me atrapas.

Sucedió todo de la siguiente forma: me subí al skate y empujé tímidamente. No pensé en equilibrarme, algo por lo que no tenía que preocuparme antes siendo que Aaron lo hacía por mí, y terminé deslizándome como un flan gelatinoso hacia Aaron. Pegué un gritito de emoción al ver que me estaba moviendo sola y lo miré.

Ese fue mi gran error y reparé en él demasiado tarde; cuando noté que Aaron estaba demasiado cerca. Moviéndome a una velocidad penosa pasé frente a él, su sonrisa me encandiló y mis rodillas cedieron. Simplemente así, se aflojaron y me dejaron ir. Mi cuerpo no estaba acostumbrado al peso de tanta felicidad.

En su rostro, en el mío, entre nosotros.

Me tambaleé. Hacia adelante, hacia atrás, sacudiendo los brazos en círculos incompetentes con un grito digno de un ama de llaves en película de terror de los cincuenta, y caí.

Excepto porque no caí.

Aaron estaba allí. Y sus manos encontraron mi cintura. Eran firmes y grandes y me quemaban la piel. *Manos, caderas, lunares, sonrisas.* Me había atrapado.

La punta de su nariz chocó con la mía. Nos convertimos en estatuas. Estatuas de piedra con corazones desaforados atrapados en ellas. Estaban desesperados. Arañaban la jaula de nuestras costillas, querían abrirse camino el uno al otro, como si supieran que esa era la única forma de que el mundo tuviera sentido de una buena vez.

Tal vez tuvieran razón. Tal vez tuviéramos que escucharlos. Tal vez éramos demasiado sordos como para hacerlo. Tal vez el miedo nunca los dejaría...

Mis ojos encontraron los suyos.

Tenía los ojos más bonitos del puto mundo. ¿Nadie se lo había dicho? Eran tan almendrados en forma como en color y cuando sonreía saltaban dos arruguitas preciosas. Pestañas como pinceladas hechas para sacar el aliento. Me moría de ganas de decírselo. Pero no podía porque éramos piedras en la luna. Nunca pensé que la luna pudiera albergar tantos sentimientos. Siempre había creído que allí estaría demasiado sola como para sentir nada. Pero ni siquiera en la luna se estaba completamente solo. Y no quería estarlo.

No podía dejar de mirarlos, de mirarlo. Dorado. Verde. Estaban tan cerca de mí. Su nariz seguía presionada contra la mía. Su pulso y el mío seguían mezclándose al ritmo de nuestra respiración. Sus pestañas descendieron. Mi estómago se encogió hasta ser una bomba radioactiva del tamaño de mi puño. Mis ojos las imitaron.

Labios suaves. Los labios no eran ni tan finos ni tan gruesos, pero se veían suaves como nubes de seda. Era lo único de su rostro que parecía suave y no prominente y marcado. Lo único que nunca me había permitido observar. Estaban entreabiertos y todavía olían a frutilla y menta fuerte. Eran un puente a medias entre dos mundos, una invitación a lo desconocido, una caída sin retorno.

Una caída a tres milímetros. A dos milímetros.

—Asp... —tragó saliva y ninguno se movió. Nariz con nariz. Con esas tres letras, sus labios rozaron los míos. Me estremecí—. Aspen —de nuevo, el roce. Me estaba muriendo—, siento que eres un semáforo en rojo. —En la última palabra, sus labios cayeron tan cerca de los míos, que se tocaban. No era un roce. Era un toque directo. Estábamos ahí. Nos moríamos juntos—. Eres el único semáforo en rojo que me muero de ganas de cruzar.

No podía alejarme. No quería alejarme. No debía quedarme ahí. No debía estar sintiendo ninguna de las cosas que sentía.

Cuando hablé, mis labios literalmente se arrastraron sobre los suyos y lo sentí temblar.

–¿Y los autos?

Ni siquiera sonrió al responder. Cuando uno se está muriendo, no hay tiempo para sonrisas.

–Que me atropellen.

Entonces sus dedos arrugaron la tela de mi camiseta y me atrajo hacia él, y los míos se clavaron en sus lunares y se enredaron en su pelo.

Allí estaba.

Besándolo.

Besándome.

Besándonos.

CAPÍTULO 15

Besándolo.
Besándome.
Besándonos.
En la luna.

Era como... Era como cosas. Era como *muchas* muchísimas muchosas cosas suaves y cautivantes y desbarrancadas. Era como la forma en la que sabía que los rizos que tocaba eran de él, pero que el resto de nosotros era un montón de estrellas desperdigadas. Habían estado en sus ojos y ahora estaban en mí. Brillaban tanto que se me agrietó la piel, la luz se filtró entre las roturas y me descascaré. Mi corazón encontró el de Aaron. Colisionaron de treinta y siete formas y media diferentes y en absolutamente todas encajaron a la perfección. Fue cosas. El tipo de cosas que sabías que debían pasar y cuando finalmente lo hacen, te sorprenden de todas formas, porque nunca imaginaste que serían así.

El mundo sí tenía sentido. Un sentido descabellado sin principio ni fin. Él y yo éramos estrellas en la luna y las yemas de sus dedos se enganchaban con los mechoncitos de pelo que rozaban mis sienes. Me abrazaba con una fuerza que lo hacía temblar, como si se contuviera porque de apretarme un poco más, me rompería los huesos. Y a mí me encantaba. Porque era como cosas nuevas; que te besaran con una mano en la mejilla y un brazo en la cintura. Porque era como cosas a medio derrumbar: prometían muchísimo más.

Y yo solo me dejé caer metros y metros hacia el cielo, hacia el espacio entre el universo entero y la nada misma, donde el aire era ligero, pero yo lo era más y flotaba, flotaba,

flotaba. No tenía que hacer nada más que asegurarme de que Aaron no me soltara nunca para no caer.

Aaron me besaba como si *yo* fuera cosas. Cosas que se quiebran fácil y cosas de las que pensaba cuidar. Como si *yo* pudiera ser más de lo que era, un poco menos pesadillas, un poco más un sueño, un poco menos café, un poco más dulce, un poco menos mentiras, un poco más real. Como si *yo* fuera cosas imposibles que se van a deshacer al final de la caída, estampándose contra la verdad.

Pasamos la noche tirados sobre la misma manta que había estado bajo nosotros en la finca, hablando de la vida. Qué era, qué había sido, qué, con un poco de suerte, en el futuro quería ser. En singular. Hablamos de él y de mí, no de nosotros abrazados, o de que me robó más de un beso después del primero, o de que yo, un poco brusca y atolondrada, también secuestré otro par hasta que dejaron de ser delincuencias torpes y pasaron a ser algo buscado y encontrado en un punto a medio camino entre su piel y la mía.

En un momento, se me escaparon las palabras y él se rio de mí y me dio uno de esos abrazos que tanto había extrañado, con una mano detrás de mi cabeza invitándome a escuchar su corazón. Yo me puse roja, porque él no dejaba de decir que era adorable y a mí me resultaba ligeramente patético. Pero era verdad: Aaron había sido mi primer beso. O al menos el primero que contara porque antes, cuando cumplí quince y besé a Newt Lemhan de último curso por seis segundos jugando a Verdad o consecuencia en una fiesta de lo más aburrida, no estaba en la lista.

Además, ¿no era mucho mejor pensar que tu primer beso había sido en la luna?

Con la cabeza sobre el hombro de Aaron y una de sus manos levantando y soltando al azar largos mechones de mi pelo, tomé la que quedaba libre y le pasé el ruiseñor. Quise decirle –como lo había hecho en tantísimos otros momentos– que el ruiseñor lo había extrañado, porque en cierta manera era un poco más fácil que admitir que yo lo había hecho, pero tampoco pude. En su lugar, le hablé de las universidades de medicina las que había aplicado sin ningún convencimiento y rindiéndome ante la idea de que fuera la única opción medianamente aceptable.

Escuchó cada palabra.

Él me contó cosas de Christof y de que aparentemente estaba pasando más tiempo en casa –aunque no sabía si eso era bueno o malo–, además de que su abuela había cocinado como tres tandas de sus famosísimas galletas. Repliqué que iba a obligarlo a traerme algunas para probar y él procedió a acercarme a su cuerpo y explicarme que, si ponía mis labios sobre los suyos el tiempo suficiente, sería como probarlas. Intentamos por un buen rato y, para mi suerte más que cualquier otra cosa, Aaron seguía teniendo sabor únicamente a menta fuerte y frutilla.

También hablamos de otras cosas, como de lo que había pasado el día anterior y de que a pesar de haber ido al cine y todo, Aaron no pudo hacer más que explicarle a Grace antes de irse que le gustaría que fueran buenos amigos. Me dijo que yo le di muchas ideas de cómo hacerlo, a lo que me reí y le di un empujón que respondió apretándome más contra su pecho. Lo agradecí profundamente. Después de escuchar todo lo anterior –incluida la frase "me lo pasé pensando en lo mucho que me hubiera gustado haberme subido a tu auto en lugar de estar allí"–, después de todos esos encuentros a medio camino y todo el espacio que ya no existía entre nosotros, lo último que quería era alejarme de él.

En la luna hablamos tantas horas que se convirtieron en segundos. Fuimos muchas cosas allí, donde nadie podía vernos y el cielo era solo una inconmensurable masa azul.

En los días que siguieron, mi cuerpo se convirtió en una masa de músculos anudados. Cada vez que entraba al colegio y veía a mis amigas, estos se hacían más grandes, como si ellas fueran a descubrir con solo mirarme, que algo en mí había cambiado.

Pero al llegar a clases, me daba cuenta de que tal vez no era así. No había cambiado. Ese día en la luna no había sido el giro repentino de un interruptor. Había estado cambiando hacía ya un buen tiempo, a pedacitos, como una serpiente hace con su piel, justo antes de arrancarla por completo. Mi nueva piel era un ensueño constante, una sensación de desnudez ante el universo y la espera permanente al momento de escabullirme a la rampa.

Por eso mismo, no fue el caso. En los ojos de mis amigas, era la misma de siempre: poco conversadora, un poco irónica y académicamente impecable. Fallon seguía en la su burbuja, Ashleigh seguía encontrando motivos para pelearla y siempre terminar perdiendo, Maggie y Claire seguían siendo Maggie y Claire; de la mano y mirándose de una forma que me hacía querer preguntar qué exactamente sabían. Pero nunca lo hacía. No entendía mucho del término mejor amiga –Dios sabrá como abusé del de "mejor amigo" por un tiempo ridículamente extenso– pero estaba segura de que esas miradas no decían nada que yo o nadie más tuviera derecho a escuchar. Y cuando Claire le trenzaba el pelo a Maggie antes de su entrenamiento, era con una delicadeza que se sentía demasiado privada para observar. Pero, después de todo, no podía decirse que yo fuera experta en amistad.

Ahora, mientras me preparaba para encontrarme con Aaron y me ponía un suéter a rombos amarronados, rescatado del fondo del armario tras años sin ser siquiera visto, una idea se encastró como una bala en mi cabeza. Pasé los brazos por las mangas, alisé la tela y... y las costuras quedaron tensas y arrugadas bajo las axilas y el cuello por el que tanto me había costado pasar la cabeza me ahorcaba. A los quince era una de mis prendas favoritas, me hacía sentir sofisticada y vintage. Creía que podría usarlo toda la vida y ser la misma espléndida Aspen que era en ese entonces.

Fallon, Ashleigh, Maggie, Claire de repente se me aparecieron como si ellas fueran un piloncito de suéteres viejos que no tenía forma de hacer encajar en mi cuerpo. Me habían quedado chicos, o tal vez simplemente había cambiado mi forma y sus cortes ya no favorecían mi figura. Me asfixiaban, me cohibían y hacían sentir ridícula y avergonzada la mitad del tiempo.

Hacía mucho tiempo, cuando mi suéter de rombos era lo mejor de todo mi guardarropa, había creído que esas cuatro chicas serían mis amigas toda la vida, y ahora cuando me aburría ni siquiera se me ocurría hablarles. No estaba segura de haberles querido hablar alguna vez. No como cuando llegaba a la rampa de la mano de Aaron –sí, habíamos vuelto a hacer eso– y Shelly me apartaba de su lado con un tirón para ponernos al tanto.

Sacudí la cabeza. No podía distraerme de esa forma. El objetivo estaba demasiado cerca como para abandonarlo. Ya podía sentir el papel liso y carente de imperfecciones enrollado delicadamente en mis manos: el diploma de secundario, también conocido como mi boleto a la universidad. Si, es decir, *cuando* una de esas universidades a las que había mandado solicitudes tardías respondiera... Todas quedaban en estados de lo más alejados, incluso apliqué a una en Londres y otra en Australia.

Me saqué el suéter a rombos y lo hice a un lado para asegurarme de que no volviera a mezclarse con la ropa nueva. Lo reemplacé con otro lila estampado con puntitos, me arreglé el pelo pensando que mi corte tan convencional era de lo más aburrido, y tomé la agenda de mi escritorio justo a tiempo para sentir mi celular vibrar al ritmo de Vivaldi.

Aaron me esperaba.

Si mis amigas eran un suéter viejo y lleno de bolillas, Aaron era ese tipo de chaquetas con forro interno suavecito que invita a no sacársela nunca.

Pero ¿no tendría que sacármela de vez en cuando? ¿No se arruinaría la tela? ¿No se decoloraría con los lavados y la exposición al sol?¿No tendría que mandarle menos mensajes a Aaron? ¿Estaba bien escribirle a las tres de la mañana? ¿Podía decirle que me gustaba su sonrisa? ¿Se aburriría de mí? ¿Debería tratar de pensar en citas más alocadas para que eso no pasara?

Ni siquiera sabía si éramos la palabra con N. ¿Cómo se sabe cuál es el límite entre "estar saliendo" y presentarlo como mi palabra con N? ¿Él querría que usáramos la palabra con N? ¿Quería yo usar la palabra con N?

Todo aquello me mantenía despierta por las noches, casi tanto como que mamá tuviera "reuniones con los de finanzas" más de una vez a la semana, casi tanto como que Fallon estuviera volviendo a hablar de Avery porque aparentemente alguien la había visto con Darren otra vez, casi tanto como los pensamientos sobre besos y manos y piel contra piel.

Pensaba demasiado en eso último. Me hacía ponerme roja incluso estando sola, todavía peor cuando estaba en clase. Era muy fácil pensar en todo eso si Aaron insistía en hacer cosas como las que estaba haciendo en este mismísimo momento.

Él charlaba con Cameron y Shelly sobre algo que mi cerebro no podía procesar por culpa de su mano, que había caído muy casualmente sobre mi rodilla, y su pulgar que trazaba círculos sobre mi piel.

Esa era otra cosa que no sabía interpretar –y no, no me refería al baile de cejas que me hizo Shelly al vernos. Eso lo entendí a la perfección–. Por qué Aaron hacía esas cosas: un beso en la sien, un ataque sorpresivo de sus brazos envolviendo mi cintura por detrás, poner su mano sobre mi pierna, o en mi espalda baja... Todo aquello en frente de nuestros amigos, pero no me daba un beso frente a ellos y definitivamente no usaba la palabra con N.

Yo le estaba completa y absolutamente agradecida por no ser del tipo de chicos exhibicionistas que esperan comerte viva frente a media ciudad, pero a su vez no podía evitar preguntarme si no era así porque yo no le gustaba los suficiente.

Cada vez que Shelly intentaba sacar el tema a colación, yo lo redirigía hacia cualquier otro lugar. Simplemente hubiera muerto si hubiera tenido que admitir lo perdida que estaba en todo ese juego de roces y sonrisitas ladeadas que me revolucionaban el organismo.

No quería admitir a nadie lo mucho que, por la noche, estando sola y no teniendo nada mejor que mirar que la cuenta regresiva de mi pared, le daba vueltas a la posibilidad de que todo fuera un sueño, del miedo que tenía de que, si cerraba los ojos, fuera a volver a abrirlos para encontrarme en un lugar en el que la etiqueta de Mejores Amigos era la que usábamos para describirnos Aaron y yo.

Sí, no sabía qué estaba haciendo o qué iba a hacer la mitad del tiempo. Y sí, ahora ni siquiera teníamos una etiqueta real; estábamos en un punto medio que a mí me hacía sentir como si hubiera dejado un barco sin amarrar en el puerto durante un huracán. La constante incertidumbre, la acechante posibilidad de que el viento se llevara esa nada que era mi todo y que éramos Aaron y yo, era mejor que simplemente darlo de baja.

O tal vez no mejor, pero sí demasiado tarde para retroceder.

Ya no quedaba mucho de la Aspen Real. Solo se aparecía en la escuela y en los extraños momentos en los que los labios de Aaron me hacían sentir tantas cosas que tenía que frenarlo porque me superaban las ganas de seguir. Salvo por esos momentos, mis Aspens convergían en un único yo que me resultaba desconocido, que dejaba que Aaron le acariciara la piel sin inmutarse (al menos no de forma visible) y que seguía intentando aprender a andar en skate (porque nunca había tolerado el fracaso y eso era algo que no podía cambiar) y que incluso proponía juntadas a sus nuevos amigos de la rampa porque quería verlos y no le avergonzaba hacerlo (bueno, eso solo había sucedido una vez y lo hice desde el celular de Aaron, pero tenía que contar).

Esa era la Aspen de Ahora. No la conocía, pero a ella Aaron la tomaba de la mano de la nada solo para hacerla voltear y estampar sus labios sobre los de ella. Era una extraña que había acariciado el eje de su mandíbula y explorado la curva entre sus clavículas. Ella terminaba con el pelo enmarañado después de estar despidiéndose de Aaron por quince minutos, sentada sobre su regazo en el auto. Ella tenía muchas cosas que la Aspen Real nunca había podido ni soñar. Y por eso mismo me desvelaba por las noches el pensamiento de que mi bello sueño podía convertirse en pesadilla.

CAPÍTULO 16

En momentos así, olvidaba lo complicadas que eran las cosas en realidad.

Aaron y yo estábamos en nuestra mesa de Dino's, con nuestro batido. Yo estudiaba –o más bien intentaba estudiar– para mis exámenes finales mientras él, sentado a mi lado, me distraía con su mano en mi pierna.

Debería estar pensando en cómo decirle a papá lo de mamá, o en como el día anterior habíamos ido todas a casa de Fallon y me terminé escabullendo con un clásico "no me siento muy bien" cuando me di cuenta de lo mucho que me estaba aburriendo. La media hora que estuve allí, me lo pasé a los mensajitos saltando del chat grupal "Aspirantes a skaters profesionales" (bautizado por Cam), al privado, donde Aaron no paraba de mandarme videos de Kai mientras Paul lo perseguía tratando de ponerle la correa. De no haber sido por esas conversaciones y mi increíble habilidad para ignorar a Ashleigh mientras le llenaba la cabeza a Fallon con cosas sobre Avery y Darren, no hubiera aguantado ni medio segundo.

En lugar de tener la cabeza en eso, la tenía dividida entre el contacto helado de Aaron, que antes había estado sosteniendo un batido, y mi lectura de *Macbeth*. Era mucho más fácil que todo lo anterior y definitivamente mucho más divertido. Claramente no lo decía por *Macbeth*.

–¿Sabes? –le solté girando la cabeza repentinamente hacia Aaron y estampando el lápiz entre las páginas del libro–. Eres totalmente insufrible.

Me regaló una sonrisa tan inocente que enternecería al mismo diablo.

–Lo único insufrible aquí es ese libro. Es pésimo.

–¿Y tú que vas a saber?

–También lo leímos el año anterior para el colegio. Chris lo amó. En mi opinión, está bastante desactualizado... Son *temas* desactualizados.

–Es un clásico –traté de defenderlo.

–¿Y? También lo es la biblia y no por eso vas a decir que es entretenida. ¿O sí?

Me tomé un segundo, mirándolo a los ojos y buscando una buena respuesta, pero ni el tiempo para eso me dio.

–Además, no te veo nada metida en la historia... –Al tiempo que decía eso me dio un apretón en el muslo con esa sonrisita atrevida que yo recién empezaba a conocer. Di un saltito, seguido por un manotazo que espantó su mano por un segundo antes de que volviera a ponerla en su lugar. No hice nada para apartarla.

–No hagas eso –mi reproche fue severo, pero Aaron se inclinó rápidamente chocando sus labios con mi mejilla y me encontré sonriendo. Me subió toda la sangre al rostro–. Y claramente estaría más concentrada si tú estuvieras haciendo tu tarea como dijiste qué harías. Fred nos mira raro.

–Fred nos mira todo el tiempo –se encogió de hombros–. Es la envidia. Soy muy lindo.

Me reí y le di un empujoncito.

–Vamos, ponte a estudiar. Me prometiste que esta vez no nos íbamos a distraer.

Aaron ladeó la cabeza y su boca se abrió con fingida sorpresa. Los rizos oscuros le acariciaron las pestañas al caerle sobre los ojos. Tenía el pelo bastante más largo que cuando nos conocimos. El tipo de largo que se enmarañaba y creía que nunca me gustaría en un chico, pero descubrí que me encantaba. Me sorprendí llevando los dedos hacia uno de esos flecos y estirándolo juguetonamente. Lo solté y rebotó, volviendo a su disparatado estado original. Por un nanosegundo, mis neuronas colapsaron mirando sus ojos.

Aaron decía que se notaban; momentos como ese en los que yo dudaba de nosotros. Era algo bastante ridículo, siendo que su mano estaba directamente sobre mi muslo, que yo temiera que tocar su pelo fuera cruzar una línea. Pero pasaba, y yo tenía un instante de crisis, porque me había olvidado de que ahora éramos *algo* y que siendo *algo* podíamos acercarnos peligrosamente y disfrutarlo en lugar de correr.

—¿De verdad? —preguntó él mientras yo me apartaba—. Yo no me acuerdo de eso... Pero sí me acuerdo de el otro día...

A veces, Aaron hacía que nuestros besos sonaran como algo deliciosamente prohibido, algo más que lo que eran y un poquito como lo que podrían llegar a ser... A veces, eso hacía que yo pensara en todas esas cosas y se me fuera el aliento.

—Sí, de verdad —lo interrumpí atropelladamente. No me sorprendía, pero era un tanto indignante que con solo un toque y un guiño de su diente partido, Aaron pudiera enredarme las palabras—. Ahora deja de molestar, necesito aprobar.

A la vez que yo volvía a concentrarme en el libro, él soltó un ruidito medio irónico que me hizo darme cuenta de la cantidad abusiva de tiempo que estábamos pasando juntos. Era ese tipo de cosas pequeñas que yo solía hacer y él, inconscientemente, empezaba a imitar.

Se me escapó la sonrisa. Eso me lo había pegado él.

—Llevas tres horas anotando cosas. Todos sabemos que vas a aprobar. —Su mano subió un poco por mi pierna antes de bajar—. ¿Un descansito?

Subrayé una palabra. Dibujé un signo de exclamación al lado. No me molesté en mirar a Aaron. Respondí:

—No.

—¿Porfavorcito?

—No, y deja de hacer la carita.

—No sé de qué estás hablando.

—Sí que sabes.

—Ni siquiera me estás mirando.

—Porque sé que estás haciendo la carita.

—¿Qué?

—Esa —me incliné sobre la mesa, apoyándome en mis brazos, y arrastré el lápiz por la hoja garabateando una anotación rápida en el margen interno ("*Lady Macbeth* —> *culpa = locura = perdición*")—: ladeas la cabeza mientras sonríes y me miras como un perrito abandonado.

—¿Yo hago eso? —sonaba genuinamente sorprendido. Lo miré por la esquina del ojo, entre los pálidos mechones que ocultaban mi rostro. Aaron los hizo a un lado, acomodándolos detrás de mi oreja, e hizo asomar su dentadura.

No me molesté en apartar la vista. Eso me gustaba. Como éramos *algo* el uno del otro, podía mirarlo cuanto quisiera. Lo que más me gustaba, era que la mayoría de las veces, cuando lo hacía, él ya me estaba mirando a mí.

Quise retorcerme en mi lugar como una babosa espolvoreada con sal, pero me limité a encogerme de hombros.

—Siempre —contesté.

—¿Dices que por eso Fred me envidia tanto?

—Puede ser, o también puede que sean miradas de odio porque pedimos un único batido para dos personas y ocupamos la mesa tres horas.

Aaron miró a nuestro alrededor. Si bien estábamos en nuestro box de siempre, que otorgaba bastante privacidad, había a nuestro alrededor un silencio que nos obligaba a hablar casi en murmullos. De vez en cuando, nos llegaba el tecleteo rápido de los dedos de Fred contra el celular. Alzando las cejas, Aaron volvió a encontrarse con mi mirada.

Hoy era uno de esos días en los que los rayoncitos verdes en sus ojos resaltaban más.

—Tampoco que hubiera gente matándose por entrar.

Me reí y comenté:

—Eso es porque de afuera parece más una casa que un local. Pero si no, definitivamente estaría lleno. Honestamente, tienen los mejores dulces del mundo. –De solo pensar en las donas casi se me hizo agua en la boca. Definitivamente pediría una más tarde.

–Eso crees. Todavía no probaste las galletas de la abuela Leonor.

–Ah, las famosas galletas de esa mujer... –Negué con la cabeza sin poder evitar una sonrisa. En cuanto miré a Aaron supe que estábamos pensando en el mismo recuerdo–. Sigue creciendo su fama y yo no tengo evidencia alguna de que sea justificada.

–Bueno, justo esta mañana hablaba con ella y con el abuelo y me dijeron que podía invitarte a comer algún día con nosotros. No dejan de insistir con que "ya es momento de que les presente esa noviecita mía con la que salgo tanto", en especi...

Nos quedamos en silencio. Por primera vez, cuando sus ojos encontraron los míos, lo vi así: inseguridad, bordeando el miedo. Algo en sus ojos tembló al tiempo que se ahogaba con las palabras. A mí me sacudió el suelo.

Estaba segura de que su expresión era un calco exacto de la mía y de que Aaron creía haberse equivocado, que pensaba que me había espantado y que estaba por pararme y salir corriendo. Porque yo era excelente para salir corriendo. Definitivamente quería hacerlo.

La palabra con N.

No era así como esperaba que la dijéramos por primera vez. Tan casual, tan poco pensada, tan accidental. No estaba preparada. ¿Habría estado preparada en algún momento? El estómago me dio un retortijón. No, la respuesta era no.

El silencio entre nosotros se había convertido en kilómetros. No sabía si podía hacer mi voz llegar a Aaron de alguna manera. Pero sabía, entre todas esas cosas confusas que se arrancaban los pelos en el caos que se había desatado en mi cabeza, que no podía correr. Quería hacerlo. Dios, hubiera sido tanto más fácil. Pero no podía porque por debajo de ese instinto escapista, enterrado en lo más profundo de mis entrañas, crecía más y más esa parte de mí que quería quedarse. Encontrar un lugar, estar bien ahí. Tal vez ese lugar estuviera en esa palabra con N, o en alguno de esos kilómetros inaudibles que se habían estirado como una alfombra entre los ojos de Aaron y los míos.

Ambos teníamos miedo.

—Perdón.

Solo dijo eso, y fue apenas un paso en mi dirección. No quería ir paso a paso. Ya habíamos caminado demasiado, tal vez lo suficiente como para darle la vuelta al mundo.

—No sé... —mi voz trastabilló notoriamente. Me detesté por ello. Detesté que Aaron me estuviera mirando a los ojos mientras sucedía porque en ellos vi reflejadas todas las dudas que yo tuve alguna vez. Carraspeé, avergonzada, y traté de hacerlo pasar desapercibido—. No sé por qué te disculpas. Creo que sería genial conocerlos.

¿Genial? ¿Pero quién mierdas diría que sería genial?

La vocecita se evaporó en el momento en el que las comisuras de los labios de Aaron tiraron hacia arriba, y su sonrisa empezó a crecer, como un amanecer tomando su rostro. A paso lento, fue borrando las sombras y cortando distancias.

—¿Sí? —preguntó. Su tono juguetón estaba de vuelta. Se me encendió el rostro, me ericé como puercoespín—. ¿Sería *genial*?

Ya no estábamos hablando de conocer a sus abuelos, o al menos, no *solo* de eso.

Todas las sensaciones del mundo habían caído sobre mi piel, y la desgarraban como cortes de papel. Una parte de mí quería retirar todo aquello, la otra se había acomodado en una postura relajada, con los brazos cruzados delante del cuerpo y el rostro inexpresivo, intentando fingir que todo estaba bien, y la tercera estaba a los gritos saltando de un lado a otro como canguro raquítico.

—Sí —me encogí de hombros—. Genial.

Aaron acercó su mano al punto medio en el que mis brazos se cruzaban, y solo con eso, los hizo caer.

Se estaba acercando. Sin dejar de sonreír como si yo fuera un millón de monedas de oro. Los contornos del mundo a su alrededor se terminaron de desdibujar cuando su nariz rozó la mía.

—Muy genial —su voz chocolatosa por el batido que habíamos compartido me hizo tragar saliva. Enroscó alrededor de su dedo las hebras de mi pelo y lo tiró suavemente hacia él. Ladeó ínfimamente su cabeza. Su nariz ahora rozaba mi pómulo y sus labios los míos. Mientras, yo estaba buscando en mi cabeza las instrucciones para respirar. De nuevo sucedió: cuando habló, sus labios echaron chispas en los puntos en los que acariciaron los míos.

Le gustaba hacer eso: extender el momento hasta el punto límite de mi paciencia, cuando yo terminaba obligada a dar el último paso. A darle el sí.

—Muy, muy, muy, muy genial.

Y me cagué en las amplias posibilidades de que Fred pudiera estar mirando. Me cagué en el miedo que me daba ser la chica estúpida que decía que era "genial" ser la novia de la persona más buena en el planeta. Me dio todo absoluta y descaradamente igual y cuando me miró a los ojos, no puse una sola barrera.

Sin palabras, le dije que sí.

Por motivos que no podría explicar, cuando me besó, pensé en el momento exacto en el que termina una caída de cien metros y tus huesos revientan contra el suelo.

Me besó. Un beso que hacía que la palabra genial fuera un chiste. Un beso suave y efímero que me acalambró todos los músculos del cuerpo antes de deshacerlos en un montón de nubecitas. Suficiente para sellar toda duda que hubiera podido quedar. Un solo segundo, como mucho dos. Y sospechaba que fue así porque: (A) En ese momento no se necesitaba más, (B) si no los cortábamos a tiempo, teníamos la tendencia de irnos demasiado rápido de los besos inocentes a los no tanto y, (C) efectivamente Fred nos estaba mirando desde el mostrador.

Me pregunté si eso hacían las parejas de verdad, mientras usaban la palabra con N: se besaban y les importaba una mierda todo lo demás.

Aaron se alejó solo lo suficiente para que pudiera ver en sus ojos resplandecer los míos.

Se me escapó una risita estúpida ante el pensamiento.

Mi novio.

Si los primeros segundos fueron el final de la caída, esto era el principio. Y flotaba. Por amor a Dios, flotaba y nada en el mundo podía tocarme. Excepto por Aaron. Él podía. Definitivamente podía.

—Déjame darte un consejo —le dije, dándole un golpecito bajo el mentón con mi dedo índice y tratando de ignorar la adrenalina que me envenenaba la sangre—: la próxima vez que vayas a asumir algo así en una relación, yo se lo comunicaría a la pobre chica —él dio un mordisco al aire, fingiendo ir a por mi dedo, que aparté con otra risita tan boba que me dio ganas de clavarme una cuchara en la garganta—, así ella (no por nada en específico, solo sugiero) no se come la cabeza por días preguntándose qué mierdas son.

Aaron se carcajeó y me pasó un brazo por los hombros para pegarme contra su costado. El calor de su cuerpo se imprimió en el mío.

—No es necesario —dijo, cerrando el libro sobre la mesa con su brazo libre y atrapando el lápiz descuidadamente entre las hojas antes de deslizarlo al otro lado de la mesa, fuera de mi alcance.

—¿Decirle? —pregunté, derritiéndome con la cabeza entre su cuello y hombro.

Aaron se tomó su tiempo para responder, mientras me pasaba el ruiseñor, haciendo a mi sonrisa avanzar sobre mi rostro como la marea lo hace bajo la luna llena. Pensé en que, si no me cuidaba, para cuando quisiera darme cuenta sería demasiado tarde. El agua me llegaría a la nariz y estaría perdida en altamar. La única escapatoria que quedaría sería el fondo del océano.

—No —respondió—, el consejo. —Sus dedos juguetearon con los míos. Ese era Aaron, tan seguro de sí que, si dijera que las vacas hacían *wof*, le creerías—. No es necesario porque de momento no tengo planes de asumir algo así con nadie más.

En el salto entre sus palabras y mi respuesta, mi corazón dio tres vuelcos y se subió siete veces a una montaña rusa.

—Qué cursi.

Aaron rio y sus costillas contra mi cuerpo reverberaron su eco en mí.

—Estás roja.

—Ya lo sé. Que lo digas no ayuda —refunfuñé, sintiendo otra oleada acalorada subirme por el cuello y dándole un empujoncito avergonzado que (por suerte) no hizo nada para alejarlo de mí. Al contrario, Aaron me ajustó más contra su cuerpo y, como si su brazo sujetara mi estómago, este se apretujó.

—Esa es la parte divertida de hacerlo.

Me sonrió. Otra cosa que me gustaba: cuando me sonreía con sus ojos en los míos y dejándome hundir los dedos en su alma. Me pregunté si él veía la mía también, tal vez incluso sus rincones sucios y abandonados.

—Se supone que tú eres el bueno en esta relación.

Usar la palabra relación y saber exactamente qué significaba daba un nuevo tipo de paz mental; renovaba el aire circulando mi sistema.

—Ya no más. Por culpa de tu mala influencia —contestó encogiéndose de hombros—. A Leonor no va a gustarle.

Sabía que había sido un chiste, pero me traquetearon los pulmones al inhalar. Sus palabras pesaban.

—Que se aguante —respondí, como si no se hubiera instalado de golpe la conciencia de aquello que había accedido a hacer. Conocer a los abuelos de Aaron: esos que él idolatraba con toda su alma y amaría sobre cualquier otra cosa.

Quise agregar algo más a mi acto envalentonado, pero abrí la boca una fracción de segundo antes de volverla a cerrar, sabiendo que corría el riesgo de vocalizar una excusa para escapar.

De la nada, todo ese bello momento de declaraciones y aceptaciones había colapsado en un montón de escombros. A la vista quedaron apenas los cimientos mugrosos: el peligro del hierro oxidado expuesto, preparado para aguijonearte en cuanto le pasaras por al lado.

Una necesidad física de salir corriendo me arrancó un respingo.

Era una corredora por naturaleza.

De pequeña, según Isa, tenía la costumbre de soltarme de su mano mientras hacíamos las compras si ella se negaba a comprarme golosinas. Me escapaba y corría por todo el lugar hasta que algún guardia me interceptaba y me llevaba a rastras de vuelta a donde ella esperaba. De eso sí me acordaba: la forma en la que se quedaba mirándome, con los brazos sobre el pecho y negando con la cabeza, cosa que solo me hacía enojar más, porque incluso entonces, cuando me ponía triste optaba por convertirme en una maraña furiosa de garras y lloriqueos. Me entristecía saber que ella estaba decepcionada de mí, con sus ojos oscuros negándome su aprobación; la única que había conocido.

Ahora, me preguntaba si estaría orgullosa de la forma en la que obligué a mis piernas a dejar de temblar.

Las sometí a una quietud desesperante que zumbó hasta instalarse en mi pecho. La ignoré. Aaron me miró con su carita curiosa y le sonreí. Él no se creyó ni por un segundo que todo estaba bien, pero no importó. Se necesitaba menos de un segundo para estirarse, tomar un libro y volver tu concentración al estudio. Así que eso hice, exponiendo una sonrisa que dolía, dejando que Aaron jugueteara con mi pelo mientras tanto, fingiendo que sus palabras no habían abierto canal de miedo en mí; un corte vertical desde mis clavículas hasta mi última costilla.

Volvíamos a estar todas juntas. Como una especie de reunión macabra entre seis chicas, donde el pasado y el presente colisionaban.

Me sentía de esa forma constantemente. Una mescolanza de vidas y tiempos que no me pertenecían y sin embargo regresaban a mí una y otra vez; un perro abandonado que me seguía por todas las calles del mundo, peligrosamente cerca hasta que, finalmente, saltó. Me mordió. Me mordía. Ardía como los mil demonios. Tal vez fueran mis propios demonios y no los del perro, no los del tiempo, no los de esas cinco chicas frente a mí.

Los pasillos marmolados y silenciosos de la escuela se extendían como túneles amorfos, distorsionándose en la distancia y la luz cegadora que los atravesaba, convirtiendo los mosaicos en espejos infinitos. Las grietas en las paredes, las abolladuras en los casilleros grises, las telarañas en las esquinas eran evidencias desdibujadas de todos aquellos que habían pasado antes que nosotros por allí. Ahora no quedaba nadie, solo seis chicas con un mundo blanco a sus pies.

–¡No hice nada, te lo juro! –Avery repetía las palabras una y otra vez. Hacía muchos meses había usado las mismas, cosa que era irónica, porque en ese entonces Fallon tampoco la había escuchado y también le había dado vuelta la cara de un cachetazo que remitió un eco atronador por los pasillos desnudos.

La pelirroja gritó. No podría decir por qué en un momento así, mi primer pensamiento era que tenía la nariz chata. Avery tenía la nariz chata y ancha y las mejillas redondeadas en un rostro dulce trastornado por las lágrimas. Su piel era ligeramente oscura y sus ojos negros. Era bajita y era... era todas esas cosas que Fallon no.

Recordé esa pesadilla que me frecuentaba, en la que la mano que le arrancaba gritos era la mía; esa que no había tenido hacía tiempo, porque había logrado convencerme de que no era mi culpa. No tenía nada que hacer. Avery se había metido entre Darren y Fallon. Era la misma escoria que Max. Ella se lo *merecía*.

Excepto porque mientras pedía perdón parecía hacerlo de un lugar de pura desesperación y no de comprensión. No tenía ni idea de por qué estaba allí otra vez, atrapada por las manos de Maggie y Ashleigh. *No se lo merecía y yo lo sabía.* Lo había sabido la primera vez que esto sucedió y lo sabía ahora desde el fondo de mis entrañas. Una verdad que aullaba dentro de mí.

Claire temblaba, Maggie apartaba la vista y la centraba en la ventana, tensa, pero como si fuera cualquier otro día y no tuviera atenazado uno de los brazos de Avery, el otro estaba forcejeando contra Ashleigh, que tenía los labios en una línea rígida mientras Fallon hablaba. La acusaban de un montón de cosas, a esa chica inocente que no se lo merecía. Que ni siquiera de haberlo hecho se lo merecería porque, por amor a Dios, ¿quién en este mundo se merecía algo así? Podía sentir la vergüenza de Avery en mi propia piel, el miedo, la angustia como garras clavándose en sus cuerdas vocales.

Sobre todos esos gritos y el golpeteo de la espalda de Avery impactando contra los lockers empujón tras empujón, escuché palabras que no eran mías, pero que se me habían regalado no tanto tiempo atrás, por alguien que, de haberme visto en este momento, correría tan lejos como esta dimensión se lo permitiera.

"Yo creo que una mala persona nunca hubiera hecho lo que hiciste".

Podía recordar el gesto exacto de Aaron al pronunciar esas palabras, la brutalidad con la que me golpeó aquello, porque no lo merecía. Entonces no lo merecía. Ni al chico que me compraba las donas que quería, ni a sus palabras, ni absolutamente nada de lo que de todas formas se me había dado.

Pero quería merecerlo. Quería poder ser todo lo que Aaron vio en mí y más. No quería ser mi madre, no quería ser mi padre y no quería ser la chica que miraba como sus amigas golpeaban a alguien que *no lo merecía.*

Algo crujió; como un llanto ahogado bajo el peso de mis costillas.

Quería ser la chica que nunca creí poder ser.

—Basta —ni reconocí mi propia voz; tan firme y justa que el mundo simplemente se detuvo. Por un segundo, todo paró. Se sostuvo etéreo

en el tiempo antes de caer en picada, al ritmo de mis palabras–. Ya está. Déjenla en paz.

Esta Aspen, la que tal vez algún día podría sonreír, dio dos grandes zancadas y, con firme delicadeza tomó las muñecas de Fallon para hacerla a un lado. Creo que el único motivo por el cual ninguna se negó fue que estaban igual de sorprendidas que yo. Porque Aspen Vann, o la que ellas conocían al menos, jamás hubiese interferido.

Ashleigh y Maggie instantáneamente dejaron caer a Avery. Sus rodillas le fallaron. Se fue al suelo. El estruendo de su espalda contra el metal nos partió en medio. Se encogió. Sus hombros todavía se sacudían. No emitía un sonido. Ya no lloraba.

Y yo quise encogerme a su lado, porque cuando me miró, descubrí que el espanto desfigurando su rostro era el mismo que veía en mis pesadillas, y era todo para mí.

Le tendí la mano, y aunque traté de forzarme a no temblar demasiado, no lo conseguí. No importó. Avery no la tomó, no me dio las gracias y así me di cuenta de que *yo* no las merecía.

Lo que acababa de hacer, mis palabras y mi poder de frenar la rotación de la Tierra, quedarían en eso: una acción imposible para compensar toda una vida de no hacer nada. De no ser nadie.

Para Avery yo era una más de las chicas que no habían hecho nada hasta que fue muy tarde. En el momento en el que empezó ya era muy tarde. Tuve que haberlo visto.

Con las piernas sacudiéndose como patas de gallina, la pelirroja esquivó mi mano. Se puso de pie y sus pasos agitados hicieron eco a medida que su pequeña figura se alejaba por el pasillo. Un último vestigio de su pelo desapareció en la esquina.

Una parte de mí esperó nunca volverla a ver.

Era un sueño imposible, pero muy bonito. Me aferré a él, aunque sabía que vería a Avery una y otra vez en esos mismos corredores y recordaría que me miró como si fuera un monstruo en el único momento de mi vida en que me creí heroína.

Giré levemente para encarar a las cuatro chicas que quedaban y a medio camino me di cuenta de que realmente no quería hacerlo. No ese día y no así. Porque ya no quería guardar la ropa vieja en el fondo del ropero, quería sacarla y quemarla, no verla nunca más.

Me detuve antes de ver sus rostros, y sentí su silencio y miradas quemarme a medida que me iba, caminando con toda la naturalidad que no sentía, por el mismo camino que había caminado la pelirroja.

No fui a casa.

No podía ir a casa.

Llamé a Shelly, porque Aaron sabría que algo estaba mal en el segundo que me viera y porque simplemente quería estar con Shelly. Ella estaba con Cameron y le dije que no importaba. También quería estar con él. Cualquiera que no me fuera a preguntar qué me había pasado ni a mirarme como Avery lo había hecho, era bienvenido

No quería sentirme como un monstruo.

Nos encontramos en el centro comercial.

Compré un par de zapatillas marca Converse, solo porque Cameron me dijo que era mucho mejor Vans y me parecía particularmente divertido llevarle la contra. También compré un par de Jeans, porque desde que iba a la rampa tenía muchísimas ganas de tener unos. Estaba empezando a manejarme con la tablita y sus ruedas, así que eso era prioridad ante las faldas. Y, por último y no por ello menos importante, me compré un nuevo suéter, porque esta Aspen necesitaba cambiar.

Combinar colores y telas hasta que tal vez pudiera verse como la persona que no podía ser.

Reí con mis amigos. Tomamos helado. Fuimos a la rampa.

Llegué y todavía quería llorar. Tenía el rostro contorsionado de Avery y las sacudidas de sus hombros tatuadas en la cara interna de mis párpados. La culpa se me metía por la garganta como un enorme bicho negro y peludo.

Vi a Aaron y apuré el paso. En algún momento él me vio y empezó a caminar hacia mí. Sonreía. Hasta que vio que yo no lo hacía. Porque yo era culpable. Yo había dejado que eso pasara. A Avery y a un montón de otras personas que habían sido pisoteadas por un arma que, si bien no había empuñado, tenía mi nombre grabado a fuego.

Sabía que estaba mal. Avery, mamá, papá... yo... Pero podía fingir que no lo estaba. Que no lo estábamos. Así que cuando Aaron se plantó frente a mí y me quiso abrazar, le sonreí y le di el beso más triste que había dado en mi vida.

Nadie lo supo.

La noche había caído y en la rampa nuestros amigos aplaudieron nuestro encuentro como si fuera el gran final de la película. Como si esa fuera la parte en la que la protagonista encuentra el sentido y se cierra el telón.

Pero no lo era.

Si mi vida fuera una película, sería de esas en las que simplemente no todos merecen un final feliz.

CAPÍTULO 17

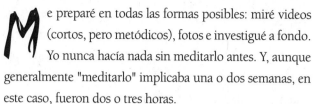

Me preparé en todas las formas posibles: miré videos (cortos, pero metódicos), fotos e investigué a fondo. Yo nunca hacía nada sin meditarlo antes. Y, aunque generalmente "meditarlo" implicaba una o dos semanas, en este caso, fueron dos o tres horas.

Pero las aproveché. Como dije: me gustaba estar informada respecto a mis decisiones antes de llevarlas a la práctica.

Aun así, eso no hizo nada para aplacar mis nervios cuando di el tijeretazo. Si alguien hubiera estado en casa, probablemente hubieran venido a ver si me habían apuñalado.

Si me arrepentía en un futuro cercano, la vuelta atrás sería complicada. Bueno, más bien imposible.

Terminé y agregué mi nuevo suéter (liviano y estampado con margaritas sobre un tono celeste cielo, tirando a los climas cálidos de la primavera) a mi falda blanca. Botitas marrón claro, bolso a juego (era de vital importancia siempre combinar estos dos) y aros de margaritas (porque nunca estaba de más jugar con accesorios) colgando de mis orejas.

Estaba bien. Todo estaba bien. No tenía por qué estar nerviosa.

Evité mirar el espejo antes de salir, o a mi cama, donde había tirado mis otros tres intentos de vestirme decente para conocer a las dos personas más importantes en la vida de mi novio.

Según Aaron, cualquier cosa de las que me ponía siempre estaría bien, pero no podía conformarme con "siempre", siendo que no era un día como común y corriente. Dios, la virgen, su abuela y sus otros siete hijos bastardos, estaba conduciendo un domingo a una de las parrilladas del abuelo de Aaron. Gregory Woods. ¿Señor Woods? ¿Greg? ¿Cómo mierda tenía que llamarlo? Me concentré en el camino, ignorando mi inminente fallo respiratorio. Nunca le había preguntado a Aaron cómo preferían sus abuelos que los llamara.

Aflojé los nudillos, que se habían vuelto blancos alrededor del volante, al darme cuenta de que se me estaban durmiendo los dedos.

Necesitaba calmarme.

O volver. Siempre estaba la opción de pegar la marcha atrás más violenta de la historia, subirme a la interestatal y seguir camino hasta Canadá.

Solo pensarlo y la tentación me hizo llevar la mano a la palanca de cambios. Resistí el llamado a correrla cuatro posiciones hasta la reversa, y en su lugar fui a tercera.

Hacía un día despejado, con un viento renovador y apenas un par de nubes espumosas en el cielo de medio día. Todo era perfecto. Tenía que ser perfecto.

Por ese motivo había hecho otra búsqueda, todavía más exhaustiva, sobre qué regalos llevar. Las fuentes que me llevaron a elegir la botella de vino más cara que había sostenido alguna vez fueron Aaron e internet. Le rezaba a todos los dioses, de todas las religiones, de todos los universos habidos y por haber del mundo, que a su abuelo le gustara tanto como esperaba que las flores en mi asiento trasero le gustaran a su esposa.

¿La señora Woods era Señora Woods o iba por apellido de soltera? ¿Y si le decía Leonor por accidente y se enojaba? ¿Y si le parecía una irrespetuosa?

Mierda. Mierda. Mierda. No es buen momento para sudar.

Para cuando quise darme cuenta, ya estaba en la puerta.

Es ahora o nunca.

Fue ahora.

Me bajé del auto sintiéndome como una enorme muñeca de gelatina, y avancé con pasos más rápidos de lo recomendado hacia la entrada.

El jardín floreado al lado que flanqueaba las escaleras me alivió un poco el peso del pecho. A la señora Leonor le gustarían las flores. Tenían que gustarle.

Siempre había visto la casa desde fuera, y la oportunidad de recorrer los pasillos que habían visto crecer a Aaron me sacudía con una oleada de incertidumbre y adrenalina.

Quería conocer cada rincón, cada recuerdo en esa cabeza desordenada que hacía de Aaron, Aaron.

Había esperado tener, aunque fuera, un minuto para tranquilizar a mi cerebro y prepararme para lo que vendría, los rostros que esperarían y lo que dirían, lo que yo respondería.

No fue el caso.

Llegué al último escalón mirando al suelo, en busca de un ritmo respiratorio que no fuera equivalente al de un rinoceronte postmaratón, y la puerta se abrió de un tirón, mostrándome un Aaron más arreglado de lo que lo había visto antes: zapatillas sin una mancha (¿quién hubiera dicho que tenía de esas?), jeans sin un rasguño y camisa gris oscuro, arremangada a los codos.

Podía mirar los rasguños de sus antebrazos por toda una vida sin parpadear ni una vez.

—¡Ey, Aspe...!

Se quedó a la mitad cuando ambos terminamos nuestro escaneo, de la punta de los pies hasta encontrar nuestros ojos, revelando el... bueno, el tijeretazo.

No podría haber descifrado su expresión ni por un millón de dólares. Solo estaba allí, mirándome con esos ojos avellanados y la boca medio abierta, con la última letra de mi nombre bamboleándose en sus labios.

—n...

Me ardió el rostro tanto que bien podrían haber puesto la carne a cocinarse en mi cara. Me entró un pánico abrasador que me rodeó los huesos y me hizo apartar la vista al suelo. Con las manos ocupadas –un regalo en cada una– me sentí horriblemente expuesta.

–Perdón.

–¿Qué? –preguntó saliendo del shock como de un golpe–. ¿Por qué me pides perdón? Tu pelo...

–Ya sé. No te gusta.

Tal vez él hubiera querido que le preguntara. Tal vez ahora no querría besarme. Tal vez ahora le diera vergüenza porque de alguna manera el flequillo no favorecía mi rostro o... o...

Desprendiéndose completamente de lo que fuere que lo hubiera mantenido tanto tiempo allí, estático bajo el umbral de la puerta, se movió. Lo siguiente que supe fue que estaba frente a mí, sosteniendo entre sus manazas mi rostro y forzando a mis ojos a alzarse. Se había encorvado los cinco centímetros de altura que nos separaban y quedó justo frente a mí.

–Aspen, te queda tan lindo que, si no hubiera solo dos paredes entre mi abuela y nosotros, te secuestraría en mi habitación para siempre.

No me di cuenta hasta que las esquinas de mis labios temblaron, que estaba arrugándolos en un mohín indefenso y patético. *Había estado*, porque ahora una sonrisa luchaba por imponerse.

–Eso es un poco aterrador.

Ni que fuera a molestarte.

En lugar de responder, se inclinó, depositó un beso corto en mis labios y cuando abrí los ojos, sonreía todavía más. Sus ojos subieron al flequillo que me cubría la frente, escanearon mi rostro una, dos, tres veces. Más calor.

–Dios, ¿por qué no lo hiciste antes? –Iba a contestar con algo irónico, "Nunca había tenido una crisis tan grande hasta ayer", pero una voz se elevó sobre los muros de la casa y la burbuja que Aaron había creado para nosotros con sus pulgares acariciando mis pómulos.

–¿Ron-ron? ¿Es ella? –Una pinza pellizcó la bola de nervios que era mi piel.

Aaron se incorporó, sus manos cayeron sobre mis brazos.

—¡Sí, abuela! —gritó ladeando la cabeza—. ¡Enseguida entramos!

Tratando de ocultar el sudor helado que me bañó el cuerpo, le sonreí cuando volvió a mirarme. Alcé las cejas.

—¿Ron-ron? —inquirí.

Su agarre cayó de mis hombros mientras él sacudía la cabeza como diciendo "no", y atrapando el puente de su nariz entre su índice y pulgar. El ruiseñor acaparó un destello de sol desde su mano, consiguiendo un efecto sedante en mí.

—Le pedí explícitamente que no me llamaran así hoy. —Volteó y abrió la puerta más para que yo pasara primero. En serio pensaba felicitar a Leonor por semejante educación—. Era mi apodo de pequeño y antes de que preguntes —se me adelantó—, no tengo ni idea de dónde salió.

Me reí, perdiendo con cada paso que daba la poca seguridad que había encontrado.

La casa de Aaron olía a Aaron, mezclado con colonia, crema, leña y carne asada, y algo dulzón que no conseguía identificar. Tan diferente del aroma a químicos de limpieza que impregnaba los rincones del lugar que conocía yo como hogar...

Con una mano en mi espalda —cosa que solo consiguió ponerme más nerviosa porque, para empezar, estábamos hablando de Aaron y, para *segundear*, no sabía que tan apropiado era frente a sus abuelos. Otra oleada de pánico. Tendría que haberlo buscado en internet— me guio a través de un amplio comedor principal.

Me di cuenta en cuanto puse un pie allí, que había esperado orden inmaculado, blanco y colores pastel abrazándome al entrar. Y no fue lo que encontré.

Si bien en su fachada la casa tenía un estilo victoriano impoluto, el comedor principal en el que me introdujo Aaron era rústico, de maderas oscuras y barnizadas, combinado con piedras, y estaba casi en su totalidad tapizado por fotografías en marcos de todos los tamaños y colores existentes; como un enorme collage de sonrisas detenidas en el tiempo.

No pude evitar girar hacia Aaron y detecté un tono nostálgicamente feliz en mi voz, que debió sorprenderlo, por la mirada entre divertida y confusa, que me dedicó.

—Obviamente ibas a tener esa sonrisa viviendo en un lugar así.

No nos detuvimos a mirar las fotos, o la pared del fondo, que en lugar de marcos tenía un centenar de patentes de autos de tantos países diferentes que estaba segura de no conocer ni la mitad. Sin borrar esa contagiosa calma de su semblante, Aaron siguió caminando en dirección a la única pared desnuda del lugar: un enorme ventanal de vidrio que se extendía dando vista al jardín.

Mi cerebro dijo "corre" y mis piernas tradujeron a "tropieza", mi ritmo cardíaco a "muere" y mi cerebro a "colapsa". De no haber tenido a Aaron a un lado, probablemente hubiera cabeceado el brazo del sillón como una campeona, pero su brazo reaccionó rápido, pasando de mi espalda a mi cintura y manteniéndome erguida.

Del otro lado del vidrio pude ver al abuelo de Aaron, su rostro oculto por la puerta abierta de la parrilla de ladrillos, removiendo la carne con un cuchillo. Todo se veía tan... fácil. Estaba mareándome.

—¡Ay, linda! —la misma voz de antes se elevó a nuestra espalda. A ritmo disparejo sus pasos se acercaron y apareció cojeando un rostro redondo y preocupado a nuestro lado—. ¿Qué pasó? ¿Te sientes bien?

No podía procesarlo. Frente a mí, Leonor no era en absoluto lo que tenía en mente. Era muy bajita; nivel menos de metro cincuenta. Su rostro suave llevaba los mismos ojos de Aaron, rodeados por valles de arrugas y el pelo como una nube blanca alrededor de su cabeza. Esa era Leonor. No era intimidante, o severa, ni parecía esperar que fuera una princesa perfecta para darme el buen visto.

—Yo... eh...

Automáticamente, levanté la mano con el ramo de flores y casi me desmayé viéndolas. Al tropezar, si bien mi cabeza había zafado el golpe, las flores la reemplazaron y, con el impacto, un par habían caído y los pétalos de otras también.

—Traje esto pera usted, pero creo que las arruiné. —Honestamente, estaba bastante conforme con haber podido juntar todas esas palabras, y algo cálido fluyó por mi sistema cuando Leonor sonrió. Incentivada, pero no por ello menos temblorosas, salieron de mis labios las palabras que había repasado una y otra vez frente al espejo—: Gracias por invitarme. —La mano de Aaron se ajustó levemente a mi alrededor y lo miré sin poder evitarlo, saltando internamente ante su indisimulable sonrisa—. Escuché mucho de usted, casi tanto como de sus galletas.

Leonor suspiró y le enchufó el repasador que llevaba a Aaron, antes de envolverme en un abrazo tan fuerte, veloz e inesperado que solo podría pertenecer a un Woods.

En mi oído, del lado contrario a Aaron, susurró un casi imperceptible "gracias", que me dejó helada y a su vez imposiblemente feliz.

No lo entendí, pero sentí que a ella le había hecho bien decirlo, así que cuando se alejó de mí, y sugirió que veamos a "Greg" en lo que ella terminaba con las ensaladas, me sentí diez veces más tranquila de lo que me había creído capaz.

Aaron tomó el ramillete destartalado de mis manos y lo dejó en una mesada cercana, prometiendo ponerlas en agua en cuanto conociera al "mejor asador del mundo". No le dije que cuando viajé a Argentina comí en siete de las mejores parrillas de Buenos Aires en tan solo siete días, por una vez, prefería dejar el sarcasmo a un lado.

El ventanal se deslizó con gracia a un lado cuando Aaron lo empujó, y cinco ansiosos pasos después estuvimos frente a Gregory, que hablaba solo sin recaer en nuestra presencia. Hasta que lo hizo, y se decidió a darme una bienvenida casi tan cálida como la de su esposa.

La mesa ya estaba puesta, así que solo pude ayudar a traer bebidas y servir los platos, en el tiempo que Leonor llegaba con lo que había estado preparando. Me sentía extraña, parte de esta coreografía improvisada de rutina familiar.

Honestamente, había olvidado el delicioso olor de la comida no recalentada. En medio de todo aquello –y por suerte– Gregory aclaró que con llamarlo Greg estaba más que bien, aunque yo terminé decantando por usar su nombre completo, al igual que con Leonor. Me contaron de lo mucho que Aaron parecía haber hablado de mí, haciéndome morir de ternura y vergüenza y orgullo todo a la vez, mientras él les pedía que dejaran de avergonzarlo de una vez. Nunca en mi vida entera había visto a alguien tan feliz como él en ese momento.

Durante la comida descubrí que mis regalos habían sido errados: el vino debería haber sido para Leonor, porque su pasión por un buen tinto iba más allá que el que la llevó al altar (aunque esas habían sido sus palabras, por la forma en la que su mirada seguía buscando la de Gregory una y otra vez, no me lo pude tomar demasiado en serio), y su esposo era el enamorado de la jardinería, que mantenía el frente de la casa impecable durante su tiempo libre.

–¿Así que vas a estudiar algo, Aspen? –inquirió Gregory antes de llevarse a la boca el tenedor.

–Medicina –respondí con toda la seguridad que no tenía. Para mi desgracia, estar acercándome a fin de curso en último año, implicaba que ese era el tipo de conversaciones que no podía esquivar.

–Aunque está evaluando Veterinaria.

Miré a Aaron, alzando una ceja.

–¿Desde cuándo?

Él se encogió de hombros.

–Estaba esperando a que te dieras cuenta sola, pero si seguía así me iban a terminar saliendo canas.

Me sonrojé violentamente, porque la verdad era que nunca se me hubiera ocurrido, a pesar de amar el tiempo que pasaba con Aaron en el refugio y la compañía de Brutus... no era momento para meterse seriamente en el tema.

Le sonreí, como diciendo "lo siento, pero no", y me volví a Gregory y Leonor, sentados frente a nosotros. Ignoré lo que fuera que nubló sus ojos en ese momento.

—La verdad es que descubrí que me gustan los animales hace poco... —di un respingo. Como para confirmar mi afirmación, el gordo Kai había aparecido debajo de la mesa y se frotaba contra las mismas botas que había llevado en nuestro primer encuentro. Le acaricié la cabeza y sonreí a mis espectadores, un tanto nerviosa. Por más amables que fueran, yo tenía mucho que perder allí—. Y, de hecho, fue por Kai. O, bueno —de reojo miré a Aaron, que había vuelto a su habitual sonrisa, porque evidentemente estaba recordando a la chica llorona en el parque que fui alguna vez—, por Aaron. Nunca había considerado la carrera, a decir verdad. De todas formas, es tarde para un cambio, las inscripciones cerraron.

Leonor hizo un gesto con la mano para quitarle importancia, el viento le levantó los rizos por un momento, y pareció imposiblemente más joven.

—Patrañas, siempre se puede arrancar un semestre o dos, ¡incluso un año!, más tarde. ¿Quién te apura?

La vida, las ganas de irme lo más lejos de aquí que un billete de avión pueda llevarme, el aire que no se puede respirar en casa, la persona que soy y que deseo dejar atrás.

Gregory me salvó de mi respuesta (o la falta de ella).

—Por suerte, nuestro Ron-Ron no tiene ese problema.

Cuando miré al aludido, este parecía más incómodo que feliz por la declaración y el orgullo que denotaban las palabras de su abuelo. Sonreía, pero estaba bastante segura de que solo yo noté que no era en absoluto un gesto real, o que se pasó las palmas de las manos por los muslos, en su clásico y rara vez visto gesto de ansiedad.

–Él va a estudiar para trabajar en la firma de su abuelo, como lo hizo mi padre... y lo hizo el suyo...

No fue tenso. Pensé que cualquier mención de los padres de Aaron lo sería, pero de hecho ver a Leonor tomar la mano de su esposo fue enternecedor, y el aire se llenó de algo armonioso, que se vio resquebrajado por el sonido de un portazo que me sacó el alma del cuerpo.

En un segundo, Aaron se había convertido en piedra.

Mi primer pensamiento fue *ladrón*. El segundo fue *mierda*.

Para entonces, ya había volteado y divisado a un Christof muy pero que muy muy borracho, tambaleándose en nuestra dirección.

–Se suponía que no iba a estar aquí.

La voz de Aaron emitió tres tonos: calma, arrepentimiento y dolor. Se mezclaron los tres en una disculpa, como si me hubiera lastimado por no haber previsto que esto sucedería.

Yo sabía que Christof no estaba incluido en nuestros planes. Aparentemente él mismísimo había dicho a Aaron que no podría presentarse hoy, que tenía otras cosas que hacer y yo había creído que realmente era así. No había comprendido, como lo hice ahora, que Aaron había disfrazado las palabras de su hermano; Christof no tenía intención alguna de conocerme porque no quería. Prefería estar drogándose a la una de la tarde en algún lugar desconocido, y saberlo me atravesó como una lanza.

Me hubiera gustado que Aaron no me mintiera. Pero sabía que el único motivo por el que lo había hecho era por mí y de alguna manera, eso hacía que el nudo en mi estómago no se debiera tanto a eso, y un poco bastante más al hecho de que Christof parecía estar al borde del colapso.

Era como estar en la casa de espejos de un parque de diversiones: un reflejo deforme del Aaron que estaba a mi lado, avanzando a trompicones con sus ojos enrojecidos de odio.

Un odio puro y total que se derramaba a chorros por todos los poros de su piel, pegoteándose a nuestros pies.

Su camisa a cuadros psicodélicos, abierta hasta la mitad, parecía horrorosamente festiva para la decadencia de la situación. A nuestro alrededor, todo había muerto y la falta de sonido solo acentuaba la respiración trabajosa de Christof.

Estaba hecho mierda y todo ese odio, toda esa ira, pasó de enfocarla en su hermano, a hacerlo en mí, dedicándome una agria versión de la sonrisa que adoraba en Aaron y en él solo me empuñó el corazón.

Observamos, en esa misma crepitante espera, mientras el cuarto y último integrante de la familia llegaba finalmente a nosotros y se erguía —mostrando medir fácilmente quince imponentes centímetros más que su hermano— en un total desastre, antes de apoyar su peso en el marco de la puerta corrediza.

Sus ojos seguían en mí.

¿Me reconocería? ¿Recordaría a la chica que lo abofeteó todo el camino hasta dejarlo a salvo en su casa? ¿De hacerlo, hubiera guardado sus siguientes palabras? Probablemente no. Tenía en la altura de los pómulos, acentuados por una alimentación cuestionable, la misma petulancia que azoraba las facciones de Ashleigh.

—Buenas, buenas. —En ningún momento, a pesar de estarle claramente hablando a su hermano, alejó sus ojos de mí—. Veo que trajiste a la puta de turno. ¿Qué tal?

No estaba preparada para eso.

Mi agenda decía "almuerzo con los abuelos de Aaron", no había un Christof incluido, no estaban ni ese insulto ni las toxinas de su lengua bífida acidificando el aire a mi alrededor.

Aaron se tensó a mi lado, y solo por eso, conseguí fuerza para responder.

—Hola Christof, ¿qué tal?

La puta de turno. La puta de turno. La puta de turno.

De turno. ¿Había otra? ¿Otras?

Mis manos temblaron. Las oculté bajo la mesa. Sonreí.

Pero mi despliegue de actuación solo pareció incentivarlo.

—Ay, pero qué educada. A ver, ¿por qué no vienes y me das también un beso?

—*Christof.*

La voz de Aaron fue el hacha de un verdugo; firme, certera, un golpe de realidad. No era una advertencia, era una amenaza con todas las letras.

Me estremecí.

—¿Qué? —su voz también se parecía a la del chico a mi lado, una versión hecha jirones por humo y el ardor de sustancias desconocidas—. No creo que le vaya a molestar. Después de todo somos *tan* parecidos...

Se burlaba con un cinismo aterrador. Quería irme. Quería irme y no volver porque esto no estaba en mis planes y no tenía respuestas. Yo no enfrentaba a la gente, la gente no me enfrentaba a mí.

—Basta, por favor. —Esa fue la voz de Leonor, que temblaba tanto como mis extremidades—. No hoy. No hoy.

Y por un segundo, una fracción del espacio-tiempo, o tal vez simplemente por mi imaginación, me pareció que esa versión oscurecida de los ojos de Aaron, con su ropa de noche y su nube de peste química, se iluminó con culpa.

No duró.

Volvió a mirar a Aaron con fuerzas reencontradas.

—A Emily no le molestó.

Emily.

Emily.

Emily.

¿Quién mierdas es Emily?

—Aunque —agregó Christof—, esta parece mucho más rígida, ¿sabes? —Me miró tras un desvión hacia Gregory, que parecía al borde del infarto, y ajustó sus dedos alrededor de mi corazón. Iba a estallar—. ¿Es por ellos? Mis abuelos son un encanto. Aprobarán a cualquiera que *Ron-Ron* haga pasar

por esa puerta. —Se agachó al nivel de mis ojos y ni siquiera el segundo en el que frunció el ceño y se tambaleó levemente, lo hizo lucir menos intimidante—. No estés nerviosa. Emily era más *flexible*, pero tú eres más linda. Mucho más linda.

Entonces cometió el gran error de alborotarme el pelo con una de sus manos.

Aaron saltó, y en dos zancadas lo tenía agarrado por la camisa. Sin un segundo y sin que su hermano siquiera intentara resistirse, lo arrastró hacia el interior de la casa, antes de ser tragados por un pasillo.

Christof nunca dejó de sonreír.

Tragué saliva.

Gregory trató de decir algo, Leonor también, y se interrumpieron a la vez, recayendo en el silencio.

No estaba segura de qué excusa había puesto, de qué tan patético había sonado mi balbuceo o de si a alguno de los presentes le importó.

Me dirigí sin rumbo al interior de la casa, hasta que di con las escaleras, que a duras penas logré subir. Me sentía como una enorme bolsa de huesos; liviana y sin nada que me mantuviera unida. No había tendones o músculos o voluntad. Solo un esqueleto de dudas y arrepentimientos.

No tuve que haber venido.

De turno.

Puta.

Emily.

Flexible.

Linda.

Crecían las palabras hasta convertirse en gritos que ahogaban cualquier lógica que me pudiera quedar.

Me encerré tras la primera puerta que encontré: un baño de mosaicos blancos y plateados. Inmaculado. Perfecto.

Me aferré al lavabo, buscando alguna otra voz que consiguiera apaciguarme.

Desde el espejo, me devolvió la mirada una chica de ojos tormenta, con un delineado impecable. Ni el rubor espolvoreado en su rostro pudo disimular su palidez enfermiza.

—Respira —me dije, cerrando los ojos con tanta fuerza que vi una vía láctea completa en el posterior de mis párpados—, respira, respira, respira, respira, respira.

Y sin embargo solo repetía la palabra cada vez más rápido, sin darle tiempo a mis pulmones de absorber una sola gota de aire.

—Eso es, respira.

Di un salto hacia atrás, chocando con un cuerpo que conocía muy bien, y sus ojos arrepentidos devolviéndome la mirada desde la superficie espejada frente a nosotros.

Solo lo hice cuando sus brazos se cerraron alrededor de mi cuerpo.

Me dejé caer contra su pecho y dejé que su perfume me invadiera, que la solidez de sus palabras y el timbre de su voz me arrullaran.

—Lo siento... —se frenó. Él también necesitaba respirar—. Se suponía que no iba a venir. Él mismo lo dijo —sus palabras desbordaban notas de pena. Me acercó imposiblemente más a él y dejó un beso en mi pelo—. Lo siento tanto.

—¿Estás bien?

—¿Qué? —Viéndolo pasmado como una especie de cuadro impresionista, me alegré de no estar cara a cara casi tanto como de que ya no me temblara (tanto) la voz.

—Tú, ¿estás bien? ¿Qué pasó? ¿Christof está bien?

Tenía tantas otras dudas, pero eso fue lo primero que vino a mí; lo que afloró como una necesidad innata desde el fondo de mi cabeza.

Él parecía no saber responder. Sus antebrazos se deslizaron hasta rodear completamente mi estómago y supe que nunca me diría que no. Mentiría de ser necesario, solo porque todo a su alrededor estaba mal y se creía el único responsable de evitar que terminara de caerse a pedazos.

—Christof está... como siempre. Le di agua, se durmió en cuanto llegó a su habitación.

—Está bastante perdido, ¿no? —Pero la verdad era que no estaba haciendo una pregunta y ambos lo sabíamos.

Christof era un millón de fragmentos de cristal astillado. No había forma de ponerlos otra vez en su sitio. Se veía en sus ojos, en la forma de arrastrar las palabras al hablar.

Entonces Aaron soltó uno de esos suspiros entrecortados y me di vuelta justo a tiempo para encerrarlo en mis brazos.

Ahogó una única palabra en la curva de mi cuello:

—Sí.

Emily. Emily. Emily.

Bateé el nombre lo más lejos que pude, porque ahora no podía siquiera pronunciarlo. Me centré en Aaron. El chico que me necesitaba ahora, que me había presentado a sus abuelos —*aprobarían a cualquiera que Ron-Ron haga pasar por esa puerta*, alejé esa voz— y cuyo hermano estaba más roto de lo que cualquiera debería estar.

Aaron no lloró, pero se mantuvo allí, entre mis brazos, hasta que su cuerpo dejó de ser un elástico en tensión.

Se separó de mí con lentitud.

—Les dije que no nos esperaran para terminar de almorzar... Pensé que podrías querer un tiempo.

Alcé ambas cejas, intentando imprimir en mí seguridad suficiente para el manojo desastroso que éramos ambos.

—¿Tú lo necesitas?

Él me sonrió. Volvíamos a ser nosotros, nos reconstruíamos palabra por palabra.

—No, pero...

Lo interrumpí.

—Pero *tú* hermano es el que está mal.

–Sí, *mi* hermano le dijo un montón de mentiras que nadie debería escuchar a mi novia.

Novia. Emily. Novia. Emily; un sube y baja agridulce.

–Estoy bien –m e n t i r o s a–. No creo que haya estado muy cuerdo mientras soltaba todo eso.

Intenté soltarlo, extender mi mano hacia la puerta, irnos rápido de allí antes de que los gritos de mi cabeza me dejaran completamente sorda, pero los dedos de Aaron se cerraron en torno a mi muñeca y se deslizaron hasta engancharse con los míos y tirar de mí hacia él.

–No lo estaba. Ahora aclaremos un par de cosas: Emily fue mi primera novia. Estábamos en tercero de secundaria y a los pocos meses de cortar con ella, se fue con Christof –lo dijo todo tan rápido que mi cerebro ni lo pudo archivar antes de que otra catarata de información me golpeara–. Pasó mucho tiempo e incluso entonces me pareció bastante estúpido de parte de ella. –No hizo falta que dijera que de parte de Christof había dolido más de lo que cualquiera podía llegar a entender–. Pero no creas, ni por un segundo, que toda esa basura que soltó Christof es real.

Quería besarlo, pero teníamos cosas que hacer antes, así que sin borrar la sonrisa que había aflorado en mi rostro, le di un apretón y salimos de allí.

Salimos de nuevo al deck, encontrándonos con Gregory presionando los talones de sus manos contra sus ojos y Leonor haciendo círculos con su mano en su espalda, intentando calmar su respiración.

En un principio, Leonor pareció impactada –supuse que Aaron había sido bastante claro con que no regresaríamos por un buen rato– pero enseguida vio mi mano acunando la de su nieto y desplegó para nosotros un gesto conmovedor que puse todo mi empeño en devolver.

–Supongo que hay que levantar esto antes del postre –comenté.

Y así Gregory abrió los ojos, registrando nuestra presencia y asimilándola antes de unirse a nuestro silencioso caminar y el tintineo de la vajilla.

Después pusimos música clásica y Aaron habló con Gregory de cellos y contrabajos, intentando más tarde hacerme entender a mí –que solo escuchaba la música pop que pusieran en la radio– la amplia diferencia sonora entre uno y otro. Comimos el postre (oficialmente, las galletas de Leonor amenazaban con destronar las donas de Dino's) y casi (realmente por muy poco) conseguimos olvidar el enorme corte que generaron en esa tarde la entrada de Christof y el filo de sus palabras.

Eran las tres cuando Aaron consiguió excusarnos y desaparecimos escaleras arriba.

Me mostró toda la segunda planta primero: un baño de inviados –que ya había tenido el placer de conocer– con su respectiva habitación del otro lado del pasillo, una biblioteca estilo antiguo ilegalmente enorme, con tomos de todas las formas, tamaños y colores, y, al final, la habitación de sus abuelos.

Luego, procedimos a la tercera planta, donde solo podían quedar dos cosas: la puerta cerrada que nos decidimos a no dedicar más de una mirada, y, cruzando el estrecho pasillo pintado en su totalidad con una arboleda de pinos nevados –me detuve por primera vez a ver el trabajo de Aaron con colores y decidí que definitivamente era diez veces mejor que lo que conseguía solo con lápiz y papel–, encaramos la puerta caoba culpable del mamarracho hiperactivo que estaba hecho mi corazón.

Aaron me miró una sola vez, con esa sonrisita como una inyección de adrenalina, al tiempo que tiró de ella, revelando el interior.

Un paso. Dos. Tres.

A mi alrededor se alzaban paredes crema, a excepción por la mismísima en la que estaba encastrada la puerta a nuestra espalda y contra la que estaba estacionado un escritorio perfectamente despejado.

Me di la vuelta, encarando ese mural embadurnado con una mescolanza de fotografías rodeadas con grafitis de colores brillantes. Era una especie de cielo nocturno atravesado por prolijas ramas de colores, floreciendo en pedacitos de su vida.

Las imágenes.

Me acerqué a ellas y fui arrastrando la vista y mis pasos de una a otra. Había una de Aaron elevándose con su skate, otra de más pequeño, con Christof, pero no podría haber dicho quién era quién, correteando por el jardín en el que habíamos estado poco antes. Miles, con sus amigos –Paul, Cam, Shell, una chica (Emily, a juzgar por el collar que llevaba con su propio nombre grabado) con el pelo y la piel oscuros y un estilo envidiable– y sus abuelos y...

Lo miré. Sin poder contenerme y apuntando a la última fotografía.

–Soy yo.

Aaron me dedicó una mirada que solo alimentó los nervios y el recordatorio alarmante de la cama de doble plaza y colchas beige a mi espalda.

–Somos nosotros –corrigió, dando un par de pasos en mi dirección y parándose junto a mí a admirarla.

Aaron y yo no éramos de los que se sacaban fotos. De hecho, estaba bastante segura de que solo nos habíamos sacado dos selfies en todo ese tiempo que habíamos estado juntos, y una era un video que terminaba conmigo cayendo del skate de culo y Aaron estallando en risas.

Esta la había sacado alguien sin que nos diéramos cuenta y me hizo sentir horrorosamente consciente de cómo nos mirábamos. Porque en la foto –estábamos sentados en el suelo, él a mi lado, envolviendo sus rodillas con sus manos con la mejilla apoyada sobre ellas– Aaron estaba mirándome con una sonrisa arrebatadora, mientras yo le devolvía el gesto de reojo, con el rostro en llamas y la mano medio borrosa por estar pasándola por mi pelo.

–¿Cuándo fue? –pregunté, acariciando los márgenes con la yema de los dedos.

–La sacó Shelly, el primer día que fuimos a la rampa.

Entonces sí, me desvié a Aaron, con los ojos a punto de salirse de mi rostro.

Así nos mirábamos. Esa era la forma en la que nos veíamos el uno al otro incluso todo ese tiempo atrás, cuando tenía el corazón en la boca y me negaba a dejarlo caer en sus manos, cuando todo era imposiblemente distinto y sin embargo tan... igual.

Ese mismo corazón abatido se alojó en mi garganta ahora, en un estado de conmoción por motivos que no alcanzaba a entender, mientras Aaron me guiaba a una segunda puerta dentro de la habitación.

Escuché atentamente su confesión: había puesto esa foto en la pared el mismo día en el que fue tomada. Me agarró algo de solo pensar que incluso cuando hacía solo unos meses nos conocíamos, cuando solo empezaban los roces y los dedos buscándose, él pensó que sería una buena idea tenerme allí, justo donde sus ojos se posarían si estuviera sentado en el escritorio y levantara la vista en un descanso.

Su mano se estiró y tembló a medio camino antes de cerrarse sobre el picaporte dorado.

—Cierra los ojos —me pidió, con su gesto oculto, dándome la espalda.

—¿Después de tus confesados deseos por secuestrarme? Lo dudo.

Me miró por sobre su hombro.

—Deja el sarcasmo defensivo y cierra los ojos.

Daba miedo que me conociera tan bien. Me encantaba. Me daba ganas de correr. De él, hacia él, contra el mundo. Me conformé con obedecer y erizarme ante el sonido rechinante de las bisagras al darme la bienvenida.

Un par de segundos más tarde, tomándome por los brazos, condujo mis pasos dudosos hacia un espacio nuevo e impregnado con el olor a penetrante característico de la pintura que se me subió a la cabeza dándome un mareo monumental.

—¿Qué...?

—Abre.

Y eso hice.

Para empezar: blanco. Eso fue lo primero que encontré.

Estaba en un cuarto muy, muy blanco con incontables capas de periódico recubriendo el suelo, dueñas del sonido crujiente de mis pasos. Había bastidores. Y, *mierda*, sí que había cuadros. Cuadros y cuadros pequeños, grandes, altos, anchos, rojos, negros, verdes, azules, expuestos, escondidos, en cada rincón, almacenados como cajas de pizza o cuidadosamente acomodados, apoyados unos contra otros, secándose al lado de las pequeñas ventanas victorianas, pero donde no les diera el sol, encajados sobre el armario en el rincón. Estaban en todas partes.

Una mesa simple ancha de cuatro patas se alzaba en medio, llena de tarritos de pintura bien cerrados y desperdigados, también se extendía una colección innecesariamente amplia de pinceles de todas variedades, desplegados sin orden aparente sobre una toalla manchada por un millón de tonos sucios.

Uno de los bastidores se hallaba oculto bajo una inmensa tela negra, y el otro exponía un paisaje inconcluso de una ciudadela a perspectiva.

—Aaron...

Pero no encontraba las palabras. Se sentía como haber caminado directamente dentro de su corazón, de su alma de artista y todo lo que más amaba. Ni siquiera sabía que tenía un estudio de arte, o la cantidad impresionante de obras que tenía archivadas. Quería verlas todas, quería que me enseñara lo que pensó y sintió con cada una.

Me di la vuelta y lo encontré sonriendo con una timidez totalmente impropia de él, con las manos en los bolsillos y escapándole a mi mirada.

—No pensaba traerte —confesó al pasar un momento—, no dejo que nadie suba aquí, pero... —se encogió de hombros— no sé. Supongo que solo cambié de opinión.

Cuando quise procesar la dulzura del gesto, ya lo tenía contándome la historia de los cuadros más cercanos a la superficie, incluso de un cuaderno de dibujos que encontró suelto por ahí y que se arrepintió de abrir en cuanto lo vio lleno de dibujos hechos por su yo de seis años.

Inclinados sobre la mesa vacía, apunté al primer dibujo y, después de reírme a carcajadas por lo tierno que era el intento de retrato de Leonor que había pintarrajeado —las manos más como pinzas de cangrejo que figuras humanoides— le pregunté:

—¿Por qué ya no dibujas personas?

Se encogió de hombros, sus ojos todavía en la nube (literalmente una nube redondita y caricaturesca) de pelo que rodeaba el rostro de su abuela. Me reí más fuerte ante ese casi imperceptible sonrojo bajo su piel broncea-da, y pasé de hoja.

—Bueno, es verdad, tal vez simplemente no era lo tuyo.

Él me dio un empujoncito con la cadera, y volvimos a la evaluación de "retratos".

No tenía ni idea de cuánto tiempo habíamos estado allí, pero termina-mos sentados en el suelo, espada contra la pared y hombro con hombro, con Aaron explicándome que el boceto en sus manos era claramente un caballo, aunque ni Dios podía convencerme de que no tenía genes vacunos. Terminamos coincidiendo en no coincidir y él se levantó y sacudió el polvo de sus jeans ya no tan limpios, ofreciéndome ayuda para a ponerme de pie.

Una vez parados, deslicé mis manos de las suyas, cortando el metro que nos separaba, y recorriendo sus antebrazos de arriba abajo, hasta volver a donde había empezado y guiarlas a mi cintura. Sonreí sin barreras antes de besarlo, y no me di ni cuenta del momento en que, lo que quise que fuera un beso dulce y lento, subió de tono. Probablemente cuando me alzó, enredando mis piernas en sus caderas y haciendo a un lado los acrílicos y cuadernos para sentarme en la mesa.

Los potecitos golpearon el piso en una secuencia rítmica que fue total-mente ignorada por nosotros.

Lo acerqué a mí, enlazando mis talones detrás de él y extinguiendo el espacio entre nosotros, con los nervios estallando en donde sus manos tocaban sobre la camiseta y luego debajo. Un camino de trazos como pinceladas de mi cintura hasta los lados de mis costillas, que se inflaron abruptamente cuando su lengua encontró la mía.

¿Ya había dicho que amaba su pelo? *Dios*, lo amaba. Tiré de él.

Su izquierda, se abrió paso a mi muslo y me atrajo hacia él, sonriendo por ante ruidito que se me escapó.

—Deberíamos bajar —dijo, con ese tono desesperante que solo tenía en momentos así. Su mano subió hasta el dobladillo de mi falda haciéndome ahogar la respiración, antes de bajar al posterior de mi rodilla. La otra, todavía sobre el dorso de mi caja toráxica dibujó un círculo, con el pulgar que acarició tentativamente el lado de mi pecho.

Mi cuerpo entero palpitaba y la frustración de mi gesto debió ser demasiado evidente porque Aaron se rio de mí. Se rio. Como si fuera un niño inocente y ajeno a todo aquello, como si él no tuviera en los ojos una hoguera capaz de consumirnos a ambos.

Lo hice acercarse, presionando nuestras frentes y borrando totalmente ese gesto infantil. Cerré sus labios en los míos un segundo que fue horas, antes de soltarlo una última vez.

Me miró bajo esa cortina de pestañas y dije por lo bajo lo único (bueno, tal vez la sensación áspera de su pulgar rozando el inferior de mi pecho también andaba por ahí) que tenía en mente:

—Gracias.

No hizo falta aclarar que hablaba de todo: ese día, ese acceso al centro de su alma, el lugar que había hecho para mí en su vida, sin siquiera dudarlo.

Se separó de mí, forzándome a sacar mi mano de su camiseta con una última caricia que le arrancó pinchazos de todos sus músculos.

Le sonreí inocente.

Ambos podíamos jugar el mismo juego.

Pasábamos por su cuarto camino a la salida cuando otra foto del mural llamó mi atención: una foto de Gregory mucho más joven, con un hombre que hacía de eslabón perdido entre el abuelo y Aaron; mismos ojos afilados y abanico de pestañas, con el hoyuelo marcado en la barbilla. Padre e hijo sostenían en la foto un diploma perteneciente a la escuela de leyes.

—Cambridge —leí en voz alta el título de entrelazadas letras negras, escurriendo mi mano de la de Aaron. Él se convirtió en piedra—. Eso está en Inglaterra.

—Sí —se las arregló para decir.

—¿Sí? —fruncí el ceño—. ¿Solo sí?

Cerró los ojos y sentí que, por primera vez, se escondía de mí.

—¿Desde cuándo? Nunca... —Un sentimiento desconocido me amargó las papilas gustativas—. Nunca dijiste nada. Yo te avisé que me había anotado en universidades afuera del país, ¿por qué no me lo contaste en ese momento? —La traición más horrible es siempre la más inesperada. No sabía que Aaron tuviera el poder de hacerme sentir así, una sensación tan dolorosa como las palabras de su hermano—. Pudiste haber dicho algo... Hubo más de una oportunidad para que lo hicier…

Él extendió su brazo hacia mí y di un paso a atrás.

¿Hacía cuanto que tenía eso planeado? Toda la vida. Su abuelo lo dijo durante el postre también: estudiaría en la misma universidad que lo había hecho toda su familia por generaciones, como debía ser. ¿Lo habrían aceptado ya? ¿Tendría en algún cajón de ese escritorio una carta confirmando su entrada a la escuela de leyes en la otra punta del planeta?

—No. Esto no se arregla con un beso, mierda, Aaron. ¿Podrías, aunque sea *intentar* decir algo?

Inhaló, exhaló, contestó:

—Cambridge tiene un excelente programa de veterinaria.

Pasó un segundo, y luego dos, y tres, y cuatro y cinco, y, como el cielo mismo derrumbándose sobre mi cabeza, me cayó la cuenta de lo que me estaba pidiendo. Por poco se me parten las rodillas.

Lo miré, totalmente espantada.

—No, no, no, no —eran un montón de sonidos que dejaban mi garganta mientras negaba con la cabeza. No existía forma de retenerlos—, no, no, no, no.

—Ya sé, ya sé. —Ahora él se estaba desesperando. Cada vez que se acercaba, yo retrocedía—. No te iba a preguntar ahora, en realidad ni siquiera sé si...

—Pero ¿estás loco? —me dolieron las cuerdas vocales, porque mis palabras arrancaron como un grito y reprimirlas para que sus abuelos en el piso de abajo no me escucharan requirió un esfuerzo desgarrador—. No llevamos ni un mes juntos, Aaron. No tienes ni idea de lo que puede pasar.

—Sabes que eso no es cierto —su voz era baja. Tenía miedo de asustarme.

Bueno, noticias para ti: muy tarde.

—¡Claro que pueden pasar cosas!

—Sabes que estábamos juntos antes de estar juntos —me corrigió.

—¿Y qué? —No me molesté en negarlo—. Eso nos da, ¿qué? ¿Tres meses juntos? ¿Cómo se te ocurrió siquiera que pudiéramos ir juntos a la universidad? *En otro continente.* ¿Te das cuenta de lo descabellado que es? ¿Y cuándo exactamente planeabas decirme? Yo hubiera tenido que aplicar, para lo que ya es más que tarde, no tendrías forma de saber si me aceptarían, no...

—El abuelo puede ocuparse de eso. Tiene más contactos allí que cualquiera, toda mi familia ha estudiado en...

—¿Y si no es así? —sacudí la cabeza, buscando hilos para coser juntas el millón de ideas que volaban en mi cabeza—. *¿Qué estoy diciendo?* —pregunté, más para mí misma que para él, pasándome una mano por el pelo—. Ni que importara. Es una idea estúpida.

—Aspen...

—La gente se separa, se pelea, se distancia, solo somos niños. Los amores de secundaria *no duran.*

Lo sabía hacía tiempo, pero decirlo en voz alta fue doloroso a un nivel físico. Quería hacerme un ovillo en una esquina y desaparecer.

Yo tenía que irme, quería irme, quería quedarme con Aaron, pero nunca, y cuando digo nunca es *nunca*, se obtiene todo lo que uno quiere. Era un plan lleno de fallos, lleno de cosas que podían salir mal, cosas para las que ninguno de los dos estaba preparado. Ni siquiera era un plan, era un disparate, un mal chiste mal contado. Todo parecía tan fácil cuando salía de sus labios, y las cosas fáciles nunca salían bien.

—¿Y si no es nuestro caso? —Al fin, me alcanzó y sus manos encerraron los puños en los que se habían convertido las mías—. ¿Y si duramos?

Me tembló el labio. Un terremoto me sacudió entera.

Porque Aaron estaba planeando muchas cosas tan a futuro que no entrarían ni en una de mis agendas que incluían los próximos dos años. Estaba diciendo cosas que se decían personas que estaban acostumbradas a la palabra con N, no quienes recién conocían a los abuelos de su novio, tenían una familia derruida y la amenaza constante de huir gritando en su cabeza.

—No. —Esta vez, la palabra no fue un ruego desesperado. Fue firme y sabía exactamente lo que iba a decirle—. Vas a dejar de pensar en eso, no vamos a hablar de esto nunca más y vamos a seguir como si tus tornillos no se hubieran aflojado ahí arriba.

Intentando demostrar la buena intención de mis palabras, le di un toquecito en la sien y construí una sonrisa de metal. En un principio me miró como si le hubiera pisado el corazón, pero no hizo nada para alejarme. Mi tacto se deslizó, contorneando su rostro.

—Está bien, ¿sí? —le pedí—. Solo... olvidemos lo que sea que haya sido esto.

Se lo dije como si pudiera hacerlo.

La universidad era un capítulo de mi vida que ya debería estar cerrado, de lo poco que había solucionado: Medicina, en cualquier lugar que me mantuviera lejos de esta ciudad, en las universidades a las que ya había enviado solicitud y de seguro me aceptarían. Aaron no tenía ningún derecho a intervenir en eso.

Tragó saliva y le costó más de lo que cualquiera de los dos admitiría nunca, pero sonrió.

—Sí, claro. Olvidémoslo.

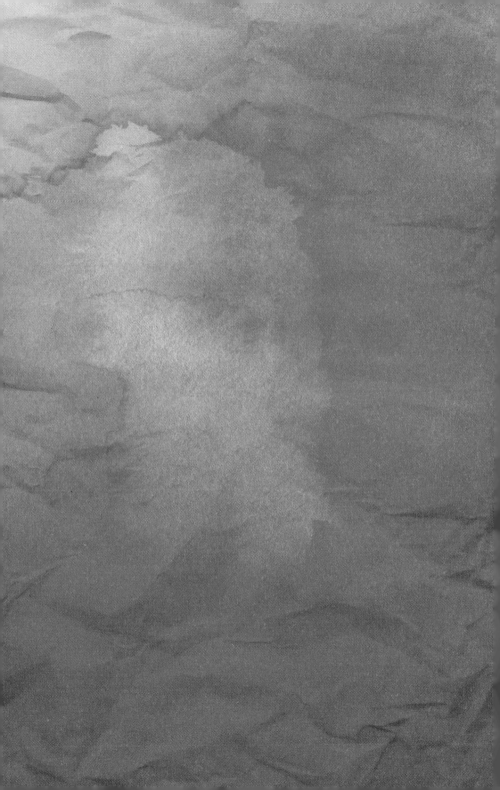

CAPÍTULO 18

La noche prosiguió no muy diferente respecto a todas las anteriores, excepto porque Aaron se tuvo que dormir temprano –tenía examen de Cálculo al día siguiente–, lo que significó irse mucho antes que de costumbre del chat. Su último mensaje fue una foto de él mismo en la que el flash lo tomó desprevenido, empeorando su cara de dormido y obligándolo a achinar los ojos; debajo, un "descansa, bobita".

Apenas unos segundos después de eso, escuché los pasos de papá merodeando los pasillos, bloqueé el celular y cerré los ojos, fingiendo una respiración acompasada bajo las sábanas. La puerta crujió cuando la abrió. Pude sentir el abandono en sus ojos al recorrer la habitación a oscuras, al posarse en mí, justo antes del golpecito final que indicaba su salida.

Y no, no había cenado. No tenía hambre, o al menos había desaparecido en el momento que escuché a mamá taconeando contra el mármol de nuestro recibidor. La mera idea de cruzármela era suficiente como para arruinar mi apetito. Sabía que caminaba con todas sus fuerzas para anunciar su llegada a los cuatro vientos, una especie de aviso que decía: "Aspen, estoy aquí, no salgas de tu habitación". No era que me lo hubiera pedido explícitamente, pero el acuerdo estaba allí: yo no aguantaba mirarla, y evidentemente el sentimiento era mutuo porque no le había visto la cara más de dos veces desde ese enfrentamiento y mi catarata de amenazas vacías, meses atrás.

Era extraño saber que el mismo techo nos protegía de la lluvia y que dormía al lado de mi padre todas las noches, y que, a pesar de ello, nos las habíamos arreglado para no coincidir más de medio segundo en la misma habitación. Éramos expertas evasoras de conflictos; todavía mejores cuando se trataba de sentimientos.

Suspiré, desbloqueé la foto de Aaron. Y como sabía que no podía escapar de las pesadillas, esos instantes de alivio entre la conciencia y el desvanecimiento, resultaron ser un poquito más de lo que podía pedir.

O tal vez, no tanto, porque me pasé la noche entera dando vueltas en la cama como si tuviera complejo de carrusel, quedándome dormida alrededor de las cinco de la mañana, con el cerebro torturado por un bombardeo indeseado (pero no por ello inesperado) de pensamientos nocturnos.

Consecuentemente, llegar a tiempo a clases fue todo un desafío. En mi carrera de camino a la escuela, tomé la decisión de no llevar mi agenda, por el simple hecho de que sentía que el peso de mis responsabilidades prolijamente anotadas allí, no era algo que quisiera llevar conmigo ese día. Fue un tanto impulsivo y estúpido. Terminé teniendo que pedirle a Maggie que me pasara las fechas de entregas y exámenes que habían anunciado a lo largo de la jornada, pero no fue tan terrible como había creído que sería. El mundo seguía girando, indiferente a si yo estaba o no planeando meticulosamente cada segundo por venir.

Otra cosa que sucedió ese día y que me ganó todavía más comentarios irritantes de Fallon y Ashleigh, fue haberme llevado no solo jeans (es decir, todo el mundo tenía un par, y si bien llamaron la atención en mí, no fue demasiado chocante), sino una mochila extra, con mis Converse rosa pastel recientemente estrenadas dentro. Las chicas preguntaron para qué las necesitaba, que a dónde iba, y yo me ponía más y más y más nerviosa tratando de evitar responder, hasta que decidí que mi mejor arma era el silencio.

De todas formas, no era algo nuevo. Últimamente, mis conversaciones con el grupo habían estado rozando la extinción, y las pocas que todavía teníamos, abrían más y más las roturas de nuestro precioso domo de cristal. Si conseguía que aguantase (aunque fuera saliendo de allí con un par de cortes extra) hasta final de curso, podría terminar la secundaria como la Aspen Vann que siempre había sido allí. Nadie en ese lugar tenía por qué conocer todas las Aspens que se habían abierto lugar entre mis huesos, en los rincones anudados de mis músculos, acurrucándose entre sonrisas.

Cuando tocó el timbre, estuve al borde de soltar un agradecimiento a todos los dioses misericordiosos del mundo. Si bien Ashleigh y Fallon ya no hablaban de Avery frente a mí, no era difícil saber por sus expresiones maliciosas entre cuchicheos, que no se traían nada bueno entre manos.

Tomé mis cosas, agradeciendo no haber visto a la pelirroja en todo el día, y quise salir disparada camino a la salida, pero el profesor de Biología decidió ser inoportunamente halagador conmigo en ese mismo momento, pidiéndome que me quedara unos minutos después de hora para discutir los detalles de mi trabajo final.

Mientras él balbuceaba algo sobre la conclusión inesperada de mi hipótesis y lo sorprendido que había quedado al respecto, yo sentía que los ojos estaban por caérseme de tanto saltar entre el reloj y el menguante flujo de alumnos que dejaba el aula.

Para cuando el señor Harris me dejó libre, solo quedaban Maggie y Claire, dialogando tranquilamente en sus asientos en medio de la clase. Evité mirarlas a los ojos cuando las despedí, porque sabía, después de ver nuestra foto en el mural de Aaron, que no se miraban como tenían que hacerlo las mejores amigas. Sus ojos destilaban la misma calidez que vinculaba con el color avellana y paredes de pestañas oscuras y sonrisas inevitables.

Pero mi cabeza estaba ocupada por cosas más importantes que eso mientras cruzaba al trote los pasillos vacíos, con las dos mochilas rebotando rítmicamente contra mis omóplatos.

Pensé que tal vez así era mejor: llegar un poco tarde evitaría que me vieran acercándome a él, me prevendría del curioseo de medio curso y, más específicamente, de mis-amigas-que-en-realidad-no-eran-tan-amigas. Pensé eso hasta que llegué, un poquito más feliz que ansiosa, y cualquier posible sentimiento fue reemplazado con una violenta sensación de ahogo.

Aaron, justo donde prometió que estaría, recostado contra el lateral de su auto a pocos metros de la escalinata donde yo me encontraba. Y no tuve ni tiempo para pensar en el aleteo de gallina loca que me generó saber que había faltado a clases solo para pasarme a buscar, porque mis ojos cayeron en el cuerpo obsesivamente delgado de Ashleigh, de espaldas a mí, encarándolo. Mucho. Más. Cerca. De. Lo. Que. Debería. Estar.

No pasaba por celos –al menos no en su mayor parte– sino por algo muchísimo peor: Aaron, descubriendo que esa chica era mi amiga. Esa persona retorcida que se le estaba por tirar encima a mi novio y probablemente desplegaba esa curvatura engañosa de sus labios que tanto le gustaba mostrar. *Esa* era la mierda de gente que me rodeaba, y el motivo principal por el cual no quería acercarla a Aaron era simplemente que se parecía demasiado a mí; a la persona que había visto reflejada en los ojos de Avery.

Y entonces todo ese pánico y ese miedo, ese rencor y esos celos, se fusionaron en una bola de clavos que se atoró en la boca de mi estómago, y mi sistema de defensa hizo lo único que sabía hacer: lo convirtió en odio. Un odio que había creído olvidar, pero al que mi cuerpo dio la bienvenida como si se tratase de un viejo amigo.

Avancé a paso tranquilo en su dirección, con mil palabras hirvientes rebotando contra el posterior de mis dientes, desesperadas por salir.

Aaron, por sobre el hombro de Ashleigh, me miró y la sonrisa de su rostro se amplió. Casi, por poco, me desarma. Pero no, porque la única gravedad que podía contra él, contra el eje de mi mundo, era el odio.

—Aspen...

Mi nombre en sus labios hizo voltear a Ashleigh.

Ashleigh. ¿Qué podía tener que decirle para quedarse hablando incluso después de que el estacionamiento se quedara a medio vaciar?

La miré y ella hizo lo mismo, alzando las cejas. No era un gesto de aprobación, o de amable complicidad, sino un desafío y una amenaza desconocida que me hizo arder del deseo de bajarle ese lápiz delineador tan bonito que usaba hasta la laringe.

Pero no importaba lo que quisiera hacer porque, juzgando por la persistente sonrisa en el rostro de Aaron, era evidente que Ashleigh no le había dicho nada de lo de Avery. Era más que consciente de que, si lo supiera, su sonrisa no sería lo único en desaparecer.

Él. Todo él se subiría al mediocre auto de su hermano y escaparía de mi vida. Por ende, en lugar de responder y arriesgarme a que la bocaza de Ashleigh soltara algo, tomé la mano de Aaron.

Mi intención era arrastrarlo al otro lado del auto, muy lejos del interrogatorio gesto de mi definitivamente-no-amiga y obligarlo a entrar, para que condujera muy, muy lejos y muy, muy rápido.

Pero Ashleigh no pudo guardarse los colmillos; los clavó ahí, en el punto justo para dejar a Aaron paralizado en su lugar, con la sonrisa congelada por una fracción de segundo antes de empezar a derretirse con tortuosa lentitud. Y tal vez fue mi error, no haberlo visto venir, haber dejado una debilidad tan expuesta.

–Ey, ¿por qué nunca dijiste que tenías novio?

Qué bien se le daba a la muy hija de puta fingir ese tono inocente.

Claro, mientras Aaron les había hablado a sus amigos de mí a los pocos días de conocernos (confirmado por mi gran y muy confiable fuente, Cam), yo ni había hecho mención de él a mis amigas tras un mes entero de novios; algo que podía interpretarse de muchas, muchísimas, maneras erróneas. Todas y cada una de esas maneras oscurecieron el par de ojos más bonito del mundo, y mis ganas de acogotar a Ashleigh solo se multiplicaron.

Levanté la barbilla y clavé mis ojos en ella.

—No es algo que te incumba.

—Ah, ¿no? —respondió, todavía con ese tono de curiosidad infantil. Los dedos de Aaron perdieron fuerza alrededor de mi palma. Se escurría, sin siquiera darse cuenta, de mi agarre. No lo dejé hacerlo. Apreté más.

—En absoluto.

—Soy tu amiga.

Quise gritar o saltarle encima. Quise arañarle el rostro y decirle que no me hablara nunca más, que ni siquiera volviera a mirar en mi dirección. Pero no podía darle ese gusto. Me negaba a darle eso cuando ya le había dado tanto de mí. *Soy tu amiga.* Rodé los ojos, como si nunca en mi vida hubiera estado tan aburrida, y la miré una última vez.

—Entonces actúa como una.

Tuve razón, Ashleigh se quedó sin respuestas para eso, y, todavía sonriendo —aunque sin haber encontrado respuesta decente—, se despidió de nosotros con un movimiento de su mano y un "espero verte de nuevo" mucho más que inapropiado, en dirección a Aaron.

Por primera vez, detesté que fuera tan lindo. ¿Las chicas se le tiraban encima así constantemente? ¿Cómo hubiera respondido a Ashleigh si yo no hubiera estado a su lado? Muy probablemente con el mismo asentimiento de cabeza respetuoso que le dedicó. No me alcanzó. Hubiera preferido que la ignorara completamente o le dijera que ya tenía novia y que podía irse bien a la mierda.

Ahora, él con las manos en el volante y yo a su lado, en un silencio que apestaba a muerte, me decidí a nunca más dejar a Aaron manejar. Siempre terminaba fatal.

—¿No vas a decir nada? —reventé al fin, como cucaracha aplastada por la caminata hiperactiva de algún hombre cruzando la ciudad. Al menos mi tono fue controladamente bajo. Al menos él manejaba y no tenía que mirarlo a los ojos.

—No. —Dio un giro calmo a la derecha.

—Claro, ¿y sobre la chica que se te estaba tirando encima? ¿Sobre ella tampoco vas a decir nada? —Me crucé de brazos, y aparté la vista en dirección a mi ventana.

—¿Sobre tu amiga que no sabía de mi existencia? No, nada para acotar. —Decir que de él me sorprendió esa mordacidad, se quedaba corto—. ¿Y tú?

—No es mi amiga —fue lo único que atiné a contestar.

—Ella no pensaba lo mismo.

—¿Y por qué mierda le creerías a ella y no a mí?

—Tú misma dijiste que tenías una amiga llamada Ashleigh, discúlpame por no ser un completo idio... —se interrumpió, porque obviamente ni siquiera en esta situación usaría vocabulario impropio—. Muchas casualidades.

—Sí. *Tenía*.

Sentí la rápida repasada de sus ojos sobre mí. Las casas pasaban a ritmo constante del otro lado del vidrio.

—¿Qué pasó? —su tono en ningún momento había sido duro, solo... distante, pero en esas dos palabras se deshizo como algodón de azúcar.

Me di cuenta de que soy igual de mierda que ella.

—¿Por qué no le preguntas a ella? De todas formas, estuvieron hablando un buen rato.

—Aspen...

—Además, si es su palabra contra la mía...

—Aspen.

—... toda la lógica del mundo indica que deberías creerle a ella y no a tu novia.

—Aspen.

—¿Qué? —Esta vez sí lo miré, y enseguida me arrepentí, porque me encontré con que nos habíamos detenido en un semáforo y sus ojos, entre dolidos y suavizados (no sabría decir qué me golpeó más fuerte), se clavaron en los míos.

—¿Qué pasó?

No iba a ceder. No quería que viera ni el más mínimo asomo de la inseguridad que se había acumulado en mí. Ni el más mínimo vestigio de la Aspen que se pudría bajo las resplandecientes capas que me ponía para él.

Para mi suerte, el semáforo cambió a verde y se vio forzado a acelerar.

—Pasó que mi novio deja que mi amiga que en realidad no es mi amiga le coquetee.

Soltó una risita mal disimulada. Era difícil mantenerme enojada cuando él simplemente había desechado todo sentimiento negativo de su cuerpo como si se tratara de sacar la basura un viernes a la tarde.

—Para empezar, no hablaba de eso. Pero en cuanto se me acercó le aclaré que estaba buscando a Aspen. Ya sabes, alta, rubia, tiene un flequillo muy lindo, y hasta hoy no la había visto usar un jean en su vida. No le quedan mal, no le quedan nada mal. Pero —y ahora su tono recobró seriedad—, yo quería saber qué pasó con tu amiga que en realidad no es tu amiga.

Silencio.

—¿En serio crees que estaba intentando algo con esa chica? —dijo, acompañando sus palabras con un suspiro frustrado—. Te parece que haría eso una semana después de haberte pedido que vinieras conmigo a la univ…

—Dijimos que no hablaríamos de eso —solté, con un tono seco que sonó como un aplauso entre dos tablas de madera. De nuevo, mi corazón amenazaba con salir disparado.

El Tema Olvidado había sido catalogado de esa manera en mi cerebro por un único y evidente motivo: tenía que ser olvidado. Aunque la mitad de los pensamientos que me mantuvieron despierta la noche anterior habían involucrado diplomas de Veterinaria y Leyes, pasajes y aviones despegando; pesadillas disfrazadas de sueño.

—Pero tengo razón ¿o no?

–No.

Un bufido. Lo más odioso de ese sonido era saber que no había chances de que estuviera dirigido a mí. Era la forma en la que frotaba la palma de sus manos contra la tela ajada de sus jeans lo que lo delataba: estaba horriblemente frustrado consigo mismo. O arrepentido. Arrepentido de estar sentado en su auto con una chica que tenía el mismo control sobre sus emociones que un bebé de seis años.

–¿Se puede saber por qué? –preguntó.

Y sonó tan destrozado que la verdad se escapó a medias de mis labios:

–Porque hay mil chicas que te hubieran dicho que sí.

Sus ojos se desviaron de la ruta una milésima de segundo, con las cejas espesas divididas por un pliegue en su piel.

–¿A lo de la uni...?

–No lo digas. Por favor.

–Aspen.

–Ya está. No sé por qué dije eso. No importa. Olvidado.

–Olvidado y tres pepinos. Aspen, no te pedí *que...* lo que te pedí –se corrigió enseguida– porque dio la casualidad de que eres la chica con la que estoy saliendo a fines de curso. –Hizo una pausa, como buscando palabras, como tirando de un hilo rojo, en cuyo extremo opuesto me encontraba yo, horriblemente enredada–. Lo hice porque eres tú, y realmente creo que yo te... bueno, supongo que ya sabes el resto.

Pero tal vez no sabía, y la duda me carcomió el resto del camino, que prosiguió en una desalmada carencia de sonido.

Llegamos al refugio y nos adentramos por su pequeñísima puerta; ni el asentado hielo entre nosotros evitó que Aaron la abriera para dejarme pasar, o para ayudarme a bajar del auto.

Primero nos despedimos de su jefe, que nos cedió las llaves apresuradamente porque tenía no se sabe bien qué conferencia del otro lado de la ciudad. Luego, ayudé a Aaron atendiendo a un par de clientes (uno buscaba un collar para un perro cómicamente feo y el otro alimento para peces) en lo que él se manejaba en el fondo, dándole una ducha a Tito, que por suerte había sido ubicado con una familia que lo recogería al día siguiente. Proseguimos a, entre los dos, llenar los tachos de comida de cada uno de los refugiados en el cuarto de las jaulas.

Fue en medio de un baño a un inmenso ovejero alemán, que algo salió mal. No sabría decir qué. Tal vez hice un movimiento brusco, o el maldito Steve —como indicaba la chapita de su collar— simplemente se sometió al llamado carnívoro de la naturaleza. Juro que no existía forma de saber.

De lo que sí estaba bastante segura, era de que una mordida de perro, en especial si tienes toda la mano llena de champú que se mete en la herida, puede arder más que cualquier otra cosa que mi piel haya tenido la desgracia de encontrar. Lo suficiente para que soltara un grito, e intentara apartar el brazo de sus fauces, haciendo que sus caninos se enterraran aún más en mi piel.

—¡Mierda!

En un parpadeo (uno aborreciblemente lento), Steve tenía su merecido bozal y Aaron me había pedido que respirara en lo que él llevaba al perro a otro cuarto y traía un botiquín.

Cuando volvió, yo estaba apoyada contra la pared, con la mandíbula tan tensa que reventaría la articulación que la mantenía unida a mi cráneo. Y ni hablar de mis ojos, no había forma de hacérmelos abrir.

—Ey, ey, ey. Tranquila. ¿Sí? Las manos suelen sangrar mucho. No es nada.

Y claro que sabía eso. No era idiota. Eso no quitaba que escociera como si le hubieran tirado diez litros de jugo de limón encima.

Sentía su cuerpo a mi lado y su tacto áspero tomando mi brazo para extenderlo en su dirección. Me hizo abrir los dedos para exponer la herida y mis tendones chillaron. No emití más que un sonido que murió a medio camino de mis labios y lo dejé inspeccionar mi palma.

—Levanta, vamos. Necesitamos lavar bien eso con agua y jabón.

No iba a negarme. Después de todo, el entrenado para estas situaciones era él.

Finalmente abrí los ojos y lo dejé arrastrarme por el brazo hasta el cubículo del baño de empleados.

Medio apretujados, nos las arreglamos para entrar los dos. La disposición del inodoro y el lavabo, prácticamente uno sobre el otro, obligó a Aaron a quedar con el cuerpo mitad bajo la puerta y mitad dentro, apretujado contra mí mientras se inclinaba y dejaba correr el agua.

Estúpido Steve, pensé, en lo que Aaron tomaba mi mano entre las suyas y me advertía que muy posiblemente no sería una sensación agradable.

No lo fue.

No importó cuanta delicadeza pusiera Aaron en el proceso, cada vez que el jabón rozaba las heridas y tironeaba de la piel, se me escapaba un quejido arruinado. El agua teñida de rosa era un río interminable oleando en dirección al drenaje.

–¿Tienes la antirrábica? –preguntó Aaron, al tiempo que manoteaba la toalla que colgaba de la pared.

–¿La qué?

–La vacuna antirrábica.

Ladeé la cabeza abruptamente hacia él, al borde de la histeria.

–¿Me estás diciendo que esa bestia me va a dar rabia?

Entonces su semblante serio se aflojó, con la toalla blanca tomó mi mano derecha y la envolvió con toda la suavidad que esa tela áspera como lija le permitió. Su sonrisa socarrona estaba de vuelta.

–Tranquila, bobita, solo bromeaba. Steve es un cliente constante. No tiene nada extraño. Mírale el lado positivo: ahora fuiste oficialmente bautizada.

Y, muy a pesar de mi resistencia y el dolor, me descubrí devolviéndole la sonrisa. Acto seguido, Aaron estaba sacándonos de esa excusa de tocador y llevándonos rumbo al depósito, donde guardaban el botiquín de emergencias.

Me hizo sentar en la mesa y, tras dejar la cajita blanca a mi lado, se acomodó entre mis piernas. Hice un esfuerzo exorbitante por no pensar en la sesión de besos que habíamos tenido en su estudio de arte.

—¿Y si viene un cliente? —pregunté dejando que sus dedos removieran la toalla y tanteara con las yemas de sus dedos los míos; un segundo antes de llenar de desinfectante un algodón.

—No teníamos más citas para hoy, al menos de las programadas. Además, esto será un segundo.

Prosiguió a pasar el algodón por la palma de mi mano repetidas veces, dejando expuesta una serie de rayoncitos mucho menores de lo que mi exagerada imaginación los había creído, pero evidentemente peores de lo que Aaron había esperado.

Negó con la cabeza.

—Si te muerde un perro, no tiras para sacar la mano. Solo empeoraste los cortes —explicó, mirándome a los ojos.

—Claro, y le pongo sal y aceite antes de ofrecérsela para que siga saboreando a gusto. ¿Yo qué iba a saber? No te rías, tonto, que me duele.

—Ya sé, bobita. —Sin embargo, no paró, y yo no quería que lo hiciera. Habíamos tenido más que suficiente silencio para un solo día—. Me quedaría más tranquilo si lo viera un médico, ¿sí?

—¿Hoy?

—Bueno, tal vez no era mi plan inicial...

—Si, me imagino. Vaya manera de festejar.

—Esperemos que quede una cicatriz para que toda tu vida recuerdes como festejaste tu primer mes oficialmente de novia con el chico más encantador de la galaxia: gimiendo por todos los motivos equivocados.

Solté una carcajada en toda regla. Amplia y ruidosa, como se suponía que debía ser. Dejé que la cálida sensación reverberara en mi pecho, sin dejar de sonreír mientras encontraba sus ojos.

—Alguien debería decirle a Leonor que deje de alimentar tu ego.

—Ni se te ocurra.

Puse los ojos en blanco y con mi mano sana revolví en la caja de primeros auxilios. Extraje las vendas y se las tendí.

—Vamos —le dije—, que tenemos un refugio que limpiar y cerrar antes de ir a la rampa.

Obediente como soldado, tomó las vendas y habló mientras le daba vueltas cuidadosas sobre mi herida.

—Ey, no te vas a acobardar, ¿no es así? ¿O vas a abandonarme a estos turnos eternos por un rasguño?

—No creo que vayas a sobrevivir sin mí aquí.

—En el fondo te encanta.

Me encogí de hombros.

—No tan en el fondo si te diste cuenta.

Me echó una miradita rápida medio oculta por sus flecos enrulados.

—Es fácil tomarle cariño a los animales, ¿no?

—Son unos bichos bastante agradables.

Fue su turno de reír.

—¿Unos bichos bastante agradables? ¿En serio pretendes hacerte la dura conmigo? Dos minutos antes de que Steve te mordiera le estabas haciendo mimitos y jugándole con el agua.

—Eso es...

—Una completa y absoluta verdad.

—... una blasfemia.

Cortó la gasa y le pasé la cinta para que la pegara y que dejara de exponer mis mentiras de una buena vez.

No me gustaba el rumbo que estaba tomando la conversación, pero estaba tan contenta de que el silencio que nos había acompañado todo el día se hubiera roto al fin, que cuando quise bajarme y él no se movió un centímetro, no hice más que esperar.

En sus ojos pude ver que se debatía. Odiaba poder leer a Aaron con tanta facilidad, porque era inevitable querer abrazarlo cuando eran dudas lo que describían las palabras en sus ojos; abrazarlo hasta borrar cualquier cosa excepto la sensación del nosotros.

—Podrías trabajar aquí, ¿sabes? Si te gusta, digo. —Abrí la boca para oponerme, pero no me dejó—. No me digas que no sin más. Escúchame: pasaríamos más tiempo juntos y es un trabajo genial para incluir en las solicitudes de universidad...

—No saques el tema. Yo ya mandé mis solicitudes —carraspeé y agregué rápido al final, por si no había quedado claro—: *de Medicina*. El momento de inscribirse terminó.

Sus ojos se negaban a dejar escapar los míos.

—No estaba hablando de eso. Y siempre quedan las fechas de inscripciones tardías.

—Todos saben que Cambridge nunca acepta las inscripciones tardías. Deja de insistir.

—Aspen. —Odiaba cuando usaba ese tono, odiaba cuando ponía una mano sobre los brazos que yo había cruzado frente a mi pecho y solo con su toque los hacía caer—. Nadie mencionó Cambridge, eres la única que sigue poniendo el tema una y otra vez sobre la mesa. —Tragué saliva, pero no lo interrumpí—. Si te estoy diciendo esto es porque: *A*, como eventualmente vamos a ir a la universidad, planeo ocupar todo mi tiempo con la gente que quiero. —Era algo que ya sabía, que me quería, pero escucharlo dejaba a mis neuronas completamente fuera de juego. Era algo que también sonaba demasiado a la despedida que tanto nos estábamos esforzando por ignorar en un vano intento de ganarle la carrera al tiempo—, *B*, me encantan las caras que haces y que les hables por lo bajo a los animales cuando crees que no estoy prestando atención —Aaron esbozó una mueca burlona en respuesta al color que me tomó el rostro— y, *C*, en el caso de que quieras mandar una solicitud tardía (a cualquier universidad, por cualquier carrera), sí puede ser útil tener un trabajo aquí.

Tardé más de lo que debería, más de lo que cualquiera que fuera a contestar con una afirmativa hubiera tardado, pero finalmente mostré mis vendajes y pregunté:

—¿Crees que Doc contrate lisiadas?

Su gesto, que casi de forma imperceptible se había ido apagando, recuperó brillo en un santiamén.

—Solo a las que sonríen mucho.

—Difícil cumplir semejante solicitud con el olor a perro mojado de este lugar.

—No te preocupes —agregó después de una risa y el asomo del hoyuelito de su barbilla—, de eso me encargo yo.

CAPÍTULO 19

espués de la rampa cenamos en su casa. Pedimos comida y luego trajo, medio avergonzado, un cuenco con galletas que Leonor había insistido en hacer para nosotros. Nos tiramos en mantas y las comimos bajo el único árbol del jardín: un sauce llorón cuyas ramas acariciaban el suelo dando más intimidad de la que dos adolescentes inquietos y festejando deberían tener. Hubo besos, y risas, y chistes, y nunca mencionamos el Tema Olvidado porque ¿qué tema era ese? No lo sabía, él tampoco, nadie lo sabía ni lo iba a saber porque había sido completa y absolutamente olvidado.

Sí me preguntó por Ashleigh y lo que había pasado entre nosotras, sí, solo dije la verdad a medias. No, no mencioné a ninguna de mis otras no-tan-amigas, y no, tampoco me sentí culpable por ello. O tal vez sí, un poco, al ver en los ojos de Aaron que era más que consciente de que la historia tenía mucho más para contar que un mero "al parecer, la vida tenía otros planes para nosotras. Ya sabes, diferentes caminos". De todas formas, él no insistió, y nos conformamos con ahogar los secretos con besos.

Después de ese día festejando un mes en el que oficialmente se habían roto si no todas, al menos casi todas mis reglas autoimpuestas, entre cita y cita, entre hora y hora de trabajo y un millón y medio de recuerdos nuevos, pasó otro mes más. Y pasó lo que inevitablemente iba a pasar: Aaron cayó en la cuenta de que, si era que tenía padres, esos que nunca en la vida había siquiera mencionado, estos tal vez, quisieran conocerlo.

Las primeras veces que me preguntó por ellos, las evasivas, los besos, las risas, los "desde cuándo importa", me funcionaron, pero después de un tiempo, cuando preguntaba e intentaba usar esas tácticas, noté que Aaron bajaba la vista ya sin sonreír, y se apartaba de mí como si lo hubiera apuñalado, y sus ojos se inundaban de incomprensión.

Aprendí lo que era verdaderamente temer algo, cuando esas cosas pasaban; cuando me daba cuenta de que él nunca me obligaría a hacer hablar más de lo que yo quería o a incomodarme con las mil y una preguntas que se leían en su rostro. Sentía que se alejaba de mí, y yo no podía hacer nada para evitarlo.

¿Qué necesidad había de que los conociera? ¿Quién podría querer sentarse en una mesa con una mujer, el marido al que engañaba y el producto de su matrimonio fallido? Respuesta: alguien que no tenía ni idea de esas cosas, alguien que creía que su novia simplemente no estaba lista para dar ese paso porque, para colmo, ni a sus amigas les había hablado de su existencia.

No podía explicarle. No podía ir y decirle a Aaron lo que había hecho mi madre, el silencio al que se había sometido mi padre, lo mucho que se parecían a mí. Era tan obvio, tan fácil ver mi futuro escrito en sus acciones, lo cobarde que yo era por no poder actuar para cambiar las cosas, el miedo que me ataba a mi habitación con cada entrada de mamá.

Aaron venía de una casa en la que hasta las fotos que recubrían las paredes desprendían cariño: el de sus abuelos, el de sus padres, el de él y su hermano, que incluso siendo un adicto sin rumbo posaba en portarretratos abrazando a Leonor. Absolutamente todo emanaba el calor de una hoguera chisporroteante. Mientras que entrar en mi casa era como atravesar una pared de agua, donde los silencios se reproducían como ecos interminables que ni el grito de un corazón roto podría llenar.

No. Simplemente no.

O al menos eso pensé, hasta que entendí que tal vez no tenía que darle todo. Tal vez el agua fuera menos fría sin los tiburones. Así que esta mañana, llamé a Aaron, y le dije que pasara por la puerta de casa. No le dije qué haríamos, porque me pareció que simplemente sería una excelente sorpresa.

Mientras esperaba a que llegara, me cambié una docena de veces, simplemente para mantenerme ocupada y no pensar en cómo me había tomado desprevenida papá la noche anterior.

Dos y media de la mañana, había abierto la puerta de mi habitación y yo, demasiado metida en el bendito ensayo de Sociología, ni lo había escuchado acercarse. Lo único que me asustó más que el chirrido de la puerta abriéndose a mis espaldas, fue voltearme en la silla giratoria para encontrar sus ojos enrojecidos su porte esquelético.

—¿Cómo estás?

Horrorizada, pensé, pero no dije nada porque ya no esperaba que me diera el tiempo de hacerlo. Sin embargo, lo hizo, y ese tiempo se suspendió entre nosotros, como sostenido por pinzas.

—Eh... bien. —Se me había desertificado hasta la última célula de la boca. Mi lengua era un montoncito de granos de arena.

Estaba hablando con el esqueleto de mi padre, y la peor parte era ver que eso era él haciendo un esfuerzo. Realmente estaba intentándolo, pero a pesar de que le tiritaban las comisuras de los labios, su intento de sonrisa parecía más un llamado al llanto. Todo este tiempo se le había estado cayendo la piel a pedazos, a unos pocos cuartos de distancia, y yo no había hecho nada para evitarlo. Sus huesos habían sido pulidos por mi propia mano, el brillo triste de sus ojos se reflejaba en los míos como un espejo del futuro.

Aparté la vista, apretando con cada fibra de fuerza que me quedaba mi bolígrafo azul. Como si pudiera agarrarme a su color y obligarlo a meterse en los ojos de mi padre, revivir lo que fue alguna vez. Mis manos temblaron aún más al pensar en que Aaron podría haber entendido el abismo de cambio que había entre el color grisáceo muerto que portaba ahora la mirada de mi padre, y el grisáceo de tormenta de verano que tenía antes.

Antes: en mis recuerdos más desdibujados, en las fotografías abandonadas en álbumes viejos, de cuando recién comenzaba a liderar la empresa y diseñaba zapatos de todos los portes y colores. Aaron era un artista y hubiera entendido por qué el mismo color podía ser tan diferente, siendo parte del mismo hombre, pero un distinto corazón.

—Me alegro, me alegro. —*¿Entonces por qué no sonríes?*—. Te estuviste yendo a dormir temprano las últimas noches.

¿Por qué sigue frenando como si esperara una respuesta? Mi respiración comenzó a agitarse. El esqueleto me hablaba como si no hubiera pasado un día desde la última vez que lo vi, cuando habían pasado meses. Meses con su voz volviéndome loca y persiguiéndome con el sonido de sus pasos, y ahora estaba aquí, frente a mí, intentando embarcarnos en una conversación en medio de la tormenta.

Me quedé mirándolo. Realmente quería decir algo. Realmente quería tener algo que decir.

Papá, estoy de novia. Papá, él me hace feliz. Papá, cuando estoy con él creo que puedo ser las cosas que mamá y tú nunca fueron. Papá, cuando lo miro a los ojos me parece que no todo termina en ruinas. Papá, me gustaría poder contarte todo esto. Papá, me gustaría que mamá no te engañara. Papá, me gustaría saber si alguna vez me abrazaste. Papá, me gustaría que me abraces siendo tú y no un esqueleto. Papá, me gustaría que tu esqueleto dejara mi habitación. Papá, perdona. Papá, lo siento.

Todo aquello subió a mi garganta como una bola rabiosa, llegó a mis cuerdas vocales, y las cerré. Las obligué a mantenerse unidas y no dejar ir ni una sola. Y después, tragué toda esa bola, y descendió hasta mis pulmones, donde creció y creció hasta ocuparlo todo y morir.

—En fin, venía a recordarte que comieras y que mañana mamá y yo vamos a viajar al centro. Estaremos cerca, pero tenemos una conferencia y nos invitan a pasar la noche en el Hotel...

El nombre del hotel, el horario de su regreso, su saludo de buenas noches y su recordatorio de que había dinero en el jarrón de siempre, se perdieron en el aire.

Mamá y papá, una noche en un hotel lleno de compañeros de trabajo, donde podría perfectamente estar Max, o cualquier hombre podría "olvidar su chaqueta" con mi madre. Donde mi padre y ella probablemente sonreirían y compartirían la misma cama para mantener apariencias, sin dirigirse una palabra más de las estrictamente necesarias.

–Papá, lo siento.

Pero ya era muy tarde para que me escuchase. Siempre era muy tarde, sin importar lo mucho que intentara llegar.

El encuentro con papá me había dejado destrozada, sí. Esa noche no dormí, pero, como ya había dicho, los ojos de Aaron me hacían pensar que no todo terminaba en ruinas. Y así surgió la inminente necesidad de no tener toda la casa para mí sola. Porque me daba miedo poder escuchar el fantasma de mi padre encadenado a su escritorio, o ver los tacones de mamá repiqueteando solos por el pasillo.

Aaron nunca jamás conocería a mis padres, pero tal vez mi casa pudiera someterse a su presencia. Era fría, y no se escuchaba música clásica proveniente de los cuartos de arriba, ni los cacharros chocando cuando Leonor se disponía a cocinar, pero era una de las partes destruidas de mi vida que tal vez Aaron podría ver sin que yo me viniera abajo completamente.

Por ende, cuando sonó el timbre y bajé corriendo las escaleras solo para saltarle encima a lo koala y con una sonrisa, fue más que entendible que me mirase como si me hubieran crecido tres cabezas.

Pero me sonreía, con todos los dientes en exposición y el hoyuelo de la barbilla y las arruguitas en las esquinas de los ojos, y toda mi ansiedad explotó como una bomba en la boca de mi estómago.

Empezaba a creer que Aaron pensaba que saldríamos a algún lado y podía interpretar mi invitación como un intento de algo que definitivamente no era, o podía...

–Ey –su voz me trajo de vuelta–, de la nada te pusiste carilarga. ¿Qué está pasando en esa cabecita? –preguntó, llevando una de sus manos a mi sien para darle una secuencia de golpecitos.

Mis brazos enredados en su cuello lo dejaron ir un poco, solo para darle un tironcito a uno de sus rizos con una risita, antes de volver a ajustarse a él.

–Nada importante.

Porque esto no tiene por qué ser importante. Por favor deja de mirar la puerta abierta a mis espaldas porque lo haces parecer importante.

Pero no dije nada de eso, solo observé mientras sus ojos saltaban de mi rostro a la puerta abierta con lentitud, como un animal que sabe que está caminando hacia una trampa, pero cuya curiosidad es más grande que el miedo.

–¿Eso va a quedar abierto? –preguntó al fin, mirándome con sospecha.

–Hasta que pasemos, sí.

Entonces, si creía haberlo visto sonreír unos momentos antes, descubrí que había sido mentira. Esto. Esto a centímetros de mis labios, era una sonrisa de verdad. Y claramente no me opuse a que se fusionara con la mía. Juntas quedaban mucho mejor.

De golpe, a mitad del beso, así de suave como estaba siendo y a medio camino de irse por las ramas, frenó, mirándome con pánico.

–Mierda, ¿tus papás están mirando?

Ambos palidecimos, pero por motivos muy diferentes. Tal vez, tuve que haber aclarado antes que ambos estábamos solos. O tal vez no, porque hacerlo durante un beso podía leerse en un idioma que yo definitivamente no sabía hablar.

Así que enseguida me dejó ir y las frescas temperaturas del anochecer primaveral se colaron como una corriente por mis finas medias cuando tocaron el piso.

–No, eh... ellos no... no están.

E inevitablemente, su rostro cambió. Se fusionaron en él la sorpresa y la decepción, ambas barnizadas por una densa capa de confusión absoluta.

Nunca antes visto: Aaron Woods, sin palabras.

Retorcí mis manos, viendo el gesto de lobuna diversión tomar lentamente sus facciones.

–Así que Aspen Vann me ha llamado a mí para emboscarme con una casa vacía...

–Basta por Dios, lo estas volviendo sucio. Esto no es sucio. ¿Okey?

Sus cejas hicieron el baile más ridículo, y en un parpadeo uno de sus brazos había envuelto mi cintura y me tenía completamente pegada a él.

–Eso dices ahora...

Si mi rostro seguía subiendo de temperatura así, iba a prenderle fuego la camiseta. Aaron me gustaba mucho más cuando se quedaba sin palabras.

Ajam, sí, sí, claro.

Cállate.

–Aaron... –me quejé, enterrando todavía más mi cabeza en su pecho para ocultar el tono infrarrojo de mi cara.

–Aspen...

–¿Ya estás de pavadas?

–En absoluto.

–¿Y si te digo que hay un sándwich de queso esperándote en la cocina?

Enseguida me soltó e hizo una galante reverencia señalando la puerta con un movimiento agraciado de su brazo.

–Primero las damas.

Rodé los ojos y tomé su mano, arrastrándolo a mi lado, para sacarnos esto de encima de una vez.

Pasamos el recibidor, y el pasillito que llevaba a la cocina y observé como él evaluaba cada centímetro de ambos lugares con ojos curiosos.

Había querido limpiar antes de su llegada, pero la verdad era que no había una sola partícula de polvo. El servicio de limpieza había pasado esa misma mañana y todo estaba aborreciblemente en orden.

—Es todo tan… prolijo.

—Es impersonal —le respondí, incómoda, con una sonrisa, tras hacerlo sentar en una de las butacas altas del desayunador—. No hace falta que me mientas. Vivo aquí. Ya lo sé.

Él suspiró, con una sonrisita aborrecible que tironeaba de la pena y la diversión. Qué detestable que tu novio sintiera pena de tu vida. Para evitar enfrentarlo, saqué de la alacena un par de vasos y los puse frente a él.

—Bueno —dijo mientras—, sí. Se parece a ti cuando recién te conocía. Toda fría y bordes filosos.

Las palabras me dejaron estática por una fracción de segundo, con una mano en la manija de la heladera todavía sin abrir. En la superficie reflectante de esta, vi a Aaron pasar su dedo por la esquina de la mesada, como reflexionando acerca de lo que había dicho. Solo me relajó ver también su mueca divertida. Di un tirón y saqué una botella de agua y otra de jugo de pera, que le entregué.

—Cómo cambian las cosas, ¿no? —comenté, abriendo las bebidas y sirviéndolas.

—Y muy para bien.

Lo miré a los ojos, ocultando cualquier vestigio de soledad que pudiera existir en los míos.

—Sí, en algunos casos, sí.

Nos quedamos ahí un momento, en el que estaba casi segura de que ambos reprodujimos un millar de momentos que nos llevaron a donde estábamos ahora.

—Ey, ¿Y mi sándwich?

—Yo nunca dije que lo tuviera. Te pregunté *qué pasaría* si lo tuviera.

—Eso es trampa.

—Pero ni cerca.

–¿Entonces? ¿Como piensas alimentar a tu invitado?

Ignoré completamente el tono juguetón de su voz, sacando el celular del bolsillo y marcando el número de Subway. Él se limitó a negar lentamente con la cabeza, dándose por vencido en lo que yo hacía el pedido.

Colgué y él dejó su vaso tras un largo sorbo.

–¿Y en la espera?

–Tour.

–¿Por tu cuarto?

–Por la *planta de abajo...*

–Decepcionante.

–... por ahora.

Sin quedarme a ver la expresión que sabía sería victoriosa, salí por la puerta a mi izquierda.

Era ese tipo de ansiedad positiva que Aaron conseguía provocar en mí, incluso después de todo este tiempo y que me hacía sentir expectante cada segundo a su lado; solo que estaba potenciada por diez, porque estaba recorriendo mi casa y sus pasillos anormalmente fríos, y yo sabía que con cada paso que avanzábamos, él se adentraba más y más en mi vida.

Tracé en el aire un arco grande frente a mí, indicando el salón y sus alrededores.

–Bienvenido al salón de baile.

Él alzó las cejas. Deslizando sus ojos de acá para allá.

–¿Salón de baile?

–Bueno... –y me frené, porque, naturalmente, no había siquiera pensado antes de introducirlo de aquella manera. Eso era lo que era, había sido y siempre sería: no un comedor, sino mi salón de baile, donde reinaba Isa y yo era una princesa saltando de acá para allá.

Era tan extraño estar allí con alguien más; con Aaron, que me miraba pacientemente, a la espera de una respuesta que no parecía venir a mí.

¿Cuándo había traído una amiga por última vez? ¿Cuándo había hablado de Isa, explicado a alguien todo lo que esa mujer, a cambio de tan poco como un sueldo, había hecho por mí?

Y cuando Aaron ladeó su cabeza y su curiosidad se vio medio nublada por la preocupación, el sello entre mis cuerdas vocales salió disparado, y un torrente de palabras se filtró. Y no eran del todo tristes, si no eufóricas y cargadas de tantas emociones que, mientras caminábamos por los alrededores, trastabillaba y tenía que volver a empezar.

Le conté de las fiestas dadas en el salón de baile, del Príncipe Pato Tercero, de las cosas que Isa cocinaba y de los fuertes que construíamos con los almohadones de los sillones elegantes que había a nuestra derecha. Los ojos de Aaron brillaron más que los cristales del candelabro sobre nuestras cabezas y me pareció que ese pequeño mundo recuperaba su color.

Entonces, no sin el vibrato cuidadoso de una voz curioseando por tierras vecinas en las que sabía no era bienvenida, Aaron formuló la pregunta que sabía que, tarde o temprano, llegaría.

—¿Y tus padres? ¿Nunca fueron parte de este mundo?

—No puedo —solté rápido. Traté de que viera en mis ojos lo arrepentida que estaba, lo mucho que lo sentía. Lo mucho que lo quería y lo mucho que significaba tenerlo aquí conmigo, pero que no—. No puedo hablar de ellos.

Sabía que no era la respuesta que quería, pero por su gesto derrotado, entendí que era exactamente la que esperaba. Quemó como si me hubiera encajado una antorcha directamente entre las costillas, iluminó los barrotes alrededor de mi corazón con un arrepentimiento furibundo, con un deseo imponente de salir y de gritar mil perdones.

Dolía tanto saber que lo lastimaba, pero dolería tanto más perderlo, que era algo que estaba dispuesta a hacer. Era absolutamente todo lo que me quedaba y no permitiría que ninguna sombra del pasado hincara sus dientes en él.

Así que proseguí, sin suavizantes, a hablar de cómo se organizaban los festivales en la corte de peluches, y de que siempre me esforzaba por que hubiera un felino en cada mesa porque si no los muy antisociales y se aislaban, algo que Isa me había explicado, no estaba bien, y la conversación retomó su acostumbrado ritmo, dejando que nuestros pies merodearan entre los muebles elegantes y pinturas colgadas aquí y allá.

Se hizo un momento de silencio, en el que Aaron se apoyó contra el respaldo de un sillón que nos daba la espalda, y yo me paré frente a él. No nos habíamos molestado en prender las luces, y la luz pálida de la luna le dibujaba contornos plateados sobre los rizos, entrando por los ventanales. La puerta entreabierta de la cocina dejaba entrar un pedacito de realidad al salón de baile, en la forma de luz eléctrica amarillenta, pero era fácil ignorarla con la sonrisa de Aaron como distracción. Hoy traía salpicaduras en diferentes tonos de azul y naranja en la piel.

Me llevé el pulgar a la boca y –por un impulso más que un deseo sincero– tomé su rostro entre mis manos, frotando para borrar la manchita celeste que tenía sobre el hoyuelo izquierdo.

Él reaccionó de inmediato.

–Basta, ¡que asco! –se quejó, tratando de apartar mis brazos en vano e iniciando un forcejo entre carcajadas.

–Más asco que estés en mi salón de baile todo sucio. –Seguí intentando alcanzarlo.

–¡Aleja esa baba de mí! ¡Soy el artista de la corte! –Llevó el torso hacia atrás para alejarse, solo consiguiendo que yo me pegara a él, todavía intentando esquivar sus manotazos–. ¿Es que no ves? ¡Una total falta de respeto!

–La princesa va a hacer con su baba lo que desee y eso es tener un pintor decente para el baile. ¡Estate quieto!

–¡Puaj! FueraaAAAAAAAAA.

–¡Ni que te molestara tanto mi baba, tonto!

–¡Aleja eso de mí, por amor a mi abuela! ¿Qué clase de princesa babea a sus invitados?

Le pegué un palmazo en la cabeza.

—¡No se permite criticar los modales de la princesa!

—¡Creí que esto era una monarquía, no una tiranía!

—¡BIIIIIIIP, ERROR!

Entonces en medio de tanto enredo y carcajadas, el ángulo se nos fue de la mano, los pies de Aaron se levantaron del suelo y empezó a caer hacia el otro lado del sillón.

¿En lugar de soltarme y enderezarnos? Aaron optó por aferrarse a mi cintura y hacernos rodar a ambos sobre el respaldo de cuero con un grito espantado de mi parte.

Habíamos quedado en la posición más bizarra-incómoda de la Tierra: Aaron, con las piernas todavía colgando a noventa grados del respaldo, y la espalda donde la gente normal pondría el trasero; yo, sentada sobre su estómago que se sacudía en lo que él más o menos lloraba de risa, con la cabeza colgando del borde del sillón.

—¡Pero idiota! ¡Pudiste haberte desnucado! —exclamé con un golpe en su pecho, pero enseguida uniéndome a sus carcajadas.

Era como había sido nuestro viaje a la luna: dos niños poseyendo nuestros cuerpos y corriendo por un nuevo mundo de palacios, princesas y pintores medievales. Éramos las versiones más puras de nosotros mismos, allí con todos esos ángulos extraños y los ojos achinados.

—¡Tu cara de pánico! —Aaron consiguió decir entre risa y risa, con una mano en el pecho—. Oh, Dios mío, tu cara.

—Pero ¿para qué nos tiraste, cabeza de mandril? —me quejé-reí—. ¡Obviamente me iba a asustar!

—Ay, Dios. Parecía que estuvieras saltando de un quinto piso, Aspen por favor. Eres una dramática. Eh, pausa, ¿me dijiste cabeza de mandril?

Y continuó la discusión sobre que yo no era exagerada, sino que él era un bárbaro y que sería inmediatamente despedido de la corte, hasta que le dolió demasiado la cabeza por acumulación de sangre, y nos vimos obligados a movernos... aunque no tanto como yo había pensado, porque en cuanto intenté ponerme de pie, Aaron –ya sentado como Dios manda– tiró de mi mano para sentarme sobre su regazo.

Sin risas de por medio, muy consciente de que solo llevaba una falda ligera, la situación me resultó muy diferente a la anterior, pero nada de lo que estaba pasando por mi cabeza en ese momento sucedió, sino que sus brazos me encerraron en un abrazo de oso.

Lo sentí inhalar y exhalar profundamente; su pecho empujando el mío, hasta que las respiraciones se acompasaron y los movimientos se volvieron fluidos, como los de un solo corazón.

Su nariz enterrada en mi cuello me hacía cosquillas, que yo devolvía enterrando mis manos en su pelo.

–Gracias por contarme todo eso –murmuró.

Yo asentí, no demasiado segura de qué se suponía que debía decir, pero feliz de que él hubiera entendido lo que quise mostrarle, de que no hubiera presionado por más. El fuego de la antorcha volvió a prender, mostrando con su luz todos los secretos que mantenía ocultos entre las cavernas de mi conocimiento; la culpa brillaba como nunca.

Su cabeza se desenterró y depositó un beso inesperado, ligero y pausado, luego dos: primero en mi cuello, luego bajo el lóbulo de mi oreja... y cuando sus dientes se acercaron a este último sonó el timbre, y salté para ponerme de pie con el cuerpo hecho manojo de terminaciones nerviosas, solo para encarar a un Aaron con una media sonrisa entre frustrada y divertida pintada en el rostro.

Me hubiera gustado pensar que yo tenía la misma pinta despreocupada que él, pero sabía que el color de mi cara y mis labios presionados en una fina línea decían cosas totalmente diferentes.

En mi cerebro se libraba una batalla en la que dos bandos enemigos cantaban: "Agradezcamos al repartidor" contra "Maldito repartidor voy a cortarte los dedos".

Aaron tomó mi mano y se puso de pie, sin esperar a que yo dijera nada, y arrastrándome rumbo a la cocina, como si fuera su casa. Como si un segundo antes no hubiéramos estado... haciendo lo que fuera que hubiéramos estado haciendo.

—Ey, con Isa hacían fuertes, ¿no es así? —preguntó al pasar por el umbral. Lo miré extrañada.

El timbre volvió a sonar y me vi forzada a dejarlo allí parado y, tomando plata del jarrón en el camino, ir a recibir.

Volví con los sándwiches y Aaron ya estaba sacando el dinero para devolverme.

—En esta corte, invita la anfitriona. —Lo corté con un gesto antes de que pudiera agregar nada—. Calla y come.

Él se rindió, riendo y negando con la cabeza, mientras dejaba la billetera sobre el desayunador.

—Te decía —comentó un segundo después, interrumpiendo mi búsqueda de servilletas. Saqué un par para cada uno y cerré el cajón, volviéndome hacia él—. ¿Qué tantas ganas tienes de comer en un fuerte?

Aunque mi primer pensamiento fue "tienes que estar de broma", Aaron y yo, en efecto, terminamos construyendo un fuerte con almohadas y sábanas de mil y un colores diferentes.

Movimos muebles de acá para allá por todo el salón de baile, y tendimos sábanas blancas de un lado al otro, usando libros para mantenerlas tensas y evitar que cayeran de los brazos de los sillones que las sostenían. Juntamos un montón de almohadones también, para esparcirlos por el suelo y usarlos como protección contra el mármol que parecía más hielo que otra cosa.

En el camino de búsqueda de mantas, le mostré el resto de las habitaciones: la de mis padres, una para invitados, el estudio y la mía —que él no tardó en observar, era tan impersonal como el resto de la casa, y a su vez organizadamente Aspen (todavía no había logrado descifrar si eso era bueno o malo)– por la que paseó su mirada como inundándose en sus paredes vacías.

Sus ojos, después de eso, cayeron en mi escritorio, y el cartel que marcaba la cuenta regresiva, que había quedado desactualizada un par de meses atrás.

Olvidaba constantemente cambiar el cartelito, y entre los exámenes y el tiempo que ocupaba en la rampa y con Aaron, lo último que quería era ponerme a decorar las letras de un cartel. Sonaba tan estúpido cuando lo pensaba así. Recordaba haberme sentado emocionadísima el día treinta de cada mes, desesperada por el cambio, mientras que ahora no había nada a lo que temiera más.

–¿Cuatro meses? –inquirió Aaron.

–En realidad, son dos.

–¿Para?

–Fin de curso.

–Oh...

Dos meses de clases más dos de verano antes de que nuestro camino bifurcara y cada uno tuviera que seguir su propio rumbo, con kilómetros eternos de mar y tierra entre nosotros.

Las parejas de secundaria no duran.

Mis propias palabras nunca habían sido tan certeramente dolorosas.

–¿Bajamos?

Ni lo miré, ni esperé a que respondiera.

Como cualquiera hubiera pensado –para nuestra desgracia no éramos cualquiera– un fuerte de almohadones no era tan grande, así que dejamos atrás los platos, comiendo uno frente a otro, con las piernas cruzadas en nuestro refugio, nuestras rodillas chocando cuando reíamos muy fuerte y servilletas atajando las migas.

Era igual de mágico y completamente diferente a lo que solía ser con Isa, y amé cada segundo de ello.

No prendimos más que la linterna del celular de Aaron, en una esquina entre nuestras paredes de tela, dejándolo todo en una penumbra que sería tenebrosa si no fuéramos dos idiotas con la cara manchada de aderezos.

Con los minutos, la comida fue desapareciendo, y solo quedaron voces para llenar nuestro pequeño refugio.

—Sí —admitió Aaron, después de un rato de insistencia por mi parte—, lo sé.

Sonaba tan derrotado. A veces pensaba que sus zapatillas y los colores que las salpicaban eran el producto de su insistencia en pisotear una y otra vez sus sueños; su arte.

—Entonces, ¿por qué no lo haces?

Él me miró, como medio maravillado y medio aturdido por el hecho de que hubiera preguntado aquello. Y se quedó así: observándome e intentando descifrar mis palabras, o tal vez, su respuesta.

—¿No viste a mi abuelo? —consiguió decir al fin—. Después de todo lo que me dio, todo lo que hizo por mí —una pausa, gesticulaciones de sus manos en el aire, como si tratara de envolver algo; un pensamiento coherente, una explicación—... no puedo negarle su único deseo.

—Eso es una estupidez —decreté, forzando una elevación prominente de sus cejas.

—¿Cómo?

La carita de cachorrito había vuelto, derruida por un brillo cristalino, que me hizo suavizar la voz. A veces era tan difícil creer que el mismo chico sonriente y tranquilo que podía bromear hasta en un funeral, era capaz de romperse así; de mostrarse tan... vulnerable.

Vulnerable, expuesto, frágil, real. Ante mí, era todo aquello, y muy seguido soñaba con un mundo en el que yo me permitía ser igual. Soñaba con derramar lágrimas, incluso cuando mis ojos insistían en permanecer secos, soñaba con gritar hasta romperme la voz y dejar que me abrazara mientras lo hacía. También soñaba con momentos como este, en el que sentía que él me necesitaba casi tanto como yo lo necesitaba a él.

–Aaron, esta es tú vida, lo que vas a hacer el resto de tus días. Si quieres estudiar Arte, ¿a él qué le importa? En el fondo, Gregory solo quiere verte feliz.

Ah, como odiaba los momentos en los que creía que había encontrado las palabras adecuadas y al salir de mi boca sonaban tan vulgares como baile de burdel, tan asquerosas como los clichés inmortales de las películas de los noventa; "todo lo que necesitas es soñarlo", "ve, anuncia tu amor a los cuatro vientos y recupera a la chica", "todo es posible si trabajas para conseguirlo", "las familias son fáciles y siempre prevalece su amor". Qué hipócrita de mi parte, que horriblemente inocente creer por un segundo que alguna de esas frases guardaba siquiera un ápice de la verdad.

Pero las facciones de Aaron se contorsionaron, como si solo pensar en la posible decepción de su abuelo –aunque fuera una mirada de un segundo, aunque fuera sin que lo mostrase, bien oculta en el fondo de su ser– fuera a romperle el corazón. Estaba tan dispuesto a darlo todo, tan estúpidamente preparado para dejarse el alma en compensar todo el amor que había recibido, como si este fuera una moneda que había prometido devolver. Como si alguien fuera a conocer el corazón de Aaron y no caer totalmente rendido a sus pies.

–Gregory y Leonor –dije–, ambos, te aman. No les debes una carrera en Cambridge, o un diploma de leyes. Lo único que te debes en esta vida es a ti mismo.

Y durante el tiempo que dura un espejismo en el desierto, Aaron pareció contemplar mis palabras. Pero yo no tenía su don, y no siempre –por no decir nunca– tenía las palabras mágicas para abrir un corazón. Por eso mismo, mientras pensaba sus palabras, algo del mundo, tal vez una fracción ínfima a la que él daba brillo y color, pareció desaparecer; yo no pude mantenerla a flote.

—Si no fuera porque se ofrecieron a cuidarnos, Christof y yo hubiésemos entrado en el sistema. —Sus ojos se perdieron en un mar de lo que parecían recuerdos felices velados por añoranza y agradecimiento, por un miedo latente a la simple mención de lo que pudo haber sido. Sentí el peso de esos ojos hundirme el corazón—. Pasando de casa de acogida en casa de acogida... Tal vez nos hubieran separado al segundo. Tal vez hubiera crecido sin saber que tenía un hermano. —Volvió a mirarme, y sus ojos fueron un disparo—. Aspen, les debo absolutamente todo.

Alguna parte de mí comenzó a sangrar, el impacto estalló por mi sistema como mil voltios descargados sobre el mar.

Negué con la cabeza. En parte, porque no entendía cómo era capaz de pensar que les debía algo por aquello, por quererlos, por cuidar de ellos como se suponía que una familia debía hacer. En parte, porque nunca me había dado cuenta de que el único motivo tras la existencia de Aaron, era saldar una cuenta.

En su mente estaba en deuda con el mundo por la segunda oportunidad que le había otorgado. Tal vez por eso ayudaba a chicas solitarias en parques, tal vez por eso sonreía a quien lo necesitara y supiera tan bien cómo decodificar un corazón. Podía ser por eso mismo que me replanteé cuanta de la felicidad que yo veía con él a mi lado era más que una pantalla. Podía ser por eso que me preguntaba si yo era otro de sus pequeños e insignificantes gestos para desendeudarse. Un caso más a la lista de casos perdidos que él podría solucionar; como no había podido hacerlo con su padre o su madre, como no podía hacerlo consigo mismo.

Guardé todo aquello en una caja en el fondo de mi ser, la empujé a la oscuridad, donde ni mis propios ojos la pudieran ver, pero gruesas gotas rojas de incredulidad se derramaron por mis labios, dibujando palabras.

—Estás dispuesto a destruirte.

No fue una pregunta, si no una certeza; una epifanía en la que finalmente comprendía que Aaron había sido construido por los ladrillos de esperanzas que el mundo había ido depositado en él. Porque si necesitabas un amigo, Aaron sería el mejor de todos para ti, y si necesitabas que fuera modesto, agradable, engreído, feliz o serio, él lo sería para ti. Y si necesitabas llenar la pérdida de un hijo con tu nieto, él también lo haría por ti porque eso era lo que Aaron hacía: era el mejor siendo todo lo que se necesitaba de él, el mejor olvidando que también estaba en su derecho de ser él.

—Vas a dejar que tu mundo... que tú seas redefinido una y otra vez por otros, hasta perderte completamente. ¿Y entonces quién serás? Un abogado más en un mar de abogados. Una cara más en un mar de caras. —La desesperación subía por mi garganta, bullendo con cada segundo que pasaba y él seguía ahí, mirándome como si mis palabras fueran mudas—. No puedes ser nada de eso, no puedes... —Pero él seguía mirándome y mirándome y mirándome y mirándome con esos ojos preciosos, sin hacer más que respirar—. ¿Te das cuenta de lo que estás diciendo?

—¿Y tú? —su voz fue suave como el deslizar de seda contra cristal, me habló tomando mi mano entre las suyas, rogándome por un segundo de comprensión que yo simplemente no podía darle—. ¿Tú, que esperas dejar lo que realmente te gusta atrás, autodestruirte, por no dejar tus planes? ¿Cómo es eso diferente de esto?

Parpadeé. Parpadeé. Parpadeé.

—¿Qué?

—¿Me vas a decir que no amas estar en el refugio? —Se me cortó el aire, mis pulmones soltaron un grito agónico. No podíamos hablar de eso. Estaba olvidado. Estaba tan olvidado que cuando empezamos a hablar de su carrera ni siquiera lo recordaba. No. Nonononono. No. Estaba olvidado y dolía tanto recordar—. ¿Que no quieres estudiar veterinaria? Porque puedo jurar que eso también es autodestrucción. Todos nos saboteamos, todos nos saboteamos constantemente porque se supone que en el futuro va a valer la pena, Aspen. –Bajó la voz–. Debería valer la pena.

–No es lo mismo...

–¿En qué no lo es? Para mí valdrá la pena porque mi abuelo me verá ser el hombre que mi padre no pudo, porque me haré cargo de la firma familiar a la que él dedicó su vida, la misma que mantuvo el estómago de mi hermano lleno todos estos años. ¿Por qué vale la pena para ti ser médica, Aspen? ¿Qué es lo que vale todos los años que vendrán y te sentirás más lejos que nunca de la persona que quisiste ser?

Respiraba agitada, mi cuerpo rogaba que empuñara la sábana sobre nuestras cabezas y la arrastrara al suelo, que tirara abajo ese fuerte y que dejara que me asfixiaran. Quería que me envolviera su calor y se me metiera en los oídos como gusanos de tela, para ignorar esas preguntas que ponían en peligro absolutamente todo.

Porque no tenía una respuesta. Porque ese era el plan y cuando un plan se hace, se cumple. Mi agenda lo decía entonces yo cumplía porque así debían ser las cosas. Porque así debía ser: todo lo que arranca tiene que terminar.

La comida, la primaria, la secundaria, la universidad, los sueños, las amistades, los romances, las alegrías y dolores, todos venían con una fecha de caducidad.

Pero mi agenda no decía que me encontraría a un chico persiguiendo su gato, o que más tarde en el mismo banco que nos habíamos conocido yo lo llamaría para que me abrazara en el peor momento de mi vida. Era una estúpida agenda con hojas y hojas de impedimentos que yo misma me ponía y ¿qué sentido tenía?

Ninguno.

Estaba tan cansada de correr. Mis piernas dolían horrores, mis músculos habían envejecido cien años en la última década. No podía más. No podía más con esta escapada constante de todo lo que me hacía feliz. No

podía seguir corriendo de mi propia sombra. La carrera debía terminar y debía hacerlo porque no tenía ningún sentido.

—Nada. Absolutamente nada.

Mis ojos habían bajado a nuestras manos, donde sus pulgares hacían círculos en mi piel, y con cada roce más y más pensamientos estallaban frente a mí.

Todos esos años de simplemente ser el peón de un enorme juego de mesa, de moverme acorde a fechas y exámenes, alejando cualquier cosa que pudiera causar complicaciones, cualquier persona que pudiera atarme y romperme en dos.

Un millar de balas me atravesaron.

Era agotador decir que no queriendo decir sí y decir sí queriendo decir no, y mentir y mentirme una y otra vez hasta el cansancio, hasta creerme que todo estaría bien. Las cosas no iban a estar bien. Nunca lo estaban. Pero esos momentos... Esos momentos en el que construías un fuerte contra el mundo y te dolía el rostro entero de sonreír, podían valer tanto como la misma pena que arrasa las noches solitarias y las horas en silencio con mucho que decir.

De golpe me entró un deseo desesperado de ver sus ojos y sujeté más fuerte sus manos, acercándome. Levanté la vista y los busqué y los seguí porque los seguiría a cualquier punta del universo.

—Nada vale la pena, Aaron. —Era tan maravilloso decirlo y creerlo, decir algo que por primera vez tenía sabor a verdad—. Se supone que tenemos que ser felices. Tienes razón.

Su mano subió, haciéndome el flequillo a un lado, y vi que tenía los ojos cristalizados y me miraba como si cada una de esas gotas de agua vinieran de sus pulmones y hubiera pasado toda la vida sin respirar una sola vez.

—¿A caso me estás dando la razón? —y su risita se rompió un poco, me rompió un poco a mí.

—Sí. Sí, sí, sí. Nada merece que dejemos atrás lo que queremos porque lo único que tenemos que cuidar es a nosotros mismos. Sé egoísta —sonaba tan patéticamente desesperada y me importaba tan patéticamente poco–. Sé que nadie te lo ha pedido, pero sé egoísta conmigo por una vez y solo piensa...

Y su mano siguió camino dibujando los ejes de mi rostro, hasta mi mandíbula, y me acercó a él, empujando mi frente contra la suya, cerrando los ojos como para no ver la masacre.

–No puedo –murmuró–. Lo pensé y lo quiero tanto, pero no puedo. Por eso... –sentía sus palabras golpearme una tras otra–. Por eso no te hablé de Cambridge antes. No quería ir y si te lo hubiera dicho, se hubiera vuelto tan real... hubiera sido aceptar que ese era el futuro que tenía que seguir. Yo realmente...

Y un sollozo lo abrió en medio y, una vez más, me encontré como lo había hecho una vez en una finca de cielo estrellado, permitiendo que llorara en mi hombro, tratando de juntar todas sus lágrimas y de embrazar todas sus penas.

–Yo realmente quería decirte con tiempo, quería hacerlo bien. Pero ¿qué tan justo era de mi parte pedirte que cambiaras tus planes por unos que yo ni siquiera estaba seguro de querer seguir? Se suponía que tenía que decirte muchas cosas antes de lo de Cambridge, que yo te...

–Está bien. Ey, está bien. –Tomé su rostro entre mis manos y lo hice mirarme–. Entiendo. –Aunque no lo hacía.

Lo admiraba, la forma en la que se estaba viniendo abajo para sostener las esperanzas de otros... yo jamás podría poner a alguien por encima de mí, excepto tal véz...

Quise reírme, quise gritar, quise abrazarlo mucho más fuerte, hasta que no quedáramos ni él ni yo, si no un destello de nosotros muy, muy lejos de la Tierra.

Excepto tal vez a él. Excepto porque ni siquiera necesitaba ponerlo a él primero. Simplemente, en el fondo a veces, en la superficie otras, siempre habíamos querido lo mismo.

Yo quería que él fuera completa y absolutamente feliz.

Yo quería ser feliz.

Yo quería que fuéramos felices juntos.

Yo quería que Aaron fuera Aaron, dónde estuviera, y mejor aún, si eso era también conmigo.

—Vamos a ir a Londres —le dije, sin pensarlo un segundo más, sin arrepentirme ni un poco—. ¿Quieres estudiar esa carrera de mierda? Bueno, genial, vas a tener que hacerlo conmigo a tu lado.

Me miró como si le hubiera dicho que Kai era deportista olímpico.

—¿Qué?

—Sí.

—No, Aspen, no voy a hacerte...

Un beso.

Le di un beso con todas las letras y con cada movimiento de mis labios sobre los suyos, de mis manos en su piel y su cuerpo contra el mío le dije que se callara de una buena vez.

Y me separé de él, sonriendo a pesar de que su rostro estaba turbado y de su respiración tan acelerada como la mía, a pesar de que mis piernas habían terminado a los lados de su cuerpo y de que sus manos subían acechantes por mis piernas, como intentando comprobar con tortuosa lentitud que fuera una chica de carne y hueso.

—No vas a hacerme hacer nada —le aseguré, volviendo a juntar nuestras frentes, poniendo en cada palabra la tonelada de sentimientos que amenazaba con aplastarme el corazón—. Tienes razón: esto es lo que quiero. Quiero estudiar Veterinaria con mi novio del otro lado del océano. Quiero no correr de la gente que quiero nunca más en mi vida.

Aaron, muy lentamente, empezaba a sonreír.

—¿Y las parejas de secundaria que no duran?

El estómago me dio un vuelco.

—No aplica a nosotros.

—Ah, ¿no?

—No somos solo una pareja de secundaria.

—Somos bastante más intensos que una pareja de secundaria.

—Ni que lo digas. Somos una pareja de vida.

—Eso es mucho tiempo. Me gusta.

—A mí también.

—¿Te va a gustar igual en Londres? Ya sabes, siempre puedes encontrar otro abogado de traje en el mar de abogados de traje...

—Es verdad, ¿no? Tal vez cambie de opinión...

Tomándome por sorpresa, nos hizo girar sobre los almohadones, atrapándome entre ellos y sus brazos, a los lados de mi cabeza.

—No, no puedes. Muy tarde. Las reglas de la corte dicen que no puedes retirar tus votos de pareja de vida.

—¿Votos de pareja de vida?

Se me cerró la garganta, en parte porque sabía perfectamente que, con nombres estúpidos de por medio y todo, Aaron y yo estábamos comprometiéndonos a mucho más que compartir una vida en Londres (y no es que eso fuera poco).

—Claro.

—¿Para siempre?

—Para siempre, mientras estés feliz... –titubeó–. ¿Eres feliz?

No sé por qué lo pensé, pero por unos segundos lo hice: mamá, papá, Max, mis amigas, los problemas que este cambio de planes implicaría, los altibajos imprevisibles para una agenda...

Pero mirar a Aaron, tan cerca que sus rizos caoba me rozaban la frente, sonriendo esperanzado, con las comisuras de los labios temblando ante la duda, me hizo entender lo poco que importaban esas cosas. En nuestro futuro, ellos no estaban. Éramos nosotros dos, y podía asegurar que eso sí me hacía feliz.

—Asquerosamente feliz –aseguré, subí mis manos a su nuca, disfrutando del peso de su cuerpo sobre el mío, de la serenidad inmediata que tomó de su mirada.

—Entonces supongo que por ahora es para siempre.

Por ahora es para siempre.

Si uno lo pensaba, se daría cuenta de que era otra de esas frases confusas que nunca se sabe si hablan del principio o del final.

CAPÍTULO 20

Con el pulgar desnudo, consciente de que Aaron se había llevado al ruiseñor y todos nuestros planes garabateados en una hoja cuadriculada y marcada con diferentes colores –uno para lugares, otro para presupuestos y otro para cosas sin resolver–, no me sentí tan culpable por estar llegando tarde a clase. Solo ansiosa, a sabiendas de que ese lunes mi vida decididamente había cambiado rumbo y demasiadas cosas podían salir mal.

La noche del sábado, enterrados bajo un millón de mantas y sobre otro montón de almohadones, Aaron y yo nos desvelamos con un cuaderno en mano y la computadora abierta. Si bien él insistió en anotar todo de forma digital, yo le expliqué que no existía nada mejor que anotar a mano: ayudaba a pensar, reflexionar, organizar. Y creo que él entendió que, en ese momento, después de decidir abandonar los planes de toda una vida, yo realmente necesitaba mis resaltadores y una tarea fácil de realizar. Como, por ejemplo, una lista de universidades de medicina no muy lejanas a Cambridge, o puntos importantes que debería incluir en mi solicitud (esa que me pasé escribiendo todo el domingo y envié, con la barbilla de Aaron sobre mi hombro y sus manos abrazándome), junto con otros puntos importantes que Aaron pediría a Gregory que incluyera en su carta de recomendación.

Hicimos todo eso y más, como descartar (yo) la idea de compartir piso (de Aaron) en lugar de vivir cada uno por su lado en el campus. No pensaba dar tantos saltos todos juntos, por más que la idea de dormir todas las noches abrazada a Aaron fuera prometedora, casi un sueño latente tras mis párpados. *Pasos, pequeños,* le dije una y otra vez, *pasos pequeños*. Así, con pasos pequeños y todo, eran miles los errores que podía haber.

Por ejemplo: la carta de recomendación de Gregory (que había estudiado Abogacía) podía interesarle un bledo al área de Veterinaria o podía yo simplemente no ser lo suficientemente buena para entrar a semejante universidad (algo que, desde luego, no sería un problema a menos que ninguna de las otras cuatro opciones a las que envié solicitud –también ese mismo domingo– me tomara). Por ejemplo 2: Aaron podía darse cuenta de que yo era un desperdicio de su energía y abandonarme en Europa, con sueños que sin él parecían envases de plástico en lugar de cofres de oro. Por ejemplo 3: podíamos darnos cuenta de que era demasiado, de que íbamos muy rápido, de que, aunque se sintiera como el cielo, podíamos estar cavando una tumba para Nosotros.

Pero como por ahora era para siempre y Aaron cuidaba de nuestra libreta llena de sueños, me limité a guardarme todos esos pensamientos; durante el sábado, el domingo y, hoy lunes, también. Bien, bien adentro, donde sus llamas ardían sin cesar y el humo que provocaban me ahogaba solo a mí.

Quería esto. Quería irme de esta ciudad. Quería nunca volver. Quería a Aaron. Aaron me quería a mí. Quería estudiar Veterinaria. Quería muchas cosas y se estaban cumpliendo con sospechosa suavidad. La vida no debía ser tan fácil. La vida siempre tiene planes de último momento y estos nunca encajan con los tuyos. Por ende, algo saldría mal cuando menos me lo esperaba, y, por ende, si yo no dejaba de pensar en todo lo que podía salir mal, nunca pasaría. Como si crear esos escenarios dentro de mi cabeza fuera a retenerlos de escapar a la vida real.

El sábado, cuando Aaron empezó a cabecear, sus pestañas pesadas como abanicos de plomo sobre sus párpados, me tuve que obligar a ponerle un freno a nuestra compulsiva investigación sobre nuestro futuro universitario.

Se acostó y me acercó con sus brazos, nuestras respiraciones bailaron entre nosotros y nos dormimos. Fue tan fácil hacerlo. Así, con él a mi lado, más la agotadora tarea de retener todos esos sentimientos entre tanto cambio, de cuidar de dos corazones cuando habías pasado toda la vida sin siquiera prestar atención al tuyo.

Si mantenerme dormida hubiera sido tan fácil como lo había sido caer en el sueño, la noche hubiera sido más tranquila, más sencilla, menos acongojada.

Pero como Aaron no era mágico, las pesadillas no se esfumaron en sus brazos como lo habían hecho alguna vez, si no que vinieron a mí, en la forma de cartas de rechazo, de mi padre con las cuencas de los ojos vacías y las líneas de su cráneo presionadas violentamente contra su piel. Vinieron como una bola negra, pesada como todos mis miedos, anclándome a una secuencia de rostros que me sonreían (Ashleigh y Fallon), que no me veían aunque gritara y se me rompiera la voz (mi madre), que lloraban (Aaron), que me odiaban (Avery), que se amaban y no lo podían decir (Claire y Maggie). Rostros y rostros y más rostros que me miraban de todos lados y me juzgaban y me pedían explicaciones y que me hicieron sudar y temblar hasta que Aaron me despertó apretándome contra su pecho y susurrando palabras de calma.

El gran motivo por el que nunca aceptaba las invitaciones de Aaron para quedarme en su casa después de cenar –cuando se hacía demasiado tarde y estabas en lo de tu novio y lo normal sería quedarte porque de todas formas ya estaban ambos sin camiseta en su cama, medio adormilados y enterrados por el silencio de sus respiraciones acompasadas– era ese mismo: mis pesadillas. Seguían robándome las noches. Cerrar los ojos permitía que mis defensas flanquearan, que los miedos entraran como un torrente furioso y se deslizara por mis venas, bombeando veneno, intoxicándome el corazón.

–Ya, ya, ya, bobita. Ya está, estoy aquí, está bien. Ya, ya, ya. Respira. Está bien.

Me centré en su voz, y dejé que consolara mi cuerpo raquítico con palabras que no comprendía. *Débil, frágil, inútil.* Rondaban por mi cabeza palabras como lanzas y se me metían hasta la garganta. El dolor que me provocaban sobrepasaba los suaves roces del aliento preocupado de Aaron contra mi cabello.

Mis brazos se enredaron en su cuello y mis manos se hundieron en sus rizos como queriendo fusionarme con él. Correspondió con una fuerza completa y absoluta. Ya no tuvo miedo de romperme y creo que al fin se daba cuenta de que no quedaba demasiado que romper. Así que me estrujó hasta que dolió y siguió murmurando palabras amables hasta que disiparon la congoja

Nos quedamos así, completamente encajados como dos piezas de un mismo destrozo, no queriendo volver a dejarse ir, una pequeña escultura estática de un momento milagroso en el que el dolor (de mis costillas reventadas y mi corazón como martillo) hubiese sido demasiado para tolerar por separado.

–No eres una persona terrible –la voz de Aaron, parecía sopesar el mismo peso que la mía (silenciada por las sacudidas que todavía me arrancaba el cuerpo). No nos movimos ni un centímetro, músculos tensionados y piernas enredadas–. Aspen, no eres una persona terrible.

No podía responder, no podía decir nada, no podía nada, no podía más, no más podía, no podía. No. No.

Me había explicado, más tarde, cuando el momento pasó y el sol bañaba nuestra despedida momentánea, que en sueños no paraba de pedir perdón. Una y otra vez murmurando perdones incesantes en un delirante espiral de locura.

–Lo soy –la garganta parecía estar cayéndoseme a tiras, como si la estuviera frotando contra un rallador–. Lo soy. –Quería llorar, quería derramar lágrimas porque en algún lado había leído que me liberarían de lo mucho que pesaba existir. Y no podía. Mis ojos estaban secos como el viento del atlántico. No razonaba y las palabras brotaban de mis labios como goteras venenosas–. Lo soy y me odio. Odio serlo, odio ser.

Y supuse que lo había dejado sin palabras, porque tardó milenios en responder.

—Una mala persona no hubiera hecho lo que hiciste.

—No tienes idea de lo que hice, lo que he hecho, lo que no pude hacer. —Y confesarlo era casi tan doloroso como retenerlo, pero no pude evitarlo.

—Cuéntame entonces.

—¿Soy peor persona por no poder hacerlo?

—No, pero eres un poco más humana.

—No quiero ser humana. No quiero sentirme así.

—Ay, bobita. —Lentamente volvía el movimiento, el universo despertaba y se ponía al día. La mano de Aaron se deslizaba por mi pelo una y otra vez—. Si pudiéramos elegir, la vida sería demasiado aburrida.

—Lo era, antes.

—¿Antes de qué?

—Antes de ti.

—Voy a tomarlo como un cumplido.

—Te odio —confesé, con todo el ardor de aquellas palabras recorriéndome el cuerpo. Necesitaba llorar, a pesar de que siempre lo había odiado, en ese momento necesitaba llorar lágrimas que no tenía y su ausencia dolía casi tanto como la violenta tensión que tomaron los músculos de Aaron conta mí—. Odio amarte y que me hagas pensar que en alguna vida podré amarme a mí misma. Odio cada segundo que creo que no puedo amarte más y luego descubro que no es así.

Y saber que tal vez no era la mejor manera de decir te amo, que ni siquiera había pensado en esas dos palabras antes de decirlas, que estaba dando ese salto sin planes ni prácticas de por medio, lo hizo un poco más catastrófico, un poco más liberador.

—Entonces, ¿me amas o me odias? —su voz volvió a ese tono ronco que nunca podía entender; ¿deseo? ¿miedo? ¿ilusión? ¿desilusión, tal vez? ¿esperanza? ¿sonrisa? ¿de mentira o de verdad?

–Odio no odiarte lo suficiente para dejar de amarte.

–Odio que no me ames lo suficiente para dejar de mentirme.

–No sabía que pudieras odiar.

–Puedo odiar tanto como puedo amar. Son dos caras de la misma moneda.

El pulso, que ya de por sí amenazaba llegando a límites insalubres, se me fue a un pico de velocidad que estuvo al borde de reventarme hasta la más fina arteria.

–Entonces, ¿me amas o me odias?

–Odio que no me dejes amarte, y amo no poder evitar hacerlo.

–Lo siento –murmuré, con una sonrisa tan sincera como dolida en el rostro, alegrándome de que no me pudiera ver y de que el avellana rayado de verde en sus ojos no pudiera arrancarme la verdad a miradas.

–Está bien, tenemos tiempo.

Y supuse que algo le respondí, o tal vez no, porque mis ojos se cerraron y, hasta la mañana siguiente, no se volvieron a abrir.

La cuestión era que, pasarse dos noches con Aaron –una investigando y organizando algo que a muchos les lleva meses, y otra con menos investigación y más manos involucradas– resultó en una Aspen al borde del desmayo.

Lo bueno era que al menos no había pasado por casa el domingo y, por ende, no tuve que afrontar ni a mamá ni a papá, lo que me dio tiempo suficiente para llegar a una conclusión: hablaría con mamá, le daría una última oportunidad de aclarar las cosas. Tanto con él como conmigo. Quería arrancarle un perdón de la lengua, algún sentimiento válido que me mostrara que le importábamos.

Estaba hasta el tope de huir en mi propia casa, como una rata a su nido, el instante en el que escuchaba sus tacones. Estaba soberanamente exhausta por el simple hecho de existir en ese lugar, sobresaltándome hasta con mi propia respiración.

Y si no quería hacerlo, yo me encargaría de encarar a papá. Esta vez, de verdad.

Estaba cansada de ver todo morir a mi alrededor como un jardín en plena sequía, paralizada con la regadera en mano. Podía cambiar las cosas, tenía que poder cambiarlas. No dejaría que ese cadáver siguiera cavando una tumba de papeleo y trabajo en nuestra casa. No dejaría que todo quedara así.

Pero eso tendría lugar más tarde, con algo planeado y no con solo tres horas de sueño encima, porque necesitaría toda mi fuerza y un poco más para afrontar aquello. Como Aaron dijo una vez: la verdad y yo no éramos buenas amigas.

Por ahora, me limitaba a caminar cuan rápido podía por los corredores fantasmagóricos. Los nubarrones que se atisbaban a través de las ventanas no anunciaban nada bueno, y lo teñían todo de gris.

Miré la hora en el celular, ignorando la bandeja de notificaciones plagada de mensajes de Shelly desesperada por saber qué pasó el fin de semana. Empezaba a creer que por "dormir con Aaron", Shelly había interpretado cosas que no habían estado ni cerca de pasar. O al menos, no tan cerca.

O tal vez sí. Pero no que fuera a contarle.

Apreté el paso, necesitando lavarme la cara una última vez antes de entrar a clases. Aunque cinco minutos más o menos no harían la diferencia para mi malhumorada profesora de Álgebra III, me preocupaba la lección, dado que en medio de los finales, no era lo más brillante faltar a las clases de repaso.

En un caso normal, hubiera pedido las notas de clase Ashleigh, pero desde el encuentro con Aaron en el estacionamiento no le había dirigido una sola palabra. La detestaba con cada fibra de mi ser, porque para colmo había anunciado mi noviazgo a Fallon y se habían dedicado a halagarlo frente a mí, deslizando el dedo una y otra vez por sus redes sociales. Como dije, no reaccioné más que con miradas vacías, sonriendo medio de lado a Maggie y a Claire antes de dirigirme a mi lugar habitual, entre todas ellas, pero más lejos que nunca.

Conclusión: me limitaría a pedirle a algún compañero cualquiera los apuntes, me miraría con cara de "en tu vida me has hablado, vete a la mierda", le repetiría mi pedido con mi mejor tono de "apúrate a dármelos que tengo mejores cosas que hacer que hablar contigo", y terminaría haciéndolo. No tenía la paciencia ni las ganas para fingir ser amistosa.

Estaba llegando a la puerta, veía el marco y el dibujito de la niña palito con su vestido y coletas, pero solo cuando estiré mi brazo blandengue para abrir, me llegó la voz.

Hablaba en murmullos, pero podía escuchar su sonrisa engañosa incluso en su tono. Sabía que estaba haciendo una de esas cosas que uno sabe que no debe hacer, porque por más que nunca hubiéramos sido amigas reales, habíamos pasado años en compañía de la otra, y sabía reconocer la forma en la que apuraba las palabras cuando se exaltaba. No era algo que sucediera a menudo; cuando teníamos un examen importante, cuando hacía algo que pudiera afectar su careta de alumna perfecta, cuando, por ejemplo, su voz salía del baño de hombres.

El baño de hombres. Mi cerebro repitió esas cuatro palabras un par de veces, como intentando comprender si era real.

Este estaba justo al lado del de mujeres, puerta con puerta, en medio de un pasillo desierto a primera hora, y mi cerebro adormilado empezaba a creer que estaba teniendo alucinaciones. Fuertes alucinaciones.

—Ya te dije: esta fue la última vez.

Abrí los ojos como platos al percibir esa segunda voz y estampé mi mano contra mi boca al identificarla; Darren. Solté un gritito. Bueno, no un grito. Debería existir una palabra para esos sonidos que no son gritos sino exclamaciones que mueren antes de nacer.

—Y lo dijiste la vez anterior, y la otra. —Se notaba su nerviosismo incluso bajo el deje coqueto de su voz y mi cerebro todavía no conseguía unir las piezas. Estática, plantada en medio del pasillo, oyendo cada palabra como un remolino en mis oídos.

—Esta vez va en serio —replicó Darren.

Estaba segura de que era él. Eso era lógico: tenía su voz, y estaba en el baño de hombres —y era hombre— y no existía otro idiota en el mundo con esa tonada australiana tan marcada y lista para mutilar nuestro pobre idioma.

De lo que no podía convencerme era de la cara que, en mi mente, encajaba con la voz femenina, con su forma de hablar melodiosa y similar a la de un encantador de serpientes. Entonces hice lo que no debía hacer, y me asomé a la rendija entreabierta, y sentí lo que mis ojos develaron como una buena patada visual.

Ahogué un jadeo.

Mierda.

Mierda.

Mierda, mierda y más mierda.

—Ya te dije: Fallon cree que es Avery, que ha sido Avery todo este tiempo. No hay problema, no va a enterarse, no tenemos por qué preocuparnos.

Ashleigh. Podía ver su rostro completo; sentada sobre los lavabos con la falda subida más de lo que cualquier conversación amistosa requeriría. Las manos de Darren definitivamente no eran amistosas, escalando sus muslos a pesar de que sus palabras parecieran querer empujarla. Su rostro lo vi a través del espejo, y miraba a Ashleigh a los ojos, como si quisiera dejarle bien en claro sus palabras, o como si quisiera dejárselas en claro a sí mismo.

Cualquiera de los dos podría verme si solo miraran un instante alrededor, y eso haría todo treinta veces peor. Tendría que enfrentar la ira de Darren y Ashleigh, la de Fallon y la de quién sabe qué otra persona y eso era lo último que necesitaba. Sin embargo, mis pies habían echado raíces y se negaban a alejarse, mis ojos no se apartaban de la escena ni para parpadear.

—No debería ni creer que fue Avery, ¿no lo entiendes? Yo la quiero.

Vaya manera de querer.

Ashleigh se pegaba más y más a él con cada segundo y mis arcadas incrementaban. Qué carajo estaba pasando.

—¿Cuánto puedes querer a alguien que no te desea?

—Sí me desea.

—Si lo hiciera ya lo hubieran hecho.

—Ella quiere esperar, dije que la esperaría.

—Tu definición de esperar está un tanto torcida...

Más y más cosas que sonaban a chiste dichas como si fueran verdad. ¿A caso Darren y Fallon nunca habían...? ¿Ashleigh y Darren...?

Dios mío.

Santa mierda.

Se reprodujeron más como bombas que como escenas de una película. En las películas, se busca esta sensación de tiempo, de revelación, en la que se le da de una forma o la otra el tiempo al espectador para que las piezas conecten y los cables chisporroteen. Esto era un bombardeo en su apogeo y su único objetivo parecía destruir. Un recuerdo sobre otro colisionando con los cimientos de mi memoria y recordándome todas las alertas que pasé por alto, todas las veces que estuvo frente a mí, frente a todos nosotros:

Las veces que ambos habían desaparecido de clases, las veces en las que Ashleigh parecía empeñada en culpar a Avery de todo, las menciones de la chica de pelo negro con la que Darren había sido visto, sus miradas entre discusiones... Todo, justo en nuestra cara. Y Fallon... *Oh, Dios,* nunca creí que fuera a sentir pena por Fallon. Por amor al cielo, era Fallon y muy probablemente había hecho cosas peores, pero esto... ¿Cuánto llevaban Asheligh y Darren haciendo... esto?

–En serio. Quiero a Fallon, no voy a seguir lastimándola así.

Sus palabras hubieran sido mucho más lindas si no hubiera dejado que Ashleigh lo besara justo después.

Entonces regresó la Aspen que tanto necesitaba, la antigua Aspen que no quería tener nada que ver con nadie y solo deseaba que todo quedara atrás.

Mis pasos resonaron por todo el corredor, pesados y torpes. Y a pesar de que corría, otra vez tenía esa sensación de que los secretos se adherían a mí, como si me buscaran, como si no quisieran dejarme en paz.

La buena noticia, era que al menos ya no tenía sueño.

Llegué al aula y empujé la puerta, sin molestarme en tomarme el tiempo para estar decente. Me importaba un chancho estar decente a esta altura. Solo podía pensar en que Ashleigh había estado manipulando a todos a su alrededor, en que así podrían haberse intercambiado palabras mi madre y Max, y en que esta vez no cometería el error de no hacer nada.

En efecto, me perdí toda la hora de Álgebra, deambulando por los corredores hasta que llegué a una única conclusión: no quería seguir.

Le había dicho algo importante a Aaron el sábado, y era que en el fondo solo nos teníamos a nosotros mismos, éramos los únicos que siempre estarían. En las malas, en las buenas, en la soledad y compañía, nuestra conciencia era la única variable constante.

Todo el resto –amigos, familia, mascotas, romances– eran puramente decoración. Podía sonar egoísta, pesimista, catastrófico incluso, pero al final del día, era nada más que la verdad.

Y decidí que en mi vida había muchos hechos que eran reales. Algunas de esas cosas eran que en un mes terminaría la secundaria y que ya no necesitaría a mis supuestas amigas. Otras eran que simplemente, esas mismas supuestas amigas, se habían convertido en un estorbo insoportable.

No eran un suéter pequeño: eran ropa para Barbies de veinte centímetros.

Así que cuando crucé el umbral, justo con el timbre que daba inicio a nuestra última clase de Política del año, decidí que haría algo al respecto: no decir nada.

Sonaría reverentemente contradictorio, pero no era como en casa. Ashleigh, Fallon y Darren no eran mamá, papá y la sanguijuela de Max. Ashleigh, Fallon y Darren eran un montón de basura que trepaba por mis ventanas y me ocultaban la luz, y yo decidí hacerla a un lado. No quería tener nada que ver con ellos y hacía un día precioso para mirar afuera.

Tenía a Shelly, a Cam, a Paul incluso, y, sobre todo, a Aaron. Tenía amigos de verdad, que me mandaban mensajes porque sí, se reían conmigo y se burlaban los unos de los otros con cariño. Eran el tipo de personas que tiempo atrás me había dado vergüenza ajena: demasiado gritonas, disparatadas, llenas de locuras y carentes por completo de interés en las opiniones del resto. Creía que apoyarse unos en otros, que los gestos de compañerismo los hacían débiles porque cuando estuvieran solos no podrían mantenerse de pie. Ahora me había convertido en uno de ellos y era demasiado tarde. Los quería. A todos esos idiotas los quería y sabía que cuando la soledad volviera, sería como si me arrancaran la mitad (más brillante) de mi sonrisa.

Lo que dejaba atrás en este momento, mientras me sentaba en un pupitre en el fondo del aula, junto a un chico cuyo nombre en mi vida había escuchado –tenía el pelo grasoso y la nariz torcida, y me miró como si fuera un pastel en forma de sable, una cosa incompatible y totalmente fuera de lugar– eran ataduras y peso muerto.

No me importó.

Les sonreí, a la distancia, a Claire y Maggie –la primera con el entrecejo fruncido en un signo de pregunta y la segunda con una sonrisita de aprobación y amargura que no entendí del todo. Nunca había entendido a Maggie, ni siquiera a medias–, y me salteé los ojos de Fallon.

Esos ojos azules que siempre pensé que harían juego perfecto con los de mi madre, con los que solía pensar que podía vivir mejor, una secundaria llena de beneficios y comodidades, libre de inconvenientes.

Avery no se merecía lo que le habíamos hecho, pero Fallon sí. Se merecía cada palabra y cada segundo que su mejor amiga y su novio intercambiaban. Y yo deseé, de todo corazón, que cuando todo saliera a la luz y la soledad cayera definitivamente sobre ella, su conciencia lo supiera.

Yo lo sabía.

Fallon merecía a Ashleigh, Ashleigh merecía a Darren y yo me merecía un descanso de todos ellos.

No porque fuera menos culpable, no porque fuera mejor, solo porque lo había decidido.

Quién hubiera pensado que podía ser tan fácil.

CAPÍTULO 21

No fue tan fácil. Las cosas no eran tan fáciles. Los cambios eran dolorosos.

Los atletas, me explicó Maggie una vez, tienen este período –cuando no participan en competencias ni cosas deportivas para gente deportiva– en el que se preparan. Lo que hacen es básicamente desarrollar su fuerza y capacidad al máximo. Hacerse resistentes. Inmunes. Se llama pretemporada.

Podría decirse que el último mes había sido una extensa pretemporada emocional.

Había estado dándome un tiempo a mí misma: sentándome sola en el aula, durante los almuerzos, en mi escritorio, enfrascada entre pilas y pilas de tarea. Ya no estudiaba con Aaron.

No podría decir el momento exacto en el que sucedió, solo que lentamente existir se convirtió en un peso, que todo estaba yéndoseme de las manos, que necesitaba alejarme de todo y de todos.

En cierta forma me había convertido en el tipo de persona que meses atrás empujaba por los pasillos. Era casi gracioso lo mucho que mi situación me hacía acordar a Avery. Cuando Fallon y Ashleigh aparecían en mi radar, salía pitando, y podía imaginarme a la perfección sus ojos siguiendo mi cabeza entre el gentío.

No quería enfrentarlas, no quería dar explicaciones. Quería que su mundo y el mío quedaran separados por la mismísima muralla china.

Vivía mirando sobre mi hombro, salía del colegio prácticamente corriendo en cuanto sonaba la campana y nunca deambulaba por rincones desiertos. Conocía su manera de actuar y de moverse en manada (esa era mi pequeña ventaja). Siempre estaban al acecho de una oportunidad con aquellos que tenían cuentas pendientes. Las sentía observarme. Todo. El. Tiempo. O estaba siendo muy paranoica. No lo sabía. No quería descubrirlo.

Tenía más pesadillas, y en ellas las veía a Fallon y Ashleigh desde los ojos de Avery. Sentía sus golpes y no importaba cuanto me moviera, no podía escapar.

Dormir se había convertido en un sueño. Pertenecía a la parte bonita de los cuentos de hadas.

Aaron estaba preocupado. Decía que estaba más delgada que nunca, me pedía que comiera y yo le decía que lo haría solo para que me dejara en paz. No podía hacerlo. Todo lo que entraba a mi organismo, volvía a subir por mi garganta a las pocas horas. Otro motivo por el cual empecé a ignorar a Aaron: no quería que me viera así. No quería que se preocupara. Pero tampoco existía maquillaje que pudiese ocultar las sombras consumidas de mi rostro.

Ya tendríamos tiempo para hablarlo. Después de la pretemporada. Después de hacerme fuerte. En parte, lo estaba haciendo por él. Para poder dejar de mentirle, como me había pedido.

Otra cosa que había hecho una y otra vez era escribir. Escribía tantos apuntes y resúmenes como borradores. Borradores de lo que le diría a mi madre y que empezaban a acumularse en el fondo de mi armario porque era demasiado cobarde como para dejarlos en un lugar tan expuesto como la basura.

Una vez, de pequeña (si no me equivoco, no tenía siquiera seis años), quise deshacerme de un plato roto y lo tiré a la basura, así como así, escondiéndolo bajo un plátano y papel de diario. No quería que nadie se diera cuenta de lo que había hecho. Me habían advertido más veces de las que podía contar contra subir comida a mi habitación. "Se debe comer en la mesa y solo en la mesa", decía Isa. "La cama es para dormir".

En cuanto Isa levantó la bolsa para sacarla, los platos se abrieron camino, rajaron el plástico y toda la basura se desparramó por la cocina.

Sentía que mis hojas repletas de amenazas y sentimientos eran muchísimo más filosas que los trozos de ese plato blanco, y que, si salían a la luz, toda la basura en mi interior quedaría expuesta de la misma manera. E Isa no estaría allí para levantarla conmigo esta vez.

Mamá, sé que eres una mierda...

Así empezaba mi primer borrador. Lo taché. Lo hice una bola. Al ropero.

Hola, quería hablar contigo sobre...

Ese era otro, y sonaba demasiado amable, políticamente correcto, como si estuviera hablándole a un cliente. Lo taché. Lo hice una bola. Al ropero.

Te odio te odio te odio te odio te odio.

Había media carilla de "te odios" en mi quinto intento. Lo taché. Lo hice una bola. Al ropero.

Sigues desapareciendo. Antes era solo los jueves, ahora son todos los días. Los fines de semana siempre tienes conferencias fuera de la ciudad. No creo que papá siquiera se percate. Ha empezado a dormir en el sofá que hay en su despacho. Me di cuenta porque nunca lo escucho salir más que para cruzar al baño. Sigue viniendo a recordarme que coma y yo ya no me escondo de él porque tú ya le escondes demasiado. Me veo forzada a encararlo y ver la fina capa de sudor en su cráneo expuesto. Ya no se ducha. Ya no va a la oficina. Y a ti ni siquiera te importa. No puedo seguir pretendiendo que lo hace. No sé dónde vives, no sé dónde pasas las noches, pero no es con nosotros. Nuestra casa es tu enorme armario.

Vienes, dejas tus cosas, te cambias y te vas. Te pones zapatos marca Vann. Lo haces todo cerca de las cuatro de la madrugada. Empiezo a olvidar tu voz, porque tratas de ser sigilosa y que nadie te note entrando y saliendo, así que tampoco hablas por celular. No sé si es un alivio o no. Siempre quise callarte cuando hablabas con tu voz de empresaria. Ahora que no está, parece un mal augurio. No importa cuánto intentes que no te escuche, casi siempre (salvo cuando ya lo estoy) me despiertan tus tacones. Tal vez deberías sacártelos. A menos que hagan juego con otra chaqueta que Max haya olvidado y lleves puesta.

Un enorme párrafo inconexo. Atolondrado por oraciones cortas y sentimientos expuestos que sabía que nunca podría pronunciar abiertamente, no con los ojos avispados de mi madre en mí, ese fue mi decimosegundo borrador.

Lo taché. Lo hice una bola. Al ropero.

La pretemporada consistió en alejarme de la rampa. Si iba, me sentaba a estudiar en una esquina, tomando descansos muy de vez en cuando. Le sonreía a Aaron, les sonreía a todos, y aunque lo intentaba, ninguno parecía creer que fuera sincera. Yo lo seguía intentando.

Pasaba tanto tiempo conmigo misma en la escuela y en casa, que cuando llegaba el momento de estar con mis amigos, las voces de mi cabeza eran demasiado ruidosas, demasiado imponentes. Estaba convencida de que, en el fondo, no me querían allí. No tenía sentido, porque me invitaban y porque ellos siempre me sonreían de vuelta, pero no importaba la lógica. Yo *sabía* que no me querían allí.

El deseo de huir incrementaba, el miedo de que me hicieran a un lado. Se habían vuelto demasiado importantes. Los quería y era aterrador. Era motivo suficiente para desear volver el tiempo atrás y no conocerlos.

Como con Aaron. Lo miraba a los ojos y veía esto que estábamos construyendo. Este futuro importante y juntos. En los pocos momentos que nos vimos durante mi pretemporada, planeamos y planeamos. *Londres, Londres, Londres.*

El futuro estaba demasiado presente.

Era como una ola de seis metros a medio centímetro de mí. Iba a aplastarme, dejarme hecha una figurita 2D contra el suelo. Estaba segura de ello. No podría soportarlo. No podríamos soportarlo. Aaron y yo. No éramos tan fuertes. Siempre quería decírselo; retractarme de todo futuro, de toda palabra, de toda promesa. Pero entonces intervenía, sin siquiera darse cuenta, dedicándome una sonrisa de esas tan suyas, regalándome un abrazo, un beso, un instante de su paz, y me callaba. Sí, la ola estaba allí, en algún lado, en donde fuere, pero no podía verla. Aaron la tapaba. Así que, por el momento, todo estaba bien.

No había vuelto a decirle que lo amaba. Él lo hacía. Constantemente. Y yo sentía el impulso de las palabras formándose en mis labios, justo antes de que mi lengua les bloqueara el paso. Siempre terminaba sonriendo, siempre terminaba con la sensación de que debería haberlo dicho, de que no tenía sentido dudar en aceptar algo que él ya sabía.

Pero decirlo en un momento de debilidad, en medio de la noche y la oscuridad, era muy diferente a decirlo frente a frente, mirándolo a los ojos, como algo casual, como algo de todos los días. No eran palabras de todos los días. Eran extrañas y se deformaban en mi boca como dialectos muertos.

Cada vez que miraba a Aaron, sentía los conos y la retina de mis ojos llenarse de él hasta casi reventar. Un exceso tan abusivo como revitalizante de luz. Me moría de ganas de estar con él. Despertaba en mí una necesidad espeluznante de pegarme a su cuerpo y rodearme con su olor y sus brazos. Quería que me hablara de su día, que se quejara de su profesora de Arte y que se mostrara débil conmigo, quería que dibujara mil paisajes a mi lado. Quería cada rincón —sombrío, pervertido, dulce, preocupado, artístico, cursi, engreído— de Aaron.

Se había ido metiendo entre mis dedos, tal vez desde el instante en el que los tomó entre los suyos por primera vez, había ido infestándome y creciendo como una segunda capa de piel, una armadura para abrigarme cuando llegasen el frío y el dolor. No. Aaron no era una armadura. Era un escudo. Me protegía, me hacía sentir segura. Y de la misma forma, podía ser arrancado de mis manos y usarse en mi contra. Un simple golpe certero de metal podía dejarme en el piso. Era mi mejor arma, mi mayor consuelo, mi peor debilidad.

La pretemporada no surgía efecto. En lugar de forjar una resistencia, incrementaba una necesidad. Con cada mensaje ignorado, con cada plan cancelado, cada segundo que me negaba a pensar en él.

Odiar amar era una batalla desconcertante, constantemente en mi cabeza desde ese día en el fuerte. Y como nunca ganaba un bando, como nunca descansaba mi corazón, "te amo" se había convertido una de las muchas verdades que era incapaz de pronunciar.

Dos palabras que me harían más débil.

Dos palabras que podían romperme el corazón.

Dos palabras me hacían temblar las rodillas, apartar la vista, y estallar los pulmones cuando salían de los labios de Aaron, cuando me miraba y yo estaba segura de que esperaba una respuesta que no le podía dar.

Mi última conversación con Shelly (de las largas y reales, con más que monosílabos) había sido hacía un mes. La semana justo antes de que arrancaran los exámenes. Desde entonces, no la había visto y había ignorado sus mensajes. Le quería responder, pero la vocecita sarcástica de mi conciencia se reía cada vez que tipeaba un mensaje. Me decía que, si no respondía, Shelly se sentiría aliviada.

Dicha conversación empezó así:

–¿Tuvieron sexo?

Shelly, a veces (muchas veces), me desconcertaba. Me preguntaba si lo hacía a propósito. Tal vez le parecía divertido. Pensaba mucho en esas cosas últimamente. En que todo podía ser una trampa.

–No me mires así, es solo una palabra –insistió.

–Es que no entiendo por qué tienes que decirlo así. Lo haces sonar como algo sucio... algo malo –repliqué, pasándome una mano entre el pelo. Mi flequillo vivía hecho un desastre.

A nuestro alrededor, los peatones pasaban. Había bastante gente, algo poco común los jueves. La mayoría se metía en la heladería de la que acabábamos de salir. Nos habíamos instalado en un banquito en la puerta y esperábamos a los chicos.

–Nunca dije que fuera malo. Es genial. El sexo es genial.

–Esa vieja acaba de alejar a su nieto de nosotras con cara de espanto. Deja de gritar, por Dios –me reí. Fue una risa sincera, tal vez la última que le di, aunque en realidad hubiera querido pegarle un codazo en la boca para callarla. Los chicos podían aparecer en cualquier momento y escucharla decir algo así haría bastante fácil descifrar el tema de nuestra conversación.

–¿No vas a contarme?

–No, Shelly. No voy a hablarte de mi intimidad. Tú no me hablas de lo que haces o dejas de hacer con Paul.

–Créeme, nosotros no *dejamos de hacer* nada.

Puse cara de asco. No quería detalles.

Paul y Shelly habían empezado a salir un poco después de Aaron y yo, pero eran bastante más públicos con su afecto (por no decir que se succionaban la boca en el medio de la rampa, anunciando su calentura al universo), algo que solía provocar quejas tanto de Cameron como mías. Aaron (obviamente) nunca se quejaba, se conformaba con reírse de nosotros y sonreír.

Muy rara vez Aaron y yo compartíamos más que un pico frente a nuestros amigos. Me gustaba eso. Nuestra intimidad era nuestra; secreta y entrañable y privada. Exponerla resultaba un acto casi criminal. No era algo que debiera ensuciarse con las miradas de otros.

Shelly mordió el barquillo vacío y una gota de helado de menta le cayó por la barbilla. Se la limpió rápidamente antes de hablar, salvando su camiseta amarilla. Desde que le sacaron los frenos, su sonrisa parecía tres veces más blanca, destacaba alegremente con el tono oscuro de su piel.

—Y si no te cuento, es porque no preguntas.

—Y porque no me interesa saber.

—Bueno, a mí sí.

Me encogí de hombros y miré mi helado. No lo había tocado.

—Ese es tú problema.

Y el mío un poco, porque no había *nada* que contar.

Había habido... momentos. Situaciones en las que sobraba ropa y nos deshicimos de ella, en las que nuestras manos exploraban más allá que de costumbre y en las que sentía que la piel se me iba a prender fuego. Varias veces redirigimos besos a nuevos territorios —como esos dos lunares en el cuello de Aaron que me volvían loca— y nuestras respiraciones se volvieron superficiales y cálidas.

Pero nunca cruzábamos la línea del todo. Siempre que me miraba a los ojos, siempre que me pedía permiso para avanzar —sin o con palabras—, yo retrocedía, negaba con la cabeza, y terminaba diciendo que no. Quería exigirle que no me preguntara, que no me diera la oportunidad de echarme atrás, pero él siempre lo hacía y sabía que lo seguiría haciendo. Tanto como sabía que tenía que resultarle frustrante, por más que me dijera que estaba bien y me abrazara. Por más que sonriera.

Era otra de las situaciones en las que me decía que me amaba, y aunque me mataba por dentro, yo no podía responder.

Shelly le dio un tironcito a mi blusa haciéndome con sus enormes ojos oscuros un mohín. Quería empujarla, decirle que no me presionara, que no todos teníamos una relación perfecta y andábamos como conejos por la vida. Quería decirle que no entendía que y que se callara.

—Aspen...

—¡Buenas, buenas, señoritas! —Cameron se sentó entre nosotras, rodeándonos a cada una con un brazo y sonriendo a Aaron y Paul, que venían tras él. Shelly se vio obligada a soltarme.

Asomó del otro lado de Cameron, con los ojos convertidos en rendijas supuestamente amenazantes.

—Esta conversación no ha terminado.

No contesté.

—¿Qué conversación? —terció Paul, con sus manos en los bolsillos y plantándose frente a nosotras. Aaron lo imitó, dedicándome antes una muestra reluciente de su dentadura. Aparté la vista.

—La que ha terminado —repliqué, y me pareció que creyeron que mi mal humor era fingido—. ¿Es que no estabas prestando atención?

El lado izquierdo de los labios de Paul se curvó.

—Supongo que tienes razón. Mejor voy a buscar mi helado.

Cam se puso de pie con un salto que sacudió todo el banquillo.

—Yo también quiero. ¿Sabías que el helado de sambayón es el más difícil de hacer?

—También es más feo —agregó Shelly uniéndoseles y colgándose del brazo de su novio.

Quería ir con ellos. Una enorme parte de mí se moría de ganas de ir con ellos y darles un abrazo.

Una pena que la parte más grande, más pesada, fuera la que me decía que los dejara en paz.

Aaron se sentó a mi lado, con un brazo extendido sobre el respaldo, alrededor de mis hombros. Me dio un beso en la mejilla. Volteé a verlo y vi mi reflejo chisporroteante en sus ojos. Era un bonito espejo, en él siempre me veía feliz. Las comisuras de sus labios se alzaron más, por imposible que pareciera.

Mi conciencia bajó el volumen. Solo él podía hacer eso. Odiaba que tuviera más control sobre mí del que yo tenía.

–¿Qué tal? –preguntó.

–De maravilla. ¿No vas a querer helado?

–Si te ofreces...

Tomó la cuchara que tenía en mi mano y la hundió en mi helado.

Le di un empujoncito y rodé los ojos, pero lo dejé volver a hacerlo. Insistió en que yo comiera un poco. Lo hice.

Me gustaban las cosas simples. Me gustaba su pelo oscuro. Me gustaba el hoyuelo de su barbilla y cómo brillaban sus ojos con la luz de media tarde. Me gustaba la sensación del sol recalentando la tela de mis jeans. Su mano en mi muslo, jugando con las roturas de la tela. Me gustaba fingir que él y yo éramos todo lo que quedaba en el mundo.

Ya había hablado con Maggie y Claire. Fue lo primero que hice en la pretemporada. Lo tomé como un calentamiento, o un aclimatamiento, mejor dicho.

Cuando les dije que sabía que tenían algo, que creía (sabía) que estaba perfecto y que no deberían seguir con Fallon, se me quedaron mirando. Tan tensas que pensé que empezarían a agrietarse y, eventualmente, a caerse a pedazos.

Pero no pasó. Solo se quedaron allí y yo seguí hablando, lo más cálidamente que podía (que con mi nivel de nervios equivalía a verano en el polo norte) para llenar los vacíos.

Siendo honesta, se me estaba partiendo la cabeza de dolor. Decir la verdad era un proceso pegajoso; me daba arcadas.

Les dije que yo también había estado con Fallon por esa sensación de protección que ofrecía, pero que no valía la pena. Demasiado drama, demasiada falsedad, demasiadas cosas que era antes y ya no quería ser (aunque puede que me hubiera guardado eso último).

No les conté lo que sabía de Ashleigh y Darren porque no era mi secreto para develar. Agradecía saberlo porque había abierto mis ojos, pero también me pesaba, porque por más que mi rechazo a ambas, Ashleigh y Fallon, creciera día tras día, también lo hacía mi pena por la última. Claire y Maggie no tenían por qué cargar con eso también.

La cuestión era que, al terminar mi monólogo, mis amigas se habían limitado a asentir –una con el ceño fruncido y la otra sin siquiera mirarme a los ojos– antes de dar media vuelta y alejarse en direcciones opuestas. Como si quisieran convencerme de que estaba equivocada.

Fue casi cómico.

No había forma de disfrazar las miradas que compartían. Había sido una estúpida por no verlas antes.

La única explicación que se me ocurría era que antes no sabía cómo se veía el amor. Cómo se sentía. Cómo dolía no poder tenerlo o sentir que siempre estabas al borde de perderlo.

Después de ese día ninguna de las dos volvió a hablarme. Si nuestras miradas se cruzaban, apartaban la vista, si les sonreía, apartaban la vista, si las buscaba, escapaban. Seguían pegadas como lapas a Fallon. Claire seguía rotando novios y caminando por los pasillos con su meñique enganchado al de Maggie.

Y yo estaba sola. Había dicho la verdad, había hecho lo que todos decían que estaba bien, había sido honesta. Había querido cambiar y una vez más, el mundo no había cambiado conmigo. Una vez más llegué demasiado tarde. Una vez más era inútil intentar.

Si era una guerra, hacía rato había perdido.

Balazo.

Balazo.

Balazo.

Directo al corazón.

Para cuando quise darme cuenta, la pretemporada se había convertido en un modo de vida.

Empecé a llegar a casa y a revisar mis dieciséis borradores.

Empecé a dejar de lado la rampa.

Empecé a esperar en la puerta a que mamá volviera.

A que llegara a casa. Pero no lo hizo.

Ni el primer día.

Ni el siguiente.

Ni el que vino después. Y yo seguí esperándola, sentada en la cocina, con los brazos sobre el desayunador y la vista perdida en mis dedos. Hacía una semana que no salía de casa, que no veía a Aaron, que no abría sus mensajes, que no tenía el ruiseñor. Le dije que tenía que arreglar cosas. Que me llamara si me necesitaba. Me preguntó que pasaba y nunca contesté. Me pidió que le hablara, que contara con él. Y no pude. No valía la pena.

Iba de la escuela a la cocina. Y esperaba.

No dormía. Apenas comía.

Había dejado de estudiar.

No tenía tiempo. No tenía ganas. Aprobé los finales de todas formas.

Tenía muchos pensamientos en mi cabeza. Estaban allí constantemente. Latían en mi cráneo, lo empujaban. Dolía. Todo el tiempo.

Tenía que esperar y esperé.

Hasta que ya no hizo falta.

Mi mandíbula se tensó. Sus ojos se abrieron.

Ella no esperaba verme aquí.

Yo, en cierta forma, no esperaba verla a ella tampoco. Me había rendido.

De todas formas, nos vimos. A los ojos.

Le sonreí.

—Hola, mamá.

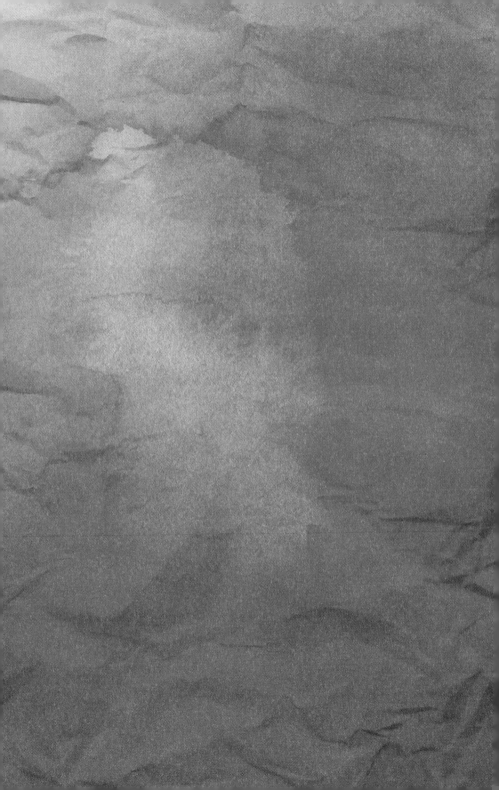

CAPÍTULO 22

Mi celular vibró sobre la mesada. Dos sacudidas. Una atrás de la otra. Eran mensajes de Aaron. Enseguida empezó a sonar. La melodía de Vivaldi se metió entre mi madre y yo, y los ojos de ambas cayeron en el celular. Una foto de Aaron, Kai y yo iluminó la pantalla. La había sacado Shelly. Shelly siempre sacaba fotos de todos cuando estaban desprevenidos, pero en esta mirábamos a la cámara y el felino parecía odiarnos más que nunca.

Se apagó antes de que yo llegara a hacerlo. Me había quedado sin batería. No cargaba el celular hacía tres días, así que podía decirse que era esperable.

Ahora, mi madre me miraba, y su máscara gélida permanecía impasible.

Había esperado encontrarla como a papá: en pedazos.

Pero mamá estaba perfecta. Mamá brillaba elegante. Mamá estaba libre de toda culpa, despejada de responsabilidad. Como si no tuviera una familia, como si nadie sintiera su ausencia.

Asintió en mi dirección antes de taconear hacia la heladera.

—Aspen.

Estaba fingiendo que esto era normal, que no era la primera vez que nos veíamos a la cara en meses. Perfectas mentirosas. Le salía muy bien. Si quisiera seguirle el rollo, a mí me saldría todavía mejor.

Si quisiera.

—¿Cómo está tu monito?

Mi franqueza la tomó desprevenida. La botella de champagne en su mano se resbaló. Los cristales estallaron contra el suelo. La espuma se desparramó y el aroma dulzón de la bebida se mezcló con el humo en mis pulmones.

La primera vez que le hablé de Max, fui igual de directa, pero estaba tan perdida y tenía tanto miedo. Ahora no quedaba nada de eso. Ya no era inseguridad transformada en furia. Era ira. Era una ira calma y acumulada que solo daba lugar a más ira. Era una bomba. Me pedía que la prendiera. Me pedía explotar, liberarse. Liberarme.

—Se te cayó —le dije, porque no se movía. Estaba quieta, con la luz blanca de la heladera todavía iluminándole el rostro. Yo solo veía su espalda. No me paré. No sabía si mis piernas iban a poder sostener mi infierno.

Lentamente, se incorporó. Recuperó la compostura.

—No tengo tiempo para esto. —Me miró a los ojos y yo la miré de vuelta. Nunca se había parecido tanto a Fallon. Tenía las mismas ganas de cachetearla hasta que despertara de su puto mundo perfecto. Quería que reaccionara. Que se le cayeran de las manos todas las botellas del mundo.

—¿Esto? —repetí, alzando una ceja—. ¿Para tu hija? ¿Para tu casa? ¿Para la verdad?

Era una competencia: quién ponía mejor cara de nada. Como si no fuera más que una conversación trivial. Sus cejas apenas temblaron. Su rostro se mantuvo igual. Me hervía la sangre. Se acumulaba en mi cabeza. Latía.

—¿Tu padre está en casa?

—No sabía que recordaras su existencia.

—¿Está?

—Sí.

Era mentira. Papá no estaba en casa. Había pasado algo con la empresa. Algo importante. Si no hubiera estado ya en la cocina cuando salió corriendo, hacía casi dos horas, no me lo hubiera creído. Papá había salido de su cárcel.

—Tengo que irme.

Y trató de hacerlo, pero fui más rápida y estaba más cerca de la puerta.

Los vidrios me atravesaron la planta de los pies descalzos y me tuve que morder el labio para no gritar. La tomé por el brazo. La obligué a voltear.

Odiaba que fuera más alta que yo, aunque fuera solo por esos tacones infernales. Odiaba que no se preocupara por la sangre caliente que manchaba el suelo ni porque esa sangre fuera mía.

—No —espeté—. Tienes que decirle la verdad a papá. Ahora.

—Voy tarde. —Sus ojos estaban clavados en los míos. Tono azul raquítico. Tan de cerca, su máscara tenía rajaduras, y era como si estos temblaran. Parecían los de un adicto desesperado. Todo su rostro se había desfigurado. Ansias. Ansias hambrientas.

—¿Dónde estuviste durmiendo? —pregunté. Quería respuestas y las quería ya.

—En la oficina.

No esperaba eso. Estaba mintiendo.

—Estás mintiendo. ¿Estás yendo a ver a Max? ¿Duermes con él?

Era más difícil pronunciar su nombre en voz alta, me acalambraba la garganta, me daba más ganas de gritar. Estaba por estallar. No le creía una palabra. Y, sin embargo, parecía más preocupada por irse que por lo que yo pudiera pensar de ella.

—En la oficina —repitió, como una casetera rota. Sacudió el brazo para librarse de mi agarre. Apreté más fuerte.

Era mi madre. Se suponía que las madres te miraban a los ojos y te abrazaban cuando no podías dormir. No debían ser las caras de tus pesadillas.

¿Por qué no reaccionas?

Ese miedo, esa ansiedad en sus ojos, no tenía nada que ver conmigo. Era simple desesperación por huir. La conocía a la perfección. No reaccionaba a mí. No mostraba un solo sentimiento hacia mi persona.

Me ardían mucho los pies. El fuego se iba con la sangre y se duplicaba dentro de mí con cada instante de silencio.

¿Por qué no me amas?

–Voy tarde.

Detonar.

Una vez vi un documental sobre Hiroshima, donde la bomba estallaba y había un enorme hongo de humo en cámara lenta que se expandía kilómetros y kilómetros. Era silencioso y era bellísimo. Devastador.

Fue devastador. No fue silencioso. No fue bello. Los cristales se clavaron. En mi garganta.

¿A dónde?

El grito salió disparado de mis labios y aquellas dos palabras hicieron eco en las paredes de la casa. Resonaron como balazos. Me partieron el cráneo.

–¿A dónde mierda debes ir? –seguí gritando–. ¿Vas a ver a Max? ¿Vas a ir a usar su puta chaqueta? ¡Te estoy hablando! ¡Te estoy hablando! ¡Aunque sea finge que te importa!

Le estaba gritando en la cara.

Creo que nunca había gritado así en mi vida. Creo que nunca había perdido así el control.

Sentía mi rostro arder, mis músculos temblar. Me dolía hasta el alma. Estaba por escupir los pulmones. Salía humo de mi boca.

Y mi madre apenas se había movido. Un ínfimo paso hacia atrás.

–¿Es que no te importa que papá se pase los días encerrado en ese despacho inmundo? ¿No sientes siquiera un poco de culpa? ¡Has dormido en la misma cama que él! ¡Dormiste a su lado sabiendo que lo engañabas! ¿Vas a decir algo? ¡Di algo, mierda!

No quería llorar. O tal vez sí. No importaba. Mis ojos estaban secos. Las lágrimas, como yendo en reversa, parecían irse a mi garganta. Su sal la resecaba, me descascaraba la voz.

Y mi madre me miraba y me miraba sin decir ni hacer nada. Hasta que rompió el contacto visual, para voltear a la puerta.

A la puta puerta.

Porque era mucho más importante cogerse al monito ese que arreglar tu familia.

—Voy a decirle a papá.

Que frase infantil. Que dolorosa de pronunciar. Cinco palabras que drenaron todas mis fuerzas. Solté su brazo, pero no dejé de mirarla. Mi mano cayó como peso muerto contra mi muslo. La despreciaba. La odiaba porque ella ni siquiera nos quería lo suficiente para odiarnos.

Entonces sí me miró.

—No puedes hacer eso.

Estaba tan cansada que bien podía hacerme un bolita allí mismo, entre todos los vidrios, y dormir. Si era suertuda, no despertaría. Aaron encontraría a alguien para que fuera a la universidad con él. Alguien que no tuviera los pómulos y las mentiras de mi madre en su sangre.

—¿Por qué no? Tú puedes engañarlo. Puedes mentirnos y desaparecer. ¿Qué importa?

—No le dijiste hasta ahora. No vas a decirle. —¿Estaba tratando de convencerme? ¿De convencerse? No lo sabía—. Vas a romperle el corazón.

Se comprimieron todos mis huesos. Una enorme bola de calcio implosionó en mi estómago. Trastabillé hacia atrás, incrédula.

—¿*Yo*? —pregunté— ¿*Yo* voy a romperle el corazón?

—No puedes hablarle de esto.

—¿*Ahora* te importa?

—No vas a hablar con tu padre.

—¿Por qué?

—Porque no hace falta.

Me caí. En realidad, traté de agarrarme del desayunador a mis espaldas, pero el mármol resbaló contra mis dedos sudorosos y seguí camino al suelo. Las astillitas vidriadas me rasguñaron la camisa, arañaron mi piel.

El impacto me dejó sin aire, pero más allá de eso, apenas lo sentí. Seguía con los ojos clavados en papá, que había aparecido en el umbral de la puerta y ahora me ayudaba a ponerme de pie.

"Porque no hace falta", su voz había sonado más viva de lo que la recordaba, casi amenazante envolviendo aquellas palabras.

Papá. ¿Cuánto habría escuchado? No parecía devastado. Parecía enfurecido. Parecía estar dividiendo sus fuerzas entre poner un brazo alrededor de mis hombros para mantenerme erguida y no matar a mamá.

Matarla. Podría matarla. Tenía una mirada asesina en sus ojos. Como si no existiera límite que fuera a detenerlo. Eran gris relámpago. Tormenta. Vida. Seguía siendo un cadáver. Olía a sudor. Traía mal puesta la corbata.

Me estaba tocando. Papá tenía la piel helada. No recordaba la última vez que me había tocado. Quería empujarlo, decirle que se alejara y que me abrazara con fuerza.

–Thomas... –Mamá dijo su nombre tan por lo bajo que apenas lo escuché. Un suspiro invernal.

–Engañarme –respondió él–... Engañarme está bien. Puedo hacerme el tonto. ¿En serio creías que no me había dado cuenta?

–Thomas yo...

–Cállate, Cassandra.

Cassandra Kelly Vann-Hoffen. Papá la llamó por su primer nombre. Nadie le decía así. Hizo que mamá se encogiera al tamaño de una hormiga. Solo entonces, reaccionó. Finalmente. Su mandíbula se tensó mirándonos, pero cuando abrió la boca para hablar él no la dejó hacerlo.

–Engañarme está bien. No me importa. –No sabía si su reafirmación me consolaba o me asfixiaba. Papá sabía. Había sabido *todo este tiempo*–. Pero ¿hacerle guardar el secreto? Pasaste la línea. Es tu hija. *Tu hija*.

Estaban hablando de mí y de alguna forma yo me sentía como un ente externo, observándonos a los tres desde lo alto. Pedazos ajados de un viejo rompecabezas. Nunca volverían a encajar.

–¡Es *tu* hija también!

Me sorprendió la respuesta de mamá. No lo había pensado. Tenía razón. Nadie habló. Fue como si todos necesitáramos reflexionar al respecto. Era *su* hija. Del hombre de huesos y la mujer de metal.

Papá finalmente me soltó.

—Es tu hija y yo soy tu esposa —siguió mamá. Papá parecía ser la única cosa en el mundo que la podía despertar de su arrogancia y romper sus escudos.

—Por favor, Cassandra. ¿Vas a reclamarme eso? ¿*Tú*?

Ella levantó los brazos, exasperada. En ese instante, se pareció muchísimo a la madre que tuve frente a mí la primera vez que la afronté con el tema de Max. Pero no estaba arrepentida entonces y tampoco lo estaba ahora. No era culpa, sino la desesperación de haber sido atrapada, lo que la obligaba a reaccionar; a sentir.

—¡Sí! ¡Claro que voy a reclamarte! ¿Crees que todo esto hubiera pasado si te hubiera importado algo más que diseñar tus estúpidos zapatos? No, Thomas. No hubiera pasado.

—¿Que me *gustara* —no se me pasó por alto el uso del pasado— mi trabajo hizo que me engañaras? —Se mostraba tan poco afectado por la situación que casi me daba nauseas. ¿Sería real? ¿En serio esta indiferencia era todo lo que sentía? Tenía que estar ocultando algo más... Necesitaba que él sintiera algo también, que me mostrara que era humano.

—Claro que no. Eres un mentiroso. A ti nunca "te gustó" el trabajo. Estabas enamorado de él. Amas más a esa empresa de lo que nunca nos amarás a nosotras dos juntas.

Su dedo pasó de ella a mí y los ojos de ambos se clavaron en mí. Me miraron expectantes, esperando a que lo negara o lo afirmara, pero mi cabeza estaba llena de algodón.

No se suponía que las cosas fueran a ir así. Yo no debía estar en medio de ellos cuando tuvieran esta discusión. Estaría en Dino's, muy lejos, donde no pudiera escuchar los gritos.

Estaría en los brazos de Aaron, empezando a ser una nueva persona (con suerte, una buena persona también). Estaría bien. Las cosas debían estar bien. Se suponía que ese era todo el puto punto de decir la verdad.

Sin embargo, la casa nos había tragado a los tres y sus ventanas escuchaban atentas cada línea de diálogo. Éramos una trágica obra de teatro. Éramos una comedia de mal gusto.

Papá entendió primero el mensaje y habló.

—Deja de meterla en esto. Le pediste que me escondiera tu amorío, ¿te das cuenta de lo enfermo que es eso?

—¡Ni siquiera te importa! —Sus manos se sacudían hiperquinéticas a los lados de su cuerpo—. Sabes de esto hace cuanto, ¿meses? ¡Y no te importa! ¡No te importó lo suficiente para siquiera indagar al respecto, porque si no sabrías que Max no es un hombre y que no tengo un puto amorío con ella!

Y rompió a llorar. Mamá se deshizo en un montón de lágrimas mocosas y acongojadas que parecían estar rompiéndole los huesos a puñetazos.

Esta vez, conseguí apoyarme en el desayunador justo a tiempo. Todos los rasguños de mi cuerpo se estiraron con un siseo.

—¿Qué?

Papá estaba igual de estancado que yo. Quería ver su rostro, compartir mi confusión con alguien. Pero él seguía mirando a mamá y solo a mamá y yo solo veía su nuca, perlada por una capa de sudor. Sus costillas se desinflaron.

Mamá lloró más fuerte. Yo me confundí más confundida.

Papá repitió:

—¿Qué?

—¡Q… qué eso! —Desenterró el rostro de las manos y una lágrima llena de máscara rodó por su mejilla y cayó sobre blusa blanca—. ¡Qué estabas tan ocupado con los problemitas de tu bendita empresa que ni siquiera entonces me prestaste atención! ¡Nunca estoy en tus prioridades! ¿Cómo me tiene que hacer sentir eso?

Papá estalló. Ya no me estaba sosteniendo y una parte de mí se preguntó si debía temer por mamá, si ese cadáver sería capaz de matarla.

–¿Esto es un berrinche? ¿Me estás haciendo un pataleo porque no te presto atención? ¿Tengo que recordarte que estos problemas en la empresa son culpa del sector de *finanzas*? ¡De tu sector! ¡Deberías estar igual o más preocupada que yo! Hay una brecha, Cassandra, por amor a Dios. Hay dinero desapareciendo todos los días de la cuenta de la empresa y no sabemos ni cómo ni por qué. ¡Nos estamos hundiendo! Pero no, Cassandra va y vive la buena vida. Siempre fuiste igual. Siempre fuiste frívola y desinteresada y egoísta.

–Eres un hipócrit...

–¡Se supone que para eso me casé contigo! Se suponía que seríamos una potencia comercial, que nuestras cabezas llevarían esta empresa a la cima y ahora míranos. No pudiste ni siquiera hacer tu parte del trato.

–¡Deja de...!

–Entonces, ¿quién es Max?

No me había dado cuenta de que fue mi voz la que interrumpió, pero se sintió como si me sacara veinte kilos de encima. Mis padres se dieron vuelta a mirarme, como si hubieran olvidado completamente mi presencia. Mamá parecía estar a punto de volver a llorar de impotencia. Tragué saliva y no aparté los ojos de los de ella. Me erguí.

La empresa se hundía, se llevaba el matrimonio de mis padres con ella, probablemente mi vida como la conocía se uniera a ellos en el fondo del mar, pero yo solo quería saber una cosa:

–Si no tuviste un amorío con él, si no es ni siquiera un hombre, ¿quién es Max?

–Es... mi amiga... –murmuró Mamá. Esquivaba mis ojos.

–¿Y la veías todos los jueves?

No hubo respuesta.

–¿Y no querías que te vieran con ella? –insistí–. ¿Y te prestaba chaquetas? ¿E iban a las afueras de la ciudad?

En mi cabeza se proyectaban fotocopias exactas de los mensajes que había leído tanto tiempo atrás, buscando puntos con los que unirlos con lo que acababa de salir a la luz.

¿Quién era Max?

Inhaló y exhaló, y eso la hizo parecerse a la víctima que no era. Casi me trago el acto, casi le ofrezco consuelo, pero me frené porque cuando me miró, supe que de lo que fuera que esa mujer estuviera a punto de develar, no habría retorno. Cuando miró a papá comprendí que probablemente, no habría perdón.

Estaba corriendo.

Al final del día, al final de todas las historias, se supone que el héroe –o como mínimo el protagonista– es una persona nueva. Yo, en cambio, me sentía parte de un inmenso *déjà vu*.

Estábamos en primavera y no corría hacia un pequeño parque perdido, pero aparte de eso, era todo lo mismo.

Un secreto expuesto.

Una verdad dolorosa.

Una carrera para alejarse de todo; para acercarse a alguien.

La casa de Aaron estaba cerca, mis ojos estaban secos y mi llanto deshidratado me sacudía las costillas como hipo. Por suerte no corría en el sentido literal, pero el acelerador del auto estaba a fondo, derrapaba en las esquinas, los giros terminaban con el aullido de las ruedas contra el asfalto, las calles eran líneas borrosas en la oscuridad.

Estaba muy oscuro. Demasiado oscuro. La noche se tragaba todo, lo hacía parecer imposible. No entendía como el sol podía borrar todas esas sombras. Era muy fuerte. Yo me sentía débil. Yo me sentía como si fuera el fin.

Mi celular muerto había quedado en casa, no tenía sentido llevarlo conmigo.

No estacioné. Pegué un frenazo en medio de la calle desierta y me bajé corriendo. Cada paso tironeaba la piel abierta de mis pies. Subí las escaleritas hacia el porche. Las florcitas de Gregory sonreían, ignorantes y alegres. Yo había sido igual antes; había estado en la oscuridad sin saber nada de nada y era tan feliz allí.

Toqué el timbre, prácticamente estrellándome contra la puerta. Los minutos pasaban, mi angustia aumentaba. Cuando acerqué el dedo al botoncito por tercera vez, el picaporte giró y Leonor apareció frente a mí. Ni siquiera me importó que me viera en pleno colapso nervioso. Sus ojos oscuros me miraron asombrados. Se parecían en algo a los de Aaron, su forma, la densa capa de pestañas, pero no eran los de él; los que necesitaba.

—Aaron —le dije, con la garganta agarrotada—. ¿Dónde está Aaron?

Su rostro se contorsionó con un dolor profundo y arrepentido, y solo entonces me percaté en que eran las once de la noche y la mujer estaba vestida de calle, con las zapatillas todavía puestas —un cordón a medio desatar— pero el pelo en un moño desastroso y ni una joya puesta.

Algo estaba mal. Algo estaba muy mal. Lo sentía en mis venas. Leonor nunca atendía la puerta, le costaba demasiado bajar las escaleras con su rodilla lesionada. Aaron hubiera abierto la puerta él mismo, o Gregory lo hubiera hecho. En el peor de los casos, Christof.

—Aaron. —Estaba por ponerme de rodillas. El cansancio tiraba de mí—. ¿Qué...? ¿dónde...?

—Ay, mi niña. —Sus ojos se cristalizaron y me sacudió el cuerpo una ola de envidia. Yo quería poder llorar. Esas lágrimas deberían ser mías—. Lo siento tanto. —Se derramaron por sus mejillas. Mis lágrimas. Caían a montones. No eran como las de mi madre, no estaban ennegrecidas por capas y capas de cosméticos. Eran agua pura. Eran simples y delicadas como cristal—. Lo siento tanto, tanto...

Dejé que me abrazara.

Mis lágrimas.

Empaparon mi camiseta.

Mis lágrimas.

No las podía llorar.

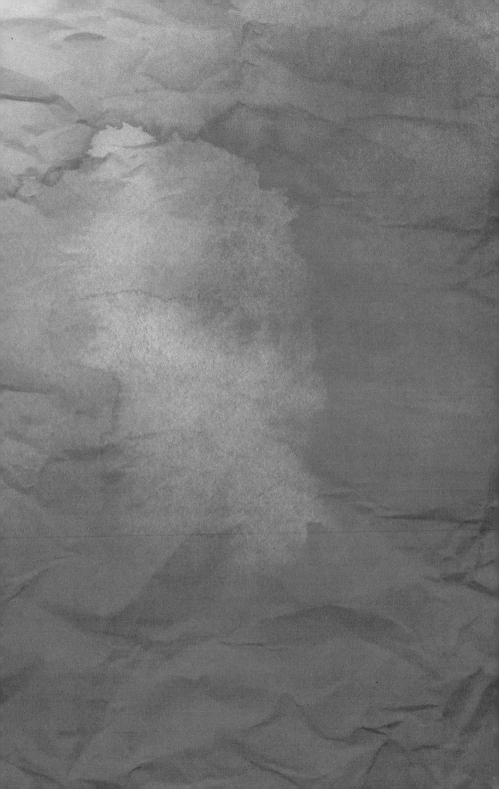

CAPÍTULO 23

Sabía.

Leonor me abrazó porque sabía.

Pero creo que también porque lo necesitaba tanto como yo. Y luego me dijo que fuera.

O que *me* fuera. En el fondo, una palabra no hace la diferencia.

Leonor me abrazó porque sabía que, muy probable-mente, no podría volver.

CAPÍTULO 24

L uz. Negro. Luz. Negro. Luz. Negro.

Las farolas desfilaban a mi lado por la interestatal. Parecían flashes de luz, pero no conseguían despertarme. Porque tenía que estar soñando.

Nunca estacioné tan rápido. Ni tan mal.

23:28

No había nadie en la calle. No importaba como estacionara. No importaba nada.

23:29

Rozaba el límite de mi fuerza. Física, quería decir. Los pies se me caían a pedazos. La sangre se acumulaba en ellos. Mis medias se pegoteaban y estaba segura que, de sacarme las botas, estarían teñidas de rojo. Apretaban. Cada paso me daba ganas de llorar.

Sobraba decir que eso no fue posible.

23:33

Me enfermaba el brillo pálido de las luces, me ardían las fosas nasales con la acidez del aire. Había una tele en algún lado, la voz de una mujer dando las noticias de último momento me taladraba las neuronas.

Deberían usar perfumes como en los locales de ropa.

Haría el color esterilizado de las paredes menos intimidante. Lo agradecía, de todas formas –tanto como lo odiaba– porque significaba que era real. No era un sueño. En los sueños no hay olores. De todas formas, debí haberlo sabido antes. Los sueños nunca se sintieron así.

23:34

En mis pesadillas, las cosas latían en la boca de mi estómago, eran pinturas de terror al óleo en las que todos chillaban como urracas o se aferraban al silencio. En el hospital la recepcionista me pidió tranquilamente mis datos, los del paciente y el motivo de mi visita.

Sucede que lo maté.

Claro que no le dije eso a Gabriela. Le mentí.

Ah, no, no tenía ningún problema en el estómago, respondí. Solo me parecía –podía ser mi idea, una mera alucinación– que, en algún lugar de camino, se me había caído el corazón.

23:35

El elevador tardaba demasiado.

Tomé las escaleras.

Consejo: eviten las escaleras si todavía tienen fragmentos de vidrio en los pies. Pueden terminar tirados en el entrepiso, buscando aire y la manera de seguir.

Lo bueno es que nadie usa las escaleras del hospital, así que, si llegan a ignorar mi consejo, pueden estar quince minutos ahí, sin que nadie los encuentre, hasta conseguir tomarse del barandal y ponerse de pie. Solo les van a quedar dos pisos más.

23:56

Hacía frío en el hospital. Era como si quisiera que todos allí nos sintiéramos como cadáveres.

23:57

No había nadie en el pasillo.

En algún otro lugar –no demasiado lejos pero tampoco demasiado cerca– lloraba un bebé.

Derecha.

Izquierda y luego derecha otra vez.

Cuarto 302, cuarto 303, cuarto 304...

Izquierda.

Cuarto 307.

23:58

Había un reloj extraño al fondo del corredor. Era el tipo de artefacto que parecía haberse peleado con todos los otros muebles –modernos, sencillos y baratos– que había en el lugar, para ganar su sitio. No pertenecía allí.

Antiquísimo, de esos que son como un ropero, con puerta vidriada y un péndulo metálico. Seguro había sido una donación.

Tic. Tac. Tic. Tac.

Se balanceaba hipnóticamente. Podría haberme quedado mirándolo una vida entera y el tiempo seguiría corriendo. Corría y corría. Eso era algo que teníamos en común.

23:59

Estaba en la silla. A mitad del corredor. Justo frente a la habitación 307.

Yo lo vi primero.

Era el calco exacto de su hermano. En ese preciso momento, casi lo llamé por el nombre equivocado. Y si no lo hice, fue únicamente porque no tenía la fuerza.

Me duelen los pies.

Tenía la camisa abierta. A cuadros. Abajo, una camiseta blanca. Desgastada. Estaba limpia. No sabría decir por qué eso parecía lo peor de todo. Peor que el flequillo enmarañado, que sus manos repasando mil y un caminos de ida y vuelta contra sus pantalones –con fuerza suficiente para desgastarlos–, que su respiración controlada meticulosamente. Como si una sola molécula de oxígeno de más o de menos pudiera hacerlo reventar.

Mentira. Sus ojos. Eso era lo peor. Peor que la falta de color, mucho peor que el susurro grisáceo bajo su piel. Peores eran sus pestañas bajas y su mirada perdida.

Se caía a pedazos.

Justo.

Frente.

A.

Mí.

No más *tic, tac, tic, tac.*

Ding. Dong. Ding. Dong. Ding. Dong.

Campanadas atronadoras.

00:00

Pegó un salto en su lugar. Volteó al reloj al final del pasillo. Inhaló. Exhaló. Parecía querer ponerse de rodillas y pedirle que por favor se callara. Volteó al frente. Volteó a mí.

Y tal vez sí lo maté –a todo lo que tuvimos y podíamos tener– porque cuando me miró, sentí que, por primera vez, Aaron realmente

no me quería

allí.

CAPÍTULO 25

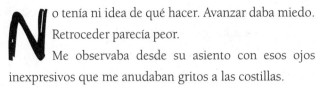

No tenía ni idea de qué hacer. Avanzar daba miedo. Retroceder parecía peor.

Me observaba desde su asiento con esos ojos inexpresivos que me anudaban gritos a las costillas.

No sonreía. No veía absolutamente nada en su rostro. Era como si le hubieran arrancado lo que fuere que hacía de Aaron, Aaron. Un envase vacío. Un cascarón. Un lienzo en blanco.

Tiempo atrás, a galaxias luz de distancia, había pensado que cuando Aaron dejaba de sonreír, parecía el niño más infeliz del mundo. Ahora parecía un hombre roto y me aterraba.

Y a pesar de aquello, cualquier cosa hubiera sido mejor que verlo pasar de mí.

Pasó de largo, literalmente.

Se reacomodó en la silla, mirando a la pared blanca en su posición original. Sus manos volvieron a sus jeans, pero estaban tensas, los tendones entretejidos bajo su piel, incluso con todos los metros que nos separaban, se veían como elásticos a punto de cortarse con un chasquido.

Así como así, se cerró. Terminó una conversación de una mirada y dos segundos.

El reloj volvió a su *tic-tac*, pero yo no volví. No podía volver de aquello. Aaron seguía ahí, estudiando el blanco de la pared como si fuera una nueva gama de colores.

Me estaba matando. Me estaba empujando.

Y me pregunté si él se habría sentido así todas las veces que no pude responderle. Esos mil momentos en los que yo le dije que no podía y él se limitó a aceptarlo, a respetarme.

Yo no era como él. Yo necesitaba respuestas, necesitaba pedirle perdón y que me abrazara otra vez. Necesitaba entender.

Avancé, sintiendo las punzadas subir por mis piernas y reteniendo a mi rostro de reaccionar a ellas.

Me planté a un par de metros de él. Una parte de mí se moría por dejarme caer a su lado, y la otra sabía que no me lo merecía, y me obligaba a mantenerme de pie.

—Aaron...

—Por favor, vete.

Escuchar su voz me hizo desear desaparecer. Podría haberlo hecho y hubiera sido muchísimo más fácil. Y no me lo hubiera perdonado nunca.

—Escúchame...

—De verdad, no puedo ahora. Vete. —Cada palabra apestaba a muerte. No lo escuchaba hacía semanas, pero sabía que ese tono no lo había oído nunca antes. No me decía nada. Era una pared. Me devolvía la pelota, sin darme siquiera la oportunidad de hacer el punto.

—Por favor si tan solo...

Esta vez no hizo falta que me cortara él. Mi voz se resquebrajó. Murió en mi garganta con un quejido animal. De haber sabido que eso era lo que necesitaba para que me mirara, lo hubiera hecho antes. O eso pensé, hasta que sus ojos teñidos de negro deslizaron sus zarpas por los míos.

Cerré la boca. Apreté los labios.

—No, Aspen. No puedes hacer eso.

—¿Hacer qué? —me tembló la voz. No conseguía comprenderlo. No conseguía entender qué estaba pasando, cómo habíamos llegado a esto. Cuándo.

—No desapareces de la nada y te materializas cuando me necesitas.

—¿Cómo sabías que...

—Siempre apareces cuando me necesitas.

Y lo dijo con el ceño fruncido y una voz tan monótona que dolió mil veces más de lo que hubiera dolido un grito a plena voz. Dolió que fuera verdad.

Pero no estaba lista para rendirme. No podía. No con él.

—Leonor me dijo que Christof...

—Aspen —pinzó con sus dedos el puente de su nariz, justo donde éste se juntaba con sus cejas—, por favor.

—¿Está bien? —insistí—. Chris... Christof, ¿está bien?

Aaron me miró todavía en la misma posición de derrota. Sus ojos relucieron un instante y vi como buscaba respuestas en mi rostro, como si esperara encontrar en los míos un manual de instrucciones para borrar mi existencia. Solo pensarlo me hizo estremecer. Parecía agotado. No tenía ojeras, Aaron no era de esos, pero sus ojos estaban hinchados y sus párpados parecían pesar toneladas. Me recordó tanto a papá que por poco me fui de espaldas.

—No, no lo está.

Eso fue todo. No podía ser todo. La idea de que lo fuera iba a destruirme.

—Qué le...

—Una sobredosis, Aspen. ¿Qué otra cosa iba a pasarle?, por Dios. Y no, no saben cuándo o *si* va a despertarse. Y sí Aspen, sé que no es mi culpa. Sé que nada de lo que está pasando debería pesarme, pero lo hace. Ya lo sé. No necesito... no, no *puedo* agregarte a mis preocupaciones ahora mismo. No puedo contigo.

Ahogué un grito. En parte porque retrocedí un paso y una astilla se hundió más en mi talón, pero en gran parte porque acababan de apuñalarme. Me miré el pecho, esperando encontrar sangre, pero mi camisa seguía celeste y llena de arrugas.

Me llevó un buen rato recuperarme y él en ningún momento me volvió a mirar. Seguía con los ojos fijos en la pared. Esa pared blanca impoluta. Perfecta en todas las formas que la vida nunca podría serlo.

—Lamento no haber estado.

Al principio pensé que fue un sollozo, pero me equivoqué. Fue una risita incrédula. No sabía quién estaba frente a mí. No sabía ni quién era yo misma en estos momentos.

—Claro que sí. Ahí vas, con tus disculpas y obviamente —otro soplido— yo voy a decir que está bien. Yo *siempre* tengo que ser el que dice que todo va a estar bien. ¿Cuándo vas a hacerlo tú?

—Es lo que estaba tratando de hacer...

Encendí el interruptor.

—¡No! —Se puso de pie de golpe, y la palabra se mezcló con otra carcajada lacerante—. ¡No puedes hacerlo cuando quieres! ¡Te necesitaba, Aspen! —Estaba a un metro de mí y gritaba como para que se escuchara del otro lado del mundo. Aaron gritaba. Ya no sabía si su silencio no era mejor. Cada nota que dejaba su garganta sacudía el mundo—. ¡Te necesitaba cuando encontré a mi hermano medio muerto en la calle y mis manos temblaban tanto que no podía manejar! ¡Te necesitaba hace dos horas, cuando lo internaron y yo no tenía idea de cómo explicárselo a mi familia sin romper a llorar! ¡Está en una sala luchando por su vida y lo único que yo quería, lo único que necesitaba era que mi novia, la persona que amo, estuviera a mi lado! ¡Pero no! ¡Te llamé, Aspen! ¡Te llamé y me cortaste en la cara! ¡Te mandé mensajes y ni siquiera te llegaban! ¡Y como si fuera poco también empecé a preocuparme por ti! En medio de toda esta mierda, empecé a pensar que te pudo haber pasado algo, a maquinarme con doscientos escenarios en los que te encontraba igual de sola que Christof, pero no podía llegar a ti. ¿Es que no lo ves? Te necesitaba.

No lo recordaba. Tenía razón. Había sonado el celular cuando llegó mamá y no llegué a responder. No había sido mi intención.

Traté de explicarle.

—Se me murió el celular y luego mi mad... —Di un paso al frente. Él dos hacia atrás.

—¡No me pongas excusas! Hace semanas que me ignoras. Casi un mes. Me volví loco intentando descifrar qué había hecho mal, cómo te había lastimado, por qué me desterrabas así y luego me entero de que es a todos que estás ignorando. A *todos*. A tus amigos. A... a... Yo... No... —se enredó con sus palabras, arrastró sus manos por el rostro con un gemido desgarrador. No me miró a los ojos. Evitaba a toda costa hacerlo y yo me alegraba porque no tenía idea de qué era de mi cara en estos momentos.

Es mi culpa. No podía evitar escuchar la vocecita de fondo entonando el bellísimo coro. *Es mi culpa. Mi culpa, mi culpa, mi culpa.* Quería taparme los oídos para callarla, incluso sabiendo que no surtiría efecto. Tal vez lo que quería era callar a Aaron. Nunca me había gustado escuchar la verdad.

Me rogaba el cerebro, me lo pedía de rodillas, que me callara de una vez, que aceptara la derrota, que me alejara sin más. Pero mi corazón pesaba más que todo el hospital junto, y me mantuvo atada a mi lugar.

—Me pediste que te llamara si realmente te necesitaba —continuó, con decepción densa como la tinta en su voz—. Y lo hice. Respeté que no quisieras decirme por qué te ibas, por qué de repente te cerrabas a todo y todos. Hubiera hecho cualquier cosa por ti, para que estuviera bien, porque pensé que era mutuo.

Yo negaba con la cabeza, desesperada.

—Lo es, Aaron. Escúchame...

—¡Siempre te escucho! —Volvió a perder los nervios, echando la cabeza hacia atrás—. ¡Me desvivo para escucharte y para entender cómo encajar con ese cerebro tuyo que me vuelve loco! Pero no puedo más, Aspen. —Al fin, al fin me miraba y lo único que pensé cuando lo hizo fue que quería que dejara de hacerlo porque me estaba destrozando.

Ahora mismo, estaba tratando de decirle la verdad. De mi madre y mi padre, de mí, de todo. Había ido a buscarlo por eso a su casa y había terminado en el hospital para escucharlo a él. Y aunque todo lo que salía de sus labios era tan cierto como lo que yo quería decir, *no quería escucharlo.*

—Es mutuo, lo es. Si tan solo me dieras una oportunidad para...

Explicarme.

—Juro que lo intenté, Aspen. Te juro por mi vida que por un instante creí que podría. Pero la verdad es que no puedo amarte así.

Los corazones son órganos. Se supone que son resistentes y duran años y años. Se supone que son hiperfuertes. El mío, lejos de mí persona, en algún rincón de la ciudad, parecía ser la excepción a la regla. Escuché el sonido viscoso del instante en el que las manos de Aaron lo torcieron y lo partieron literalmente en dos.

—No puedo amarte si vas a darme solo la mitad de ti, si la única vez que realmente te necesito no estás. Tantas veces dejé todo para estar a tu lado... —Tenía que dejar de reírse de esa forma. Era el sonido más horrible que había escuchado jamás.

»¿Sabes qué es lo peor de todo? —Negué con la cabeza. Como si él pudiera verme. Como si le importara—. Que tú misma me advertiste. Y tenías razón. —Entonces sí me miró y recordé que fue él quien me había dicho que el odio y el amor eran dos caras de la misma moneda. Yo solía estar del lado bonito de sus ojos. Ya no más—. No eres una buena persona. Eres egoísta y no tienes idea de lo que es amar a alguien. Fui el único idiota en el mundo que pudo creer que eras siquiera capaz de hacerlo.

Entonces, como si no hubiera hecho suficiente, hizo lo único que no tenía retorno: se sacó el ruiseñor y lo dejó caer a mis pies. El bichito de metal tintineó contra las baldosas relucientes y yo lo miré desde lo alto, asintiendo lentamente.

Aaron tenía razón. Tal vez esa era la gran verdad que siempre había estado bajo nuestros pies, y nos habíamos negado a ver: que la gente no cambia, que somos reflejos de lo que vimos al crecer, que "nosotros" no era el final del recorrido, que habíamos jugado a ser adultos por demasiado tiempo.

Éramos dos niños que habían jugado con fuego y se habían terminado por quemar.

No tuvo que pedirme que me fuera otra vez.

Los pasillos se deshicieron a mi espalda, me sentía débil, como si en cualquier momento fuera a deshacerme en un montón de aire.

El aire cálido me golpeó el rostro cuando abrí la puerta y me negué a dejar de avanzar. La recepcionista me llamaba a gritos. Me pedía que volviera, que tenía que firmar mi salida del hospital, que me veía pálida, que si estaba bien, señorita por favor regrese, qué sucede.

Seguí caminando. Una cuadra. Dos.

Desfallecía.

No me di cuenta de que estaba llorando hasta que llegué al auto. Pero una vez que lo hice, no pude parar.

CAPÍTULO 26

Extractos de la colección de cartas de Aspen Vann

Advertencia para idiotas: No leer si no eres Aspen Vann.

Advertencia(s) para Aspen Vann: No leer esto estando triste, eso te va a hacer llorar, estúpida. Tampoco leer cuando estás pensando en Aaron. Deja de pensar en Aaron. Solo leer si quieres recordar que el mundo sigue y las cosas cambian.

Carta #1: a mi viejo yo

Viejo yo:

No voy a introducirme. Tú y yo compartimos envase mucho tiempo, fuimos una hasta que nos separamos por cuestiones de la vida. Sabes quién soy y sé quién fuiste.

Te odié por más tiempo del que se debe odiar a nadie. ¿Lo sabías? Supongo que antes no y ahora sí, porque como yo lo sé, significa que se alguna manera tú lo aprendiste.

Aaron dijo algo que te hirió y creíste cierto, pero ahora estoy bastante segura de que se equivocó. Creo que yo me equivoqué al juzgarte y al pintarte como la mala del cuento. No eres egoísta y no estás podrida. Ahora sí que estoy sola. Muy sola. Pero tú tenías a tanta gente a tu alrededor, que desearía poder volver a encontrarte solo para sacudirte y hacerte despertar, hacerte ver todo lo que tenías justo frente a ti. Aunque sé que no lo lograría. Sé que necesitaste todo lo malo (así como lo bueno) que sucedió, para abrir los ojos.

Estabas tan asustada (yo de ahora también lo está, pero es algo que tendré que hablar con ella en otra carta). Estabas tan segura de que el propósito de vivir era llegar a la muerte, que olvidaste que en medio debes usar la vida para que su final signifique algo; para alguien más, así como para ti misma. Y debo decir que lo lograste.

Querido viejo yo, has muerto. Moriste en algún momento entre la primera vez que la bola de pelos (también conocida como Kai) apareció, y el momento en el que su dueño se rindió.

Aaron se rindió contigo, con esa chica que por estar asustada decidió quedarse a un lado. Te encerraste en un castillo de papel y te pusiste una corona, creyendo que, si te convencías de que tu reino era perfecto, si hacías que se viera indestructible, este no se vendría abajo. Como si tu decreto real pudiera frenar la lluvia. No entendías entonces que no es posible controlarlo todo. Ahora lo sé y lo lamento por el tiempo que perdiste decorando esos muros frágiles, que de nada sirvieron cuando de verdad los necesitaste.

Creo que Aaron también tenía (o tiene, supongo que nunca sabremos) un viejo yo al que perdonar, y paces que hacer consigo mismo antes de poder avanzar (pero esto será parte de la carta que escriba a él, cuando y solo si encuentro las agallas).

Tú creías no merecerlo a él y él creía no merecer absolutamente nada. Y la caída de ambos fue esa, porque una vez se hubieron rendido consigo mismos, no tuvieron forma de cargar el peso del otro.

Entonces y solo entonces moriste, y tu muerte significó algo. Para el nuevo yo, tu muerte significó su vida. De todo lo que dejaste, ella nació. Bastante más rota, mucho más sola, pero un poquito (quiere ella creer) mejor.

Espero que nuestros caminos nunca vuelvan a cruzarse. Todos sabemos que las visitas del pasado nunca terminan bien.

Pero quiero que me dejes sabiendo que estás perdonada. Por todo el daño que hiciste siendo idiota (no mala), todas las lágrimas que causaste por miedo (no egoísmo) y todos los momentos en los que te odié por el simple hecho de existir.

Cordialmente,

Una nueva versión de ti,

Aspen Vann.

Carta #2: a Cassandra Kelly Vann-Hoffen

Decirte "mamá" es extraño y me siento rara cuando lo digo o cuando pienso en ti así. Creo que es porque es difícil de aceptar que tu sangre corre en mis venas, que nos parecemos y que es inevitable. Está bien, hice las paces con ello. No me hace feliz, y probablemente te odie el resto de mi vida, porque soy un poco rencorosa y porque jamás te comportaste como una madre de verdad.

El punto es que por eso prefiero arrancar esta carta dirigiéndosela a Cassandra Kelly Vann-Hoffen.

Cassandra (no voy a poner querida. Me propuse dejar de mentir, en un intento de no parecerme tanto a ti):

A veces pienso en nuestros sábados. No sé si lo recuerdas, pero solíamos ir a Dino's todos los benditos sábados. Lo pasábamos terrible. No sabíamos conversar entre nosotras (nunca aprendimos), y creo que visto desde afuera pudo haber parecido casi gracioso: madre e hija intentando forjar un vínculo desesperadamente. Es lo que se espera, es lo que debemos hacer. Eso creímos, pero ahora veo más claro y agradezco que lo hayamos dejado. No somos compatibles. Tal vez porque nos parecemos demasiado, ¿quién sabe? No es como si quisiera ponerme a pensar en ello. No conviene buscar verdades que no me van a gustar. Eso lo aprendí contigo.

Lo que no entiendo, es cómo jamás me di cuenta. Es admirable, que lo hayas ocultado por tanto tiempo, que me hayas dejado creer lo que yo quería y casi te hayas salido con la tuya. Eres una mentirosa excelente. Cuando vuelvas de rehabilitación, podrías probar suerte en el mundo de la actuación. Yo no pagaría por ver tu cara en la pantalla grande (en realidad no quiero verla en ningún lugar, de ningún tamaño) pero ¿quién sabe? Tal vez algún día, después de muchos, muchos años sin hablarnos, quiera recordar a la persona que, sin siquiera intentarlo, destruyó nuestra familia. Entonces podré buscarte en internet y encontrar algo más que los artículos de prensa amarilla hablando sobre "La caída de Vann (familia y empresa)". Saliste bastante mal en esa foto. Una adicta a las apuestas. Si hubiera sabido que Max y tú se juntaban todos los jueves, después de sacar dinero de la cuenta de la empresa, para ir al casino, me hubiera parecido mucho mejor y, de alguna forma, peor que creer que engañabas a papá. Tal vez debiste decírmelo. Tal vez, si lo hubieras hecho, si me hubieras querido más que al juego, hubiera podido ayudarte. Ahora supongo que no tenemos forma de saber, así que es otra de las cosas en las que trato de no pensar.

Evidentemente (demostrado por la línea de sucesos que nos llevaron al ahora), papá hubiera preferido el engaño. Creí que nunca sucedería (el divorcio), pero todo lo que tuviste que hacer fue meterte con su amada empresa, llevarla al filo de la navaja, para que te echara de casa. Yo que tú, le estaría muy agradecida, porque cualquier otro no te hubiera pagado la rehabilitación. Yo, definitivamente no quise hacerlo, incluso después de que me explicara que era un tema de apariencias en la empresa y que, si no lo hacía, él se convertiría en el villano de la historia. No te lo mereces. Ni a él, ni a mí, ni a lo que sea que te espere en lo que queda de tu vida.

Por muchísimo tiempo te busqué. Busqué a la Cassandra real, su afecto, su orgullo y cariño. Ya no más. No creo que esa mujer exista. Y está bien. Está bien dejarte ir y está bien que duela hacerlo.

No espero que mejores.

Ya no espero nada de ti.

Saludos,

Aspen Vann.

Carta #3: a quién ahora llamo Padre

Confuso papá:

Podría llamar padre a muy pocos. Porque muy pocos me dieron la vida. Pero me gusta pensar, a veces, que con el tiempo Gregory me hubiera querido y tal vez sido uno. Pero tú no sabes quién es él, porque todavía estás trabajando en ser padre y yo trabajo en esto de explicarte quién es y fue tu hija. Además, duele pensar en lo que pudo haber sido mi vida. Duele muchísimo.

Al final del día, es a ti a quien llamo padre. No me avergüenza. Pero sí voy a decir que no eres muy bueno en ello, y que de a ratos me da pena que mi padre sea el hombre caído a pedazos que eres. No te lo diré a la cara (en cambio diré que podrías darte una ducha, que te ves un poco cansado; y tu sabrás que estoy suavizando la verdad) pero creo que no cuenta como mentir.

Me gusta la nueva rutina que tenemos y creo que es el principio de algo más. Una pequeña tradición de esas que tienen las familias menos dramáticas que la nuestra. Me traes la cena a la habitación, hablamos un poco, y te vas.

Nuestras palabras son tensas, y detesto no ser capaz de explicarte por qué cuando vuelves la noche siguiente, mi plato sigue lleno. Te detesto a ti un poco en esos momentos, que lo retiras silenciosamente, con las dudas en los ojos, pero nunca capaz de pronunciarlas. Me pregunto si algún día tendrás el valor para preguntar "¿Cómo estás? ¿Qué pasa?" y si yo seré para entonces tan valiente como para responder algo que no me haga romper a llorar.

Sé que lo estás intentando. Sé que tienes que levantar una empresa entera, miles de personas con un sueldo que depende de ti... Pero la niñita en mí quiere que el hombre al que ahora llama padre se comporte un poco más como tal.

Me he vuelto exigente contigo. Lo siento.

Hay muchas cosas que te agradezco: que no me odies es una, y la otra es que aún tengas fe. Fe de que no soy como mamá y de que vale la pena estar a mi lado y traerme la comida siempre muy salada y demasiado cruda que sé que te empeñas en hacer. Agradezco que, aunque siempre sentí que no estuviste, es ahora, cuando más sola me siento, que estás.

Gracias,

Tu hija,

Aspen Vann.

Carta #4: a yo presente

Desconocida Aspen Vann:

No te comprendo aún, pero de alguna forma estoy orgullosa de ti. Mi viejo yo (tal vez debería decir mi viejo nosotras???) sufrió mucho para que tu estés aquí, así que espero que puedas algún día ceder paso a una versión mejor de ti (nosotras) de la misma forma. Pero no estoy hablándole (todavía) a mi yo futuro, así que me voy a concentrar en las cosas positivas del ahora (no será una carta extensa, lo prometo).

Estudiar en Cambridge. Hiciste tu investigación, sabes en qué habitación del campus vas a vivir, cuánto vas a gastar por mes, pero todavía no tienes idea de en qué rama de la carrera preferirías especializarte y eso está bien. No hay necesidad de elegir ahora. Siendo honesta, no puedo creer si quiera que estés haciendo esto. Yendo a estudiar Veterinaria, a otro continente, completamente sola. Te has convertido en alguien medianamente valiente (sí, estoy presumiendo).

Sigues teniendo miedo, pero eso te hace más fuerte. No hay nada que perder. No quedan amigos aquí para ti más que en tus recuerdos. Mantente firme, no cedas a la idea de llamarlos. Fueron amigos de Aaron antes de acercarse a ti, y si no es por ellos, hazlo por él y ten el respeto de no volver a involucrarte en su vida. Duele leerlo, pero sabes que es verdad. No llores. Estás llorando mientras escribes esta carta para ti misma. Se te mezclan las personas.

Me tomé unos minutos. Volví. No es una carta para mis amigos o para Aaron. Es una carta para ti.

Es para recordarte que esas personas por las que hoy lloras te enseñaron que dejarte querer no está mal, aunque puede salir mal. Y eso está bien. Vas a seguir adelante. Mírate ahora, dándote consejos a ti misma como una idiota, pero escuchándolos en la voz de Shelly, con el sarcasmo de Paul y las risas de Cameron. Mírate, sintiendo que de alguna forma Aaron hubiera podido amar a esta versión de ti misma, solo porque tú la amas.

Amo que seas como eres ahora, por más que estés sola. Porque aprendiste a amar. Aaron le dijo a la yo de antes que no podría hacerlo, pero lo hacía. Ella *amaba entonces y ahora tú amas, tan fuertemente que tiempo atrás no supiste qué hacer con el impulso de esa electricidad y te quemó viva. Te arruinaste con tus propios intentos de alcanzar la perfección y admiro de ti que hayas podido perdonar a yo de antes por esos errores. Es agotador mirar hacia atrás. Siempre amaste, pero no siempre supiste cómo hacerlo en la medida justa. Tal vez más pronto que tarde, tengas una segunda oportunidad.*

Terminaste la secundaria y, después de todo, abrazaste tanto a Claire como a Maggie al final de la ceremonia, envueltas en togas horribles de color bordó. Recuerda la felicidad de ese momento, las sonrisas, y trata de no pensar tanto en que Aaron no estuvo allí. Déjalo ir, déjalo ir y deja de llorar cada vez que escribes su nombre, por fav…

[Carta incompleta]

Carta #5: a mi yo del futuro

Yo del futuro:

Como no te conozco, no sé qué adjetivo usar, querida, admirable, idiota… todo dependerá de qué tanto de lo que escriba a continuación, te permitas escuchar.

Mi carta para ti, resguardada en este cuaderno, es probablemente lo más horrible que escribiré para alguien, así que espero de todo corazón que uno de los adjetivos que puedan usarse para describirte sea "fuerte". Esto una lista de cosas que pueden pasar y deberías temer y, todavía peor, cosas que podrían pasar y te darán esperanza.

Tiempo atrás, yo del pasado vio a Aaron (sin saber su nombre aún) alejarse por la esquina de un parque con su gato gordo, y tuvo la esperanza de que él volteara una última vez para mirarla. No lo hizo. Tal vez esa esperanza inicial fue lo que la destruyó, pero también la que le permitió vivir, así que mi consejo es que dejes de temerle a la posibilidad, porque hoy y ahora, yo daría cualquier cosa por volver el tiempo dos meses atrás, aunque no pudiera hacer nada diferente y fuera a terminar lastimada como estoy. Porque en medio viví tanto y tan bien y tan feliz, que no podría ponerle precio.

En el futuro, donde tu vives, pueden pasar las siguientes cosas:

(A) Puede que nunca encuentres a Aaron; después de todo, Cambridge es grande, y la posibilidad de coincidir en clases, con él estudiando leyes y contigo metida en las ciencias exactas, es menor a uno en un millón.

Vivirán en mundos separados y tu sabrás que están bajo el mismo cielo, corren a los mismos horarios, desayunan juntos pero separados y tal vez respires alguna vez aire que le acarició el rostro. Lo sabrás y no podrás hacer nada al respecto, y eso estará bien. Será doloroso al principio, pero estarás bien. Tendrás mucho en lo que concentrarte allá, como en tener un excelente promedio (sin sobreexigirte) y comer bien (eso no lo hago ahora, es tarea para ti y confío en que podrás cumplirla en cualquiera de los escenarios que te estoy presentando).

(B) Puede que la vida te siga odiando y vuelvas a verlo, lo que nos deriva a situaciones (B1), (B2), (B3) y (B4):

(B1) consiste en verlo y directamente hacerte pedazos. Sería bastante patético, así como posible. Largarte a llorar si te lo cruzas en un local, y si tienes suerte y no te ve, te escabullirás tan silenciosamente como puedas. Si la vida te odia un poco más de lo que te odia ahora (lo veo difícil) no tendrás escapatoria, él también te verá, te dedicará una mirada incómoda (en el mejor de los casos) o asqueada, y continuará su camino. En esta situación también llorarás.

(B2) es verlo no solo o con amigos sino con alguien más. Probablemente una chica de grandes ojos expresivos. Alguien que haya tenido la suerte de haber nacido sabiendo amar, o de simplemente haber conocido a Aaron en un momento en el que él pudo enseñarle. Es un maestro excelente. Si él me hubiera seguido enseñando a andar en skate, tu serías muy buena, o serías pésima porque seguirías haciendo eso de usar la tablita con ruedas como excusa para caer justo sobre sus labios. Pero no voy a explayarme en eso porque tú sabes bien de lo que hablo... a menos que la situación (B3) se haga realidad...

(B3), creo yo, es la que más miedo da. Porque significa que el futuro es demasiado desconocido, que está muchísimo más allá de mi imaginación y lo que un mortal podría palpar. ~~Me odio~~ No, tacho eso, porque estoy tratando de cambiar esa mentalidad, ¿sabes? Voy a decir, en cambio, que odio cuando hago esto: llorar mientras escribo. Porque se supone que esto debe ordenar mis pensamientos, pero de a ratos solo parece hacerlos peores, demasiado grandes. Está bien. Ya están bajo control de nuevo.

La cuestión es, que en (B3), cuando encuentras a Aaron, él puede estar tanto solo como con su chica de ojos grandes y a ti no te importa. Tú estás de la mano de alguien. No tiene callos, no tiene una ínfima cicatriz en el labio inferior, no tiene ojos dorados o pestañas que quieres robarte porque son demasiado bonitas para un hombre. No tiene un hermano por el que daría la vida, y no sonríe como Aaron, aunque lo amas al igual que amaste al primero. Has pasado página completamente, y esperas de todo corazón que Aaron haya hecho lo mismo, porque lo recuerdas con cariño. No con dolor, no con pena.

En (B3), podrías bien no reconocerlo, porque la vida los ha apartado tanto y el tiempo ha hecho cosas tan extrañas con sus rostros, que chocan en el supermercado y se disculpan amablemente. No saben que su primer amor les ha sonreído otra vez, antes de pedir disculpas y alejarse, con una extraña sensación en el estómago, que les advierte algo conocido en ese desconocido. Ninguno de los dos le presta atención. Siguen de largo. Nunca volverán a verse.

Por último, está (B4), que, pensándolo bien, tal vez sea peor que (B3), porque sé que dije que no le deberías temer a la esperanza, pero eso fue un consejo para ti, porque yo todavía le temo. Muchísimo. Se convierte en una bola de alambre y púas en mi esternón y me hace sangrar. A veces creo que va a matarme con tanta ilusión y tantas posibilidades de que todo termine mal. Por eso no voy a describirte (B4), porque me daría esperanzas a mí misma. De que tal vez al reencontrarnos... Supongo que tú ya sabrás.

Quiero pensar que esta carta te preparó para lo que viene. Tal vez, escribas una respuesta para mí, tu yo presente, en la que me haya convertido en yo del *pasado y me agradezcas. Tal vez me odies, o tal vez me perdones por los errores que cometí, como yo hice con mi propia yo del pasado. No tengo forma de saberlo.*

Te deseo lo mejor.

Con cariño y esperanza,

Aspen Vann.

<u>Carta #6: para el chico que me enseñó a amar</u>

Podría dedicarle esta carta a Aaron Woods, a Aaron, a mi mejor amigo (siempre me odiarás un poquito por lo mucho que te hice esperar, y eso tiende a hacerme reír hasta que me acuerdo de que debes odiarme por muchas otras razones), a mi ex (que diminutivo horrible; odio que aplique a ti), pero se lo dedico al chico que me enseñó a amar.

Porque cuando todo terminó, cuando dijiste las cosas que dijiste (esas que quiero creer que no salían de tu corazón si no de tu ira), seguías siendo Aaron, pero eras una versión destrozada de ti mismo que yo ayudé a crear. Me lamentaré por eso toda la vida, y si me hubieras dado la oportunidad, si yo hubiera sido valiente como para hacerlo, me hubiera desvivido para compensarlo.

Eso no es lo que voy a hacer ahora, porque no creo que pueda hacerlo con palabras en papel, que se desdibujarán con la primera lágrima que se me escape. Ahora voy a decirte que no eras el chico que me enseñó a amar cuando dijiste todas esas cosas.

El chico que me enseñó a amar fue amable y fue fuerte, y sufrió muchísimo en el proceso. Yo creí que eras perfecto, indestructible, y ese fue mi error. Tú también guardabas cosas; muchas esperanzas entre ellas, sí, pero también mucho dolor. Explotamos juntos y no pudimos mantenernos unidos en el proceso. Si alguna vez mi yo del futuro se encuentra en la situación (B) ⊡cualquiera de sus acepciones⊡ espero que no la resienta por los errores de la yo del pasado. Tú no lo sabes, pero mi yo del pasado ha muerto y soy mejor. Mi yo del futuro será incluso mejor que la del presente, lo presiento (buen juego de palabras, ¿lo viste? ¿Con presente y presiento? Soy una idiota, perdón. Ambos sabemos que, de nosotros, tú eras el que siempre sabía qué decir).

Te agradezco que hayas estado a mi lado mientras pudiste. Me buscaste incluso antes de que yo te buscara a ti (porque soy lenta y negada a todo lo que puede llegar a ser bueno para mí) y eso marcó mi vida de muchísimas maneras que yo todavía estoy tratando de entender.

Tengo demasiado para decir y no puedo hacerlo.

Detesto desde el fondo de mi alma no poder ni siquiera ver mis palabras en el papel porque mis ojos son niebla. Debe ser una letra asquerosa, así que agradezco que no vayas a leer esto de verdad.

Al fin y al cabo, todo esto era para decirte que te amo.

Te amaba entonces, y nunca te odié, no podría haberlo hecho. Lamento que tú me hayas odiado cuando me fui. Lamento que la imagen con que te quedaste de mí fuera la de la chica cerrada que no se quería a sí misma lo suficiente como para dejarse querer por ti. Lo siento desde el fondo de mi corazón.

Pero no siento haberte amado como lo hice.

Sin odio, sin arrepentimiento, sin rencor, pero con el alma a los pies,
Aspen Vann.

Carta #7 a la chica que tuve miedo de ser

Avery:

Creo que no hay mejor manera de titular esta carta. Porque todo lo que hice fue por temor a sufrir como tú lo hacías, a ser esa chica alienada y temerosa que temblaba y lloraba de impotencia porque su dolor estaba en manos de otros y nada podía ella hacer para alejarse de él. Te vi en pasillos y te ignoré, te escuché gritar y miré hacia otro lado, fui la causa de gran parte de tus lágrimas y me dije que no contaba porque en teoría [en teoría] no estaba haciendo nada.

Me estaba callando y callarse era hacer nada y no podía acusarse a alguien de hacer nada, ¿no es así? Pero no soy tan ilusa y mi viejo yo tampoco lo era; sabía lo que hacía al no hacer nada y sabía que era igual de culpable que las que hacían todo.

Pero esta carta no es sobre mí ni sobre las cosas que hice mal, porque Dios sabe que ya hay más que cartas suficientes sobre ese tema, sino para decirte que me arrepiento. Porque en la cobardía de no querer ser tú, me volví un poco más como mi madre y cerré la boca. Me arrepiento de haber creído que valía más mi felicidad que la tuya. Me arrepiento de haber hecho que tus ojos viesen la peor parte de mí. Me arrepiento de no haber intentado ponerme en contacto contigo después de la graduación. Me arrepiento de no ser lo suficientemente valiente como para decirte todo esto a la cara. Me arrepiento de nunca haber cuestionado a Ashleigh. Me arrepiento de no haberte creído cuando dijiste que no sabías de qué hablábamos. Me arrepiento de haber sabido que decías la verdad y nunca haberlo dicho. Creo que todo lo que te hice es la única parte de mi vida que desearía poder viajar el tiempo y borrar.

En un momento fuiste la chica que tuve miedo de ser y, como la vida tiene una forma muy particular de darlo todo vuelta, hoy lo pienso y desearía haber sido un poco más como tú: honesta y tal vez solitaria, pero nunca mal acompañada.

Espero que estés bien, pero sobre todo lo demás espero que me olvides. No creo que me perdones a pesar de que te lo pida desesperadamente, tampoco creo que sea justo pedírtelo, solo te pido que me olvides. Ya no soy esa Aspen y no quiero que me recuerdes así. No nos conocemos ni nos conoceremos, pero vas a tener que creerme cuando te digo que soy mejor. Al menos, me gustaría que me creas. Después de todo, la chica que no te escuchó nunca hubiese admitido que lastimarte fue su peor error.

Con una sonrisa y un poco de esperanza ingenua,
Aspen Vann.

<u>Carta #8 : al chico que no conocí</u>

Peculiar Christof:

Supongo que, de leer esto, te preguntarías con qué motivo entrarías tú en este rejunte de cartas que nunca llegarán a destino. Crees que no eres importante en la vida de nadie como para que te incluyan en un lugar así. Yo misma, de hecho, no pensé que me encontraría escribiéndote a ti, y si tuviera que explicar cómo te abriste camino a estas hojas, diría lo siguiente:

Así como tu hermano pudo pintar para mis ojos nuevos paisajes de blanco y negro, sus palabras y recuerdos pintaron para esa parte cruda de mi persona (los poetas básicos le dirán corazón, pero yo creo que es algo más, una especie de cosa insustancial que nos mantiene humanos), una imagen de ti muy diferente a la que me hubiera hecho si solo hubiera tenido como referencia las escasas veces en las que nos cruzamos.

Aaron me contó de tus pasiones: literatura clásica (lamento no compartirla, creo que es algo muy sofisticado de tu parte), tocar la viola (sofisticado, también), salir a correr (inesperado), nunca ir al gimnasio (no tan inesperado), tomar té (a este paso, podrías ser inglés) y cuidar de Aaron cuando más lo necesitó (caballero inglés, salvo por la parte de las drogas y la de acostarte con su ex. La otra, no yo).

Creo que también te escribo porque una vez tuve la indecencia de compadecerme de ti y compararme solo para hacerme sentir mejor. Me equivoqué. Somos diferentes, sí, pero no tengo por qué verte debajo, ni viceversa. Envidiaré sanamente su familia y os pediré, en esta carta tan formal para usted señor caballero inglés, que no la desperdicie. Te aman, Christof. Ahora sé lo que es amar y ellos lo hacen con locura.

Dios sabe que de no hacerlo no hubieran aguantado uno solo de tus putos berrinches.

Deseo que hayas despertado, pero no solo porque eso haría a Aaron feliz, sino porque te mereces una oportunidad de abrirle los ojos a la vida en sí. Despierta de todo lo que crees que te mantiene bajo tierra. No estás muerto aún. Tienes que despertar. Vive todo lo que puedas y, cuando de verdad mueras, no será de una forma tan patética como una sobredosis.

Si moriste de una sobredosis mientras o antes o después de que yo escribiera esta carta, me disculpo por mi falta de modales.

Con cariño, una chica que se jacta de haberte salvado una vez, y espera que veas ahora la oportunidad de salvarte a ti mismo,

Aspen Vann.

P.D: tus berrinches siempre me dieron risa. Eres original y mordaz para insultar. Si nos hubiésemos dado la oportunidad, creo que hubiéramos sido buenos amigos.

―――――――――

Carta #9: al chico que se ríe de mí

Aaron, hijo de tu muerta madre. Te odio. Te odio por hacerme esto. ¿Cómo puedes? ¿Cómo me afectas así después de tanto tiempo? Han pasado tres meses, el verano llegará a su fin dentro de poco, mi vida y la tuya comenzarán lejos pero cerca en otro lugar. ¿Cómo puedo dejarte romperme así?

¿Un ruiseñor? ¿De verdad? Todavía no supero toda la mierda que pasamos, no esperaba hacerlo pronto. Pero había dejado de llorar. Había dejado de llorar, Aaron. Mira ahora esta hoja.

No te odio, nunca lo hice y nunca podré hacerlo. Pero odio ceder tan fácilmente. Odio tener que aceptar, y volver a romperme solo porque sé que eso es lo mejor. Odio intentar ser buena persona y las cosas malas que implica eso para mí.

Pero te quiero demasiado como para no ayudarte.

Y quiero tan poco a mi yo futuro, que, con tal de verte una última vez, le complicaré a ella la vida un poquito más.

Con más ganas que nunca de estamparte la cara contra una pared de ladrillo,

Aspen Vann.

P.D: te quiero.

CAPÍTULO 27

Llevábamos alrededor de dos minutos completos sin ser capaces de formular palabra, cuando finalmente habló.

–Hola.

–Hola.

Era como si el tiempo nos hubiera pegado una patada en la cara a ambos. Hasta sonábamos distintos. Desconfiados, tímidos como los animales abandonados del refugio.

El refugio... cuánto tiempo había pasado de eso.

–Tengo tus cosas. –Alcé la caja en mis manos.

–Ah. –Se rascó la barba incipiente, más una sombra descuidada y casi imperceptible que una barba real. Aaron tenía barba. *Aaron tenía barba*. Ni eso había llegado a procesar. En solo tres meses había aparecido una barba. Esa cosa que tiene la gente grande, que no pertenece al rostro de un chico de solo diecinueve años. Mi cerebro seguía luchando con lo que mis sentidos le decían; se negaba a aceptarlo–. Eran para ti.

Yo estaba temblando de pies a cabeza. No sabía si él lo notaba, porque sus ojos estaban metidos en los míos como si cables de acero los unieran.

Y seguían reluciendo avellanas. Y seguía siendo imposible escaparles.

Quería preguntarle por Christof, quería preguntarle por qué mierda me había contactado cuando es obvio que, si alguien te bloquea de absolutamente todos lados, no quiere que lo hagas, o al menos, no lo *espera*. Quería que me explicara por qué estaba tan delgado, quería ir corriendo a comprarle un sándwich de queso para borrar las ojeras y el tajo sombrío que solía ser su sonrisa. Quería gritarle porque se había cortado el pelo justo como lo tenía la primera vez que lo había visto, y porque tenía una mancha roja en la mejilla que se asemejaba demasiado a la sangre y casi me infartó al verla de lejos. Quería mandarlo con una patada en el culo al otro lado del mundo y ser capaz de odiarlo por haber elegido justo este lugar de todos los lugares. Pero sobre todo aquello, me moría de ganas de dar media vuelta y correr. Sin mirar atrás ni una última vez.

Cosa que no haría.

Respiré hondo, hasta que el aire me hizo arder los pulmones del exceso y sentí que volvía a la Tierra. Ya no correría. Aunque no supiera qué esperaba Aaron de mí, sabía que no había venido solo por él.

Nos debíamos este momento. Ya fuera una despedida o un último insulto que ninguno creería y nos rompería un poco más.

La caja pesaba como un cadáver en mis manos. No quería pensar en su contenido, pero tampoco quería dejarlo ir. No quería que fuera mío, aunque él lo hubiera hecho para mí. Tal vez justamente era *porque* él lo había hecho para mí, que no lo quería.

Apestaba a pasado.

Pero no podría decirle eso ni en un millón de años, porque tenía la sensación de que hacerlo lo rompería, y no podía ser la culpable de eso una segunda vez.

–Tal vez eso no sea lo mejor –me decidí por replicar.

Cuánto tiempo había pasado.

Los meses habían cambiado su sonrisa. El verano la había marchitado, pero me sorprendió que, incluso siendo débil, pareciera sincera. Aaron siempre lo había sido, al menos en cuanto a sus sentimientos, y si yo tan solo le hubiera retribuido ese favor...

No. No me lamentaría hoy. Ya había perdonado el pasado. Eso implicaba estar un buen paso más cerca de superarlo, ¿no es así? ¿No era por eso, que yo me encontraba una vez más en el parque? ¿Para superar y seguir adelante?

—Ya, claro.

Pero ni yo dejé ir la caja, ni él intentó tomarla.

—Has ganado peso —agregó.

Era verdad. A fuerza de patadas mentales y la compañía de papá —hacía un tiempo habíamos empezado a cenar juntos al menos dos veces por semana— casi había conseguido llegar al peso decente. Seguiría trabajando en ello. No quería seguir sintiéndome débil ni cansada. Había tenido suficiente de eso. Así que el último tiempo estuve enfocándome en eso: comer y dormir (es decir, ingerir somníferos como posesa. Un paso a la vez, ¿no?).

Me sonrojé, y solo la necesidad de esconderlo pudo hacerme apartar la vista de él. Era muy interesante el parque de juegos vacío a mi izquierda. Sí, sí.

—Tú has perdido un poco demasiado. —Y era horrible saber que cada una de mis palabras, por inofensivas que pretendieran sonar, destilaron preocupación.

—Sí, algunas cosas me estuvieron quitando el sueño.

No quería voltear a ver la ternura de su voz impresa en su rostro.

—Ah.

—¿Nos sentamos?

—Tal vez eso no sea lo mejor.

—Pero tal vez sí lo sea.

—Estoy bien así.

No quería sentarme. No quería estar reviviendo todos esos sentimientos. Se había abierto una jaula dentro de mí y miles de sensaciones olvidadas escapaban y batían sus alas. No había pensado esto lo suficiente. No debí haber venido. No debí haber vuelto a verlo.

No debía sentir todo lo que sentía. Se suponía que podría controlarlo. Había supuesto *mal*.

Esto que sentía, esto amorfo y repelente que anidaba en la boca de mi estómago, era que tal vez, sin siquiera darme cuenta, lo había estado olvidando. A Aaron. No recordaba ya el ángulo exacto de la rotura en el diente, ni el tono exacto de su piel, o la cantidad exacta de cicatrices en su mano derecha (cuatro) que hora sostenía una carpeta enorme a un lado de su cuerpo.

El tiempo había borrado su sonrisa de su rostro y mi memoria, y ahora que volvía resultaba demasiado difícil aceptar que muy probablemente tuviera que olvidarlo otra vez, incluso sin querer que sucediera. Porque la vida debería seguir su rumbo y nunca podría hacerlo si despertaba recordando todos los tonos que de un mismo color que eran capaces de esconderse en sus ojos

Entonces, ¿por qué me presté a esto? ¿Por qué cuando se trataba de Aaron, ser racional nunca era una opción?

–Aspen. –Me encogí, queriendo deshacerme en volutas de humo. Cuánto tiempo había pasado desde que mi nombre había pasado de sus labios a mis oídos–. Mírame.

Pero no debería. Mirarlo, seguir encontrando detalles olvidados, rincones de él que alguna vez juré tener grabados a fuego en mi memoria... creí que no era posible volver a caer por los mismos trucos, pero yo volvía a hacerlo por las mismas facciones, las mismas curvas y marcas, la misma voz y los mismos ojos. No debería mirarlo porque cedería.

Cuánto tiempo había pasado.

Y sin embargo, había cosas que simplemente seguían igual. Ojos dorados, ojos grises y también el momento en el que se encuentran, en un parque y sin saberlo siquiera, caen otra vez. Inevitablemente. Cosas de esas que suceden con la simpleza de un suspiro. Si es el primero o el último, dependerá de la situación.

–¿Era muy difícil?

–Más de lo que te podrías imaginar.

Y a pesar de que fui dura con mis palabras, fue penoso mi tono, y él, que no esperaba mi honestidad, porque no era parte de lo que él recordaba de

mí, se quedó pasmado un instante completo. Vi en ese solo aleteo de sus pestañas como retrocedía en el tiempo, buscando en sus recuerdos momentos así: donde me hubiera visto hecha de carne y hueso. Sin armaduras, sin escudos o barreras de metal, sin sarcasmos punzantes, sin nada más que la verdad.

Dejé que viera en mí cada rincón desolado, así como cada esquina fortalecida. Estaba bien. Estaba bien dejarlo ver. Estaba bien haber cambiado. Tal vez incluso llegara, desde donde él estaba parado, a tantos insorteables metros de mí, a ver todo el miedo y la esperanza; dos cosas de las que no lograba deshacerme y empezaba a creer que tal vez también debería aceptar.

Sin más, me dejé caer en el banquito detrás nuestro; ese que el invierno anterior había sido el punto de colisión entre un gato gruñón, una chica rota y un chico sin sueños.

Él me imitó, pero no se apoltronó en un montón de extremidades despatarradas, como hubiera hecho tiempo atrás, si no que se quedó tenso, apoyando los codos en las rodillas y sin dejar de mirarme.

Tranquilo, pensé, *yo también estoy solo cincuenta por ciento segura de que esto es real.*

Desde el momento en que apareció, una parte de mí se moría por estirar un brazo y comprobar que no fuera parte de mi imaginación. Tal vez, podría tocar ese asomo de barba, verificar si pinchaba o si bajo ésta su piel aún emanaba calor.

Hice de mis manos puños, como si en estos pudiera aplastar el pensamiento. Cuando él habló, yo seguía divagando.

–¿Cómo has estado?

–Mal.

–Sí, yo también. –Era odioso que sonriera al decirlo. Me daba ganas de besarlo. Me daba ganas de llorar.

Antes de que se asentara el silencio, de que siguiéramos con el mambo extraño en el que estábamos metidos –yo con la caja sobre mis piernas, él con su intrigante carpeta– necesitaba saber. Solo en base a lo que respondiera, podría o no seguir allí.

No pude mirarlo al pronunciar la única palabra que sabía que necesitaría para entender. A la espera de su respuesta, mis pulmones se negaron a dejar entrar aire.

–¿Christof?

Por el rabillo del ojo, a un lado de la hierba que el viento removía bajo mis pies, él pareció desinflarse, y yo preparé mil y una disculpas, por no haber estado a su lado. Si su respuesta era una desgracia, nunca volvería a mirarlo a la cara. Me levantaría y me iría. No sabría de mí nunca más.

Pero no fue necesario.

–Rehabilitación.

Mi cabeza casi da un giro trescientos sesenta con el impulso que le di al buscar su rostro. Su rostro, medianamente descompuesto por malos recuerdos, pero también cruzado por su estúpida sonrisita de cuarto menguante.

Si las cosas hubieran sido diferentes, un día como hoy, con él dándome semejante noticia, le saltaría encima y lo abrazaría a gritos. Tal vez lo haría incluso sabiendo que la rehabilitación no daba siempre resultado, incluso sabiendo que no era el final de la carrera para Christof si no solo el principio, porque al menos se había animado a correr.

La cuestión era que las cosas eran como eran. No diferentes. No mejores, no peores. Solo lo que les había tocado ser. Éramos virutas de diente de león que alguna vez el viento sopló en direcciones opuestas, y ahora por improbable que pareciera se volvían a encontrar. Habían estado demasiado tiempo separadas. Así que Viruta Uno (yo) se limitó a sonreír, y Viruta Dos (Aaron) a mirarla con los ojos destellantes e ilegibles.

–Me alegro, de verdad. Ya era hora.

–Era hora hacía tiempo, pero dicen que mejor tarde que nunca.

Pensé en mi carta para Christof y en que tal vez, si yo hubiera hecho

las cosas un poco mejor, ahora podría estar conociendo al chico que no conocí. Casi me entraron ganas de reír.

–Sí, mejor tarde que nunca.

Silencio.

Por un segundo. Por dos y después tres. Que se convirtieron eventualmente en veinte y así en minutos en los que ninguno de los dos sabía qué decir, y nos mirábamos de costado –yo apartando la vista rápidamente y él negándose a hacerlo– para buscar palabras correctas.

–¿Por qué estamos aquí? –estallé, al fin. No podía seguir haciéndome preguntas y guardándolas. Necesitaba una explicación, que él me diera una mano y me ayudara a entender, en lugar de esperar que descifrara por mi cuenta lo que fuere que lo hubiera poseído para llamarme aquí.

Él resopló. De nuevo. Ese gesto mío que de alguna forma le había contagiado. Era horrible, ver partes de mí aún en él, porque solo podía significar que aún debían quedar vestigios de Aaron en mí. Y que él también podía verlos.

–No sé por dónde empezar.

–Por esto, ¿tal vez? –sugerí, dándole una palmadita a la caja–. Aar… ron –tuve que dar tirones para sacar su nombre de mis labios. Tragué saliva–, no puedes dejar esto en la puerta de mi casa e irte sin más. No se supone que funcione de esa manera.

Las comisuras de sus labios temblaron y supe que lo había herido, pero en un instante sus dudas se convirtieron en comicidad. Nunca había podido evitar ser aborreciblemente encantador.

–Nosotros nunca funcionamos demasiado bien.

Si te encuentras con un ex después de tres meses de su ruptura –cuando él dejó bastante en claro que no tenía deseo alguno de volver a verte–, pero de la nada llega todo hecho sonrisas y disculpas y fantasmas, puedes hacer muchas cosas; pero no le sonríes. No. *Le. Sonríes.* Todos lo saben, pero nadie te dice que hay ocasiones en las que simplemente no puedes evitarlo, en las que lo que sabes no pesa nada comparado con el alivio que te recorre el cuerpo. Se te escapa esa sonrisa que no deberías sonreír y para cuando quieres esconderla (muy precariamente, vale aclarar), la persona frente a ti ya la ha visto y eso te hace enojar aún más. Te hace querer golpearte con algo para despertar o tal vez incluso pegar un grito aunque sea para sentir algo más que la inminente necesidad de acercarte a él.

—No, nunca lo hicimos —le espeté—. Por eso terminast... terminamos. Por eso terminamos Aaron, porque no funcionamos. Lo dejaste claro. Entonces, tal vez me merezca saber por qué pintaste esto. —Esta vez, el golpe a la caja fue demasiado brusco, y enseguida me arrepentí.

Aaron había dejado de mirarme. Sus palmas abiertas corrían una y otra vez sobre sus muslos, incentivadas por el ardor que dejaban atrás mis palabras. Sabía que lo estaba lastimando y solo por ello me frené. Sus ojos, estancados en la punta de sus zapatillas arcoíris, parecían sumergirse en petróleo. No era un lugar lindo en el que nadar.

¿Me hacía una persona horrible querer odiarlo?

Creía que no. Estaba en mi derecho. Me había hecho daño.

Pero tú le hiciste daño a él.

¿Era un círculo vicioso? ¿Acaso estábamos destinados a ciclos y ciclos interminables de idas y venidas, de lágrimas e intentos fallidos?

El pensamiento fue un hachazo entre vértebras. Corte limpio y perfecto. Una excelente manera de quedar dividida en dos.

Me había dejado, hacía dos días, la misma caja que ahora tenía en mi regazo, en casa. Solo apareció allí, sin nombre ni lugar de origen, para sorprenderme con tres palabras un par de números y el regreso del ruiseñor.

No era *nuestro* ruiseñor. No era de plata, no era pequeño y no había realizado una infinidad de viajes entre sus manos y las mías, pero era una versión colorida, en un cuadro, de un ruiseñor de naranjas y turquesas y azules fuertes realzados con dorados, que vibraba con vida, y trajo más recuerdos que cualquier otra cosa. El cuadro entero solo tenía el tamaño de un puño grande. Eso era todo. Y aun así, había bastado para aplastarme el corazón. Había bastado y sobrado, pero las palabras de Aaron, garabateadas horriblemente sobre el papel, fueron el golpe final.

20:00. Parque. Por favor.

—Tal vez terminamos porque no era nuestro momento —contestó en un susurro. Buscó mis ojos de golpe y no tuve tiempo de huirle. Estábamos allí y éramos solo nosotros. Ni parque ni noche ni calor. Nosotros, nosotros, nosotros en todos lados, en todo, todo—. Tal vez pinté el ruiseñor porque creo que terminamos por un error. Tal vez lo dejé en tu puerta porque no soy un hombre de palabra y no quiero que haya terminado. No *creo* que haya terminado. Tal vez dije demasiadas estupideces juntas y tal vez me arrepiento de todas ellas.

—No... —Tenía que frenarlo, tenía que frenarlo antes de que nos arrepintiéramos más de lo que ya lo hacíamos. ¿Él se arrepentía de lo que había dicho? Bien, porque yo me arrepentía de haber venido. Tantas dudas, tantos noes y síes y posiblementes y tal veces me hacían agujeros en la cabeza, y por cada uno de ellos se escurrían años de vida. Estaba por morirme. Muerte por pensar en lo que pudo ser.

Tenía que frenarlo. No quedaba tanto de mí como para seguir repartiendo pedacitos de Aspen por el mundo. *No no no no no.*

—Escúchame —Estaba sentado a mi lado, pero su mirada estaba de rodillas frente a mí—. Escúchame y prometo que, si al terminar no quieres volver a saber de mí, me iré. No volveré. No sabrás que existo. Te lo juro.

Te lo juro. ¿Qué tan estúpido era de mi parte creerle al sujeto que acababa de decirme que tal vez no fuera un hombre de palabra?

Como responder(me) resultaba imposible, limité a asentir.

Y como Aaron siempre había sido una caja de sorpresas, empezó a hablar con la única palabra que no esperaba que saliera de sus labios: Gracias.

–Gracias. No por escucharme ahora, sino por antes, por todo. Ya empecé mal. No importa, lo que está dicho está dicho y no puedo borrarlo, ¿no?

Hubiera respondido, pero no estaba ni segura de cómo. No estaba muy segura de nada, para ser exactos. No importó, Aaron no se detuvo.

–Así que supongo que te agradezco porque antes de que llegaras, mi vida consistía en *servir*. En ser *útil*. Estaba empeñando en que, si daba lo mejor de mí a todos, eso haría que me retribuyeran con lo mejor de ellos mismos. De alguna forma eso compensaría todo lo que no les había dado a mis padres y lo que ellos no me habían dado a mí.

»Pero no fue así. ¿Sabes? –soltó una risita amarga, que lo hizo ver escalofriantemente igual a su hermano–. Nadie, en ningún momento me dijo: "ey, para, ey, no te hace bien". Todos siguieron viéndome feliz y alegre y *servicial* y nadie dijo nada porque nadie se molestó en ver más allá. Es bueno tener un amigo que está siempre, incluso cuando lo que quiere es dormir doce horas seguidas y olvidarse de todo. Dios, ni siquiera *yo* me molesté en verlo. Para mí eso era simplemente lo normal, lo que se suponía que debía hacer.

»Entonces de la nada, *¡boom!* –El gesto de explosión que hizo con sus manos me enterneció, me llenó de ganas de tomarlas entre las mías y estrujarlas. Ganas que me vi obligada a retener–. Ahí estabas. Apareciste de la mismísima nada y estabas *tan* linda. Eso fue lo primero que pensé cuando te vi, y lo segundo fue que estabas imposiblemente triste. Era imposible, simplemente imposible, que alguien pudiera estar tan, *tan* triste. Irradiabas esta soledad horrible, Aspen, y me subió este... este bicho horrible; el impulso que me empujaba a alejarme. –Eran palabras difíciles de escuchar, pero las decía tan completamente absorto en ellas que no podía interrumpir. Gesticulaba y se movía como si se hubiera teletransportado al recuerdo; como si estuviera atrapado en él–. Quise irme porque tenía demasiada gente que sostener a mi alrededor y no podía más... y de la bendita nada, Kai decidió correr por primera vez en su vida. Hacia ti.

»Y yo qué iba a hacer ¿dejártelo? Como si fuera poco, lo miraste toda asustada y, Dios, ¿cómo podías ser tan linda? Así que me dije que me acercaba y te sacaba el gato y me iba. –Ahora su risita estaba teñida de una añoranza muy similar a la que yo sentía. Me alegré de que no me mirara, porque tenía los ojos llenos de cristales.

No sabía si lo que se acumulaba en mi vista eran lágrimas de pena o risa. Yo había creído estar toda regia y compuesta ese día. Creía que estaba haciendo un excelente trabajo manteniéndome unida y completa. Vaya imagen patética había dado. No me molestaba ahora. Siendo honesta conmigo misma, me daba pena esa Aspen, y me ponía feliz haberla dejado ir.

–Cuando quise darme cuenta ya estaba hablándote. ¡Y ni siquiera me respondías! Podría haberme parado y salido de allí, pero quería quedarme. Ni siquiera te estaba hablando porque quisiera ayudarte o porque hubiera sentido que fuera lo que debía hacer. Solo me quedé porque *quería* conocerte. *Yo* lo quería. Me importó tres mierdas lo obvio que era que querías que me fuera, o que lo primero que me dijiste fuera irónico y punzante, porque me pareció divertido y sorpresivo.

»Eras esta chica, llorando en un parque, que se venía a hacer la mala mientras jugaba con un gato viejo y feo...

–Kai no es feo.

Aaron soltó una carcajada, echando hacia atrás la cabeza, y la imagen se entrelazó con la misma que había tenido la primera vez que lo vi reír, en ese exacto mismo lugar. Solo entonces me di cuenta de que el pensamiento se me había escapado.

–¿De todo lo que acabo de decir es por eso que interrumpes?

Fingí no sonrojarme, manteniendo una mirada neutra y forzando mi sonrisa a desaparecer. Era una tarea imposible. Más imposible que estar tan, *tan* triste que ni Aaron el superhéroe quisiera acercarse a ti. Así que dejé de luchar contra ella y la dejé crecer medio de lado, con una risita de rendición.

—Solo dejo en claro lo importante. Continúa.

—Mandona.

—Algunas cosas nunca cambian.

Y me miró, de arriba abajo, justo donde estaba, con mis botas y mi falda lila, con el flequillo demasiado largo que se me metía en los ojos. Muy probablemente, él también viera entrelazarse el pasado y el presente, formando figuras extrañas en su cabeza.

—No, supongo que no.

No dejé que el momento se prolongara; era demasiado fácil ceder al confort del silencio, de las miradas que no habíamos sido capaces de olvidar. Pero no habíamos venido a eso.

—¿Entonces? —pregunté.

No me admitiría ni a mí misma lo mucho que quería que me convenciera. Seguiría diciéndome que quería irme, que tenía cosas que hacer, que era tarde, cualquier cosa con tal de no aceptar lo mucho que me estaba afectando todo. ¿Realmente había sido capaz de olvidar el sonido de su voz?

—Entonces —prosiguió—, ese primer impulso de alejarme me volvió a ganar, y en cuanto sonó mi estúpida alarma para ir al trabajo me fui. Me fui corriendo porque era mi última advertencia. Si no lo hacía, nunca lo hubiera hecho. Dios, ni siquiera creí que fuera posible. Me dije que a las horas ya habría olvidado el encuentro.

Olvidar. Nos habíamos estado olvidando todo este tiempo. Lo creímos imposible, pero había empezado a suceder sin que nos diésemos cuenta. Ciertas cosas habían conseguido perdurar: el escocer helado de mi corazón al verlo sufrir, la inminente necesidad de acurrucarme a su lado cuando llovía, la costumbre de preguntarme qué estaría haciendo cada momento del día. Esas eran las cosas más difíciles de olvidar, porque no eran solo parte de él, eran parte de mí. Era horrible, saber que fracciones de su vida se habían entrelazado de tal forma con la mía, clavándose en mi cuerpo, hundiéndose en mi mente, imposibles de arrancar.

—No pasó. Ni a la hora, ni al día. Y después apareciste en la puerta de casa con Christof y seguiste apareciéndote y chocamos una y otra vez, hasta que dejaron de ser choques accidentales. Necesitaba buscarte y conocerte. No te diré que eras lo único en lo que pensaba, porque si la vida fuera tan sencilla como para que una chica opacara todo lo demás, no estaríamos aquí ahora, ¿no crees?

—Posiblemente. —De haber estado mirando, Aaron hubiera visto la primera lágrima deslizarse por mi rostro.

—Y es... fue... No lo sé. Tú no... Fue la primera vez que quise algo e hice todo lo posible por tenerlo. Todo lo que quería era la oportunidad de conocerte. Al principio.

»Pero fue eso. *Tú* fuiste eso. Fuiste el principio, el detonador. Tú fuiste la persona que me mostró que a mi alrededor había muchísimo y que podía ser para mí. No tenía que vivir complaciendo a otros. Podía hacer lo que quisiera porque era mi vida.

Mis lágrimas, de emoción, se tornaron en furia. El sentimiento se trasladó perfectamente a mi voz.

—¿Me estás agradeciendo por hacerte *egoísta*? ¿No era eso lo que tanto odiabas de mí? ¿El motivo por el cual ahora no funcionamos?

Bien, podía ser que sonara más dolida que enojada. Pero no era porque pensara todavía en mí como la persona egoísta que creí ser. Sino porque él, aunque fuere por un instante, aunque ahora viera en sus ojos lo mucho que deseaba nunca haber pronunciado aquellas palabras, había estado convencido de ello. Era algo imposible de olvidar, tal vez demasiado como para perdonar.

Al fin sus ojos encontraron los míos. Al fin veía el reguero de lágrimas cayendo por mis mejillas. Al fin veía sentimientos en la piedra que me creía. Y parecía absolutamente desesperado por borrarlos. Tal vez había hablado en serio cuando dijo que nunca había sido muy bueno consolando chicas en parques.

—¡No! Dios, Aspen, no. Estoy... Ten. —Me tendió la carpeta que seguía en su regazo. Fue imposible, al tomarla, disimular el temblor de mis manos. Pero él era Aaron Woods, y no hizo comentarios—. Mira. Ábrela.

Pasé la caja de mi regazo al suelo. La carpeta ocupó su lugar.

—¿Qué es?

—Ábrela.

—Me da miedo —susurré, dándole un tirón a uno de los elásticos que la mantenían cerrada por las esquinas, evaluando su amplitud y su peso.

Aaron parecía estar a punto de explotar. Tal vez le enojara que mis lágrimas rodaran y ensuciaran el cartón de la carpeta. Tal vez le enojara que le hiciera perder el tiempo. Pero era él quien me estaba pidiendo que escuchara, y oportunidades y... y fue él quien me tomó la mano y entrelazó nuestros dedos.

Suspiramos. Suspiramos sin mirarnos, como si solo entonces, después de una vida entera, recordáramos cómo respirar. El oxígeno podía hacer maravillas.

—Nunca fuiste muy fanática de las sorpresas —susurró de vuelta, con una mueca burlona estampada en el rostro.

Me encogí de hombros, como si no me estuviera deshaciendo en mares.

—Contigo tenía demasiadas.

Dio un apretón.

Y sí, su piel seguía cálida, seguía callosa, seguía siendo suya y seguía teniendo ese tenebroso efecto relajante sobre la mía, imposible de ignorar.

—Tal vez puedas hacer espacio para una más.

La carpeta era un portfolio, y dentro esperaba, para empezar, una carta.

Una carta grande y rectangular, de parte de la universidad de Madden Arts, para Aaron Woods.

Estimado señor Woods,
Nos complace informarle que...

Tuve que obligar a mis párpados a controlarse para evitar que los ojos se me cayeran. Mis dedos se aferraron con más fuerza a los suyos, mi todo buscó su todo, porque tal vez fuera mentira, porque no me convencería ni me permitiría estar orgullosa sin saber que era verdad.

–¿Cuándo? –le pregunté– ¿Cómo? ¿Madden Arts? Esa universidad es...
–*de Arte*– Aaron...

El día que acepté ir a Cambridge con él, poco antes de que todo se fuera por el caño. No había querido decírmelo para no darme falsas esperanzas, porque él ya las tenía y no quería que nadie más cargara con ello. Porque Aaron el superhéroe viviría de ahorrarle penas a otros. Eso dijo. Bueno, no lo último, pero estaba implícito. Que honor detestable el suyo.

–Si tú podías mandar todo a la mierda y hacer lo que quisieras, ¿por qué yo no? –agregó–. A eso me refería Aspen. Ese día, me pediste que por una vez fuera egoísta contigo, pero no era egoísmo. Tú no fuiste egoísta y yo no lo soy. No lo somos, no lo fuimos. Solo somos chicos, solo somos idiotas y solo tomamos algunas malas decisiones y esta –no había forma de decir si hablaba de nuestras manos entrelazadas, que levantó levemente del banco, o de la universidad–, no fue una de ellas.

Y yo... yo no podía creerlo. Yo no podía siquiera empezar a comprender lo que tenía en mis manos. El papel grueso, la firma elegante al pie de página. Era un sueño –su sueño– en mis manos.

Me eché a reír. Hasta que me dolió el estómago, enterrando el rostro entre mis manos y dejando que los residuos salados de mis lagrimales se me pegotearan entre los dedos. Me reí sacudiendo los hombros porque todo era ridículo y porque me empezaba a doler respirar y también porque quería volver a colgarme de su mano.

—¿Aspen, estás bie...?

Me reí más alto. No sabía que podía reírme así. Pero, de nuevo, era Aaron. Aaron, justo a mi lado.

—Cállate, idiota.

—¿Qué?

—Que te calles y me dejes estar orgullosa en paz. Un segundo. Déjame por un segundo no pensar en que eres mi ex, ni en que quiero abrazarte, ni en que no debería hacerlo, ni en que no sé dónde mierdas queda Madden Arts, ni en que no debería importarme porque no debería querer volver a verte. ¿Sí? Cállate un segundo y déjame quererte de lejos.

Era difícil que él respondiera con cualquier otra cosa que no fuera una sonrisa porque: (A), Era Aaron y (B), lo dije todo entre carcajadas, mirándolo a los ojos y sin poder, yo misma, dejar de sonreír.

Era difícil que respondiera con cualquier cosa que no fuera una sonrisa porque este, este era un momento feliz.

Qué palabra desestimada: felicidad. Tal vez ninguno entendiera realmente su significado si no hasta que siente que lo golpea en olas y se le sube a la cabeza la dopamina. Estar feliz era tan difícil y nos lo hacían ver tan fácil. Felicidad; una palabra fuerte y efímera, que deberíamos aprender a atesorar.

Alzó sus manos, como rindiéndose.

—Me callo.

Cumplió.

Su portfolio estaba lleno de dibujos míos.

Yo.

En la playa. En tinta, en lápiz, en la rampa, en skate, en jeans, en falda, en acuarela, solo mis ojos, solo mi rostro, en acrílico, en colores, solo mis manos, solo un ruiseñor aquí, solo otro allí, en blanco y negro, de noche, de día, de sonrisas, de tristezas, de ceños fruncidos, de experiencias, de inocencias, de batidos, de la vida.

Yo.

Yo.

Yo.

Yo.

Como si sus ojos fueran míos y como si cada rincón de mí fuera precioso en ellos.

Lo era a través de sus manos.

Dios, de haber visto eso, tal vez me hubiera querido un poco más. El ego se me hubiera disparado. Porque estaba en cada detalle mi oscuridad, mis sombras, mis huesos, pero también una luz que yo hasta ahora no creía que existiera, un color que relucía, como mi pelo, como en mis anillos.

Aaron miraba mis expresiones en la vida real, y me pregunté si alguna vez vería mis lágrimas en un cuadro suyo, me pregunté si serían hermosas o inspirarían terror. Tal vez ambas, tal vez solo fueran vacío. Tal vez las odiara.

Miró al cielo. No había más que nubes grises. Hacían parecer a la noche demasiado clara, como si hubiera fracasado en su única tarea de apagar el mundo.

–Tal vez, sin ti, también hubiera decidido estudiar Arte –observó, mientras yo pasaba una y otra vez mis ojos maravillados por sus dibujos–. Pero no creo que hubiera podido hacer nada de esto. No creo que hubiera tenido tantas ganas de pintar.

–Musa, me dicen.

Él no me acusó por la fragilidad de mi voz, sino dejó que esta relajara sus facciones, lo hiciera verse más como un niño, menos como un superhéroe.

—Boba.

—Musa.

—Un poco de ambas.

—¿Bobusa?

No fue gracioso, pero nosotros estallamos en risa.

No recordaba la última vez que había sido tan aterradoramente feliz.

Aaron leyó mis cartas.

Todas ellas. A pesar de las advertencias, a pesar de que, de a momentos, sus expresiones y la pena repugnante de sus ojos me hicieron hervir de ganas de arrancarle el cuadernito de las manos.

Lo había traído por el mero hecho de que a veces solo necesitaba sacarme algo de encima para no morirme ahogada —era una de esas nuevas pequeñas costumbres que había adquirido— y decidí que él merecía saber mi versión de la historia. Así que lo saqué y se lo entregué, con tanta calma que me pareció que quedé mucho más madura que cuando sugerí la palabra "bobusa" como una mezcla entre "boba" y "musa".

Hizo muchas preguntas, le expliqué muchas cosas. Sobre mi familia, sobre el pasado y el presente, sobre mis cartas y dedicaciones a todos y cada uno de los destinatarios, sobre mis comentarios a Christof, bastante embarazosos, aunque no sobre las obvias lágrimas que emborronaban palabras y esquinas. Cuando terminó de leer la suya, me preguntó si era verdad.

—¿Qué parte?

—Que todavía me amas.

—Creo que siempre va a ser verdad. Una Aspen todavía te ama. Yo no sé si soy esa Aspen.

No le pedí perdón. Era la verdad, me había costado entenderlo, pero solo por eso era mejor para los dos.

Y por eso le conté todo. Se merecía la verdad. Especialmente cuando hablamos del maldito pasillo de hospital, de su reloj y de toda la mierda que nos soltamos entre tanto blanco.

–Nunca debí decir nada de lo que dije ese día –murmuró, un poco para él, otro poco para mí. Devastado por igual.

–No –coincidí–, no debiste hacerlo.

–¿Crees que, si te hubiera escuchado, las cosas hubieran sido diferentes hoy?

Me encogí de hombros, a pesar de que un par de meses atrás, yo le había dado mil y una vueltas a la misma frase. *Y si tal cosa... Y si tal otra...* No tenía sentido.

–Creo que, más allá de que pudo haber sucedido de mejor manera, necesitábamos *esto*; terminar.

–Dice la chica que todavía sostiene mi mano.

–Podría dejar de hacerlo –mentirita piadosa. Era difícil deshacerse de los hábitos.

Y de los sonrojos. Muy difícil.

–No, me gusta ser el chico que todavía sostiene tu mano.

–Terminamos, Aaron, ¿sabes? –no permití que me temblara la voz, no me permití dejar de sonreír amablemente, como si todo esto no me estuviera matando–. Y no está mal.

–Teníamos que aprender a vivir el uno sin el otro, ¿no es así?

–*Tenemos*, Aaron –puntualicé, alzando entre nuestros ojos nuestros puños hechos uno–. Todavía *tenemos* que aprender.

–¿Sería muy iluso de mi parte proponer que aprendamos juntos? –A él tampoco le tembló la voz, pero su nuez de Adán sí lo hizo y supe que rozaba sus límites, que se le acababan las sonrisas.

–No, no. –Le di un codazo en las costillas sin dejar ir su mano. Ni cuenta me di de que con el movimiento quedé más cerca suyo, lo suficiente como para recostar mi cabeza en su hombro de querer hacerlo, o para

inhalar el mismo aroma a pintura de siempre, aunque no quisiera hacerlo–.
No iluso, en absoluto. Solo muy Aaron.

–Bastante Aaron, sí, eso sí. Espero que siga sin ser algo malo.

–No lo es, porque sigues siendo Aaron, ¿no?

–Sí, supongo que sigue siendo así.

–Siempre fuiste asquerosamente positivo.

–Y asquerosamente cursi, no lo olvides.

–Nunca.

No era una promesa. No prometería nada que no pudiera cumplir.

Tal vez lo olvidara.

Tal vez dolería no poder buscar en mi memoria su recuerdo, encontrar vacíos y espacios incompletos.

Pero sobreviviría. No estaba mal dejarlo ir.

Tal vez era hasta justo que así terminaran las cosas.

Estaba bien. Y si no lo estaba, lo estaría. No tenía por qué ser hoy, no tenía por qué ser mañana. Eventualmente estaríamos bien, y todo esto habría valido la pena.

Suspiré.

Sí, estaría bien.

Llegó la hora de despedirse. En el mismo parque vacío en el que todo había comenzado, a las tres de la mañana de un lunes, yo con mi ruiseñor en la caja y una carpeta llena de dibujos de mí misma entre manos, y él sin más que su sonrisa, que parecía pesarme más en los ojos que todo lo demás.

–Bueno, supongo que llegó el momento de aprender, ¿no? –preguntó parado frente a mí, justo como lo había estado al llegar. Yo seguía queriendo descubrir si su barba me pincharía, incluso a sabiendas de que me quedaría con la duda.

—Sí —le sonreí mostrándole toda mi tristeza, pero también mi alegría. Era una sonrisa que no se veía todos los días—, supongo que sí.

Extendí mi mano como mi padre me había enseñado hacía poco que debía hacer un buen empresario al cerrar un acuerdo: firmemente, con convicción, como si no hubiera falla en el plan.

Nuestro trato era el siguiente: nada de contacto hasta Londres. Ni mensajes, ni llamadas, ni nada. Sin la existencia del otro en nuestras mentes más que para el recuerdo de que estábamos bien. Si queríamos seguir adelante podíamos. Sin viejos rencores, sin ataduras, sin cosas por decir.

Era un trato demasiado perfecto. ¿Qué podía salir mal?

Aaron. Aaron podía salir mal.

No íbamos ni dos horas de pacto, y él ya lo estaba quebrantando.

Tiró de mí, haciendo que la caja y el portfolio acomodados bajo mi brazo cayeran estrepitosamente. Solté un grito. Lo ahogué al quedar a medio centímetro de su rostro.

Literalmente mi cuerpo se estampó contra el suyo y tuve que arquearme violentamente para que nuestras narices no corrieran el mismo destino.

Ahí estaba otra vez: la sensación del corazón loco al borde de tirarse del precipicio entre mis costillas, desesperado por saltar hacia el de Aaron, volverse a encontrar. Todos mis músculos en tensión, la necesidad de estar más, y más, y más cerca haciéndolos chisporrotear.

Su rostro era una constelación de travesuras y deseos, de momentos y cosas que podrían haber sido mías y ya no lo eran, pero también de esperanzas y perdones, de cosas que me volvieron mejor. En sus ojos bailaron en ese mismo instante un millón de secretos, promesas que no diría en voz alta y yo desconocía, pero que muy probablemente lo vería cumplir.

—Aaron —me quejé sin hacer nada para alejarme—, teníamos un pacto.

—Sí, sí, amigos, *bla, bla, bla*. Seguir adelante, *bla, bla*.

Su brazo rodeó mi cintura con tanta firmeza como suavidad.

—En serio te lo digo.

Sonrió.

Me la estaba poniendo muy difícil.

—Yo también.

—No lo parece.

—Hora y media.

—¿Qué? —Fruncí el ceño—. ¿De qué estás hablando?

Y él estaba esperando ansioso esa pregunta. Le encantaba tener las respuestas. Y a mí siempre me había encantado la forma en la que su rostro brillaba cuando fanfarroneaba por tenerlas.

—Madden Arts está a hora y media en tren de Cambridge.

—Eh... ¿Qué bien?

Era bastante difícil encontrar réplicas decentes a los saltos que daba Aaron entre un pensamiento y otro. Mucho más complicado pudiendo sentir el aliento a menta fuerte y fresa. Seguíamos usando la misma marca de chicles.

No mires sus labios, no mires sus labios, no mires sus labios.

Así no es como "no miras" los labios de alguien, idiota.

Aaron alzó ambas cejas, inquisitivo. Probablemente lo hizo, no me estaba concentrando demasiado en la parte alta de su rostro.

—Cuando llegues a Londres —siguió—. Voy a estar esperando en el aeropuerto. —Empezaba a arrepentirme de haberle dado tantos datos sobre mi vuelo—. Como el buen *amigo* que soy.

—¿Eso no... —*deja de distraerte*— ... eso no sería romper el trato?

Negó levemente, de un lado a otro, y sus dedos atraparon los míos justo antes de volver a mirarme. Cavaron. Eran palas y cavaron y cavaron hasta el fondo de lo que fuera que quedara en el fondo del cuerpo hipnotizado de una idiota. Probablemente, más deseo del que era sano mantener, tanta esperanza como para alimentar un ejército.

—Para nada. El trato era aprender a vivir sin el otro, y eso es exactamente lo que vamos a hacer. Entonces, cuando lo hagamos, porque vamos a hacerlo, voy a hacer todo en mi poder para tener mi segunda oportunidad.

–Eh...

Su brazo me acercó más a él. Todo mi cuerpo presionado contra todo su cuerpo. Y podría haberme besado, yo podría haberlo besado a él, pero no fue lo que sucedió.

–No es tan fácil librarte de tus votos de pareja de vida.

El recuerdo me hizo estremecer. Había tanto entre nosotros que los detalles, con el tiempo, habían comenzado a difuminarse. Pero no ese. Ese día no era de los que se olvidan. No fácilmente, no en una vida.

–Creí que eso era para siempre mientras fuera feliz –argumenté.

–Entonces tendré que hacerte feliz. La persona más feliz en todo Cambridge. En toda la bendita Tierra. –Verlo sonreír tan de cerca tenía un efecto narcótico.

–Solo entonces por ahora será para siempre, ¿no?

–Lo vas entendiendo.

Se desviaron sus labios, se posaron en mi mejilla, apenas un aleteo antes de desaparecer. Volvía a haber un buen metro entre nosotros. Un pésimo metro.

Era como volver a empezar.

Sonriente, pero dispuesta a aprender, lo saludé con la mano; un movimiento infantil y lejano. Casi podría decir que no tenía el cuerpo a doscientas revoluciones, que las huellas de sus manos no habían quedado abrazadas a mi piel.

–Hasta siempre.

–Hasta ahora.

Y me dio la espalda, para irse a paso lento.

Al llegar a la esquina, esta vez miró atrás. Sonreía.

No era un *adiós*, era un hasta *Londres*.

EPÍLOGO

–Aaron–

Tres años después

¡Es tu aniversario y estás tarde!
—¡Que no es mí aniversario!
—¡Chuck estaría decepcionado!
—¡Basta con Chuck! ¡Supéralo!
—¡Nunca!

Los gritos iban y venían del piso de arriba hasta el pie de las escaleras donde yo esperaba. Había algo caótico, en gritar de esa forma, de un piso a otro, sin vernos el rostro, pero sabiendo que la sonrisa del otro estaba allí, vibrando en su voz, a través de las paredes. No estábamos acostumbrados a tanto espacio y, si bien la calidez de la infancia me abrazaba en esos pasillos, ya no podía pensar en ellos como mi hogar.

Afuera, resaltaban manchones blancos de nieve. La primera nevada del año había pasado de largo esta mañana y nos había dejado con las aceras sucias y las calles heladas; amenazaba con volver, vientos gélidos hacían temblar los ventanales y se enroscaban como secretos en las ramas vacías del sauce del jardín. Podría haber sido una Navidad como cualquier otra. Si cerraba los ojos por un instante e inhalaba el aroma a leña, si me esforzaba en ignorar la ausencia en la casa, el vacío en mi pecho, tal vez... Podría haberlo sido, pero solo con ver la silueta solitaria en el porche se volvía imposible fingir.

Sus saltos de un escalón al siguiente, arrancaron mis ojos de abuela. Era imposible mirar a cualquier otro lugar cuando ella aparecía; hacía que se me aflojase el nudo en el estómago, que me latiese un poco más fuerte y más seguro el corazón. Y me encantaba eso, que verla fuese casi una sorpresa, incluso cuando sabía que no se iría a ningún lado.

—Pasaron dos años de eso, ¿no podemos simplemente olvidarlo?

Apareció en el descanso de las escaleras, con el pelo alzado en una coleta larga y el flequillo prolijo sobre los ojos. No me cansaría en toda la vida de decirle lo mucho que amaba ese flequillo, la forma que tenía de enmarcar su rostro y dejar sus ojos al descubierto para mí, cómo la primera vez que lo vi pensé en que tal vez era su manera de decirme que ya no quería esconderse. Con ella aquí, el hueco en mi pecho parecía un poco más chico, todas las ausencias se volvían un poco más livianas y casi podía creer que dejarían de doler.

—No es posible olvidar que saliste con un tipo llamado *Chuck*.

Puso los brazos en jarras y las mangas del vestido color crema que llevaba se subieron un poco por sus hombros. Quise acercarme, subir escalón por escalón hasta quedar frente a ella y bajarlas por sus brazos, deshacerme de ese montón de tela inútil y seguir subiendo hasta mi habitación para encerrarnos toda una vida. Cuando se vestía de blanco quería hacer muchas cosas y, cuando pensaba en esas cosas, no podía pensar en nada más. Se me acalambraban las ideas, se desvanecían en la tormenta de sus ojos y se perdían en la chispa de la sonrisita que intentaba disimular.

—Fueron solo tres meses —*Los tres meses más largos de mi vida*—. Y lo sabes más que bien porque fue tu culpa.

—¿Mi culpa? Así no es como yo lo recuerdo. —Hacerme el desentendido era de los métodos más prácticos que había para hacerla enojar.

—*Ajam*, claro que no. —Comenzó el descenso del último tramo de escaleras a paso lento, sin sacar sus ojos de los míos, desafiantes—. Porque no fuiste tú quién me secuestró para evitar que fuera a mi cita.

—*Secuestrar* es una palabra muy fuerte. Además de que no creo que

cuente como secuestro si *aceptaste* venir. Yo diría que te llevé a una cita muchísimo mejor.

—Terminé con el tobillo esguinzado en una zanja, Aaron.

—Porque no miras por donde caminas, Aspen.

Le regalé mi mejor sonrisa. Le hubiese regalado lo mejor de todo lo que tenía solo para verla así: tan ligera y tan ella y tan mía que dolía.

—Y porque me llevaste a jugar paintball a las ocho de la noche a oscuras. —Ya no le estaba saliendo hacerse la enojada. Al final siempre se rendía.

Saltó los escaloncillos que quedaban y cuando quiso pasarme de largo, tomé su mano y la atraje a mí, rodeándola con mis brazos y pegando su espalda a mi pecho. A veces, más por impulso que por otra cosa, necesitaba tener la certeza de que estaba a mi lado, de que era real. De que, si su pelo quedaba justo bajo mi nariz, olería a una mezcla de pintura —culpa mía— y perfume de jazmín.

—Mírale el lado positivo —susurré en su oído—, dos años más tarde, tu novio tiene mucho mejor nombre que Chuck.

—¡Dios, basta con Chuck! —Trató de librarse entre risas mal disimuladas y yo compensé con un beso en su mejilla, sin intención alguna de dejarla ir. Sus brazos, presionados sobre los míos, parecían de acuerdo con esa decisión.

Había tantas cosas que deberían estar bien y no lo estaban, tantas cosas que "Feliz Navidad" y "buen Año Nuevo" significaban para otros y no podían significar para nosotros. Parecía un poco injusto que los años pasasen y las desgracias siguiesen llegando, pero nos teníamos el uno al otro, teníamos nuestro apartamentito en Londres, una sola cama donde entrelazarnos por la noche con el cuadro del pequeño ruiseñor colgado sobre nuestras cabezas, cuidando de los secretos susurrados en las peores noches y guardando las carcajadas más escandalosas en las mañanas más felices. No era tan injusto después de todo, cuando teníamos todo lo necesario para sobrevivirlo, incluso un poco de más, como para que la pena dejase cicatrices suaves y no tajos sangrantes.

Aspen se relajó en mis brazos, recostando su cabeza en mi hombro y mirándome de lado, con esos ojos felinos que, aunque ahora parecían tem- blequear, podían llegar a perforar murallas de hierro.

—¿Debería tomar las píldoras? —su voz fue un susurro apenas audible. Le sonreí.

—¿Crees que vas a necesitarlas?

Su respuesta me acarició la piel de la mandíbula, un aliento tibio e inocente que sin saberlo me hacía preguntarme qué necesidad teníamos de salir de la habitación. No era el momento de pensar en cómo se sentía su cintura envuelta por mis brazos o sus manos contra mi piel, pero Aspen siempre hacía un poco más difícil encontrar la fina línea entre el bien y el mal, lo que era necesario y lo que no. Ella siempre había sido todo o nada. Que horrible había sido tener nada, que irreal parecía tenerla del todo y saber que ella me tenía a mí.

—No lo sé, hace mucho que no la veo. No quiero, eh... perder los nervios.

De haber podido abrazarla con más fuerza sin romperle los huesos, lo hubiera hecho.

Aspen había estado dejando las medicaciones, reduciendo las dosis. Es- taba mejorando muchísimo y, después de ella, yo era el más orgulloso de aquel progreso, aunque también el único que sabía. Según Aspen, no era incumbencia de nadie. Según yo, no debería avergonzarle estar haciendo lo necesario para librarse de la ansiedad. La cantidad de veces que habíamos discutido por eso —yo, insistiendo en que al menos su padre debería saber, ella, reacia a preocupar a nadie— eran incontables. La terapia y las medicacio- nes eran parte de un momento y un proceso y, al final, me había visto obliga- do a entender que ella era la única que podía decidir sobre como transitarlo, incluso si no estaba de acuerdo, incluso si yo preferiría que eligiese confiar un poco más en su familia, en sus amigos, en que estaríamos allí para ella.

La universidad fue un cambio duro para ella. Los cambios fueron dema- siados; demasiado fuertes y grandes, demasiado bruscos y nuevos. Desde el clima hasta las clases, su casa, sus amigos y sus horarios y todo lo que alguna vez conoció de se deshizo en un vuelo de un par de horas. Su vida se dio vuelta y tuvo que aprender a manejar estas nuevas calles y estas nuevas personas que se metían entre las grietas, así como viejas personas que no pensaban dar la lucha de baja hasta volver a hacerse un lugar en su corazón.

¿Quién hubiera dicho que lo que nos uniría en ese nuevo mundo sería nada más y nada menos que un lavarropas negado a funcionar? Nunca había estado tan agradecido por la excusa de lavandería de las residencias de Cambridge. De no ser porque Aspen no tenía ni idea de cómo prender ese vejestorio, nunca me hubiese llamado, nunca hubiésemos recuperado nuestra amistad y nunca hubiésemos llegado a donde estábamos. Con la libertad de sostenernos, de rozarnos y acercarnos y hablarnos y ser lo primero que el otro vería todas las mañanas al despertar. ¿Y qué hubiese sido de nosotros sin todo eso? No era algo en lo que quisiera pensar.

Chuck había tenido todo eso por demasiado tiempo. Me había hecho observar cuando ella corría a *sus* brazos, cuando ella se despedía *de mí* para ir *con él*, me había mostrado todo lo que había dejado ir, todas las cenas y las sonrisas y las noches que pude haber pasado con Aspen y que, por tres meses y cinco días, fueron suyos, conmigo limitándome a observar, a hacerme a un lado porque era lo que Aspen quería, porque yo era su amigo y no podía hacer más que verla alejarse de mí, a pesar de que por momentos sus ojos parecían pedirme que los hiciera quedarse, de que se me cayera el alma a los pies por no tener la fuerza para pedirle que lo hiciera o para gritar todas las palabras que se consumían en mi pecho.

Hasta que *ella* lo dijo. Ella dejó escapar el único permiso que yo había estado esperando para al fin eliminar todo el espacio que nos había separado, para volver a reclamar todos esos lugares que el idiota de *Chuck* había invadido.

Dos años atrás, vísperas de Navidad, un día como hoy en Londres, Aspen debería haber pasado la noche con la familia de Chuck, dando el paso final y definitivo que terminaría por aplastar mis esperanzas. Y yo, porque era un gran amigo y un gran idiota, la observaba ir y venir por la habitación, revolviendo entre faldas y blusas por el conjunto perfecto para la ocasión. En mi cabeza no paraba de pensar en el día que conoció a mí familia y de preguntarme si habría estado también tan adorablemente nerviosa. Recordé el almuerzo, la aparición de Christof y todo lo que vino después. Fue inevitable terminar preguntándome, como tan seguido hacía, en qué momento me había vuelto tan ciego como para creer que podría simplemente ser su amigo y hacer todo esto sin sentirme desfallecer. Me preguntaba cómo ella podía hacerlo. ¿No sentía el hilo que tironeaba de mí en su dirección? ¿Acaso no se tensaba de su lado? ¿No tiraba de ella hacia mí?

Entonces, entre tanto caos y prendas revoleadas de acá para allá, dijo las palabras mágicas. Las dijo para sí misma, en un suspiro, con la cabeza casi metida en el placar y sin intención alguna de que llegaran a mis oídos. Pero las escuché y de eso no hubo vuelta atrás.

—*Mierda* —susurró, porque era Aspen y "mierda" siempre había sido su palabra favorita—. *¿Por qué estoy haciendo esto?*

¿Por qué estoy haciendo esto? Significaba que no lo estaba haciendo por amor. Significaba que lo estaba haciendo sin querer hacerlo. Significaba que quería algo más. Podía ser estar sola, pero también podía ser algo más.

Y en menos de un parpadeo me tenía frente a ella. Mis oídos latían, todavía no del todo seguros de haberla escuchado bien. ¿Y si me había vuelto loco? ¿Y si no era un truco de mi propia mente, agotada de esperar y esperar y esperar a que volviera a verme? Estaba tan cansado de esperar, estaba tan cansado de pensar en ella sin saber si ella pensaba en mí que podría haberlo sido. Estaba *agotado* por cada hora y cada minuto y cada segundo que había pasado olvidando la sensación de sus labios sobre los míos.

Cerré la puerta del placar, y Aspen me miró con los ojos vidriosos. Con ojos que decían que también estaban cansados, que querían muchísimos algos y ninguno de ellos involucraba cenas de Navidad ni *Chucks* ni nuevas familias. La chica frente a mí estaba cansada de fingir no verme y saberlo estuvo cerca de aflojarme las rodillas, de dejarme caer en busca del aire que no había respirado durante tres meses y cinco días. *Al fin*. Aspen me veía. Volvía verme y de a poco el mundo empezó a llenarse de color. A oleadas y borbotones y a pinceladas violentas de acrílico, a rayones de óleo y agua.

¿Qué otra cosa podía hacer?

Nada.

El único curso de acción era abusar de mi poder como empleado del local del Paintball más cercano y llevarla allí, en medio de la noche. Mi poder como empleado de la tienda, obviamente se desvaneció a la mañana siguiente. Pero mientras mi jefe me despedía, desplegando una lista admirablemente extensa de todas las reglas que había roto al entrar después de hora y utilizar un montón de balas de pintura y elementos sin autorización, yo miraba la grabación de las cámaras de seguridad en la pequeña pantalla, donde se veían a una rubia en pijama (porque por algún motivo todas nuestras mejores citas habían incluido a Aspen en pijama) y a mí, con el uniforme puesto, correteando entre laberintos de heno y carcajadas mudas. Mi jefe estaba hablando de cómo el local podría haber recibido demandas justo cuando se mostró el momento en el que Aspen metió el pie en un pozo, esguinzándose. De nuevo, quise reír. Porque lo último que quería hacer era demandar al pobre hombre, cuando ese local había sido testigo de mis primeras sonrisas sinceras en meses.

Mi primer y único despido.

Ahora, dos años desde eso y uno y medio oficialmente como novios, podía decir que no me arrepentía de nada. Hubiese sido despedido un millar de veces más para llegar de nuevo a este momento, incluso con todo lo malo que tenía y vendría.

Ladeé mi cabeza, para poder mirarla directo a los ojos. Eran una obsesión. Incluso después de todo este tiempo, pintarlos representaba un desafío, descubrirme en ellos, una sorpresa.

–Voy a buscarlas –sugerí, tratando de recordar si las había guardado en la mesa de luz o el cajón del baño de mi antigua habitación, donde nos estábamos quedando–. No las tomes ahora. Esperemos a ver cómo te sientes más tarde, ¿te parece? Probablemente ni las necesites.

Cuando esbozaba esas sonrisas, Aspen parecía un cuadro imposible. Se me agarrotaban las manos de ganas de tomar un pincel y pintarla desde treinta y seis ángulos diferentes. Pero no teníamos tiempo para eso, así que me limité a besarla. Apenas un segundo. Definitivamente muy poco, pero también más de lo que podíamos permitirnos, siendo que abuela nos esperaba en el porche, en pleno invierno y lista para partir.

Medio a regañadientes, la liberé de mi agarre. Medio a regañadientes, se separó de mí. Medio a regañadientes nos sonreímos por las dudas de que todo saliese mal y no pudiésemos hacerlo después. Cuando la vida tiene la costumbre de sorprenderte –tanto para bien como para mal– sueles acostumbrarte a tomar precauciones.

Dejándola ir, tuve que obligarme a no pensar en Aspen en otro tipo de vestidos blancos. Ya había huido de un novio en vísperas de Navidad, no hacía falta repetir.

Llegamos a lo de Thomas en horario perfecto, pero entramos un par de minutos demasiado tarde, porque el auto de Cassandra ya estaba estacionado en la entrada, y si bien sabíamos que vendría, Aspen necesitó su tiempo para asimilarlo.

Acompañé a abuela hasta la entrada, saludé a Thomas cuando abrió la puerta y le avisé que Aspen estaba buscando un pendiente que se le había caído en el auto. Por como me miró y por como sus ojos saltaron sobre mi hombro al vehículo, donde se podía ver claramente a Aspen paralizada en el asiento de copiloto, fue obvio su entendimiento de la situación, pero me sonrió como siempre y con una palmada en la espalda me pidió que fuera

a ayudarla a "encontrar su pendiente".

Thomas se había convertido en un buen padre.

Sabía que tenía sus roces con Aspen, especialmente en los últimos meses, en los que él había insistido en que debería ver a su madre y Aspen se negaba rotundamente. Thomas ganó el argumento, pero no nos lo hizo saber hasta hacía unos días, cuando ya estábamos instalados en casa de abuela y no había vuelta atrás: Cassandra había sido oficialmente invitada a pasar Navidad en lo de Thomas. Y, todavía más extraño, había aceptado.

La noticia mantuvo a Aspen agitada toda la noche –despertándola con pesadillas y rasguñando sus recuerdos más delicados, haciendo trizas todo aquello que había a su paso– y a mí con los ojos abiertos de par en par, desesperado por no poder hacer absolutamente *nada* excepto sostenerla y esperar que fuese suficiente para que no se cayera a pedazos. Pero la realidad era que, por más que no se lo hubiese dicho, no estaba seguro de que fuese tan mala idea como ella creía. Thomas tenía un buen punto.

Si tuviera una última oportunidad para hablar con mi madre, o con mi padre, la tomaría. Su partida había sido hacía mucho tiempo y todavía se clavaba entre mis costillas, todavía podía hacerme sangrar, pero hacía tiempo que no los resentía por ello. No había sido voluntario, lo entendía. La muerte no pregunta antes de tocar la puerta. Tampoco le preguntó al abuelo hacía un mes, si le apetecía no abrir los ojos otra vez, o a la abuela, si le apetecía no poder despertarlo a la mañana siguiente. Entra a patadas en tu casa, tira abajo todas las puertas, destroza muebles y lo convierte todo en una escena del crimen perversa y llena de rojo.

Aunque Cassandra no había vuelto de entre los muertos para conducir hasta aquí, sí había estado muerta para Aspen los últimos tres años. Su madre era alguien de quien todavía le costaba hablar. Era su nervio expuesto y punto débil, la parte más blanda de su corazón que abría a unos pocos.

Conmigo, por la noche, a veces cenando, a veces en susurros antes de caer dormida, a veces con lágrimas y a veces sin ellas, Aspen hablaba de su madre. No de Cassandra, si no de su *mamá* y el papel que nunca desempeñó en su vida, de los momentos en los que ella sin saberlo la había necesitado y nadie había estado allí. Latía en Aspen el temor de convertirse en Cassandra —era un miedo frívolo e irracional y la impotencia de que no viera la imposibilidad de aquello, de no poder *hacerla* ver, era a veces sofocante—. Pero estaba bien. Aspen siempre lo decía, como un mantra al que se aferraba cuando nada parecía estarlo. "Está bien, y si no, ya lo estará".

Así que eso mismo me dije mientras me acercaba a ella, la nieve que empezaba a caer de nuevo haciéndome arder las mejillas. Abrí la puerta de copiloto y dio un respingo.

—Puedo hacerlo —me aseguró antes de que pudiera decir palabra—. Solo necesito...

Perdió la palabra así que se la devolví.

—¿Tiempo?

Respondió con un asentimiento ínfimo. Un copo de nieve se derritió sobre las pecas de su nariz. Barrí la manchita reluciente con mi pulgar. Bajo la palma de mi mano, los pómulos de Aspen se sentían como piedras. Todo en ella siempre había sido bordes de brutal elegancia, pero ahora del gris de sus ojos habían arrancado el filo, reemplazándolo por la sombra de recuerdos desfigurados en el fondo, producto del fuego de recuerdos que comenzaba a arder.

E incluso a pesar de eso, me regaló una sonrisa.

Aspen tenía ese tipo de caras naturalmente serias que intimidan. Siempre había sido así, lo que hacía que sus sonrisas —esas fáciles y naturales que solo un puñado tenían el privilegio de ver, más aún, de provocar— se sintieran como un trofeo. Te daban ganas de envolverla en retazos de seda y papel de burbujas, ponerle el suéter más abrigado que pudieras encontrar y meterla en una habitación llena de gatitos donde todo fuese sonrisas. Cuando los últimos vestigios de su armadura desaparecían, solo podía pensar que significaba que confiaba lo suficiente en mí como para dejarme protegerla.

—Ya no quiero pensar más en Cassandra. Es más. Ya no estoy pensando en ella, no sé quién es. *Boom*, olvidada. —Bajó los pies del auto y se incorporó. Se movía con una gracia felina que hacía difícil tener ganas de envolverla en sábanas, que me volvía un poco idiota y frenaba el mundo por un instante, para que la observase como lo merecía.

Aspen mentía, pero no me mentía —hacía rato habíamos perdido la costumbre de engañarnos—, sino que *se* mentía, se murmuraba deseos como si fuesen verdad, para darse un poco de fuerza, para conseguir mantenerse de pie. Lo supe en cuanto su mano, sudorosa a pesar del frío, buscó la mía y la aferró como si fuese lo único sólido en la faz de la Tierra. Le devolví el apretón y nos guie al porche.

—Leonor se ve un poco mejor hoy. ¿No te parece?

Asentí. Era verdad, pero una parte de mí —la más codiciosa, desesperada por llegar al falso *felices para siempre* que prometían todas las historias— no quería mejor. Quería bien. Quería excelente, mágico e imposiblemente feliz para todo y para todos.

Inhalé y exhalé profundamente, imaginando que el aire usado se llevaba todos esos pensamientos con él. Aspen me había enseñado eso, de sus sesiones de terapia; cuando el mundo pesa demasiado, la desgracia es que lo único que podemos controlar es el aire, ese que entra y sale y entra y sale de nuestro cuerpo.

Abuela se había negado a entristecer. Era la persona más fuerte que conocía. Medio ciega y medio renga, lloró a abuelo y después decidió que su vida seguiría. Por un instante, tuve el descaro de dudar de ella, de preguntarme si su amor era tan real como había creído si había podido sobrevivir algo así. ¿Qué sería de mí si Aspen...? Y entonces mi corazón chilló ante el pensamiento y me detuvo a medio camino. Porque no podía pensarlo, porque había cosas que uno nunca debía preguntarse y estaba bien sin saber.

Aspen frenó y me devolvió la mirada con una sonrisa y un deje de preocupación escrito en el arco de sus cejas. Entre toda la nieve, con la nariz sonrojada y las pecas brillando, pensé en las veces que, hacía años, abuela me había dicho que no la dejara ir; *esa chica te quiere de verdad.* Como siempre, abuela tenía razón. Entendía de amor más que cualquiera de nosotros.

Así que dejé de lado las dudas estúpidas y asentí, acercándome a Aspen y volviendo a sonreír. No era un día de llantos, y no lo decía porque fuese Navidad –después de todo, lo que menos podía importarme era el nacimiento de un bebé mágico–, sino porque era invierno y a abuelo le hubiera encantado estar en la primera nevada del año en casa de Thomas, porque a abuela le encantaba hacer regalos, porque entraríamos a esa casa juntos a pesar de todo lo que habíamos hecho separados y porque nos abrió la puerta un Christof sobrio con algo parecido a una sonrisa en la cara; otra de esas cosas increíbles que a veces no podía creer que estuviera frente a mí.

Así como no podía creer que otra vez el idiota de su novio no se hubiera dignado a venir. No había visto una sola foto del sujeto en los dos años que Christof y él habían estado saliendo, y el hecho de que siguiera evitando conocernos no hacía más que preocuparme. ¿Qué tan bueno podía ser para Chris estar con alguien que lo obligaba a arrastrarse entre las sombras? Había que ser un tipo especial de idiota para conseguir que yo te odiara incluso antes de conocerte.

Sin embargo, mientras yo me tragaba esos pensamientos, Aspen no se molestaba en hacerlo.

–Es un idiota –le dijo a mi hermano, que se limitó a rodar los ojos.

Llevaba jean blancos y ajustados, una cadena pendiendo entre las correas del cinturón, y una extravagante camisa a rayas blancas y rojas. Su gusto para la moda era el mismo drogado y sobrio. Nunca lo entendería. Tampoco intentaba hacerlo. Honestamente, era el tipo de cosas que solo a él podían quedarle bien. Incluso teniendo la misma cara.

—Ya había arreglado para pasarlo con su familia —explicó, con tono obvio e irritado.

—Igual que el año pasado y que en Acción de Gracias, y en las salidas que lo invitamos...

—Es un chico ocupado.

Aspen soltó un bufido, acomodándose el pelo sobre el hombro y volteando a mí por un poco de apoyo. Le sonreí y con eso ella entendió el mensaje. *No voy a seguir discutiendo por esto.* El bebé mágico bien sabía que Christof y yo habíamos tenido una cantidad digna de peleas sobre el tema. Si quería seguir encadenado a alguien que le daba vergüenza amarlo, era su problema.

Christof seguía siendo de las pocas personas que conseguían violentarme. Quería pegarle de lo mucho que lo quería y lo poco que se quería a sí mismo, a ver si lograba arrancarlo a golpes de su estúpida soledad autoimpuesta. Por ende, con "era su problema", me refería a que seguiría preocupándome y volvería a encararlo al respecto en los días siguientes. Pero no hoy. Hoy ya teníamos demasiado en el plato.

—Dilo hasta que te lo creas —la respuesta de Aspen me arrastró al presente mientras cerraba la discusión dándole a mi hermano un abrazo rápido. Christof finalmente se destensó, devolviéndole el abrazo y la sonrisa sarcástica.

—¿Te disfrazaste de copo de nieve?

A pesar de esta burlándose de ella, me miró a mí con socarronería, porque habíamos tenido más de una conversación sobre cómo Aspen vestida de blanco activaba todos mis instintos suicidas con la necesidad de arrodillarme para pedirle matrimonio y... y bueno, estando arrodillado se pueden hacer muchas cosas más. Cosas que no había ni pensaba compartir con mi hermano ni nadie.

—Lo dice la carpa de circo.

Las ironías de Aspen no ayudaban a mi autocontrol. Tampoco la forma en la que se volteó a sonreírme antes de desaparecer camino al comedor. Como si no necesitara más que eso para poder soportar la mierda que estaba por venírsenos encima. Como si no le importara ni a ella ni a mí que yo estuviera a punto de conocer a la mujer que le dio la vida. Como si nada pudiera salir mal.

Christof se rio, echando la cabeza hacia atrás y luego mirando a su camisa incrédulo.

–Qué tarada. Siempre tiene la última palabra –murmuró antes de volverse a mí–. ¿Ya dejaste de babear?

–Buenas noches a ti también.

Y nos dimos un buen abrazo, aferrándonos el uno al otro como si con eso pudiésemos sostener el mundo entero. No íbamos a chocar los cinco como si fuera cosa de todos los días. El abuelo se había ido. No estaba más. Era nuestra primera Navidad sin él quejándose de que el frío arruinaba sus plantas o de que alguien debería frenar a abuela con el vino, aunque nunca nadie lo hiciera. Nuestra pequeña estructura familiar temblaba sin su base, y reorganizarnos para sostenerla no sería un camino fácil.

Abuelo estaría orgulloso de Christof. Creo que siempre lo estuvo. Incluso antes de que volviera de rehabilitación, incluso en los momentos en los que tenía sus recaídas. Estaba orgulloso de Christof porque, a pesar de todo, cuidaba de ellos y porque nunca dejó la viola y porque, aunque no parecía ser suficiente casi nunca, seguía intentándolo. Yo, mirándolo ahora, sentía el tipo de luz que se abre paso como una caricia desde el esternón. Christof era muchísimo más alto que yo y teníamos la misma edad, pero siempre sería mi hermano pequeño y estaba absoluta y completamente orgulloso de él.

–Para que se sepa –agregué en cuanto nos separamos, haciendo resonar un par de palmadas contra su espada–, no estaba babeando.

–Por favor. –Hizo ese gesto tan suyo de alzar solo la punta de una ceja y dejar entrever solo un rastro de sus dientes–. Siempre estás babeando y mirándola como si todavía tuvieras que hacer algo para que ella se digne a mirarte. Te lo juro, a veces me dan ganas de recordarles a ambos que llevan más de un año saliendo. —Sus ojos se pusieron en blanco y yo reí—. Supérenlo. No sé, abúrranse un poco el uno del otro por Dios. Dan asco.

—Envidia pura, eso es lo único que escucho. —Cruzamos el umbral a un corredor contiguo, camino al comedor. Chris soltó una carcajada acompañada por otra sonrisa retorcida.

—¿De ti? Nunca.

El mundo rara vez se adapta a las personas. Es difícil comprenderlo, hay quienes nunca llegan a hacerlo y esperan toda la vida, inmóviles, a que suceda; ese cambio mágico, ese momento en el que el mundo le abriría sus brazos y le daría la bienvenida, en el que todo se arreglaría y no quedaría más que felicidad, dejando en segundo plano todas las desdichas que vinieron antes. Es difícil comprenderlo, y son solo algunos los que lo hacen; afortunados que caen en la cuenta de que el mundo no cambiará por ellos, sino que deberán amoldarlo a la fuerza y amoldarse a sí mismos, las capas exteriores deberán endurecerse y curtirse, aceptar lo inevitable y enfocarse en lo que sí pueden cambiar.

El mundo rara vez se adapta a las personas, pero las personas son más que capaces de cambiar su mundo. Cuando ellas cambian, cuando lo necesitan o cuando simplemente se les da por hacerlo, pueden tomar lo que las rodea y reemplazarlo, volverlo apto para convertirse en quienes quieran ser.

Como la casa de Thomas y todos los muebles nuevos, las paredes pintadas de colores vivos que antes nunca habían parecido adecuados, todo lo que cambió para dejar el pasado atrás. Era la misma casa en la que Aspen me había sorprendido tiempo atrás con cuentos de hadas entretejidos bajo fuertes de almohadas y sueños, pero sobre ella habían reconstruido un mundo nuevo, donde los malos recuerdos –de fuertes venidos abajo, de tacones que se clavaban como agujas en la piel, de silencios tan muertos que temblaba el piso y amenazaba con alzarse un cementerio– no pudieran aparecer en los rincones ni asaltarte en las esquinas.

Como nuestro departamento en Londres, empapelado por notitas de colores de Aspen y cuadros míos, siempre oliendo a una mezcla de tinta, jazmín y pintura que había terminado por impregnarse en nuestra piel. Como la esquina inferior de la cama, donde el sol pegaba por la tarde y Kai había reclamado como propia o la disposición organizada y pulcra de todo en la cocina, de la que Aspen se había encargado a pesar de no tener ni idea de cómo preparar algo que no fuesen fideos instantáneos. Ese era el mundo que habíamos creado a nuestro alrededor, con nuestra historia y nuestro esfuerzo y cada segundo que decidíamos que queríamos más.

Así que, al mirar a mi alrededor, tal vez no debió tomarme por sorpresa, tal vez debí estar preparado y limitarme a reconocerlo como parte del mundo que Aspen y yo habíamos construido. Después de todo, no eran nuestras primeras vacaciones en casa de Thomas. Pero ¿en qué mundo podría uno acostumbrarse a algo tan brillante? ¿Cómo podía verlo sin que lo tomase por sorpresa y le robase un poco el aire? Había pocas cosas que de verdad creía imposibles, pero tal vez esta fuese una de ellas. Cada vez que veía a nuestras familias mezclándose entre risas y conversaciones sobre nada importante, se me llenaba el pecho de algo parecido a burbujas. Se inflaban y reventaban casi audiblemente dentro de mí.

Era algo en ver a Aspen discutir y reír con Christof, algo en Thomas y su novia hablando de vinos con abuela y él ofreciéndole ver las bodegas, algo en ella agradecida, pero declinando porque subir y bajar escaleras era resultaba demasiado doloroso con su rodilla enclenque. Era algo mágico de una forma que no requería brillos ni palabras mágicas, era algo en todas las cosas que habían ido cambiando y que ahora resultaban extraordinariamente

conocidas. Eso era: la imposibilidad de acostumbrarse a estar acostumbrado a algo así.

Porque no podía dar por sentado los dedos de Aspen, curvándose sobre mi hombro para darle un apretón y quedarse allí reposados. No podía evitar atesorar y guardarme cada sonrisa destellando desde el otro lado del salón, cada roce accidental y no tanto, cada ironía que brotaba de sus labios. Habíamos sufrido tantas idas y venidas a lo largo de los años, tantas veces nos lastimamos y nos rompimos el corazón, que no ser consciente del esfuerzo que había requerido para ambos llegar a donde estábamos resultaba ser otra de esas imposibilidades que habitaban mi corazón. Incluso ahora, cuando creíamos posible un *para siempre*, era involuntario y natural tratarlo como algo limitado; con manos de cristal, con sonrisas nuevas cada día.

Aspen dio un último apretón sobre mi hombro y me sonrió antes de deslizarse hacia su padre, que la llamaba. Vi el reflejo de la luz en su pelo mientras se acercaba a Thomas y a Miranda, como sonreía para ellos también. Pero no era la misma sonrisa. A mí me había prometido el mundo con los ojos, dibujado estrellas y metas con ese simple gesto, con la caricia suave de la chica que solía llevar las manos metidas en cascotes de hielo. Pensé en cada segundo que pasó y pasaríamos solo con ese gesto y pensé también en Christof, en su voz socarrona, en su absurdo pedido.

Abúrranse un poco el uno del otro.

Y pensé, por último, en que mi hermano sabía muy poco de amor si realmente lo había creído posible.

Cassandra también cambió el mundo cuando entró al salón, poco después, con bolsas de helado en las manos y la postura indecisa de quien no sabe si lo mejor sería desaparecer o avanzar como si nada.

Por un segundo, me planteé preguntar quién era. No, ni por un segundo.

Fue apenas una fracción de una fracción de una fracción de un instante perdido en el tiempo. Pero, aunque fuese breve, durante esa fracción fraccional, no supe que se trataba de la mujer que Aspen tantas veces me había descrito. Porque no parecía preparada para decapitarnos a todos con una sola mirada, apenas parecía segura de lo que la rodeaba. Miró a su alrededor intentando averiguar cuál era su lugar en esa familia, si siquiera tenía uno, y me tomó por sorpresa una puntada de pena. Había pasado años pensando en la criatura que Aspen veía en sueños, este calco de ella misma, de la persona que yo amaba, pero con grandes colmillos y garras rojas, con una voz capaz de seguirte por los pasillos y helar el aire hasta arrancártelo del pecho. Frente a mí, esa mujer parecía otra pesadilla: una en la que, en efecto, tenía el rostro de Aspen, pero este no era cruel sino que estaba roto y marcado de cansancio y consumido por una oscuridad que hablaba de silencios inconsolables.

Busqué a Aspen con la mirada. Noté su pecho subir y bajar con una única inhalación fuera de lugar, más amplia y más necesaria que cualquier cosa que hubiese podido ofrecerle yo en ese momento. Y después me miro a mí y asintió, como diciendo "estoy bien", como diciendo "te veo y ahora estoy bien" y también algo parecido a "oh". Porque Aspen tampoco se esperaba que su madre fuese eso.

Del uno al diez, fue una cena tensa nivel doce.

Podría haber sido peor —después de todo, nadie había estallado en gritos y Aspen no había acuchillado a su madre—, pero definitivamente podría haber sido mejor. Muchísimo mejor.

Pude ver perfectamente a Cassandra mandándole miraditas confundidas a Aspen, como si —probablemente porque así era— en su vida la hubiera visto. Cassandra nunca había visto a la Aspen sentada a mi lado que, aunque le esquivaba su mirada, se reía con Christof, matándose a patadas con poco disimulo debajo de la mesa, que molestaba a Thomas porque se había dejado un bigote demasiado hitleriano, que habló durante casi toda la cena con mi abuela, ayudándola a servirse comida cuando ella no podía.

No conocía a la chica bajo la coraza, y yo era el primero en reconocer que era deslumbrante.

A veces creía que, si la miraba por demasiado tiempo, nunca podría apartar la vista.

A veces creía que no sería tan malo. Existían castigos peores.

Como la impotencia de verla sufrir y no poder hacer más que sostener su mano bajo la mesa y, más tarde, ofrecerle en la privacidad del pasillo sus píldoras, solo para que me callara con un beso.

Un beso de esos con los que no debería tentarme cuando toda una familia —*nuestra* familia— estaba del otro lado de la pared y podrían perfectamente salir por la puerta unos metros a su derecha en busca del baño.

—Ey, ey, ey —traté (que nadie diga que no traté porque lo hice) de frenarla—. ¿Estás bien?

—Que le den a Cassandra —respondió—. Está vieja y sola y amargada y es totalmente su culpa. Guarda eso y usa tus manos para algo útil.

Y tal vez debí insistir para que no me diese solo evasivas, pero sabía que eso no era lo que ella necesitaba. No ahora por lo menos, así que ¿cómo decir no?

Un beso con sus manos tirando de mi pelo y las mías apretándola más entre la pared y mis caderas, como si pudiera simplemente hacer que su cuerpo atravesara el mío. Como si no alcanzara con tener una de sus piernas enredada detrás de mí. Besos que te sirven de ancla y de distracción a la vez, de esos demasiado tentadores cuando tu novia insiste en usar vestidos blancos de faldas cortas y sus labios son igual de suaves que el resto de su piel.

Ella lo interrumpió esta vez, y de no ser porque en mi lista de sonidos favoritos, después de su risa y justo arriba de Chris tocando la viola, estaba el de su respiración acelerada, la hubiera vuelto a besar.

—¿Estás seguro... —Junté mi pecho con el de ella, deteniendo sus palabras un instante con un tironcito de mis dientes sobre el lóbulo de su oreja—... de que quieres ir a la rampa después?

Dos besos en su cuello más tarde, demasiado perdido en su piel, entendí la pregunta y me separé un poco para mirarla a los ojos, sonrisa burlona y todo, solo para ella.

—¿Prefieres volver a casa a hacer cosas sucias en el cumpleaños del Señor en lugar de juntarte con amigos que no ves hace meses?

Una de sus manos se abrió camino desde mi nuca, al tendón entre mi cuello y mi hombro, donde el roce de sus uñas me hizo estremecer. Tal vez *yo* lo prefería.

—Los vimos en el aeropuerto...

Mantuve mi risa lo más baja que pude, por el bien de ambos, reposando mi frente sobre la suya, dejando que nuestras palabras se enredaran con el aire de nuestras respiraciones.

—Eres terrible. —Mis manos la tomaron por las mejillas, obligando a sus ojos juguetones a encontrar los míos—. Fue solo media hora y Paul no estaba.

—Eso es culpa suya —replicó, su voz se enfriándose de golpe.

Mis manos cayeron de su rostro, se enredaron detrás de su espalda y la atrajeron a mi pecho con un abrazo. Me guardé un suspiro. Aspen decía que no debería, pero a veces, cuando ella se rompía en mis brazos, no podía evitar hacer todo lo posible por ser un poco más fuerte.

—¿Shelly sigue mal?

Asintió. Un movimiento ínfimo, pero cargado de frustración y angustia, de rencores y sentimientos encontrados porque, aunque Paul fuese su amigo, le había roto el corazón a Shelly y eso no era algo que Aspen pudiese pasar por alto. No era una situación fácil para nadie; Cameron y yo no estábamos muy seguros de dónde estábamos parados en todo esto. Era tan reciente y había habido tantas consecuencias, tantos silencios y lágrimas, que por momentos se sentía como si realmente debiésemos culpar a Paul. Pero ¿podíamos?

—La gente crece en diferentes direcciones —susurré contra su pelo—. Lo sabes mejor que nadie. —Su pierna había bajado de mi cintura, pero su tobillo había quedado enganchado con el mío, como si necesitásemos todo ese enredo de extremidades para atarnos el uno al otro. Nos mecimos al son de la música tranquila que llegaba del otro lado de la pared y, por un instante, la tentación fue demasiado grande, y contenerse demasiado difícil–. Vamos a la rampa –me obligué a decir. Mis labios dejaron un beso sobre su cabeza antes de agregar con un tono bastante completamente diferente–: y después a casa.

Intenté separarme de ella, pero antes de que pudiera dar siquiera un paso en dirección al comedor, donde todos nos esperaban, su mano tiró de la mía, obligándome a volver.

–Me encanta como te queda –comentó–, pero por el bien del corazón de Leonor y el de evitarnos pasar el resto de esta horrible cena con comentarios de Christof, te voy a pedir que te saques el brillo de labios de la barba. Y que –con manos ágiles reacomodó el cuello levantado de mi camisa y alisó la tela– arregles esto.

–¿No vas a meter la camisa en el pantalón? –sugerí, batiendo mis pestañas como si tuviera algún tipo de complejo de princesa de Disney. Y no me importaba en absoluto hacer el ridículo así cuando conseguía arrancarle sonrojos como ese, que parecía haber olvidado que hacía pocos minutos había dejado un reguero de besos sobre sus clavículas.

Me miró con una mueca de irritación experta y exagerada, porque no había nada más Aspen que pretender que no estaba sonrojada cuando claramente lo estaba.

–A veces me pregunto por qué mierda te amo tanto.

No lo decía muy seguido. Aspen tenía muchas formas de demostrar afecto –los besos eran mi favorita, con toda certeza, tal vez empatada con la forma en la que su mano buscaba la mía antes de que yo pudiera hacerlo, cada vez que la necesitaba– pero las palabras no eran una de ellas. Por ende, incluso después de todo este tiempo, eran melodías eufóricas las de un "te amo" en sus labios.

Pero no se lo diría porque ella respondería que soy de lo más cursi, y yo no podría negarlo, y terminaríamos besándonos una vez más y no estaba seguro de tener fuerzas como para rechazar la idea de ir directo a casa una vez más.

—Es que soy genial.

Con los ojos en blanco, me dio un empujón.

—Calla y camina.

Al irnos, hubo más de un saludo incómodo, así como otros reconfortantes y cariñosos. Thomas, por ejemplo, decidió concluir la cena con ojos incómodos y un apretón de manos en lugar de su usual abrazo, porque resultó ser que no fui tan suave como pensé y Aspen reapareció en la cocina con un precioso y para nada disimulable chupón que no pudo escapar de las burlas de Christof.

Cassandra, que estuvo tenebrosamente silenciosa toda la cena, como una especie de jurado que nos sentenciaba a todos desde su silla, apartó a Aspen por unos minutos, y las vi gesticular en voces bajas, con ceños fruncidos y muecas y todas las cosas que no podían simbolizar nada bueno. Cassandra intentó abrazarla, Aspen la esquivó y volvió a mi lado con pasos decididos y hogueras con el nombre de su madre en los ojos. No me molesté en preguntarle si estaba bien. Su mano buscó la mía y dejé que sus uñas se me clavaran en la piel.

Dejamos a Leonor en casa y Aspen la acompañó escaleras arriba, haciéndole de bastón humano, hasta el porche. Estuvieron alrededor de diez minutos hablando antes de que regresase con una sonrisa en el rostro. Y por un instante, viéndola entre los charcos aplastados de nieve, tuve la sensación de que quererla tanto iba a matarme. Un día iba a mirarla, ver lo mucho que ella quería a nuestros amigos, su forma de cuidar de abuela y bromear con Chris, la mueca que hacía cuando estudiaba o el sol de la tarde pegándole cuando jugaba con Kai, y dejaría de respirar. Caería con una sonrisa y no me volvería a levantar.

Recordé cómo había dejado todo cuando abuelo murió. Recibimos la noticia y en un instante sus exámenes finales quedaron olvidados. Nos subimos al primer vuelo y tomó mi mano todo el camino. Me vio tropezar y caer, romper a llorar porque faltaba una presencia en mi casa, porque lo habíamos enterrado y no se sentía correcto, no se sentía real. Y la mitad de las veces en las que necesité palabras de consuelo, se le enredaron en la boca, o se le escapó una ironía innecesaria y un poco ácida de más; tan Aspen que no había más para hacer que reír.

A partir de entonces, Aspen estuvo constantemente pendiente de Leonor. Le hablaba más (y no era que antes lo hicieran poco), pasaban tiempo juntas cuando estábamos en casa, y se mostraba dispuesta a meterse a fondo en cosas por las que nunca antes había mostrado interés. Como aprender las recetas familiares, o las diferentes variedades de vino que abuela amaba y Aspen encontraba desagradable tomar, o incluso la historia familiar de los Walcott (apellido de soltera de Leonor).

Aspen no podría hacer que el vacío de abuelo se llenara, pero podía llenar la casa de ruido y vida, y le salía más que bien.

Había llenado toda mi vida con sus ruidos y rarezas, con su constante necesidad de ser mejor, de aprender y de vivir. La había conocido cuando todo lo que la hacía especial estaba escondido y le pesaba, y la había visto crecer y luchar para salir de esa jaula, para estirar los brazos cuán lejos pudiera y un poco más allá. Frente a mí se había creado una Aspen que soñaba, que estaba empeñada en viajar a París, que a veces se sacaba menos que una A y no moría por ello, que le gustaba ver documentales hasta cualquier hora de la noche y que hablaba a las carcajadas por teléfono con sus amigos. Nos habíamos mezclado un poco y a la vez aprendido quiénes éramos por separado. A mí se me había pegado su costumbre de levantarme un poco más tarde y de desayunar en la cama, y ella había terminado disfrutando de escuchar música clásica por la tarde, con el té, aunque nunca fuese a admitirlo. Y podríamos haber hecho estas cosas en puntas opuestas del mundo, pero decidíamos que estando juntos nos hacían mejor.

"Está bien, y si no lo está, ya lo estará", repitió ella hasta el cansancio en nuestros peores momentos, cuando peleábamos y gritábamos, pero también cuando llorábamos y necesitábamos un poco de ayuda para ponernos de pie. Y por simple que fuera, cuando lo decía, sin rastros de duda en su voz, con esa suavidad con la que solo los afortunados conseguían escucharla, era imposible no creer. En ella. En nosotros. En la verdad.

La verdad era que no éramos perfectos. Nunca lo habíamos sido. De hecho, desde un principio fuimos una especie de cachivache de tira y empuja, un incomprendido rompecabezas de diez piezas que en la caja solo tenía seis. No seríamos perfectos en ningún futuro cercano o existente.

Pero éramos nosotros. Y estábamos juntos. Y eso estaba bien.

La observé: miraba la nieve bailar del otro lado de la ventana, con las casas corriendo de fondo y esa sonrisita relajada que a veces, cuando ni siquiera ella tenía conciencia de su propia existencia, se le escapaba. Era uno de esos instantes en los que era puramente ella, con los vestigios de oscuridad en sus ojos, y la luz que había por debajo; más fuerte, más viva, más decidida que nunca.

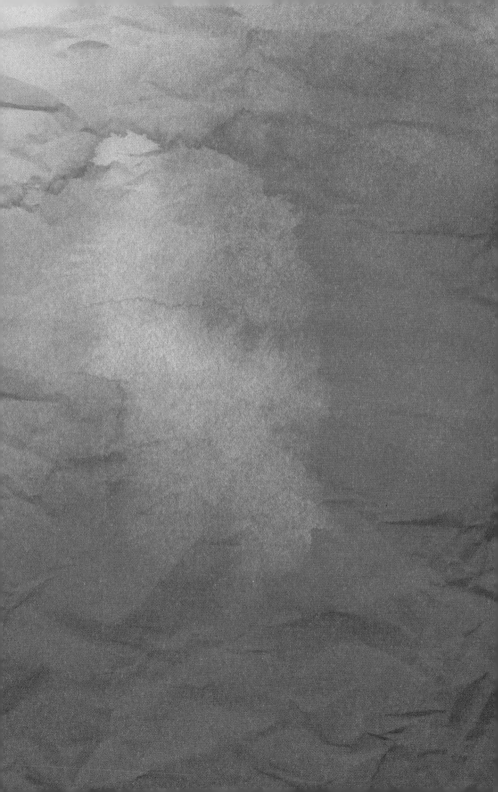

AGRADECIMIENTOS

Un día me senté y dije "yo voy a escribir una novela". Fue en parte un impulso, pero también el momento de decisión final de una idea que venía gestándose en mi cabeza hacía mucho tiempo. Y sé que puede ser poco convencional, pero voy a empezar agradeciéndome esa decisión, ese día en el que solo me senté y arranqué el proceso. Porque –ahora me cae la ficha y les juro que se me escapa la sonrisa– estoy escribiendo los agradecimientos para un libro que *escribí*, que va a *publicarse* y que ustedes, queridos lectores, *tienen en sus manos*. Y todo eso empezó ese día que me senté y dije "yo voy a escribir una novela".

Pero hubo muchas muchísimas personas en medio que me ayudaron, que me dieron la fuerza para seguir, que me leyeron en Wattpad o que me escucharon llorar cuando me bloqueaba o entrar en crisis porque mis personajes se rebelaban y se negaban a dejarme conforme. Gente como Sofi, que no lee, pero hizo la excepción por Reino de Papel, como Sabi, que lee demasiado y me comentó cada párrafo de cada capítulo, como Juli, que (todavía) no me leyó pero me aguantó con cada ataque de locura y estrés en el proceso, como María Elina, que fue la mejor profesora que pude tener y no lo sabe pero este sueño empezó en sus clases, como Meli que le dedicó horas y horas a la corrección de este libro, teniéndome paciencia con mis mil dudas y fue la mejor editora que pude haber elegido.

A todos ustedes, gracias. Gracias porque yo un día me senté y dije "yo voy a escribir una novela" pero fueron ustedes los que se aseguraron de que llegara al final.

Me da miedo olvidarme de alguien, arrepentirme de no haber puesto un nombre en estas páginas, porque en el fondo debería agradecer a toda la gente en mi vida que me enseñó algo, a la que le robé pedacitos de recuerdos compartidos, silencios amistosos e incluso desilusiones drásticas, para meterlas en esta historia. Sepan que sus nombres pueden no estar acá, pero yo los llevo conmigo. Porque yo tenía catorce años la primera vez que soñé con escribir una novela, pero solo a los diecisiete y con su ayuda –*por* su ayuda– decidí ser el tipo de persona que se sienta, deja de soñar, y empieza a hacer.

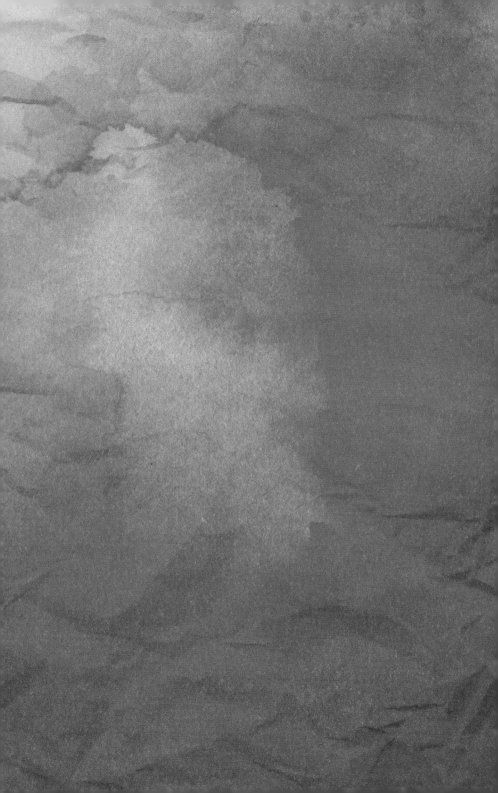

PLAYLIST

1. PRÓLOGO: I don't know you at all - Lizzy McAlpine
2. Boys don't cry - Jerry Williams
3. Comfort Crowd - Conan Grey
4. Invisible string - Taylor Swift
5. Why do we stay - Seafret
6. Time after time - Iron Wine
7. Everything she wants - Saint Raymond
8. Waste my time - Grace VanderWaal
9. What if - Coldplay
10. Now my feet won't touch the ground - Coldplay
11. Confusing girl - Grentperez
12. Feelings are fatal - Mxmtoon
13. Friendship? - Jordy Searcy
14. Best Friend - Rex Orange County
15. Friends - Ed Sheeran
16. Line without a hook - Ricky Montgomery
17. Stressed out - Rex Orange County
18. Taking pictures of you - The Kooks
19. Fake friend - nothing,nowhere.
20. I hear a symphony - Cody Fry
21. Flowers in the window - Travis
22. It's not the same anymore - Rex Orange County
23. Bleeding out - Imagine dragons
24. Places we won't walk - Bruno Major
25. Sick of losing soulmates - Doddie
26. please don't - mxmtoon
27. Million Words - The Vamps
28. Ocean away - A R I Z O N A
29. EPÍLOGO: Things I don't understand - Coldplay

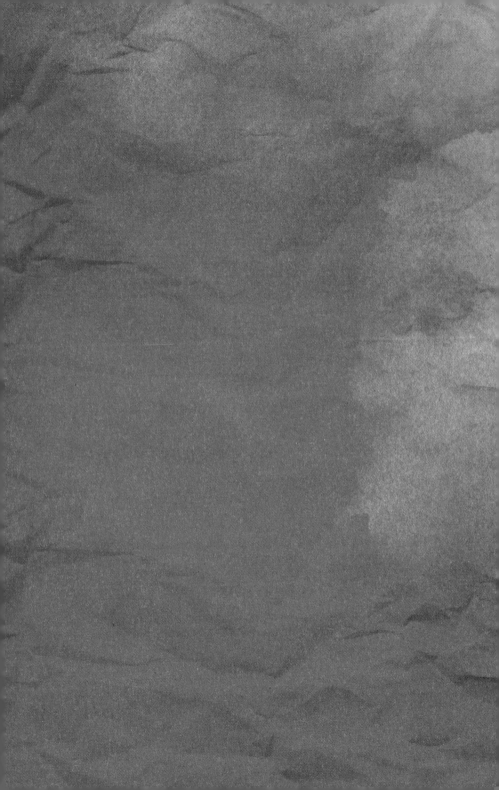